# 目　录

**第一辑**

训诂略论〔一〕 …………………………………………………（ 3 ）

训诂略论〔二〕
　　——黄季刚先生论小学十书 ………………………………（ 6 ）

略论《汉书》纲领 ……………………………………………（ 11 ）

**第二辑**

读章炳麟救学弊论 ……………………………………………（ 19 ）

文字学的功用 …………………………………………………（ 23 ）

唐以前诸家《汉书》注考 ……………………………………（ 31 ）

汉书古字论例 …………………………………………………（ 58 ）

《史通》论《史记》语抄撮 …………………………………（ 69 ）

如隐堂本《洛阳伽蓝记》校记 ………………………………（ 81 ）

**第三辑**

离骚剩义 ………………………………………………………（105）

说"庄、老告退而山水方滋"
　　——谢灵运山水诗专论之一 ………………………………（125）

说"兴会标举"
　　——谢灵运山水诗专论之二 ………………………………（134）

说"芙蓉出水"和"吐言天拔"
　　——谢灵运山水诗专论之三 …………………………（143）
声律论的发生和发展及其在中国文学史上的影响 ………（159）
论"文"与"道"的关系
　　——读《文心雕龙·原道》札记 …………………………（181）
错误百出之《人境庐诗草》的重印本 ……………………（198）
附录：古直与管雄论《人境庐诗草》重印本诠释之正误 …（201）
论黄季刚先生的诗 …………………………………………（203）

## 第四辑

复华室日札 …………………………………………………（211）

## 第五辑

泉山诗稿 ……………………………………………………（245）
集外诗联 ……………………………………………………（262）

## 第六辑

回忆 …………………………………………………………（267）
回忆创建初期的江宁县中 …………………………………（270）
纪念金嵘轩先生 ……………………………………………（272）

## 附录

管雄简谱 …………………………………………管嗣昆（277）
管雄先生小传 ……………………………………张伯伟（280）
忆父亲二三事 ……………………………………管嗣昆（285）
追忆管雄先生 ……………………………………钱南秀（288）
绕豀师的"藏"与"默" ……………………………张伯伟（290）
藏山文字纸千张
　　——记管雄先生 ……………………………左　健（294）
《隋唐诗歌史论》读后 …………………………张伯伟（298）

**编后记** ………………………………………………………（302）

第一辑

黄季刚先生 讲　管雄 记／训诂略论〔一〕

## 一、训诂之方式

训诂有本有者,有后起者,不知本有之训诂,不能说字,不知后起之训诂,不能临文。所谓后起,即引申也。如子,男子之美称也。此为引申之训诂。按子像小儿生襁褓中之形,古时幼谓之子,长亦谓之子,男谓之子,女亦谓之子,《礼》有"女子子"之文,言女子的子也。后生男谓之子,女谓之女,又以力田称男,此为畜牧时代之故,重男轻女之风因是而起。《仪礼》重父而轻母,轻女之风盖盛,故子专为称男,而女不得称焉。《三国志》称孔融鲁国男子、张冲吴郡男子,释言即鲁国好汉、吴郡好汉之义也。孔子云者,即言姓孔的一个好男子也。又若,《说文》:"择菜也,从艸,右。右,手也。一曰杜若、香艸。"按右,又之假借,若正宜作叒,故许氏以择菜解之。一曰"杜若、香艸"者,所以明从艸之义。若,如也,顺也,尔也,皆后起之义也。原训诂之理,不论本有与后起,不外三式:

（一）相容 ◉ 如元,善也。

（二）相入 ◐◐ 如至,犹善也。按善,人性之至美,故云然。

（三）相拒 ◯◯ 如體,犹分也。按體《说文》总十二属也。（头属三:首、面、头。手属三:臂、肘、掌。身属三:胸、腹、背。足属三:腿、胫、趾）总谓之体。

## 二、义训与声训

义训在训诂中颇少,《说文》中十之一二而已。所谓声训,字之发音有关系,音相近则宜相同,此在《说文》中为常见。今义训反通行而声训反有不及者。《说文》元,始也。《尔雅》初,始也。按元,喉音、元韵。始,舌音、咍韵。二字在声韵并无相连之处,徒以观念相同,故取以训释耳。又匹,唇音、质韵;偶,喉音、有韵,二字声韵不相涉,而可互训,故凡与文字声韵无直接之关系,而仅仅以观念相同者,皆谓之诂,如潇水、湘水何以名为潇为湘皆不可解。真正之训诂,须从声音上明其究竟,兹举数字为例:

(一) 天 《说文》:颠也,至高无上,从一大。

按《说文》"颠,顶也"。颠为一人最高之处,天为一切物最高之处,天之所以颠,犹今时言顶好的东西为顶好之比也。《易》曰:"其人天且劓。"天,刑也。故剃头亦谓之天。天有大义,有至义,有上义,皆可于声音中明之:

天,舌音,透母,先韵。

大,舌音,定母,曷韵。

至,舌音,定母,屑韵。

上,舌音,定母,唐韵。

(二) 吏 《说文》:治人者也。从一从史,史亦声。

按《说文》"史,记事者也。从又持中,中,正也"。广义言之,古写字者为史,认字者为吏。狭义言之,吏史皆刑官也。《孟子》:"为天吏可以伐之。"犹以吏为刑官也。

吏(吏)舌声,来母,咍韵。

史(史)齿声,心母,咍韵。

吏字亦可读齿音,如⇒列也,驶疾也。故吏字未造以前,即用史字。又寺,《说文》"廷也,有法度者也。从寸,之声",古时主客不分,衙门与管衙门者相同,故寺吏亦同字。

(三) 元 《说文》:始也,从一从兀。

按《说文》:"元,始也。从一,从兀。""兀,高而上平也。从一在人上。"高而上平者,至高无上之谓也。故元可释为始义。

一 喉音、影母、屑韵。

兀 喉音、疑母、没韵。

元 喉音、疑母、寒韵。

此三字皆同音,故取以训。故义训苟取以相明而已,真正的训诂,乃在音训。

## 三、训诂之形成

凡训诂有三形式:

(一)互训(代诂):如元,始也,始亦元也。丕,大也,上,高也。下,底也。此以普通字解释奇殊字,谓之互训。

(二)义源:如天,颠也。天何以有颠义,因天、颠同为舌头音,凡在上之物皆读舌头音,头首之首,手足之手,古皆读天音,盖首为一身之上,手为四肢之上故也。首、头、颠、顶、题,别言有分,合言无别。颠之训天,同为舌头音,此之谓义源。

(三)义界:如"吏,治人者也"。译言即有一个治人的东西,可见不能治人者不得谓之吏。"礼,履也。所以事神致福也。"能事神致福者谓之礼,否则不得谓之礼,此义界也。

古今训诂,不能越此三例。

## 四、小学家之训诂与经学家之训诂

说字之训诂与解文之训诂不同,说字之训诂,须将一字中之意义包括完尽,如《说文》"禔,安福也"。安福二字并行,若云安也,福也,则安福无关系矣。若云安而福也,则安重而福轻,此所以必须安福连文也(又《说文》悉详尽也,亦然)。至临文解释之时,则安福二字须分开用。禔有安义,未必有福义;有福义,未必有安义。故说字之训诂甚宽广,至解文时仅能于说字中割取一部分而已。又如《说文》"𢦏,小谨也"。临文解释须将专小谨之义分开。如专门之学无小谨义,乃专一也。故小学之训诂取其通,经学之训诂取其专,二者截然不同也。

# 训诂略论〔二〕
## ——黄季刚先生论小学十书

此蕲春黄先生于民国二十一年夏假金陵大学所讲，由雄记录存稿。时先生寓居大石桥，长日炎燸，咄咄逼人。乃相约于每日日出前一小时赴讲。雄与长沙易家燊、泰和彭绩淡、郫县殷孟伦自文昌桥中央大学宿舍往。晨风泠然，吹我数辈。约一月许讲小学竟。自遭兵乱，稿轶沦丧，医衍所藏，独全此篇。而师容眇邈，故旧星零，展诵怀人，感往增怆。

二十九年十月二日管雄叙

目录之学有二：一为使人知一门学问之途径，于学者最有益；一为菜单式的目录，不论好丑，淆然俱陈。其起源甚古，《周礼》"外史掌达书名于四方"。所谓书名即《尧典》《禹贡》之类。至"目录"二字连用，则出于刘向之文。按目字之义，即《论语·颜渊》"请问其目"之目字。录字正作彔，引申为记录之谊，载籍浩博，撮其指意，录而存之。故目录本为二事，今人称目录，连言之也。

孔子之书今存者，《易传》、《书序》、《孝经》、《春秋》及《诗》而已。八卦传演为六十四卦，每一卦为一书，即为目录。《尚书序》百篇，亦为目录。《诗序》古称义或篇或篇义（见《南史·陆澄王俭传》）。使《诗》而无序，《关雎》一章，即不得其义。古代无目录之专书，至班固撰《汉书·艺文志》，综录群书，于目录学上另辟一时代。《汉志》本于刘向《别录》及刘歆《七略》。刘向初校书，每书皆有一序，如《列子》、《春秋》序，《战国策》目录序，既有序，更有别录者，亦犹《四库全书总目提要》又有简明目录是也。

目录之学，如门之锁钥，其内涵为版本之学，名目之学，序跋之学，点缀之学，故目录学为入学之门径，而不可终身为之，其功用在于定是非，辨真伪，考存亡。惟辨真伪常有误人者，今所传《古文尚书》，确为伪书矣。若今文家之攻击《周礼》，刘逢禄之攻击《左传》一部分，以及近人之攻击《史记》，皆未得定论。若《马融忠经》为唐人作品，《天禄阁外史》为明人假托黄宪之作，《杂事秘辛》亦为明人伪纂，吾人以此类书当历史读，固为不可，以为文章或小说读，岂无所取？他如《列子》为伪纂书，谈哲学者不得舍其书。《孔丛子》、《家语》为王肃伪托，而学者往往引为典要。此姚际恒《古今伪书考》所以不足为贵也。

古今坟籍，浩如烟海，不能尽读。郑康成云："遂博稽六艺，粗览传记，时睹秘书纬术之奥，年过四十，乃归供养。"此确为持平之论。若汉武帝自言"九流七略，遍皆通晓"，非尽然也。今之为目录学者，徒炫博学之空名而已。庄子云："先王之蘧庐可以一宿而不可以久处。"目录学亦犹是。即小学亦然，求能读古书已耳，若专拘拘于象形指事，此画大空之鸟迹也。

凡各门学问书籍，皆宜分为三类：一根底书，二门径书，三资粮书。小学之书，无虑几万卷，而其中有不能不读之书在，是为"书的书"。譬如读《皇清经解》，不读《十三经注疏》、《经典释文》可乎？故《注疏》与《释文》为经学中"书的书"，即根底书。《经解》不过佽助经学之不足，此资粮书也。所谓门径书，如通论经学之书即是。

今请言小学根底书，小学根底书又可分为三类：一完全存在之书，二不完全存在之书，三经史传注与小学有关系之书。在小学中完全存在之书，真可为吾人根底者不过十书而已。而此十书为自来研究小学者所未能贯通融会。今区为二类，略加诠释如左。

一、《尔雅》。共十九篇。《释诂》周公作，或谓周公作一篇，不知何篇也。初作《尔雅》注者犍为卒史臣舍人，或云姓郭，仅以《文选》注一条为证，大概此书为孔子门人所作以释六艺者。近人廖季平谓《尔雅》为今文，亦近谬说。

二、《小尔雅》。王肃作，与经传相应。

三、《方言》。扬雄作，初名《輶轩使者绝代语释别国方言》。其底本出于严君平、林闾、翁孺。前后积二十七年，以铅摘次之于椠。《方言》"敦丰"条下云："初别国不相往来之言也，今或同而旧书雅记，故俗语不失其方。"故子云作《方言》，必先征问各地之方言而后征之古书。如《燕记》曰：'丰人杼首。'杼首，长首也。"故《传》曰：'慈母之怒子也，虽折菱笞之，其惠存焉。'"此征之故书雅记者。但所谓《传》，不知何书，今已不可见。子云作《训纂》以方《凡将》，作《方言》以比《尔雅》，故西汉小学，当推扬雄为第一。

四、《说文》。东汉许慎纂《说文》,始有据形系联之小学书。元吾丘衍谓《说文》五百四十部之说,本于苍颉,此实大非。《说文》部中字之排列,不以意义为次,即以声音为次,间有颠倒之处,不足为病。秦篆三千三百字,《说文》增至九千三百五十三文。《方言》集天下之音,《说文》实集天下之字。二君拾遗补阙之功,万古不泯。按当时新增之字,实不止六千,叔重去其不合六书者,如《周礼》故书、《仪礼》古文、三体石经之古文小篆,若飌(风)、虣(暴)、弟(弟)、囗(是),皆叔重所见者,而《说文》不收,此其弃取有方也。

五、《释名》。刘熙撰。知义出于声,故于小学中自成一家。

六、《广雅》。魏张揖撰。集群书之训诂以接《尔雅》者也。

以上六书为根底书之甲类,最为精要。

七、《玉篇》。原本为顾野王在梁时所作,宋陈彭年修。以原书论,先于《切韵》。以修刊论,先于《广韵》。宋人言"篇韵",即指《玉篇》、《广韵》而言。近人不喜看《玉篇》有二因:一不易翻检,二说解不详。而《说文》以下字书编制体裁之佳者,无有逾于《玉篇》。故治《说文》者,不得不看此书。惟其后屡经增改,注文既多删削,次第亦皆凌乱。顾氏原书现存者不过十之一二。《古经解汇函》尚存一部分,宋人名《大广益会玉篇》,日本有《玉篇》零卷,刊于《古逸丛书》中。

八、《广韵》。集《广韵》者八人:刘臻、颜之推、魏渊(《北史》作魏澹)、卢思道、李若、萧该、辛德源、薛道衡。中惟萧该小学最深。全书共四万二千三百八十四字,并重见者而数之。自《广韵》以后,《唐韵正》以前,吾国韵学极为混乱。《礼部韵略》出,韵目为之混乱。《韵会》出,字母为之混乱。《中原音韵》出,四声为之混乱。三者混乱,音韵即无从着手。故今日而言音韵,不得不以《广韵》为本而求其正。长孙讷言云:"此制酌古沿今,无以加也。"诚为确论。

九、《集韵》。韵书以《集韵》为最完备,《集韵》韵例云:"景祐四年,宋祁、郑戬建言先帝(太宗),时陈彭年、丘雍因陆法言韵所定,多用旧文,繁略失当,因诏祁与贾昌朝、王洙同加修定,丁度、李淑为之典领。今所撰集,务从该广。经史诸子及小学书,更相参定,凡字训悉本许慎《说文》。慎所不载,则引它书为解。"(此异于《切韵》以来诸书者一)"凡古文见经史诸书可辨识者取之,不然则否。"(《康熙字典》诸书不知此例,故所载古文最为猥杂,循其书而用之,多成笑柄)"凡经典字有数读,先儒传授,各欲名家,今并论著,以粹群说。"(此可见《集韵》全以陆氏《经典释文》为蓝本,陆氏书既集群经音义之大成,《集韵》集韵书之大成宜矣)"凡通用韵中同音再出者,既为长,止见一音。"(此例最谬,此所以必待《类篇》为之补苴罅漏也)"凡经史用字,类多假借,今字各着义,则假借难同,故但言通作某。"(此例亦简略过甚,必赖后人为之补正)"凡旧韵字有别体悉入于注,使奇文异书,湮晦难寻,今先标本字,余皆并出,启卷求义,烂然易晓。"(此例示亦最便检查)"凡字之翻切,旧有类隔,今皆用本字。"(虽随时变通,而仍失旧贯之美矣)以上为十二凡例中之最要者,余从略。全书字数五万三千五百二十五,新增(对《广韵》言)二万七千三百三十一字。按五万有奇之数,亦计复重而得之。若除去重见者,则止有三万余字。《类篇》序云,文三万一千三百一十九,是其证也。《集韵》不便于考试,故自《礼部韵略》之后,《集韵》渐渐衰微,且《韵会》、《正韵》等书,纷纷妄作,于音理破坏无遗。明人《字汇》、《正字通》等书,猥滥已甚。《康熙字典》,益为芜杂矣。清世小学先师,多留心此书,段懋堂于《集韵》用功最深,尝云《集韵》所用《经典释文》,乃陈鄂未经改定之本,此最有识。次为王怀祖于《集韵》亦研求甚切,见陈硕甫《王先生述》(今在《高邮王氏遗书》编首)。硕甫本王氏之教,毕生研治《集韵》、《毛诗》二书。往年《毛诗传疏》刊成,《集韵》竟未勒定,甚可惜也。

十、《类篇》。《类篇》之成,本以《集韵》为底稿。故《类篇》亦一最完具之字书,全书共五万三千一百六十五字。部首字依五百四十部旧次。部中字依《广韵》为次。四声排列,缺隔甚少,此书以姚刊三韵(《集韵》、《类篇》、《礼部韵略》)本为最易得。

以上四书,为根底书之乙类。

根底书十部,前六书尤为重要。《尔雅》须先看邵晋涵《正义》,次看郝懿行《义疏》。因郝袭邵之处颇多,又往往没其名故也。其余诸家,不可胜数,校辑古注,以黄奭为备(在《汉学堂丛书》中,今易得)。审勘文字,以严元照《尔雅匡名》为最精(广东刊本最佳,《续经解》、《湖州丛书》中亦有)。《广雅》虽为补续《尔雅》之作,而王念孙《广雅疏证》却为研治训诂入手之书。其书征引训诂,求其通假,不独合于古音,并求合于等韵。可谓毫发无爽者也。《小尔雅》为书甚小,不足为专门。而搜讨之勤,以宋凤翔《训纂》本为最(在《龙溪精舍丛书》中,《续经解》亦有之)。《方言》近无佳本,卢文弨、戴震所校及近世王先谦合校本,皆不堪用。以《四部丛刊》本为不失真相。研寻之法,须自得师矣。《释名》亦以《丛刊》本为佳,异于毕沅辈所妄改者(沅书实江艮庭声所代为)。《小学汇函》本尤不可信。此书在今日宜再下一番理董之功。《说文》一书,说者蜂起,不得其要,只增迷罔。如近日书肆之《说文诂林》,眯者以为便于剽窃,不知庞杂彭亨,若任公之钓,六鳌俱起,反无操刀而割处也。学者必须耐心刻苦,专看大徐校本,辅以小徐(小徐讹误实多,又楚金好作华辞,不关физ理,亦可厌也),必令本文稍能成诵,然后涵濡餍饫,左右披寻,必理在难民,非师不瞭,以后问人,或则展卷则用少,而畜德多,苦撮拾群书,或妄创异解,非屋下架屋,则凿泉使深,虽著书盈帙,亦秕稗尔。董遇云:"读书百遍,其义自见。"近日余杭章氏,不能不推为斯学魁儒，予见其案头除石印本大徐《说文》外，更无段、桂诸家之书，知斯学纲维全在默识而贯通之。纷纷笺注，皆无益也。

(原载《浙江省立图书馆通讯》1942年第2期)

## 黄侃遗作／略论《汉书》纲领

此文曾揭载于金大砥柱文艺社社刊,外间流传不多。各方函索者颇众,因重载于此。

——编者

《汉书》叙传,"旁贯五经,上下洽通",又云,"纬六经,缀道纲"。班氏子承其家学,学无常师,备闻今古文大师说(肃宗时诏诸儒于白虎观论五经异同,使固纂集其事),而尤好古文,观所自著文,《幽通赋》引左氏几及二十事,典引谓承尧后(《王命论》已有其言),则亦左氏之说也,其为《离骚》序,则讥屈子用羿奡二姚,与左氏不合,此尤笃守左氏之明证也。《地理志》序,"是以采获旧闻,考迹诗书,推表山川,以缀《禹贡》《周官》(谓所引职方氏文)《春秋》(谓志中所举见于左氏之地名)"。是则班氏撰志,尤多取于古文,班氏虽无专师,而最心折于刘向夫子(《五行志》用向、歆说居多,《律历志》全本子骏,《艺文志》即子骏《七略》也),故其学于古文为近。至其书中所载授经次第,及诸家经说,皆足以考见两汉术之大凡,此《汉书》益于经术之概略也。

《史通·六家篇》云:"如《汉书》者,究西都之首末,穷刘氏之废兴,包举一代,撰成一书,言皆精炼,事甚该密,故学者寻讨,易为其功。"又云,"所可祖述者,惟左氏及《汉书》二家而已",《正史篇》云:"《史记》所书,年止汉武,太初已后,阙而不录。其后向、向子歆及诸好事者若冯商、卫衡(即章怀《后汉书》班彪传注中所托之杨城衡)、扬雄、史岑、梁审、肆仁、晋冯、段肃(固传作'殷肃')、金丹、冯衍、韦融、萧奋、刘恂等,相继撰续,讫于哀、平间,犹名《史记》。至建武中,司徒掾班彪,以为其言鄙俗,不足以踵前史。又雄、歆褒美伪新，误后惑众，不当垂之后代者也。于是采其旧事，旁贯异闻，作《后传》(谓续太史公之后也，其书仍称《史记》)六十五篇。其子固以父所撰，未尽一家，乃起元高皇，终于王莽，十有二世，二百三十年，综其行事，上下洽通，为《汉书》纪、表、志、传百篇。其事未毕，会有上书言固私改作国史者。有诏京兆收系，悉录家书封上。固弟超驰诣阙自陈，明帝引见，言固续父所作，不敢改易旧史（按据此言则知后人讥孟坚攘父所作而隐其名之谬。古人受业父师，不明著之者，以人皆知其说之出于父师也。郑君注《周礼》，征引杜兴、郑众之说甚多，独于其师马季长之说少有明著者，以人皆知其学受于马君。其所不著者，必本之师说，虽不著犹著也），帝意乃解。即出固，征诣校书，受诏卒业。经二十余载，至章帝建初中乃成。固后坐窦氏事，卒于洛阳狱中，书颇散乱，莫能综理，其妹曹大家博学能为文，奉诏校理，又选高才郎马融等十人从大家受读。（读即后世所谓音义之学。古者音义皆非师莫得。故往往一字而数家异读。此非有意立异，亦非音理必然，由其师说之异耳。）其八表、《天文志》等犹未克成，多是马续（融同产兄援从孙也）所作，而《古今人表》尤不类本书。始自汉末，迄陈世，为其注解凡二十五家（始为《汉书音义》者虞子慎。其家姓氏爵里皆见颜师古集注卷首。数之但有二十二家，合师古亦只二十三人也）。至于专门受业，遂与五经并重。"据此二文，是班氏之为书，远绍太史，近本过庭，中纂通人好事，至于大小，故能采掇菁英，独传纲领，永为后世所宗。至《汉书》所引旧言，惟冯商、班彪、刘向、刘歆、扬雄之言，尚可撢究，余则淄渑共器，不可判分矣。此《汉书》成立及其史法之大略也。

《汉书·叙传》言正文字，《艺文志》小学家识语称，"臣复续扬雄作一篇"，班氏之于小学，盖甚深邃，其说《尚书》，大半用古文，则《地理志》所载诸说是也。寻正名之言籀孔子，故曰，吾犹及史之阙文，礼堂所藏，古文诸师所诵，习其字体，皆远本仓圣，孟坚之正文字，由斯指也。今本《汉书》如"瞻"皆作"澹"，"藏"皆作"臧"，"草"皆作"屮"，（《说文》屮下云古文以为草字）斯其正文字之明证也。至有讹俗枒杂其间，则皆流俗传写之离真，而非孟坚之古籍也。颜师古集注叙例云，"《汉书》旧文，多有古字解说之，后屡经迁易，后人习读，以意刊改，传写既多，弥更浅俗，今则曲覆古本，归其真正。"据此，则《汉书》古字之幸存，颜监之力非细，《史记正义》论例云，"《史》、《汉》文相承已久，如'悦'字作'说'，'闲'字作'閒'，'智'字作'知'，'汝'字作'女'（案尔汝之汝字本皆应作乃。汝水名，由女得声。此则舍形而存声，以右为质也。），'早'字作'蚤'（此则纯由通假。然此例古文已有之，故《说文》曰，疋，古文以为雅字。曟，古文以为朝字。此则马班虽演用通借，亦必论之于古文也。）。缘古少字，通共用之。"（此语须加审核，《史》、《汉》本有此古字者，方是好本。）据此两文，则扬、刘、张、杜之后，洨长未生以前,正文字之精,莫如令史。世人或言文章不宜用古字,此则苟如媚俗,非复正名求是之言。余辈徒取许书,字字推寻本氏,被诸文辞,或不以足间执逡巡之口,幸有《汉书》以为矩矱,步趋在古,宜无讥焉。此《汉书》关于文字之梗概也。

《汉书》文辞茂美,以范蔚宗所评之言为最允当,其言曰,"固文赡而事详,若固之叙事不激诡,不抑抗,赡而不秽,详而有体,使读之者亹亹而不厌,信哉其能成名也。"寻孟坚文辞之佳,正由父教,班叔皮之为《后传》也,序其恉意引传曰,"杀(读如杀青之杀)史见极平易正直,春秋之义也。"史传之文,与寻常文字有别,载言记事,华饰无所用之,所用者,独有繁简隐显详略之法,自子长远绍丘明,其文则信乎美矣,班氏承之,未敢有变,若夫整齐修饰使子长未定之文成为全璧,此乃史公之功臣,非仅汉氏之良史而已。世人或甲班乙马,或抑固而扬迁(见《史通·鉴识篇》,甲班者王充,扬迁者张辅也),扬迁者不绝于来兹,甲班者后世遂无其嗣响,然偏宕之见,智者所宜绝,今亦不复专主班氏上诮史公,独子玄之言最为平允,余辈所宜取材也(《史通》曰:二书虽互有修短,递闻得失而大氐同风,可为连类。)

若乃诵习之便,《史记》未如《汉书》,《史记》本未尝勒定之书,故抵牾良多,班氏加以匡饬,使无犖骏,此《汉书》长于《史记》一也。《史记》今无善本,裴骃所注既为简略,马张二注,未尽雅驯,孰如颜监刊定班文,详征故谊,此则《史记》文字,亦赖《汉书》以助校雠,世人或执别字讹文,累句错简,转相诵法,自以为俯视孟坚,抑亦慎也。此《汉书》长于《史记》二也。(诸史之文以马班为上策固已,其次范氏《后汉书》,序事详覈,议论有裁味,次陈氏《国志》,虽患太简,幸有世期以为之援,故盛名无损,然其品评葛亮简略蜀才,此乃意见之私,特大体当耳,晋隋九史合南北史则十一,议者纷然,审其大体,叙事则能具始终,传人则如亲面目,使史籍之业,异于当官计簿选人署状之为,则九史之所同也。唐书新旧并善,五代史旧乃胜于新,永叔以事增文省为贵,乃适成为枯槁。宋辽金元四史,盖自桧无讥,明史义例本之万氏斯同,故独为可观。体式虽善而文笔杂出,非由一手。高平宋元史则有矣,持校唐书,犹未能绝之也)此《汉书》文辞茂美之略说也。

若乃诋诃班氏之失者,首自张衡,衡传称衡条上司马迁、班固所叙与典籍不合者十余事,然观衡欲为元后作纪,正取法于吕纪,何乃操戈而入室乎。仲长统谓班氏遗亲攘美(辨已如前),征贿鬻笔(见《文心·史传篇》,今昌言已佚,此文无考可矣),后北周抑虬亦袭其论,此子舆氏所谓好事者为之,不足信也。要之,班氏深明经术,妙达史法,文辞渊厚,义蕴宏深,后之诸史,莫能企及者矣。

略论《汉书》读法四条

一曰求字诂,《汉书》用字除后人窜乱者外,其用字或正或假,皆有其说,未可率尔以古字少，随笔叚借之说通之也。兹举数字说明其例：

| 供张 | 《汉书》作 | 共张 | 此省形存声 |
| 伺察 | 同 上 | 司察 | 同 上 |
| 发踪 | 同 上 | 发纵 | 此同声通假 |
| 藏匿 | 同 上 | 臧匿 | 古无藏字 |
| 东厢 | 《汉书》作 | 东箱 | 古无厢字之义帕箱 |
| 慰荐 | 同 上 | 尉荐 | 古无慰字 |
| 屡空 | 同 上 | 娄空 | 古无屡字 |
| 嗜好 | 同 上 | 耆好 | 省形存声 |
| 尸骸 | 同 上 | 死骸 | 同 上 |
| 揖讓 | 同 上 | 揖攘 | 此用本字 |

班氏训诂，远本仓雅，近采通人，下存方语，其诸考证，详在颜书矣，然有一字之义，亘古未昭，此为通检全书，得其比类，今举二条如左：

痛踊　二字皆训甚，《张禹传》，痛奢甚泰，奢泰义等，则痛甚义均。由此悟《食货志》"踊腾跃"之文，当训为"甚腾跃"也。

所　《毛诗》"爰得我所"，与"爰得我直"连言，直之训为本职，则所训亦均。《汉书·曹参传》，有"自从其所"之文，《周亚夫传》有"此非不足君所"之文，《诸侯王表》有"愤发其所"之文，此三"所"字，如有常义，则诂训难通，晓以诗义而划然夫。

清师训释《汉书》，咨惟高邮王君怀祖，其释《天文志》"哀乌"当为"衣焉"，犹言"蔚然"，足以解疑惑矣。自余诸子，虽间有核订，或乃不及宋世宋刘诸公。《郊祀志》"北郊兆"刘原父以"兆"为衍文，谛也，钱大昭乃以兆字应连郊字为句，即缪于《周礼》，又已不成句度，此不及宋人之明证也。吾侪惟宜平心考订，不必存一时代之私衷。凡读古籍皆然，非唯施之《汉书》而已。

一曰通句读，句读之学，盖盛于汉，二郑之读《周礼》，句读既有异同，康成毕生精力，萃于礼经，乃亦有不憭之句。今人轻视句读，以为古章句之流，此大妄也（《毛诗》既分章句，赵邠卿《孟子》注犹以章句自题。则章句亦非可轻也）。

古人训故之作，即为欲通句读，盖一字之义不憭，即一句之义不明，此所以先训故于句读也。经传诸子众多，不可悉取讲授，《汉书》文辞茂美，实总承周汉诸文，诚于《汉书》句读憭然，移以寻求经传，可无捍格之虑。兹略举常文二条以示例，常文者，谓之为常，实非常也。

《高纪》"大王功德之著，于后世不宣"。于后世不宣者，不宣于后世也，此当于"著"字一逗，此著字在全句中当一名词之位，如此解释，则此句文义无隔塞矣。

《诸侯王表》序,"以德若彼,用力若此,其艰难也"(此本史公文而改易之)。此当以彼此二字为二读,而以其艰难也句,总承二读,言三代以德则若彼其艰难,秦以力(用以其养)则若此其艰难也。

《霍光传》,言尚书令读奏,至"诏掖庭令敢泄言要斩"句,太后曰:"止,为人臣子,当悖乱如是邪?"王离席伏,尚书令复读云云,此见古人于宣读文书时,有中止之事,故史亦本其质而序之。

一曰证经义,经术至汉而明,虽学有官私,各有隐显,要皆有其本根,不同后人臆说,故《汉书》所载经义,往往足以考求遗佚之文,补苴一家之说。如齐诗久亡,而《翼奉传》可见其略,《五行传记》不可见,而《五行志》总采诸家之文。王莽《大诰》,足以证明《周书·大诰》之训诂,《律历志》引《武成》,可以考见真古文《武成》之崖略。总之,汉儒说经义,其大端已具于班书。至孟坚兼包今古,而其所重乃在古文,《地理志》及诸小注,可以证《古文尚书》之《禹贡》。其篇终叙诸方风土,乃与《左氏》、《毛诗》相明。他征引诸经,以古文为最众,此言其合于经义者也。若其故训,详在前方。

一曰考史法,《春秋》之称微而显,志而晦,婉而成章,尽而不汙,惩恶而劝善,丘明明之,子长接之,孟坚业之,彼三贤者,皆阙里之冢嗣也。班书之美,为子玄所称道,兹不复列,别举二条以示例:

《武纪》赞曰:"如武帝之雄才大略,不改文景之恭俭,以利斯民,虽《诗》《书》所称,何以加焉。"此讽刺之意,至为显白,不曰武帝不及文景,而曰不改文景,则诗书所称,无以加此,为善于立辞,讽刺之文,不以有所讳而漫灭也。

《食货志》:"是岁汤死而民不思。"夫张汤佞人,酷吏之尤,特班氏时,其子孙贵显,班不便明斥,而曰"汤死而民不思",夫为法而令死无余声,则其法之病民,可以概见。此所谓"婉而成章"者也。

班书之长,尤在《古今人表》及《艺文志》。《古今人表》之作,所以董正群言,考订之功颇细。《艺文志》全本二刘,能率由旧章,不衍不忘者也。后之修史者,于此二类,终古谢短焉。

(《斯文》半月刊 第二卷第十九、二十期合刊页二—五。)

第二辑

## 读章炳麟救学弊论

章氏此论,滔滔数千言,于近世学术之衰,学风之陋,思有以振捄之也。章氏负当世能文名,其言论足以震古今,其行止足以集人伦,斯论之出,景响尤巨。今本盉各之义,略抒所怀,以当商榷焉。

夫小说之名,肇见《庄子》(外物篇"饰小说以干县令"),爰及汉代,其流渐广,班固《汉志》,列为十家之一。隋唐以下,述作益宏。宋仁宗时,国家无事,使臣下日进小说一篇,以为娱乐。厥后斯体大兴,长篇短制,霞起飚流,其至者可以激动人心,占一代政教之兴革。下焉者亦可风上谏下,合乎诗教之旨。而章氏因先哲之言,承儒家之指,统以为导人淫僻诱人倾险之所为也。即以小说家言多诞秽,不足为训,则经史中载亵渎之事多矣。有敢摈《诗·国风》、《易·咸卦》、《汉书·景十三王传》而不读者乎?盖文章之美,无关体制,时代愈后,文体愈侈。如唐玄宗与杨贵妃事,在诗为白居易《长恨歌》,在小说为陈鸿《长恨歌传》,在传奇为洪升《长生殿》,体制各殊,要皆同为不朽之作。若以为白诗可教,陈、洪之制足以败坏人心,束诸高阁,是未足以折服人心也。章氏数举《三字经》、《史鉴节要》便读,以为愈于小说传奇。呜呼!使举国之人,尽仅读《三字经》、《史鉴节要》便读者,于学术又将何如?此其失一也。

夫刻辞镂铜,自古而然,大禹勒笋簴而招谏,成汤箸盘盂以垂规,景钟纪魏颗之勋,卫鼎表孔悝之铭。《春秋左氏传》,载钟鼎及二十余事。班固《郊祀志》,独标美阳得鼎前事,其文异于秦汉,其时惟张敞能辨之。许君《说文叙》亦称郡国往往于山川得鼎彝,其铭即前代之古文,皆自相似,虽颇复见远流,其详可得略说也。然许君所见金石文字与小篆不同者，《说文》已录之，其所不见者，尤不少也。如子尾送女之尊，周宣岐阳之鼓，诗人以之入咏，画士播诸丹青。天水崛兴，代多奇士，摅怀旧之蓄念，发思古之幽情。若薛尚功、欧阳修、赵明诚、王复斋、吕大防等，或丰于收藏，或长于考订，知人所未知，有人所未有，诚前世之所无，开后来之规模也。金石之学，于是大启。或以证古籀篆隶之出入，或以定音韵训诂之通假，或以考氏族职官之得失，或以校地舆年月之是非，始为坿庸，蔚为大国，厥用极宏，未可忽也。顾《说文》为字书之总汇，识字之钤键，尽人皆知。其不观《说文》而直求之钟鼎款识者，如摘埴索涂，固为不可。若专守《说文》而斥钟鼎款识为不足观者，则为许君所蒙蔽者多矣。颜之推云："不信《说文》，则冥冥不知一点一画，有何意焉。若必依小篆是正书记，凡《尔雅》、《三苍》、《说文》，岂能悉得苍颉本指哉？"故章氏之专守《说文》，与潘、翁二氏之排《说文》，其失一也。况钟鼎款识之学，非始潘、翁，必以为不足教者，咎亦在薛、欧，不在潘、翁矣，此其失二也。

且夫文之美恶，微特不关于体制，亦且无限于中西。林纾译大仲马之《茶花女遗事》，依然哀艳感人。郭沫若译歌德之《浮士德》，读之仍为神魂飞荡。章氏以为远西之文，徒绣其鞶帨，不足任用，顾中文有华质，西文亦然，此视其时代之风尚与作者之风格而异，宁有远西之文，皆藻丽华绮而鲜质实者乎？且远西之文有过于中土者，如海洋文学，我国不及西欧远甚。《毛诗》之"河水洋洋"，《楚辞》之"北渚渺渺"，但有零句，鲜有专篇。木玄虚《海赋》，排缀水旁字句而已。至曹操《观沧海》诗，着洪波之辞。灵运《游赤石》诗，有超越之句。后之作者，鲜有嗣音。而远西状海之篇，俯拾皆是。若能取彼之长，补我之短，岂非两全乎？或以为读西文则中文与之俱化，是无足虑也。魏晋梵佛大典，缁流广被中土。能文之士，莫不受其影响，大谢之诗，其著者也。若王巾《头陀寺碑文》，几乎句句用释典，字字含理意。昭明以之入《选》，当世钦其能文。今为文者能掇远西之菁英，以广拓我之艺苑，夫谁曰不宜？必以为不足任用，则何厚于魏晋六朝之人，而薄于今之人乎？此其失三也。故小说传奇、钟鼎款识、远西之文，非不足教，在乎教得其人也。

至其论学校之弊，以及学者之陋，使人读之，未有不悚然者。今国内学制，仿自欧美，由幼儿园而小学而中学而大学，为时约二十年，即令学子能循序以进，所得能有几乎？以国文而论，学生在听课外无他事，教员在教科外无旁责。同一《古诗十九首》，初中读之，高中读之，至大学又读之，然终不能背籀。同一《文选序》，其教授之时亦然，旷日玩时，无所补益。教材之选择无准，人格之训练益鲜。驯至一中学毕业生，能文理通达者，已为高才生。若稍质以诗书，则瞠目无以对。昔郑玄家奴婢皆读书，尝使一婢不称旨，将挞之，方自陈说，玄怒，使人曳着泥中。顷复有一婢来，问曰：

"胡为乎泥中?"答曰:"薄言往愬,逢彼之怒。"今之中学生,直郑家奴之不若矣。且学校常随政治而更动,此党揽权,异党尽逐,一人得志,亲娅皆登。故校长视学校如逆旅,教员视学校如邮亭,有席未暇暖而卷去,有突不得黔而先奔。间有无赖之士,非有学行如陆九渊、朱晦庵者也。崇其名号,夸其成绩,设学校为利薮,招学生为货殖。学生惟年纳以巨款,届期给以文凭,其读书与否,其心得有无,则教员不问焉,校长不顾焉。若斯之流,亦复甚众。即上焉者,能读书识字,而师弟子之间,漠若路人,此在宋时已然,朱子《学校贡举私议》云:"熙宁以来,所谓太学者,但为声利之场,而掌其教事者,不过取其善为科举之文,师生相亲,漠然若行路之人。月书季考,只以促其嗜利苟得冒昧无耻之心,殊非立学教人之本义。"以今视古,宜若合符然。学校之弊,一至于此,宁不痛哉!而学术之陋亦复如之。浇薄之徒,不读经书,而空谈义理;不窥史册,而妄生疑惑。或句读古书,或迻录往籍,去作者之名,标自己之号。朝成一篇,暮登诸版。昔亭林尝谓:"今人纂辑之书,正如今人之铸钱,古人采铜于山,今人则买旧钱,名之曰废铜以充铸而已。"亭林学比江海,行并日月,而自视所著书,犹不如古,期之以废铜,盖学者之谦也。今人既不及亭林远甚,反高自位置,俨若昭昭悬之国门,不能易一字者,有是理乎?至于载笔之徒,言文之士,伏枕抽毫,然脂瞑写,不假润饰,自命天才,不知机有迟速,并资博练。扬雄为一代文豪,赋甘泉而脏出。杜甫为千古诗宗,学阴何而心苦。非不能速,欲速则不达也。况才疏空速,庸足当乎?近代为文之捷者,无过于毛西河,西河口耳手三者可同时而作,其聪惠已迥过常人,而其为文引经,往往不足据,梁绍壬已辨之(见《两般秋雨庵随笔》)。今学士知既不及西河,而徒羡虚名,束书不读,既不加思,复不苦学,则殆罔兼至矣。使举国而为殆罔之人,而欲其国之不颠覆者难矣。章氏以学校须改制,罢遣其学风最劣者,学术须提倡,以能常见书为先。予以谓今后学校,须取宋书院制及明初学校制并行之。明初学校,非专尚时文,学生入监读书,而国家之整理田赋、清查黄册、兴修水利,皆监生为之。年长者历练政事,能文者拔擢不次。博学者令习翻译,善书者命其缮写。他若特事遣使巡狩从之,皆优为之。盖明之国学,第为储才之地,以师儒督其学,以世务练其本,学以致用,国无弃才。诚能如是,则教者安于职,学者收其心,奔竞之风斯遏,质朴之风自崇。若学比郑玄王肃,行比朱熹陆九渊,或有一艺之长,足与前人争光者,则政府褒扬之,学校丰养之,使其自由讲学,学者亦随其性之所近而归之。此寓书院于学校之中,树一代之学风,以为百世模楷。较今之挟书终日,彷徨无所措者,得益必宏矣。顾远西如牛津、剑桥诸大学,并行此制,而我国反吐弃之摒斥之,常人忽近而贵远,无乃是乎?呜呼,刘石乱华,清谈流祸;赵宋垂危,党争未已。今关东沦丧,疮痍未抚,诸学士终日嚣呶,不务实学。长此以往,深恐神州遭陆沉之痛,诸夏有偕亡之哀。昔王衍将死,云:"吾曹向若不祖尚虚浮,戮力以匡王室,犹可不至今日。"因读章氏之文,且有感乎夷甫之言,书之如此云尔。

(原载《浙江省立图书馆馆刊》1935年第5期)

## 文字学的功用

文字学这门课程,在一般人的脑子里都会以为它是顶枯燥的或不合时代的东西。这不但一般普通人会作如此想,就是大学里喜欢文学的学生,也会有此想法的。他会把文字学这门课程,当作语言组的必修课,只能让一部分人去推敲寻求,而自命不凡,风流潇洒。

其实这种想法是全不对头的。文字是一个民族构成的主要条件,一个民族的历史文物以及它发展或失败的事迹,全靠文字把它记录下来,而借以记录的符号文字,代有衍变,我们如果要深切地了解过去或创造未来,对于文字的形体、声音、涵义的衍变便不能忽略或妄加蔑视。

文字学在古代,不过是小学课程的一种。《周礼·地官·司徒·保氏》:"掌谏王恶,而养国子以道,乃教之六艺:一曰五礼,二曰六乐,三曰五射,四曰五驭,五曰六书,六曰九数。"《礼记·内则》:"六年教之数与方名。十年出就外傅,居宿于外,学书记。十有三年,学乐、诵诗、舞勺。"《汉书·食货志》:"八岁入小学,学六甲五方书计之事。"这里所谓"六书"、"书记"、"书计",便是现在的文字学。周代的学童,一入小学,便教他文字的构造方法,所以后来就叫文字学为小学。现在却适得其反,六书的条例,也即文字的构造方法,往往到了大学才开始学习。这便因为我们汉族有数千年的历史,汉字的形体、声音、义训代有衍变,错综复杂,不是三言两语所能说得清楚的,更非初入学的儿童即能得从事,而是成为一门专门的学科了。

这门专门的学科,是一切学科的基础,是一切汉学的钥匙。我们现在研究甲骨文、钟鼎文(或称金文)、小篆、隶书,决不是拿它当作纯艺术的欣赏,更不是拿它炫奇夸博，当作古董看待。清代有一位学者江艮庭(声)，他毕生研治《说文》和《尚书》，著有《六书说》《尚书集注音疏》等书，因为他研治《说文》，所以他平日和朋友通讯或读书做笔记，都用篆书。有一次他用小篆开了一张药方到药铺子里去买药，把药铺子里的伙计弄得莫所措手足，无法处理，这种应用不得当而引起的纠纷，决不是我们研究文字学的目的。

颜之推在《颜氏家训·书证篇》里说："学者不观《说文》，则冥冥不知一点一画，有何意焉。"这却一语道破文字学这门课程的意义和功用。不过近代的文字学，已不是《说文》一书所能限制。清代三百年，若段玉裁、若钱坫、若桂馥、若朱骏声、若王筠，对于《说文》的研究，可以说是已经登峰造极，无以复加。但自吴大澂著《说文古籀补》，以古器习见的形体，来订正许书所载的古籀，对乾、嘉以来文字学上定一尊于《说文》的学风，起了一次大革命。至1889年(清光绪二十五年)，河南安阳发现大批龟甲和兽骨，瑞安孙诒让据之著《契文举例》和《名原》，上虞罗振玉据之著《殷商贞卜文字考》，这可说是文字学上第二次的大革命。文字学经过这两次的大革命以后，领域渐渐地扩大了。学者研究的对象和方法既和以前不同，它的收获自然比以前也就丰富得多了。

我们现在说到文字学的功用，大约可分做四项来讲：

一、古书的校读。因时代的变迁、地理的隔阂，一个字的形体、声音、意义往往随之而异。在文字学里，它可以告诉你文字是怎样起源的，由古文而小篆而隶书而真书、草书、行书的嬗变之迹是怎样的，它会使你明白周、秦、两汉、魏晋、南北朝、隋、唐、五代、宋、元、明、清以迄现代的音变是怎样的，它更会使你知道一个字的本义是怎样的，它的引申义又是怎样的。以文字学做基础去了解古书的涵义，这是汉、唐以及清代学者一脉相承的治学方法。顾亭林《答李子德书》说："读九经自考文始，考文自知音始，以至诸子百家之书，亦莫不然。"便是揭发这个道理。如果我们背离这条道路，冒昧地去讲读古书，往往句读不通，臆解横生。甚至会造成许多笑话。像唐玄宗读《尚书·洪范》至"无偏无颇，遵王之义"句读不通，便怀疑"颇"字有错误。开元十三年，他下了一道敕文说："朕听政之暇，乙夜观书，复读《尚书·洪范》至'无偏无颇，遵王之义'，三复兹句，常有所疑，据其下文，并皆协韵。惟'颇'一字，实则不伦。"他便把"颇"字改为"陂"字，和"义"字协韵。其实"义"字从我从羊，古音读"义"若"我"(五可切)，和"颇"(滂禾切)为韵，同在歌部。《易·象传》："鼎耳革，失其义也。"覆公𫗧，信如何也。""义"和"何"为韵。《礼记·表记》："仁者右也，道者左也。仁者人也，道者义也。""义"和"左"为韵。这是古书上"义"读若"我"的例子。况且司马迁《史记》引此作"颇"。熹平石经亦作"颇"。陆德明《经典释文》说："旧本作'颇'。"可见"颇"字本没错误,玄宗不懂古音,妄作聪明,改"颇"为"陂",可谓多事。至于文字形体的奇侅,更容易引起误读。《吕氏春秋·慎行论·察传》载着这样一个故事:

> 子夏之晋过卫,有读史记者曰:"晋师三豕涉河。"子夏曰:"非也,是己亥也。"夫己与三相近,亥与豕相似。至于晋而问之,则曰:"晋师己亥涉河也。"

"己"和"三","豕"和"亥",从现行的楷书来看,决不会读错。可是以现在甲骨文及金文来看,就大有混淆的危险。按甲骨文"己亥"直作"三"、"ヨ",和"三豕"形极相似(见容庚《殷契卜辞》)。金文"三"作"三"(颂鼎),"己"作"己"(分仲鼎),"亥"作"ㄅ"(乙亥簋),"豕"作"ㄚ"(戊辰簋),形亦易讹。子夏是孔门弟子中对文学最有研究的,他注意到文字的形体,断定"三豕"必为"己亥"之误,改正读史记者的谬误。这故事在当时想当为一般人所称颂,所以一直流传到现在还为我们校雠学上的美谈。宋人说经,空言义理。解释经文,往往不探求文字本源,妄生臆解。朴学家看不起理学家,也便是这原因。如果没有陈季立(第)、顾亭林(炎武)等人出来探求《诗》、《骚》的本韵,也许我们现在还是被叶韵之说所蒙蔽。如果没有钱竹汀(大昕)告诉我们古无轻唇、舌上二音,也许我们还会把"伏羲"和"庖犧"、"申枨"和"申棠"都当作两个人看待呢。这岂不是笑话。所以要读古书,便得先要从文字学入手,文字学上的问题解决了,其他问题便可迎刃而解。

二、古史的探讨。我国从前考订古史的,大都是根据古书上所记载的材料。譬如司马迁做《史记》,也不过采辑《世本》、《春秋左氏传》、《国语》、《战国策》、《楚汉春秋》诸书加以剪裁罢了。不过单靠这些材料,往往不够,有时且难征信。所以研究古史的不得不扩大其目光,注意到古代遗留下来的实物上去。如钟鼎、甲骨,等等。而于这些实物上所刻的文字里面,往往会发现奇迹,得以证明古代社会的真实情况。关于钟鼎的出土,虽然每代都有,却以宋代为最盛。宋代政府方面如太常秘阁,专做收罗古器物的工作。同时士大夫方面如刘原父(敞)、欧阳永叔(修)、杨南仲(登)辈,锐意搜求,对文字的考释,也有凿空之功。但此风至元、明,便渐渐衰替。到了清代初年,乾隆、康熙诸帝政治上得到相对的稳定,文化事业才又中兴起来。甲骨的出土,到现在才不过四十多年的历史(1899—1942年)。最初是由当地土人和古董商人零碎的发掘,后来经中央研究院作大规模有计划的发掘,甲骨出土的数目才与时俱进。近几十年来根据金文、甲骨文去重新估定古史而成绩最显著的,我们可以举出两个人做代表:一为王国维,一为郭沫若。王氏在《殷墟文字类编序》里说:"书契文字之学,自孙比部(诒让)、而罗参事(振玉)、而余所得发明者,不过十之二三。而文字之外,若人名、若地理、若礼制,有待于考究者尤多。故在此新出之史料,在在与旧史料相需,故古文字古器物之学与经史之学,实相表里。惟能达观二者之际,不屈旧以就新,亦不绌新以从旧,然后能得古文之真,而其言乃可信。"王国维以这种平凡审慎的态度去考订古史,当然能够得到比较可靠的结果。他在1917年(民国六年)撰《殷卜辞中所见先公先王考》,证明了《世本》《史记》之为实录。又撰《续考》,证明了商先王世数以《史记·殷本纪》所记为近似,《三代世表》及《汉书·古今人表》为非(见《观堂集林》卷九)。他在《殷周制度论》里,根据卜辞,说明商代没有"为人后者为之子"的制度,和周代"兄终弟及,即为其后"是不同的。商人祭法,遍祀先公先王,和周人庙祭不同。殷人于帝王之妣和母皆以日名,和周之著姓者不同(见同上)。其他如《鬼方昆夷玁狁考》,证明三名而同为一族,为我国商周之际的一个大敌。在《殷礼征文》里,更说明殷人以日为名的由来。凡此,都由于古文字学的研究而导致古史学上的创获。

至于郭沫若的研究契文和金文,目的几乎完全是为了探索古代社会的真相。他在《甲骨文字研究序》里说:"余之研究卜辞,志在探讨中国社会之起源,本非拘拘于文字史地之学,然识字乃一切探讨之第一步,故于此亦不能不有所注意,且文字乃社会文化之一要征,于社会之生产状况与组织关系,略有所得,欲进而追求其文化之大凡,尤非此而莫由。"这已经很清楚地说明古文字学的研究对探讨古史的密切关系。1929年9月,他写了《卜辞中之古代社会》(见《中国古代社会研究》)一文。他利用卜辞首先证明商代的产业自中叶以后,已由牧畜时代渐渐进展到农业时代。次以卜辞证明殷人的社会尚为氏族组织,一旦有战争则整个氏族出征,国亡则整族下降为奴隶。另一方面私有财产、阶级制度也渐渐萌芽了。他在《周金中的社会史观》(见《中国古代社会研究》)一文中,指出历来史家以周代社会为封建制度的错误。他认为这与社会发展的程序不符,因为在氏族制度崩溃以后,必定还有一个奴隶制度的阶段,即国家发展的阶段,然后才能进展到封建社会。他又根据殷周彝器,证明周代上半期是奴隶制度,同时也指明它并非封建制度的反证(见《中国古代社会研究》)。其他如由彝铭考见周代的传统思想为后来儒家思想的导源(见《金文丛考第一》),推明谥法不起于周初,以证《逸周书·谥法解》之为伪托(见《金文丛考第五》),这些都是以补旧史之不足,开拓了古史学的新领域。因此,一尊一罍的考释,一字一辞的审辨,对于历史都发生莫大的关系。而考释审辨的功夫,又不得不以文字学做它的桥梁。

三、文辞的活用。《文心雕龙·章句篇》说:"因字而生句,积句而成章,积章而成篇。篇之彪炳,章无疵也。章之明靡,句无玷也。句之清英,字不妄也。"可见识字是做文章的初步。用字的得当与否,即可以决定文章艺术性的好坏。汉代文人大都兼为小学家,如司马相如、扬雄、班固等,在文学史上固为一代之雄,在小学方面,也各有独造。我们现在读汉赋,觉得他们用字艰深阻奥,这在当时却是平易明白的。《文心雕龙·练字篇》说:"前汉小学,率多玮字,非独制异,亦共晓难也。"这真是最通达的话。晋代以后,文人对于小学的功夫慢慢地疏忽起来,文学家和小学家逐渐分家,各自发展。譬如沈约在梁朝不能不推为当时文坛的领袖,他那时已经感觉到汉代大赋的板滞难读,所以他对文章就提出"三易"的口号:一,易见事;二,易识字;三,易诵读。第二第三两项可以说完全是针对文字学功夫粗疏的人着想的。其实文章是跟着时代而嬗变,每一时代有每一时代的文章风貌。古代的文章,在当时人读起来,决没有我们今天读它那样的困难。《尚书·盘庚》三篇只是当时政府迁都告全国民众的书。如果像我们现在读《尚书》那样的屈佶聱牙,当时的民众怎能被感动呢?它不是完全失了作用吗?所以诗骚、汉赋、唐诗、宋词、元曲,各代表一个时代的文学,在文学史上各有千秋,它的价值并没有高低之分,只是我们现在去读它,有的容易些,有的困难些。这是时代造成的,无可奈何的。如果对文字学没有一点知识,不但读诗骚、汉赋会发生困难,就是看现代的白话文,有时也会发生迷惑,这里我可以引一段事实来证明。

> 上梁文必言"儿郎伟",或以为"唯诺"之"唯",或以为"奇伟"之"伟",皆未安。在勒局时,见元丰中获盗推赏刑部例,皆即元案,不改俗语。有陈棘云:"我部领你懑厮逐去深州边。"吉云:"我随你懑去。""懑"本音"闷",俗音"门",犹言"辈"也。独秦州李德一案云:"自家伟不如今夜去。"余笑曰:"得之矣。"所谓"儿郎伟"者,犹言"儿郎懑",盖呼而告之。此关中方言也。
> 
> ——楼大防《攻媿集·姜氏上梁文跋》

楼大防深懂音韵学,他用比较语言的方法,证明了"儿郎伟"即"儿郎懑",也就是我们现在的"儿郎们"。"伟"、"懑"、"们"三字一声之转,意义相同。由这个道理推衍起来,我们就可懂得现代白话诗中所常用的"呀"字,就是元曲中的"呵"字,也就是《诗·伐檀》"河水清且涟猗"的"猗"字,也就是屈原《离骚》"帝高阳之苗裔兮"的"兮"字。现代白话文里所常用的"什么"一辞,就是宋人语录中的"甚么",也就是南北朝时人所用的"何物",也就是《孟子·许行章》"舍皆取诸其宫中而用之"的"舍"字。如果我们把《离骚》里的"兮"都翻译为"呀"字,把《孟子》里的"舍"字翻译为"什么"二字,看起来或者读起来岂不明白显畅吗?自唐以后,文人对于小学,往往不注意。所以韩昌黎出来提倡古文运动的时候,一方面在文风上要革除八代靡丽之辞,另一方面,他要求一般文人从认识文字入手。"凡为文辞,宜略识字。"这是针对时弊的警句。因为识字不多,对写文章的人来说,便发生两种困难:一,误用字义;二,新的意境,不能表现。如《论语》"必也正名乎?"的"正名"二字,郑玄说:"正名谓正书字也,古者曰名,今世曰字。"现在一般人引用此句,往往把"正名"的"名"当作"名号"之"名"来解释,而把它的本义忘却了。又如"富而可求也,虽执鞭之士,我亦为之"的"士"字,《说文》:"士,事也。"《盐铁论》引《论语》正作"事"字。现在人引用此句,往往将"士"字解释为"士大夫"之"士",这便是郢书燕说,很难说得过去。如果我们所认识的字非常少,或者那字的涵义知道得很少,也会发生同样的弊病。随便举一个例子来说吧,譬如一个"扇"字,倘使我们刚知道它是一个名词,是扇子的扇。那陶渊明的"日暮天无云,风春扇微和"的"扇"字,便不易领会了。又如"将"字,如果我们只知道它当作"将来"的"将"字解,那王鹏运的《鹊踏枝》"似雪杨花吹又散,东风无力将春恨"的"将"字,便无法解释。而且碰到这种境界的时候,也无法运用这等惟妙惟肖的字眼。所以文词的遣使,文学的创作,也须借用文字学的修养。

四、文字的正伪。关于文字的正伪,可分两方面来谈。一为字形的误写,一为字音的误读。我们现在所通行的楷书,大部分是秦李斯统一文字以后的小篆衍变过来的。在小篆以前,中国文字的形体,非常复杂。许慎《说文解字序》说:"七国时,言语异声,文字异形。"其实在七国以前,殷周文字的变化更多,我们看殷墟甲骨文字和商周彝器文字,一个字的形体往往多至数十种写法的,孰正孰伪,实在很难决定。就我们现在来说,字体的正与伪,也只能拿《说文解字》来做标准。因为《说文》是保存汉以前文字比较最完备的一部字书,我们拿它来做字体正俗或是非的衡量器,也无非是截断众流的办法。其实写错字是每个时代都有的。像汉代可说是对文字最注意的时代,《汉书·艺文志》说:"汉兴,萧何草律,亦著其法曰:太史试学童,能讽书九千字以上,乃得为史。又以六体试之,课最者以为尚书御史、史书令史。吏民上书,字或不正,辄举劾。"当时以认识文字的多少和书法的好坏来决定官吏的黜陟,可见政府对于提倡文字的苦心。《汉书·万石君传》又载:"长子建为郎中令,奏事下,建读之,惊恐曰:书马者与尾而五,今乃四,不足一,获谴死矣。"这虽说明石建为人的谨慎,但也可证明汉代一般人对于书写文字的正伪是何等的重视。然而尽管政府与人民怎样注意文字的书写,错字依然流行。许慎撰《说文解字》,就是鉴于当时的"俗儒鄙夫",不通文字的构造条例,误以隶书为仓颉时代的文字,"人用己私,是非无正"。他才毅然出来担当谠正文字的责任。《说文序》的末段说:"今叙篆文,合以古籀,博采通人,至于小大,信而有征,稽撰其说,将以理群类,解谬误,晓学者,达神恉。"诚然,我们依据《说文》所录的篆文,上可以推寻殷周古文衍变之迹,下可以证明后世楷隶传写之伪。《说文》所以被历代学者奉为字书的圭臬，这也是一个很大的原因。魏晋以下，俗体字流行渐广，颜之推对此曾慨乎言之。他说："乱旁为舌，揖下无耳，鼋鼍从龟，奋夺从雚，席中加带，恶上安西，鼓外设皮，凿头生毁，离则配禹，壑乃施豁，巫混经旁，皋分泽片，腊化为獵，宠变成宠，业左益片，灵底著器，率字自有律音，强改为别，单字自有善音，辄析成异，如此之类，不可不治。吾昔初看《说文》，蚩薄世字，从正则惧人不识，随俗则意嫌其非。"（见《颜氏家训·书证篇》）可见南北朝时，正字俗字已混乱得使人莫所适从。到了唐代，伪字流行，更为广泛。所以颜元孙撰《干禄字书》的时候，便把当时的文字分为"俗"、"通"、"正"三类。所谓"正"，就是完全依据小篆笔画写的。著述文章对策碑碣，应用正字。所谓"通"，就是历代相承下来的一些简体字。在表、奏、笺、牍、判状上都可以用。所谓"俗"，就是违背小篆笔画的一些变体字。帐籍文案券契药方上最通用。其实"通"和"俗"都是后起的字，因社会上一般人以讹传讹，久而久之，便通行了。抗战前三年，曾有人提倡简体字，政府也曾予以支持。那些简体字大部分是吸取社会上最流行的俗体字、通借字或草书而成的。如以"观"代"觀"，以"听"代"聽"，以"义"代"義"，以"当"代"當"，等等，国民政府教育部也曾明令发表过一批，后来又明令停止使用。关于这些字应该提倡与否，现在姑且不谈。我们目前所要谠正的，倒是这些字以外的那些错字。在报章杂志上，在学生的文卷里，在墙壁的标语上，我们经常会发现许多错字。如"膏肓"作"盲"，"白皙"作"晳"，"鄙人"作"敝"，"委靡"作"萎"。其他如"侯""候"不分，"叚""段"莫别，那更不足为奇了。宋郭忠恕的《佩觿》以及今人吴契宁的《实用文字学》对于文字形误的例子，已经举得很多，并且分析得比较详细，初学的倒可以拿来做参考。至于字音的误读，也是很普遍的现象，一个字的读音固然有古今音的不同，也有方音的歧异。假如我们不是有意地去构拟古读，只要求一般人都能了解，便不能不有一个较为标准的念法。现在我们对于文字的音读，大致都是依据《广韵》的反切。因为《广韵》是承袭陆法言的《切韵》以及唐代许多韵书编成的，是现存韵书最早的一部，真是"酌古沿今，无以加也"。我们根据《广韵》做字音的标准，和根据《说文》做字体的标准，是一个意思（当然，现代人说话，还是以北京音为标准）。譬如"刚愎自用"的"愎"字，《广韵》"符逼切"，却有人把它念作刚"复"自用。秦少游的"郴江幸自绕郴山，为谁流下潇湘去"的"郴"字，《广韵》"丑林切"，音琛，是现在湖南的一个县名，却有人把它念作"彬"字。其他如把"鬼鬼祟祟"念成"鬼鬼崇崇"，把"躐等而进"念成"腊等而进"，把"别墅"念成"别野"，把"床笫"念成"床第"的，在朋友们的嘴里是时常听到的。关于音读的正误，宋王雱的《字书误读》、释适之的《金壶字考》以及今人罗常培的《误读字的分析》（见《国文月刊》第 4 期）一文都已注意到这方面的问题。

以上已经把文字学的功用说了一个大概。我们推求现在一般人对于这方面忽略的原因,也有它时代的背景。清朝末季,一般革新有识之士都认为清代衰亡的原因为时文小楷。大家都集中诟骂这两样东西是误人子弟的毒药。所以从开始接受西方文化之后,八股文固在推倒之列,小楷也同遭唾弃。辛亥革命以后,流风所及,愈演愈烈。政府既不像汉代以此作为登庸学士的条件,学习者更没有像石建那样"小心翼翼"的傻子。因此,学生在学校里练习的文卷,满纸涂鸦,也没有人认真地去改正它。报章杂志以及各种书刊上伪字流行,也恬不为怪,真是可怕的现象。本来纠正文字的音伪形误,是文字学最起码的初步的应用,如果连这点都没有做到,那对古书的校读、古史的探讨更谈不上了。曾经有过一次文官考试的国文题目是出在《孟子》里,"入则无法家拂士,出则无敌国外患者,国恒亡。"叫应考的学生阐明这几句话的道理。那时许多应考者对题目里的"拂士"二字,都没有确切的了解,因此写得愈长,离题愈远,录取的希望自然便成为泡影。按"拂士"就是"辅弼之士",古无轻唇音,所以"拂""弼"相通。那些读《孟子》的既不留意赵岐的注释,又不知道钱大昕告诉我们古今音变的条例(见《十驾斋养新录》)。对古书的真正意义自然不可能理解,怎样做到古为今用,那就更不可能。总之,文字学这门课程是汉语言文学的基础课,我们不能忽略它,更不能藐视它。近代章太炎先生在《小学略说》里说:

　　盖小学者,国故之本,王教之端,上以推校先典,下以宜民便俗,岂专引笔画篆、缴绕文字而已。

这几句话,把文字学的功用已经说得非常恺切明白,我们就拿它当作结论吧!

(此文曾在抗日战争期间发表于重庆《读书通讯》第六十一期。现在重抄一遍,在字句上作了少数改动。)

# 唐以前诸家《汉书》注考

班固《汉书》,义蕴宏深,文辞典雅,起元高祖,终于孝平王莽之诛,十有二世,二百三十年。综其行事,旁贯五经,上下洽通,为春秋考纪、表、志、传凡百篇。自永平中始受诏,潜精积思,二十余年,至建初中乃成。当世甚重其书,学者莫不讽诵焉。①

考班书始出,多未能通者。同郡马融,才高博洽,为世通儒,伏于阁下,从昭受读②。读者,即今所谓音义之学,则其书之艰奥可知。自汉迄隋,代有名家、学者钻研,几与五经等垺。

> 君治《鲁诗》韦君章句,阙帻传讲《孝经》、《论语》、《汉书》、《史记》、《左氏》、《国语》,广学甄微,靡不贯综,久游太学,巍然高厉。(《执金吾丞任城武荣含和碑文》)
> 
> 父防,字建公,雅好《汉书》名臣列传,所讽诵者数十万言。(《魏志司马朗传》注引司马彪《序传》)
> 
> 刘殷有七子,五子各授一经,一子授《史记》,一子授《汉书》。一门之内,七业俱兴。(《御览》六百八引《晋书》)

南北朝学者,诵之尤勤。

---

① 见《后汉书·班固传》。
② 见《后汉书·列女曹世叔妻传》。

东莞臧逢世年二十余,欲读班固《汉书》,苦假借不久,乃就姐夫刘缓乞丐客刺书翰纸末,手写一本,军府服其志尚,卒以《汉书》闻。(《颜氏家训·勉学篇》)

精于《两汉书》,时人称为汉圣。(《北史·文苑·刘臻传》)

或以之证经术:

魏收之在议曹,与诸博士议宗庙事,引据《汉书》,博士笑曰:"未闻《汉书》得证经术。"收便忿怒,都不复言,取《韦玄成传》掷之而起。博士一夜共披寻之,达明,乃来谢曰:不谓玄成如此学也。(《颜氏家训·勉学篇》)

或以之证误文:

《汉书》:"御史府中列柏树,常有野鸟数千,栖宿其上,晨去暮来,号朝夕鸟。"而文士往往误作乌鸢用之。①(《颜氏家训·文章篇》)

《汉书》云:中外禔福(见《司马相如传》)。字当从示。禔,安也,音匙匕之匙,义见《苍雅》、《方言》。河北学士,皆云如此。而江南书本多误从手,属文者对偶,并为提携之意,恐为误也。(《颜氏家训·书证篇》)

或以之考音读:

邪者,未定之词。《汉书》:是邪非邪(武帝李夫人歌,见《外戚传》)之类是也。而北人即呼为也,亦为误矣。(《颜氏家训·音辞篇》)

或以之得字诂:

《商书汤誓》云:予则孥戮汝。孔安国《传》云:古之用刑,父子兄弟,罪不相及,今云孥戮,权以胁之,使勿犯也。按孥戮者,或以为奴,或加刑戮,无有所赦耳。此非孥子之孥,犹《周书·泰誓》称"囚孥正士",亦谓或囚或孥也,岂得复言并子俱囚也。又班固《汉书·季布传》赞云:及至困亢奴僇苟活,盖引《商书》之

---

① 见《汉书·朱博传》,本皆作乌,宋祁因颜此言,谓当作鸟。

言以为折中矣。(《匡谬正俗》)

或以之征史例：

> 详观古今著述及评论，殆少可意者，班氏最有高名，既任情无例，不可甲乙辨，后赞于理，近无所得，惟志可推耳。博赡不可及之，整理未必愧也。①（范晔《狱中与甥侄书》）

或以之资言谈：

> 朝贤尝上巳禊洛。或问王济曰："昨游有何言谈？"济曰：张华善说《史》《汉》，裴頠论前言往行，衮衮可听。王戎谈子房、季札之间，超然玄著。（《晋书·王戎传》）

观其事不激诡，不抑抗，赡而不秽，详而有体，使读之者亹亹而不厌，信哉其能成名也。②

> 华覈上书曰：昔班固作《汉书》，文辞典雅，后刘珍、刘毅等作《汉记》，远不及固，叙传尤劣。（《三国志·吴书·韦曜传》）

夷考班固述作，太初以前，大抵因循前业，读史迁之记，思实过半。③ 而史迁创体奇谲，辞笔瑰丽，班彪讥其文重思烦，刊落不尽，尚有盈辞，多不齐一。若序司马相如，举郡县著其字。萧、曹、陈平之属及董仲舒并时之人，不记其字，或县而不郡者，盖不暇也。④ 后之论者，若王充则甲班而乙马。

> 《论衡·超奇篇》：彪文义浃备，纪事详赡，观者以为甲，以太史公为乙也。

张辅又劣固而优迁：

---

① 见《宋书·范晔传》。
② 见《后汉书·班彪传论》。
③ 见《文心雕龙·史传篇》。
④ 见《后汉书·班彪传》。

《御览》六〇四引《晋书》：张辅尝著论论班固、司马迁。迁之著述，辞约而事举，叙三千年事，唯五十万言，班固叙二百年事，乃八十万言，烦省不同，不如迁一也。良史述事，善足以奖励，恶足以鉴戒，人道之常，中流小事，亦无取焉，而班皆书之，不如二也。毁贬朝错，伤忠臣之道，不如三也。迁既造创，固又因循，难易益不同矣。又迁为苏秦、张仪、范雎、蔡泽作传，逞辞流离，亦足以明其大才，故述辨士则辞藻华靡，叙实录则隐核名检，此所以称良史也①。

各逐好恶，妄加轩轾。实则《汉书》文体，运单于复，奇偶相生，而偶多于奇，已改易史迁之风。自汉末以迄今兹，史、汉二家，不独为史学上各树一帜。

《史通·六家篇》：诸史之作，不恒厥体，摧而为论，其流有六：一曰《尚书》家，二曰《春秋》家，三曰《左传》家，四曰《国语》家，五曰《史记》家，六曰《汉书》家。

且亦为文家不祧之祖：

王闿运《答陈深之论文》：《国策》、《史记》、贾、晁、向、操诸人能用单，《国语》、《班书》、东汉以至梁初诸家之文善用复，不能者袭其貌。②

林纾《文微》：能自《史记》、《汉书》、《左传》、《礼记》、《诗经》中求根柢，再以八家法度学周秦及其他经文，乃有把握。③

六朝文士，喜读班书，缛旨星稠，繁文绮合，此风至盛唐而始革。

《隋书·经籍志·史部叙》曰：《史记》、《汉书》，师法相传，并有解释。梁时明《汉书》者有刘显、韦稜，陈时有姚察，隋代有包恺、萧该，并为名家。《史记》传者甚微。

司马贞《史记索隐序》：《史记》比于班书，微为古质，故汉晋名贤，未知见重。

---

① 按论即《名士优劣论》，见《史通·鉴识篇》原注。
② 见陈兆奎辑《王志》卷二论文答陈深之。
③ 见朱羲胄纂述《文微籀诵》第三。

《隋书·经籍志》载为《汉书》作注者达十五家之多：

  应劭　服虔　韦昭　刘显　夏侯咏　萧该　包恺　晋灼　陆澄　韦稜　姚察　刘宝　刘孝标　萧绎　蔡谟

而为《史记》作注者仅三家：

  裴骃　徐野民　邹诞生

已可觇时代之风尚矣。

自唐颜师古注行，而班书义显，卓然号为功臣，而唐前诸家之书，因以尽废。

  钱大昕《汉书正误序》：孟坚书自汉迄隋，名其学者数十家，小颜集其成而诸家尽废。①

考颜注所引诸家，据《序例》所载，数凡二十三。

  荀悦　服虔　应劭　伏俨　刘德　郑氏　李斐　李奇　邓展　文颖　张揖　苏林　张晏　如淳　孟康　项昭　韦昭　晋灼　刘宝　臣瓒　郭璞　蔡谟　崔浩

而《史通·正史篇》云二十五家。景祐本《汉书》载秘书丞余靖上言，亦云颜师古总先儒注解名姓可见者二十五人。清代诸儒考史注者，对此各有訾议。若齐召南则以二十五系二十三传写之讹。

  《官本考证》：臣召南按，师古所列诸家名氏，自荀悦至崔浩共二十三人，而监本载宋景祐时余靖上言，总先儒注解名姓可见者二十五人，盖二十五系二十三传写之讹也。不然，宋祁谓诸家名氏已附注颜师古《叙例》之下，益不可解矣。

---

① 见《潜研堂文集》卷二十四。

王鸣盛则以二十五人者,外增师古及张伲也。① 洪颐煊则以胡广、王楘叙例不载,似宜补入。

《读书丛录》:《汉书·文帝纪》应劭注引胡公曰,《元帝纪》如淳注引胡公曰,《百官公卿表》如淳注引胡公曰,《贾谊传》苏林注引胡公汉官,胡公即胡广也,当时名为尊,故不著其名,颜师古《叙例》不载广名氏里爵。

又:《汉书·高帝纪》十二年师古注引臣瓒、王楘,或云公者比于上爵。《景帝纪》中三年臣瓒注引王楘言景帝薄后以此年死。

王楘是西晋以前人,《叙例》亦不载。

观三家之说,当以齐氏为长,三与五形近,易致伪讹。《史通》误之于前,余靖重谬于后。且景祐本余靖上书,除二十三人以外,仅增颜籀一名,张伲宋人,有《汉书刊误》一卷,见于《宋史·艺文志》。颜籀作注,焉能预见,故王说不足取信于人。洪氏欲以胡广、王楘补足二十五人之数,殊不知师古集注以前,诸家音义蜂起,亦非仅二十五家而已,《叙例》言:

服、应曩说,疏紊尚多。苏、晋众家,剖断盖鲜。蔡氏纂集,尤为抵牾。自兹以降,蔑足有云。

盖师古集注,撷取大家,余并删除。若胡广之说,见于应劭、如淳、苏林之注。王楘之说,见于臣瓒注。《叙例》既载应、如、苏、瓒名氏,自不必重标胡、王。此颜注注例如此,洪氏未之察也。如颜注引许慎说凡三十二处:

《高纪》 而衅鼓。师古曰:许慎云:衅,血祭也。始大人常以臣亡赖。晋灼曰:许慎云:赖,利也。无利入于家也。亡可蹻足待也。晋灼曰:许慎云:蹻,举足小高也。

陶唐氏既衰。师古曰:许慎《说文解字》云:陶,丘再成也。在济阴。

《景纪》 令长史二千石车朱两轓。师古曰:据许慎、李登说,轓,车之蔽也。

锦绣纂组,害女红者也。臣瓒曰:许慎云:纂,赤组也。

《武纪》 无所流貤。师古曰:许慎《说文解字》云:貤,物之重次第也。

---

① 见《十七史商榷》卷七"监版用刘之同本"条。

亲射蛟江中。师古曰：许慎云：蛟，龙属也。

立皇子髆为昌邑王。晋灼曰：许慎以为肩髆字。

《宣纪》 及应募佽飞射士。臣瓒曰：许慎曰：佽，便利也。

欲其毋侵渔百姓难矣。晋灼曰：许慎云：捕鱼之字也。按捕字上当脱一渔字。

《元纪》 严籞池田。许慎曰：严，弋射者所蔽也。池田，苑中田也。

《成纪》 君得道，则草木昆虫，咸得其所。师古曰：又许慎《说文》云：二虫为䖵，读与昆同，谓虫之总名。

《异姓诸侯王表》 箝语烧书。晋灼曰：许慎云：箝，籋也。

《食货志》 而奸或盗摩钱质而取鋊。臣瓒曰：许慎云：鋊，铜屑也。

《五行志》 备水器。师古曰：许慎《说文解字》曰：鎣备火，今之长颈瓶也。①

太后淫于吕不韦和嫪毐。师古曰：许慎说以为嫪毐，士之无行者。②

《艺文志》《堪舆金匮》十四卷。师古曰：许慎云：堪，天道，舆，地道也。

《五音奇胲用兵》 二十三卷。师古曰：许慎云：胲，军中约也。

《田儋传》 齐王曰：蝮蠚手则斩手，蠚足则斩足。师古曰：《尔雅》及《说文》皆以虺为虺也，博三寸，首大如擘。

《周勃传》 勃以织薄曲为生。师古曰：许慎曰：苇薄如曲也。

《万石君传》 僮仆䜣䜣如也。晋灼曰：许慎云：古欣字也。

《梁平王传》 李太后与争措指。晋灼曰：许慎云：措，置。字借以为笮耳。

《江都易王传》 繇王闽侯亦遗建荃葛。师古曰：许慎云：荃，细布也。

《司马相如传》 右以汤谷为界。师古曰：许慎云：热如汤也。

丰镐潦潏。师古曰：许慎云：潏水在京兆杜陵。

于是蛟龙赤螭。师古曰：许慎云离，山神也。

追怪物，出宇宙。师古曰：许氏《说文解字》云：宙，舟车所极覆也。

《王贡两龚鲍传叙》 饿死于首阳，不食其禄。师古曰：许慎又云：首阳山在辽西。

《韦贤传》 遗子黄金满籝，不如一经。师古曰：许慎《说文解字》云：籝，笭也。

《匈奴传》 周西昌伯伐畎夷。师古曰：许氏《说文解字》曰：赤狄，本犬种也。故字从犬。

---

① 按"今之"二字，各本《说文》皆无，段玉裁说。
② 按，"说"下夺一"文"字，各本《汉书》皆误。

《王莽传》 其秋七月,天重以三能文马。晋灼曰:许慎说,文马缟身金精,周成王时,犬戎献之。

而《叙例》不载许氏之名,盖以许说为晋灼、臣瓒诸家所引,毋须更立。此与胡广、王棥之不立名号,例正相同。据《后汉书》本传,许氏撰《五经异义》及《说文解字》十四篇,此外则《孝经孔氏古文说》一篇①,《淮南鸿烈解诂》二十一卷②,《六韬注》若干卷③而已。清王鸣盛以颜注引许慎说特多,即以为尝注《汉书》,而陶方琦又以许氏撰《史记》注,非《汉书》注。

《十七史商榷》 许慎尝注《汉书》,今不传,引见颜注中者尚多。

《许君年表》 《史记》、《汉书》注中引许君说,有出于《说文》、《淮南注》外者,王西庄以为许君有《汉书注》,方琦以为乃《史记注》。

今按许氏注《史》、《汉》,史无明文,颜注所引标明《说文》者,凡十一条,他亦无佚出《说文》、《淮南注》之域。颜监珥笔撰箸,从心所欲,故于出处,或注或否,非许君另有《汉书注》或《史记注》也。清侯康纂补《后汉书·艺文志》,据王鸣盛之言,列许慎《汉书注》一书,注言存疑,亦慎之至也。

《汉书》文义艰奥,读者时加曲解,颜介博览书史,常辨时人当否,举《家训》所载数条,即可知之。

《勉学篇》:《汉书·王莽传赞》云:紫色蛙声,余分闰位。谓以伪乱真耳。昔吾尝共人谈书,言及王莽形状,有一俊士,自许史学,名价甚高,乃云:王莽非直鸱目虎吻,亦紫色蛙声。又《礼乐志》云:给太官挏马酒。李奇注:"以马乳为酒也,揰挏乃成。"二字并从手,揰,都孔反;挏,达孔反,此谓撞捣挺挏之,今为酪酒亦然。向学士又以为种桐时,太官酿马酒乃熟。其孤陋遂至于此。

《书证篇》:河间邢芳语吾云:"《贾谊传》云:'日中必熭。'注:'熭,暴也。'曾见人解云:'此是暴疾之意,正言日中不须臾,卒然便吴耳。'此释为当乎?"吾谓邢曰:"此语本出太公《六韬》,案字书,古者暴晒字与暴疾字相似,唯下少异,后

---

① 见许冲《上说文表》。
② 见《隋书·经籍志》。
③ 见《太平御览》卷三五七兵部八八引。

人专辄加牓日耳。言日中时必须暴晒,不尔者,失其时也。晋灼已有详释。"芳笑服而退。

自汉末讫隋,音注《汉书》者,无虑数十家,举其最者,厥惟三家:一,晋灼;二,臣瓒;三,蔡谟。至师古撰注,总集诸家音义,然多掩袭他人之说,以为己有,又往往没其名。清代诸家,辩之悉矣。

  王鸣盛《十七史商榷》 以《诗王风谱》疏证之,《地理志》内维邑与周通封畿注,乃臣瓒说。《旧唐书·颜籀传》,叔父游秦撰《汉书决疑》十二卷,为学者所称,师古注《汉书》,多取其义,今书中未见。
  朱一新《汉书管见》 以《文选》李善注证之《枚乘传》注,隐匿谓僻处于东南也,乃韦昭说,梁下屯兵方十里,乃张晏说。
  洪颐煊《读书丛录》 以《史记索隐》证之《张苍传》柱下方书师古曰,是姚察说。《淮南王安传》会有诏讯公子师古曰,是乐产说。《郊祀志》周始与秦国合而别,别五百载当复合师古曰,是颜游秦说,如此类甚多。
  钱大昕《汉书正误序》 裴注《史记》所引《汉书音义》,盖出于蔡谟本。而小颜多袭为己说。且其叔父游秦撰《汉书决疑》,史称师古多资取其义,而绝不齿及一字。则攘善之失,更难掩也。

今博稽载籍,钞辑史志,凡八代茂士关于《汉书》之子注,略为考定,以备研讨流览云尔。

**《汉书旧注》,卷数佚**
案《风俗通·声音篇》引,菰,吹鞭也。菰者,怃也,言其节怃威仪。又引筊,箭也,言其声音筊筊,名自定也。称《汉书旧注》。《史记·高帝纪集解》,《风俗通》引,沛人语发声其其一条,称《汉书注》。
洪颐煊《读书丛录》曰:颜师古《集注叙例》,惟服虔与应劭同时,余诸家皆在劭后。《隋书·经籍志》,《汉书》一百一十五卷,太山太守应劭集解。劭又撰《音义》二十四卷。劭以前注《汉书》者多矣。
姚振宗《补后汉书艺文志》曰:按旧书不知何人作,然应仲远引之,则为东汉人无疑。

**胡广《汉书音义》**
《后汉书》本传:广字伯始,南郡华容人也。举孝廉,拜尚书郎,五迁尚书仆射,在公台三十余年，历事六帝，凡一履司空，再作司徒，三登太尉，又为太傅，封育阳安乐乡侯，年八十二，熹平元年薨，谥文恭侯。

汪师韩《文选理学权舆》曰：选注所引群书有胡广《汉书音义》。

侯康《补后汉书艺文志》曰：《汉书》注屡引胡公（即广也），似皆出广所注《汉官解诂》。惟《史记·贾谊传》索隐两引胡广，《司马相如传》索隐九引胡广，则显为《汉书注》矣。

姚振宗《补后汉书艺文志》曰：《食货志》亦引胡广。

曾朴《补后汉书艺文志并考》曰：案《史记·匈奴列传》索隐引鲜卑东胡别种。《御览》二百六十六引秋冬廷尉课最殿，称胡广《汉书注》。又《史记·大宛列传》正义引奄蔡国即阖苏也，称《汉书解诂》。《汉书》未闻有解诂之名，疑即广书。云解诂者，涉汉官而讹。

**蔡邕《汉书音义》**

《后汉书》本传：邕字伯喈，陈留圉人也。建宁三年，辟司徒桥玄府，出补河平长，召拜郎中，校书东观，迁议郎。光和元年，下洛阳狱，髡钳，徙朔方。明年赦还，亡命江海。中平六年，董卓为司空，辟为祭酒，补侍御史，又转持（惠氏补注，邕集持作治）书御史，迁尚书，三日之间（惠氏补注，邕集言：三月之间，充历三台），周历三台。迁巴郡太守，复留为侍中。初平元年，拜左中郎将。从献帝迁都长安，封高阳乡侯。及卓被诛，王允收付廷尉，死狱中，时年六十一。

汪师韩《文选理学权舆》曰：选注所引群书有蔡邕《汉书音义》。

姚振宗《补后汉书艺文志》曰：按《史记索隐序》曰，班氏之书，共所钻仰，其训诂盖亦多门，蔡谟集解之时，已有二十四家之说，今考颜氏序例所载诸家，如张揖、郭璞止解一卷两篇者，亦具列之。蔡谟之前，只二十二家，是其尚有所佚。邕师胡广，此两家或各有解诂，而其书或早亡散，未编入本集，故颜氏不著于录欤？又曰：按汉末应劭作《汉书集解音义》，见于本传。夫曰集解，则非旧注一家及同时服虔一家之说。

顾櫰三《补后汉书艺文志》曰：蔡邕《汉书音义》见《太平御览》。

**服虔《汉书音训》一卷**

《后汉书·儒林传》：服虔字子慎，初名重，又名祇，后改为虔，河南荥阳人也。少以清苦建志，入太学受业，有雅才，作《春秋左氏传解》，行之至今。举孝廉，稍迁。中平末，拜九江太守，免。遭乱行客病卒。

《隋书·经籍志》：《汉书音训》一卷，服虔撰。《唐经籍志》同。《艺文志》服虔《汉书音训》一卷。

李冶《敬斋古今黈》曰:"《霍去病传》,为票姚校尉。服虔曰:音飘摇。此二字《集韵》皆收入去声,杜诗悉作平声。"则实用杜注也。又曰:《汉书·陈涉传》曰:籍弟令无斩而戍死者固什六七,注引服虔曰:籍,犹借也。弟,使也。与《史记》服注不同。《史记》服注曰:籍,假也。弟,次弟也。冶曰:服说此弟非也。第本训但,云亦且意,此言籍第令无斩,犹云假且使不杀。

王鸣盛《十七史商榷》曰:裴骃《史记集解》,于《左氏传》引服虔注,亦袭取服虔《汉书注》。

按慧琳《一切经音义》卷二十二《祫服庄严》条,卷九十八《伕飞》条,并引服虔注《汉书》。颜师古《汉书序例》曰:《汉书》旧无注解,惟服虔、应劭,各为音义,自别施行。则称注称音义,皆此本也。

**应劭《汉书集解音义》二十四卷**

《后汉书·应奉传》:奉,汝南南顿人也。仕至司隶校尉。子劭,字仲远,少笃学,博览多闻。灵帝时,举孝廉,辟车骑将军何苗掾。中平三年,举高第,再迁。六年,拜太山太守。兴平元年,前太尉曹嵩及子德从琅邪入,太守劭遣兵迎之,未到,而徐州牧陶谦素怨嵩子操,数击之,乃使轻骑追嵩、德,并杀之于郡界。劭畏操诛,弃郡奔冀州牧袁绍。为驳议三十篇,又删定律令,为汉仪。建安元年奉上,献帝善之。二年,诏拜劭为袁绍军谋校尉。时始迁都于许,旧章埋没,乃缀集所闻,著《汉官礼仪故事》。初,父奉为司隶时,并下诸官府郡国各上人像赞,劭乃连缀其名录为状人纪。又论当时行事,著《中汉辑序》。撰《风俗通》。凡所著述百三十六篇,又集解《汉书》,皆传于时。后卒于邺。弟子瑒、璩,并以文才称。

《颜氏家训·勉学篇》:世之学徒,多不晓字。学《汉书》者悦应、苏而略《苍》《雅》,不知书音是其枝叶,小学乃其宗系。颜师古《汉书叙例》曰:服应曩说,疏紊尚多。

又曰:《汉书》旧无注解,惟服虔、应劭等各为音义,自别施行。

汪师韩《文选理学权舆》曰:选注所引群书有应劭《汉书》注,或称集解。

按慧琳《一切经音义》卷二《诽谤》条,卷十五《眺望》条,卷二十《玺印》条,《六亲》条,卷二十一《慰安》条,卷二十九《外撮》条,卷三十二《果蓏》条,卷三十四《六种亲属》条,卷四十一《撮磨》条,卷四十四《酣醉》条,卷四十七《殉利》条、《撮其》条,卷四十八《器仗》条,卷五十一《熔铜》条,卷五十四《果蓏》条,《搏撮》条,卷五十五《苍头》条,卷五十七《饮酣》条、《鼎沸》条、《撮取》条,卷五十九《厄中》条,卷六十四《果蓏》条,卷六十七《器仗》条,卷七十《诠量》条,卷七十三《撮摩》条、《铨日》条,卷七十四《火熔》条,卷七十五《苍头》条,卷七十六《饮酣》条,卷八十一《掖门》条,卷八十三《偃齦》条,卷八十六《玺书》条,卷八十七《逐鹿》条,卷八十八《玺诰》条,卷九十《悁懘》条,卷九十二《偓齪》条,卷九十七《稿秸》条,卷九十九《鸣蝉》条,续卷一《撮磨》条,续卷六《诽谤》条,并称应劭《汉书注》。

### 延笃《汉书音义》

《后汉书》本传,延笃,字叔坚,南阳犨人也。少从马融受业,博通经传及百家之言,能著文章,有名京师。举孝廉,为平阳侯相。桓帝以博士徵拜议郎,与朱穆、边韶共著作东观,稍迁侍中左冯翊,又徙京兆尹。后遭党事禁锢。元康元年卒。笃论解经传,多所驳正,后儒服虔等以为折中。

陆德明《经典释文·叙录》:京兆尹延笃受左氏于贾逵之孙伯升,因而注之。

《天文志》:后流星下燕万载宫极,东去。注:李奇曰:极,屋梁也。延笃谓之堂前阑楯也。

### 刘熙《汉书注》

明区大任《百越先贤志》:刘熙字成国,交州人,先北海人也。博览多识,名重一时,荐辟不就,避地交州,人谓之徵士。建安末,卒于交州,崇山下有刘熙墓云。(注云:据《交广春秋》、《文献通考》参修。)

按慧琳《一切经音义》卷八十四《嬖臣》条,《氓俗》条,并引刘熙注《汉书》。

右东汉凡七家。

按慧琳《一切经音义》卷八《被带》条,卷三十《怯惧》条,卷七十五《耐痛》条,卷七十七《燉煌》条,续卷十《燉煌》条,并引杜林注《汉书》。据《后汉书·杜林传》,林卒于建武二十三年,时固年仅十六,《汉书》未成,林岂得预为之注。姑志于此,以示存疑。

### 伏俨《汉书音义》

颜师古《汉书·叙例》曰:伏俨字景宏,琅邪人。

汪师韩《文选理学权舆》曰:选注所引群书有伏俨《汉书音义》。孙星衍《建立伏博士始末》伏氏世系曰:始祖胜,秦博士,《史》、《汉》儒林并有传。九世湛,光武时大司徒,阳都侯。十五世完嗣爵,女为献帝皇后。完诛后,国除。十六世典。十七世严。注云当作俨,注《汉书》。(姚《补三国志艺文志》即如此)

姚振宗《补三国志艺文志》曰:按世系则俨乃伏完之孙,孝献皇后之侄,与颜监称琅邪人相符。其人当在魏世,或非本支,或幸而得全。今《史记》、《汉书》注中,亦间有伏俨说。

### 刘德《汉书注》

颜师古《汉书·叙例》曰:刘德,北海人。

汪师韩《文选理学权舆》曰:选注所引群书有刘德《汉书注》。

姚振宗《补三国志艺文志》曰：按《通典·凶礼丧制》篇，凡六引刘德问田琼。首一条称后汉刘德，余多称魏刘德。郑珍《郑学录》谓刘德是郑门弟子。钱东垣校刊《郑志》跋，谓刘德是郑氏门人。盖以为田琼弟子也。颜监谓北海人，则谓郑氏弟子，郑氏门人者，实近似之。

**郑氏《汉书音义》**

颜师古《汉书·叙例》曰：郑氏，晋灼《音义》序云，不知其名。而臣瓒《集解》，辄云郑德。既无所据，今依晋灼，但称郑氏耳。

宋祁《汉书校语》曰：景祐余靖校本云，郑氏。旧传晋灼《集注》云北海人，不知其名。而臣瓒以为郑德。今书但称郑氏。

汪师韩《文选理学权舆》曰：选注所引群书有郑德《汉书音义》。

洪颐煊《读书丛录》曰：《汉书集注》有郑氏曰。汴本《史记索隐》以为郑玄。案《高帝纪》，沛公还军亢父。郑氏曰：属任城郡。《郡国志》任城国不名为郡。《王子侯表》，揤裴戴侯道。郑氏曰：揤裴音即非。在肥乡县南五里。肥乡县黄初二年置，皆在郑康成后。汴本《索隐》以郑氏作郑玄误。

侯康《补后汉书艺文志》曰：按郑氏既在郑康成后，又在晋灼前（晋灼，西晋人），并用黄初改置郡县名，则为魏人无疑矣。至康成之无《汉书》注，本无可疑。洪亮吉据《史记集解》引郑氏注数处，谓《汉书音义》所称郑氏，盖康成居多。此晋灼、臣瓒所未及言者，后人能臆断之乎？《十七史商榷》云：常熟毛氏《索隐》跋，谓宋刊郑德误作郑玄，则裴骃《集解》，亦宋人妄改。其说近是。

姚振宗《隋书经籍志考证》曰：按晋灼、臣瓒，并在西晋，灼不知郑氏何名而瓒知之，见闻不同，事所恒有。又瓒多见古书，如《汉茂陵书》、《汉禄秩令》，为江左所不传者，瓒皆见之。其言郑德，必有所自。又其书进之于朝，必不致妄说，以惑视听。颜监偏信晋灼，其实瓒说可信也。

按慧琳《一切经音义》卷五十九《犕牛》条引郑氏注《汉》，则从晋灼说也。

**李斐《汉书音义》**

颜师古《汉书·叙例》曰：李斐，不详所处郡县。

汪师韩《文选理学权舆》曰：选注所引群书有李斐《汉书音义》。

按慧琳《一切经音义》卷九十九《舳舻》条引李斐注《汉书》。

**李奇《汉书注》**

颜师古《汉书·叙例》曰：李奇，南阳人。

汪师韩《文选理学权舆》曰：选注所引群书有李奇《汉书注》。

按慧琳《一切经音义》卷二十二《难制沮》条引李奇注《汉书》。原书误作李琦。

**邓展《汉书注》**

颜师古《汉书·叙例》曰:邓展,南阳人。魏建安中为奋威将军,封高乐乡侯(孙诒让曰:建安,汉献帝纪元,展事曹氏,故系之魏)①。

《魏志·文帝纪》注引《典论·自叙》曰:尝与奋威将军邓展等共饮宿,闻展善有手臂,晓五兵。又称其能空手入白刃。余与论剑良久云。

汪师韩《文选理学权舆》曰:选注所引群书有邓展《汉书注》。

按慧琳《一切经音义》卷四十七《犎牛》条,卷五十九《犎牛》条,并引邓展注《汉书》。

**文颖《汉书注》**

颜师古《汉书·叙例》:文颖,字叔良,南阳人,后汉末荆州从事,魏建安中为甘陵府丞。

汪师韩《文选理学权舆》曰:选注所引群书有文颖《汉书注》。

侯康《补三国艺文志》曰:案《汉书·叙例》,邓展,"魏建安中为奋威将军,封高乐乡侯"。文颖,"后汉末荆州从事,魏建安中为甘陵府丞"。建安非魏年号而云然者,盖是时魏国已建,二人实为魏臣,非汉臣。虽当建安时,不得系以汉也。

姚振宗《隋书经籍志考证》曰:按汉魏之际,凡记前代时事,或曰汉,或曰建安,从无建安之上,加以魏字者(《文选·东方朔画赞序》,称魏建安中,李善已斥其误。),此或采之《魏书》、《魏略》、《魏武本纪》等,见书中有初平、兴平、建安等纪年,遂误以为魏。颜氏录旧文,不加更正,是其一失,亦何至如侯氏之曲说乎?

按慧琳《一切经音义》卷十六《姝特》条,卷二十四《御寓》条,卷三十五《奇特》条,卷五十五《钱雇》条,卷六十四《蹽脚》条,卷六十七《蹽足》条,卷六十九《蹽足》条,卷八十五《之酋》条,卷八十九《锋镝》条,卷九十九《妳媪》条,并引文颖注《汉书》。

**张揖《汉书注》**

颜师古《汉书·叙例》曰:张揖,字稚让,清河人,一云河间人。魏太和中为博士(止解《司马相如传》一卷)。

高似孙《史略》曰:司马相如一传最难注,张揖曾作《博雅》,通于名物,所以止注此传。

汪师韩《文选理学权舆》曰:选注所引群书有张揖《汉书注》。又曰:《文选》旧注中有张揖《子虚赋注》、《上林赋注》。

**苏林《汉书注》**

《魏志·刘劭传》注:《魏略·儒宗传》曰:林字孝友,陈留人。博学多通古今字

---

① 见《籀庼述林》六《书颜师古汉书叙录后》。

指。凡诸书传,文间危疑,林皆释之。建安中,为五官将文学(《文帝纪》:建安十六年,为五官中郎将副丞相。二十二年,立为魏太子)。黄初中,为博士给事中。文帝作《典论》所称苏林者是也。以老归第。国家每遣人就问之,数加赐遗,年八十余卒。

《魏志·高唐隆传》,始景初中,帝以苏林、秦静等并老,恐无能传业者,乃诏科郎吏高才解经义者三十人,从光禄勋隆、散骑常侍林、博士静,分受四经三礼,主者具为设科试之法。数年,隆等皆卒,学者遂废。

《魏志·王肃传》注:《魏略》以董遇及贾洪、邯郸淳、薛夏、隗禧、苏林、乐详等七人为儒宗。

颜师古《汉书·叙例》曰:苏林字孝友(一曰彦友),陈留外黄人,魏给事中,领秘书监,散骑常侍,永安卫尉,太中大夫。黄初中迁博士,封安成侯。又曰:苏、晋众家,剖断盖甚少。

汪师韩《文选理学权舆》曰:选注所引群书有苏林《汉书注》。

按慧琳《一切经音义》卷十七《辇舆》条,卷四十九《图牒》条,卷六十七《隄隚》条,卷八十四《耐羞》条,卷八十五《家牒》条,卷七十《回复》条,并引苏林注《汉书》。

### 张晏《汉书注》

颜师古《汉书·叙例》曰:张晏,字子博,中山人。

汪师韩《文选理学权舆》曰:选注所引群书有张晏《汉书注》。

洪亮吉《晓读书斋录》曰:张晏《汉书注》于地理最详。

按慧琳《一切经音义》卷二十六《掷石》条,卷三十二《果蓏》条,卷四十五《畴匹》条,卷七十《聚落》条,卷七十三《兵厮》条,卷八十九《悃愊》条,并引张晏注《汉书》。

### 如淳《汉书注》

颜师古《汉书·叙例》曰:如淳,冯翊人,魏陈郡丞。

汪师韩《文选理学权舆》曰:选注所引群书有如淳《汉书注》。

王鸣盛《十七史商榷》曰:《广韵》引《晋中经簿》云,魏有陈郡丞冯翊如淳注《汉书》。

按慧琳《一切经音义》卷八《抑挫》条,卷九《我曹》条,卷十二《畴昔》条,卷十三《钝根》条,《挺埴》条,卷十六《胞胎》条,卷十七《悾钝》条,卷三十一《埏埴》条,卷四十六《汝曹》条,《胞胎》条,卷四十七《鄙俚》条,卷五十一《橇方》条,卷七十《姬媵》条,卷七十一《汝曹》条,《鄙俚》条,卷七十八《顽钝》条,卷八十四《荐席》条,《稗饭》条,《已瘳》条,《鄙俚》条,卷九十四《鄙鄘》条,并引如淳注《汉书》。

### 孟康《汉书音义》九卷

颜师古《汉书·叙例》曰:孟康,字公休,安平广宗人。魏散骑侍郎、弘农太守,领典农校尉，勃海太守，给事中，散骑侍郎，中书令，后转为监，封广陵亭侯。

《魏志·杜恕传》注引《魏略》曰：孟康字公休，安平人。黄初中，康以郭后有外属，并受九亲赐拜，遂转为散骑侍郎。是时散骑皆以高才英儒充其选，而康独缘妃嫱，杂在其间，故于是皆共轻之，号为阿九。康既无才敏，因在冗官，博读书传，后遂有所弹驳，其文义雅而切要，众人乃更加意。正始中，代杜恕为弘农太守。康之始拜，众人虽知其有志量，以其未当宰牧，不保其能也。而康恩泽治能，吏民称歌焉。嘉平末，徙勃海太守。徵入为中书令，后转为监。

《隋书·经籍志》，梁有《汉书孟康音义》九卷，亡。唐《经籍志》，《汉书音义》九卷，孟康撰。《艺文志》，孟康《汉书音义》九卷。《史记集解序正义》曰：《汉书音义》中有全无姓名者，裴氏注《史记》，直云《汉书音义》。按大颜以为无名义，今有六卷，题云孟康，或云服虔，盖后所加，皆非其实，未详指归也。

洪颐煊《读书丛录》曰：按《司马相如列传集解》，骃按《汉书音义》曰：虾蛤，猛氏皆兽名。《文选》李善注引作孟康。

谢启昆《小学考》曰：孟康《汉书音义》，《隋志》注云已亡，而新、旧唐志俱著录，颜氏注亦多采用之。

汪师韩《文选理学权舆》曰：选注所引群书有孟康《汉书注》。

按慧琳《一切经音义》卷九《豪氂》条，卷十《鹿挏》条，卷十七《任娠》条，卷二十一《从广》条，卷四十六《便晴》条，卷四十八《携从》条，《犷戾》条，卷五十一《横方》条，卷五十四《携手》条，卷六十五《圭合》条，卷八十一《辒辌》条，卷八十七《刁斗》条，续卷十《刁斗》条，并引孟康注《汉书》。又卷四十六《毫氂》条，卷七十《毫氂》条，并引孟康注《汉书·律历志》，皆此书也。

**项昭《汉书注》**

颜师古《汉书·叙例》曰：项昭，不详何郡县人（按项，景祐本误作瓒）。

姚振宗《补三国艺文志》曰：按颜氏《叙例》，具列诸家注释，皆以时代为先后，自伏俨至此，凡一十三家。在应劭之后，韦昭之前，则皆为三国时人。

**韦昭《汉书音义》七卷**

《吴志·韦曜传》：韦曜字弘嗣，吴郡云阳人也（曜本名昭，史为晋讳改之）。少好学，能属文，从丞相掾，除西安令，还为尚书郎，迁太子中庶子。太子和废后，为黄门侍郎。孙亮即位，为太史令。孙休践阼，为中书郎博士祭酒。孙皓即位，封高陵亭侯，迁中书仆射，职省，为侍中，常领左国史。凤皇二年，收付狱诛。

《隋书·经籍志》：《汉书音义》七卷，韦昭撰。唐《经籍志》，《汉书音义》七卷，韩韦撰（按此作韩韦写讹也）。《艺文志》，韦昭《汉书音义》七卷。

李冶《古今黈》曰：《汉书·刑法志》中刑用刀锯，其次用钻凿。韦昭曰，钻，膑刑也，凿，黥刑也。韦以凿为黥刑误矣，黥复何于凿。

汪师韩《文选理学权舆》曰：选注所引群书有韦昭《汉书注》。

按慧琳《一切经音义》卷九《须蔓天》条，卷十《鹿拥》条，卷十四《鹰平》条，卷十五《轩槛》条，卷二十《隒封》条，卷二十一《聚落》条，卷二十三《不弛》条，卷二十三《阶墀轩槛》条，卷二十七《蚖》条，卷二十八《齮齧》条，卷三十一《轩宇》条，卷四十三《相薄》条，卷四十六《怃然》条，《毫氂》条，卷四十七《薄蚀》条，卷五十二《酒铲》条，卷五十八《发舜》条，卷五十九《隒防》条，卷六十二《妍雅》条，卷六十七《隒隓》条，卷七十《聚落》条，《隒隓》条，卷七十二《蚖蛇》条，《隒隓》条，卷七十三《兵廊》条，《铨日》条，卷七十五《扁鹊》条，卷七十七《隒隓》条，《屦然》条，卷八十六《屦然》条，卷九十八《屦然》条，《荣戟》条，续卷二《聚落》条，并引韦昭注《汉书》。

### 诸葛亮《汉书音》一卷

《蜀志》本传：亮字孔明，琅邪阳都人。汉司隶校尉诸葛丰后也。父圭，字君贡，汉末为太山郡丞。亮早孤，从父玄为袁术所署豫章太守，玄将亮及亮弟均之官。会汉朝更选，朱皓代玄，玄素与荆州牧刘表有旧，往依之。玄卒，亮躬耕陇亩。时先主屯新野，颍川徐庶曰：诸葛孔明者卧龙也，将军宜枉驾顾之。先主诣亮，凡三往乃见，于是情好日密。及曹公败于赤壁，先主收江南，以亮为军师中郎将。成都平，为军师将军，署左将军府事，先主即帝位，策为丞相，录尚书事，假节司隶校尉。后主建兴元年，封武乡侯。开府治事，领益州牧。政事无巨细，咸决于亮。十二年八月，卒于军中，时年五十四。遗命葬汉中定军山，谥忠武侯。

《唐书·艺文志》：诸葛亮《论前汉事》一卷，又《音》一卷。

《通志·艺文略》：《汉书音》一卷，诸葛亮撰。

高似孙《史略》：《汉书诸葛亮音》一卷。

### 张休《汉书章条》

《吴志·孙登传》：魏黄初二年，以权为吴王。是岁登为太子，权欲登读《汉书》，习知近代之事。以张昭有师法，重烦劳之。乃令张休从昭受读，还以授登。

《吴志·张昭传》：昭少子休，字叔嗣。弱冠与诸葛恪、顾谭等俱为太子登僚友，以《汉书》授登。注引《吴书》曰：休进授，指摘文义，分别事物，并有章条，登甚爱之，常在左右。（休后至扬武将军，坐事徙交州，又以谮赐死，时年四十一。）

姚振宗《补三国艺文志》曰：按《吴书》言"并有章条"则非徒凭口说，其必笔之于书可知。颜师古《汉书·叙例》载晋刘宝侍皇太子讲《汉书》，别有《驳议》，即此之类，亦略如后世讲义。（凡历朝臣工进讲，皆别具讲义，知此制自魏晋已然矣。）而张子布父子《汉书》有师法，亦于此见之。

右三国凡一十六家。

**刘宝《汉书驳义》二卷，（义，《隋志》作"议"）**

颜师古《汉书·叙例》曰：刘宝字道真，高平人。晋中书郎，河内太守，御史中丞，太子中庶人，吏部郎，安北将军，侍皇太子讲《汉书》，别有《驳义》。

《蜀志·诸葛亮传》注引王隐《晋记》曰：扶风王骏镇关中，司马高平刘宝。

《世说新语》：刘道真尝为徒，扶风王骏以五百匹赎之，用为从事中郎。

《玉海》：宝为中庶子，侍皇太子讲《汉书》。

《史记·高祖本纪》：心善家令言。《索隐》引晋刘宝曰：善其发悟己心，因得尊崇父号也。

《通典》引刘宝与愍怀太子论《汉书》。

黄逢元《补晋书艺文志》曰：按宋祁《汉书校说》引景祐余靖校本曰：刘宝字道宇，高平人。晋吏部侍郎，余无说。官爵及字，与《叙例》稍异。靖云"余无说"者，是《驳义》一书外，再无它说，以释颜注"别有"二字之疑。《史记·高祖本纪》索隐引"晋刘宝言"，当即《驳义》。

**晋灼《汉书·集注》十四卷（《隋志》作十三卷）**

颜师古《汉书·叙例》曰：晋灼，河南人，晋尚书郎。又曰：《汉书》旧无注解，惟服虔、应劭等各为音义，自别施行。至典午中朝，爰有晋灼，集为一部，凡十四卷。（两《唐志》、《史通》并作十四卷。）又颇以意增益，时辩前人当否，号曰《汉书集注》。属永嘉丧乱，金行播迁，此书虽存，不至江左。自以爰自东晋，迄于梁陈，南方学者，皆弗之见。

高似孙《史略》曰：灼《音》散存《汉书注》。

汪师韩《文选理学权舆》曰：选注所引群书有晋灼《汉书注》（或称集注）。

姚振宗《隋书经籍志考证》曰：《新唐志》别出《音义》十七卷，据颜氏说，集诸家音义为集注，即此书之别本，非集注之外，别有音义也。

按《文选》卷十八注引晋灼《子虚赋注》，慧琳《一切经音义》卷九《虏掠》条，《不侥》条，卷十《始洎》条，卷五十七《侥值》条，卷八十五《图圄》条，并引晋灼注《汉书》，亦称《汉书晋灼音义》。姚氏之言是也。

**徐广《汉书音义》**

《晋书》本传：广字野民，东莞姑幕人，侍中邈之弟。世好学，至广，尤为精纯，百家数术，无不研览。孝武世，除秘书，典校秘书省，数迁。至义熙初，封乐成侯，历大司农，秘书监。及刘裕受禅，恭帝逊位，广独哀戚，因辞衰老，乞归桑梓。性好读书，老犹不倦,年七十四,卒于家。

汪师韩《文选理学权舆》曰:选注所引群书有徐广《汉书音义》。

丁国钧《补晋书艺文志》曰:丁辰曰:徐广《汉书音义》,《水经注》、《文选》注均引。

**蔡谟《汉书集解》**

《晋书》本传:谟博学于礼仪,宗庙制度,多所议定。总应劭以来注班固《汉书》者为之集解。

颜师古《汉书·叙例》曰:蔡谟全取臣瓒一部,散入《汉书》,自此以来,始有注本,但意浮功浅,不加隐括,属辑乖舛,错乱实多,或乃离析本文,隔其辞句,穿鉴妄起。职此之由,与未注之前,大不同矣。谟亦有两三处错意,然于学者,竟无弘益。

《史记索隐·后序》曰:蔡谟集注之时,已有二十四家之说。文廷式《补晋书艺文志》曰:按《韦贤传》注,蔡谟曰:满籝者,言其多耳,非器名也,若论陈留之俗,则我陈留人也,不闻有此器。《货殖传》注,蔡谟曰:《计然》者,范蠡所著书篇名,非人也。谓之《计然》者,所计而然也。群书所称勾践之贤佐,种、蠡为大。岂闻复有姓计名然者乎?若有此人,越但有半策,便以致霸,是功重于范蠡,蠡之师也,焉有如此,而越国不记其事,书籍不见其名,史迁不述其传乎?此条亦谟所错意。

黄逢元《补晋书艺文志》曰:按《汉书注》有蔡谟曰,是谟亦有自注。

按蔡谟本今存者,有巴黎所藏《汉书·刑法志》,敦煌石室碎金所印匡衡、张禹、孔光等列传及伦敦所藏《萧望之传》。

**傅瓒《汉书集解音义》(二十四卷)**

颜师古《汉书·叙例》曰:有臣瓒者,莫知氏族,考其时代,亦在晋初。又总集诸家音义,稍以己之所见,续厕其末,举驳前说,喜引《竹书》,自谓甄明,非无差爽,凡二十四卷,分为两秩,今之《集解音义》,则是其书。而后人见者,不知臣瓒所作,乃谓之应劭等《集解》。王氏《七志》,阮氏《七录》,并题云然,斯不审耳。学者又斟酌瓒姓,附著安施,或云傅族,既无明文,未足取信。

《左传·定公九年》正义曰:有臣瓒者,不知其姓,或云姓傅,作《汉书音义》。

裴骃《史记集解·序》曰:《汉书音义》称臣瓒者,莫知氏姓。司马贞《史记索隐》曰:按即傅瓒,而刘孝标以为于瓒,非也。据何法盛《晋书》,于瓒以穆帝时为大将军诛死,不言有注《汉书》之事。又其注《汉书》有引《禄秩令》及《茂陵书》,然彼二书,亡于西晋,非丁所见也。必知是傅瓒者。按《穆天子传目录》言:傅瓒为校书郎,与荀勖同校订《穆天子传》,即当西晋之朝,在于之前,尚见《茂陵》等书。又称臣者以其职典秘书故也。

余靖景祐校本曰：臣瓚不知何姓，案裴駰《史记序》曰，莫知氏姓。韦稜《续训》，又言未详。而刘孝标《类苑》，以为于瓚①。郦道元注《水经》②以为薛瓚。姚察《训纂》曰，按《庾翼集》，于瓚为翼主簿兵曹参事，后为建威将军。《晋中兴书》云，翼病卒，而大将于瓚等作乱，翼长史江彪诛之。于瓚乃是翼将，不载有注解《汉书》。然瓚所采众家音义，自服虔、孟康以外，并因晋乱湮灭，不传江左。而《高纪》中瓚案《茂陵书》，《文纪》中案《汉禄秩令》，此二书亦复亡佚，不得过江，明此瓚是晋中朝人，未丧乱之前，故得具（按当作见）其先辈音义及《茂陵书》、汉令等耳。蔡谟之江左，以瓚二十四卷，散入《汉书》，今之注也。若谓为于瓚，乃是东晋人。年代前后，了不相会，此瓚非于，足可知也。又案《穆天子传目录》言：秘书校书郎中傅瓚校。古文《穆天子传》已记（案当作讫）。《穆天子传》者，汲县人不准盗发古冢所得书，今《汉书音义》臣瓚所案，所引汲书，以驳众家训义，此瓚疑是傅瓚。瓚时职典校书，故称臣也。

汪师韩《文选理学权舆》曰：选注所引群书有傅瓚《汉书注》（多称臣瓚）。

李慈铭《桃花圣解盦日记》丙集第二集曰：《汉书》臣瓚注，《博物志》以为晋将军于瓚，《史记索隐》以为晋秘书郎傅瓚，至近儒姚氏范，桂氏馥，李氏赓芸，皆据《水经注》屡引薛瓚《汉书注》，薛尝为姚襄参军，后仕苻坚，则臣瓚者薛姓也。

按慧琳《一切经音义》卷二十一《统理》条，卷二十四《渤澥》条，卷四十九《殉命》条，卷八十九《龙骧》条，并引臣瓚注《汉书》。考瓚之姓氏，言人人殊，当以《索隐》之说为近是。何法盛《晋书》称瓚以穆帝时诛死，不言注《汉书》。又其书引禄秩令及茂陵书，二书亡于西晋，非于所见，则题于者非也。《御览》二百四十九引《后秦记》曰：姚襄使薛瓚使桓温，温以胡戏瓚，瓚曰：在北曰狐，居南曰貉，何所问也。据此则薛瓚不先于于瓚，郦氏所题亦非。洪颐煊谓《贾充传》有著作郎王瓚，当即臣瓚，孤文单证，亦难取信③。又《文选·啸赋》注引《汉书音义》傅瓚曰：沙土曰幕，《洛神赋注》傅瓚曰：濑，湍也，可为确证。师古谓无明文，考之未审，故今题曰傅瓚。又按《隋志》有应劭书（《汉书集解音义》二十四卷）无傅瓚书。钱大昕据颜氏《叙例》之言，以《隋志》所载，即瓚所集④。侯康亦以《隋志》误瓚书为应书⑤。姚振宗曰：据颜氏言，《七志》、《七录》已然，则由宋至梁，由来已久，亦何至一误再误。至唐初修志，犹未刊正，而五代人、宋人修《唐书》，又复递相延误。揆诸事理，或不尽然。疑应书、瓚书，卷数

---

① 景祐本《汉书》于作干，盖形近致误，今为校正。
② 景祐本《汉书》附录作郑元注水经，郑系郦字之误。
③ 见丁国钧《补晋书艺文志》注。
④ 见《十驾斋养新录》卷六臣瓚晋灼集解条。
⑤ 见侯康《补后汉书艺文志》。

相同,颜监但见瓒书,不见应书,故有是言耳①。按姚氏此言,最为精当。应书原本,当亡于永嘉之乱,唐人所见,实为瓒书,特史家相承,题为应劭,实讹误也。

**齐恭《汉书注》**

唐林宝《元和姓纂》三齐姓条曰:晋有齐恭,注《汉书》。

**郭璞《汉书注》**

《晋书》本传:璞字景纯,河东闻喜人也。好经术,博学有高才。惠、怀之际,河东先扰,璞结姻昵,交于数十家,避地东南,王导引为参军。元帝即位,以为著书郎。顷之,迁尚书郎。母忧去职。未期,干敦起璞为记事参军。敦之谋逆也,温峤、庾亮使璞占吉凶。璞曰:大吉,于是劝帝讨敦。敦将举兵,又使璞筮。璞曰:无成。敦固疑璞之劝峤、亮,又闻卦凶,乃曰:卿更筮吾寿几何?答曰:明公起事,必祸不久,若往武昌,寿不可测。敦大怒曰:卿寿几何?曰:命尽今日日中。敦怒,收璞斩之,时年四十九。及王敦平,追赠弘农太守。颜师古《汉书·叙例》曰:郭璞,字景纯,河东人,晋赠弘农太守。(止注《相如传序》、游猎诗赋。)

汪师韩《文选理学权舆》曰:选注所引群书有郭璞《汉书音义》。

**司马彪《汉书注》**

《晋书》本传:司马彪字统绍,少笃学不倦。然好色薄行,为父所责,故不得为嗣。彪由是不交人事,而专精学习。遂博览群籍,终其缀集之务。泰始中,为秘书丞。文廷式《补晋书艺文志》曰:《文选·讽谏诗》注引司马彪《汉书注》云:岌岌,危也。

汪师韩《文选理学权舆》曰:选注所引群书有司马彪《汉书音义》。

丁辰《补晋书艺文志刊误》曰:司马彪《汉书音义》,详核之,彪只有《子虚》、《上林》赋注耳。

**吕忱《汉书音义》**

汪师韩《文选理学权舆》曰:选注所引群书有吕忱《汉书音义》。

秦荣光《补晋书艺文志》曰:《汉书音义》,吕忱撰。据《水经注》、《文选》注引。

丁辰《补晋书艺文志刊误》曰:考《水经涑水》篇注引《汉书》下有吕忱说,乃忱所著之《字林》。《长杨赋》注引吕忱曰:夸,大言也。亦本之《字林》。伯雍实无《汉书注》也。

按吕忱书有无,诸家之说不一,姑志之以存疑。

**刘兆《汉书音义》**

汪师韩《文选理学权舆》曰:选注所引群书有刘兆《汉书音义》。

---

① 见姚振宗《补后汉书艺文志》。

丁辰《补晋书艺文志刊误》曰：近检《文选注》，惟韦贤《讽谏诗》下曾引兆"旁言曰谮"四字。此当为兆所注《公羊》、《穀梁传》中文，非真《汉书注》也。（王谟辑"旁言曰谮"句入兆《公羊注》，甚允。）

按慧琳《一切经音义》卷八十《敻期》条引刘兆注《汉书》，则兆注非仅见于选注也。

**项岱《汉书音义》。又《汉书叙传注》五卷**

汪师韩《文选理学权舆》曰：选注所引群书有项岱《汉书注》。（亦称《叙传》）

黄逢元《补晋书艺文志》曰：《文选》十七《文赋》注引《汉书音义》项岱曰：殿，负也，最，善也。又曰：《汉书叙传》五卷，项岱注。《隋志》误题岱撰，《旧唐志》误同。《新唐志》八卷。《玉海》作项岱注，据以改题。按《文选·答宾戏》注，《史述赞》注五引项岱曰，又《史记·高祖本纪》索隐引项岱言，即是书。颜注《汉书·叙传》、《宾戏》、《述赞》，不引岱注，故《叙例》无岱名。《续汉祭祀志》上，建武三十年宜封禅泰山，注引项威曰，威字疑岱之讹。

按慧琳《一切经音义》卷三十二《堂堂》条，卷四十八《迨尔》条，并引项岱注《汉书》。又《隋志》：梁有项氏注《幽通赋》，两《唐志》题项岱，按班氏《幽通赋》在叙传中，后人析出项注别行者也。今《文选》注《幽通赋》引项岱注十余条。

右两晋凡一十一家。

**夏侯咏《汉书音》二卷**

《隋志》，《汉书音》二卷，夏侯詠撰。

按夏侯詠始末未详。《两唐志》詠作泳，盖写误也。《颜氏家训·书证篇》曰：谢炅、夏侯该（旧注作谚作詠未定）并读数千卷数。隋陆法言《切韵序》曰：吕静《韵集》，夏侯该《韵略》，该字疑即詠字形近致讹。詠别有《四声韵略》十三卷，《隋志》著录。

**陆澄《汉书注》一百二卷，又一卷**

《南齐书》本传，澄字彦渊，吴郡吴人也，少好学博览，无所不知，行坐眠食，手不释卷。仕宋至御史中丞。入齐，累迁国子祭酒。隆昌元年，以老疾转光禄大夫，加散骑常侍，未拜，卒。年七十。谥靖子，当世称为硕学。《隋志》：《汉书注》一卷，齐金紫光禄大夫陆澄撰。又梁有陆澄注《汉书》一百二卷。

《史通·补注篇》曰：掇众史之异辞，补前书之所阙，若裴松《三国志》、陆澄、刘昭两《汉书》之类是也。又曰：陆澄所注班史，多引司马迁之书，若此缺一言，彼增半句，皆采摘成注，标为异说，有昏耳目，难为披览。

按陆澄注《汉书》一百二卷，梁有隋亡，另一卷，殆百二卷之外，别有新解欤？两唐志称《汉书新注》一卷良是。姚振宗《隋志考证》谓"新"为"杂"误，盖非。

### 刘显《汉书音》二卷

《梁书》本传：显字嗣芳，沛国相人。好学博涉多通。天监初，举秀才。累迁尚书仪曹侍郎，兼中书舍人，步兵校尉。与河东裴子野，南阳刘之遴，吴郡顾协，连职禁中，递相师友，时人莫不慕之。显博闻强记，过于裴、顾。迁尚书左丞，国子博士，云麾邵陵王长史，寻阳太守，大同九年卒。年六十三。第三子臻，早著名。

《颜氏家训·书证篇》曰：《汉书》田肎贺上，江南本皆作宵字。

沛国刘显，博览经籍，遍精班汉，梁氏谓之汉圣。显子臻，不坠家业，读班史，呼为田肎。梁元帝尝问之。答曰：此无义可求，但臣家旧本，此雌黄改宵为肎。元帝无以难之。

《隋志》：《汉书音》二卷，梁寻阳太守刘显撰。

### 韦稜《汉书续训》三卷

《梁书·韦叡传》：叡，京兆杜陵人，自汉丞相贤以后，世为三辅著姓。叡第三子稜，字威直，性恬素，以书史为业，博物强记。当世之士，咸就质疑。起家安成王府，行参军，稍迁治书侍御史，太子仆，光禄卿。注《汉书续训》三卷。

《隋志》：《汉书续训》三卷，梁北平谘议参军韦稜撰。钱大昕《隋书考异》曰：《经籍志·汉书续训》三卷，梁北平谘议参军韦稜撰，北平当作平北。

按《梁书》《隋志》俱作《汉书续训》三卷，《南史·韦叡附传》，《两唐志》则作二卷，二或三之讹也。

### 萧绎《汉书注》一百一十五卷

《梁书·世祖本纪》：世祖孝元皇帝，讳绎，字世诚，小字七符，高祖第七子也。世祖聪悟俊朗，天才英发，博综群书，下笔成章，出言为论，才辨敏速，冠绝一时。所著《孝德传》、《忠臣传》、《丹阳尹传》、《周易讲疏》、《内典博要》、《连山》、《洞林》、《玉韬》、《补阙子》、《老子讲疏》、《全德志》、《怀旧志》、《荆南志》、《江州记》、《职贡图》、《古今同姓名录》、《筮经式赞》、《文集》各若干卷。注《汉书》一百一十五卷。

《金楼子著书篇》曰：注前《汉书》十二帙，一百一十五卷。

《隋志》：梁有梁元帝注《汉书》一百一十五卷，亡。

姚振宗《隋志考证》曰：按《广弘明集》二十七载梁简文答湘东王书有云：注汉工夫，转有次第，思见此书，有甚饥歺，即谓此《汉书注》也。

### 刘孝标《汉书注》一百四十卷

《梁书·文学传》：刘峻，字孝标，平原平原人。天监初，召入西省，与学士贺踪，典校秘书，坐事免官。高祖招文学之士，有高才者，多被引进，擢以不次。峻率性而动,不能随众浮沈,高祖颇嫌之,故不任用。游东阳紫岩山,筑室居焉。峻居东阳,吴会之士多从其学。普通二年卒,时年六十。门人谥曰玄靖先生。

《隋志》:梁有刘孝标注《汉书》一百四十卷,亡。

姚振宗《隋志考证》曰:按《史通·补注篇》云,孝标善于攻谬,博而且精,固已察及泉鱼,辨穷河豕。嗟乎,以峻之才识,足堪远大,而不能探赜彪峤,纲罗班马,方复留情于委巷小说,锐思于流俗短书,可谓劳而无功,费而无当者矣。是刘知幾但知其注《世说新语》,而不知其于班书,已有注本百四十卷,见载《七录》者也。

**姚察《汉书训纂》三十卷,《汉书集解》一卷,《定汉书疑》二卷。**

《陈书》本传:察字伯审,吴兴武康人也,梁简文帝时,任至尚书驾部郎。元帝授察原乡令。陈太建中,以通直散骑常侍报聘于周。使还,累迁吏部尚书。陈灭入隋。开皇十三年,袭封北绛郡公。察往岁聘周,因得与父僧垣相见,至是承袭,愈更悲感。年七十四,大业二年,终于东都。察于坟籍无所不睹。专志著述,白首不倦。手自钞撰,无时或辍。尤好研核古今,谠正文字。所著《汉书训纂》三十卷,《说林》十卷,《西聘》、《玉玺》、《建康三钟》等记各一卷,并行于世。

《新唐书·姚思廉传》:思廉孙璹,璹弟班,班曾祖察,尝撰《汉书训纂》。而后之注《汉书》者,多窃取其义为己说,班著《绍训》以发明旧义云。

《隋书》:《汉书训纂》三十卷,陈吏部尚书姚察撰。又《汉书集解》一卷,姚察撰。又《定汉书疑》二卷,姚察撰。

章宗源《隋志考证》曰:察著《训纂》三十卷。《华严经音义》引:瑱谓珠玉压座为饰也。释元应《一切经音义》引:鳝,蛇鱼也。杜佑《通典·州郡门》引:户、扈、鄠三字一也(《史记音义》亦引之)。又萧何封沛之鄛,夫人封南阳之邓。《太平环宇记·河南道》引:函道,地如函也。

姚振宗《隋志考证》曰:《集解》一卷,本传及《两唐志》俱不载,或集诸家违义,本附《训纂》之后者欤? 又《训纂》似即《集解》之异名,或是前书之录本。

又曰:按《陈书》本传,陈太建初,补宣明殿学士。除散骑侍郎,左通直,寻兼通直散骑常侍。报聘于周,江左耆旧先在关右者咸相倾慕。沛国刘臻,窃于公馆访《汉书》疑事十余条,并为剖析,皆有经据。臻谓所亲曰:名下定无虚士。《定汉书疑》二卷,疑是刘臻所访之十余条欤?

汪师韩《文选理学权舆》曰:选注所引群书有姚察《汉书注》,或称《训纂》。

**顾野王《汉书音义》**

《陈书》本传:野王字希冯,吴郡吴人也。遍观经史,精记嘿识。天文地理,蓍龟占候,虫篆奇字,无所不通。梁大同四年,除太学博士。高祖作宰,为谘议参军。天嘉元年，补撰史学士。太建六年领大著作，掌国史，知梁史事，兼东宫通事舍人。时宫僚有济阳江总、吴国陆琼、北地傅縡、吴兴姚察，并以才学显著，论者推重焉。迁黄门侍郎，光禄卿。十三年卒。时年六十三。赠右卫将军。野王少以笃学知名。其所撰著《玉篇》三十卷，《舆地志》三十卷，《符瑞图》十卷，《顾氏谱传》十卷，《分野枢要》一卷，《续洞冥记》一卷，《玄象表》一卷，并行于世。又撰《通史要略》一百卷，《国史纪传》二百卷，未就而卒。有文集二十卷。

汪师韩《文选理学权舆》曰：选注所引群书有顾野王《汉书音义》。

**崔浩《汉书音义》二卷**

《魏书》本传：崔浩，字伯渊，清河人也。少好文学，博览经史，百家之言，无不关综。太宗初，拜博士祭酒，恒与军国大谋，甚为宠密。始光中，进爵东郡公，拜太常卿。时议伐赫连昌，击蠕蠕，朝臣尽不欲行，浩赞成之。大军既还，加侍中，特进抚军大将军。后迁司徒，综理史务，监秘书事。作国书刻石。真君十六年六月，浩诛。

《颜氏家训·勉学篇》曰，洛阳亦闻崔浩，张伟，刘芳，邺下又见邢子才，此四儒者，虽好经术，亦以才博擅名。

颜师古《汉书·叙例》曰：崔浩，字伯深，清河人。后魏侍中特进抚军大将军，左光禄大夫，司徒，封东郡公。（撰荀悦《汉纪》音义）

《新唐书·艺文志》曰：崔浩《汉书音义》二卷。

按《新唐书·艺文志》别有《汉纪音义》三卷。崔浩撰。核之叙例自注，则颜注未引《汉书音义》也。

右南北朝凡九家。

**萧该《汉书音义》十二卷**

《隋书·儒林传》：兰陵萧该者，梁鄱阳王恢之孙也。少封攸侯。梁荆州陷，与何妥同至长安。性笃学，《诗》、《书》、《春秋》、《礼记》，并通大义，尤精《汉书》，甚为贵游所礼。开皇初，赐爵山阴县公，拜国子博士。奉诏书与妥正定经史，然各执己见，递相是非，久而不能就，上谴而罢之。该后撰《汉书》及《文选》音义。咸为当时所贵。

《隋志》：《汉书音义》十二卷，国子博士萧该撰。

宋祁《笔记》曰：余曾见萧该《汉书音义》若干篇，时有异义，然本书十二篇，今无全本。颜监集诸《汉书》注，独遗此不收，疑颜当时不见此书，今略纪于后云。

章宗源《隋志考证》曰：《隋书·萧该传》，该撰《汉书音义》，为当时所贵，章怀《后汉书·隗嚣传》，《刘伯升传》注引之。

姚振宗《隋志考证》曰：按《史记》两《汉》注所引萧该《音义》，皆宋景文校《汉书》时所采入，实不止章氏所举两条。往曾见有辑本一卷，不记谁所录也。

按慧琳《一切经音义》卷四《逶迤》条引萧该《汉书音义》。清臧庸有辑本二卷,见《拜经堂丛刊》。

**包恺《汉书音》十二卷**

《隋书·儒林传》:东海包恺,字和乐。其兄愉,明五经,恺悉传其业。又从王仲通受《史记》、《汉书》,尤称精究。大业中,为国子助教。于时《汉书》学者,以萧、包二人为宗匠。聚徒教授,著录者数千人。卒,门人为之起坟立碣焉。

《隋志》:《汉书音》十二卷,废太子勇命包恺等撰。

谢启昆《小学考》曰:按《隋志》注曰废太子勇命恺等为之,非一人手也。

**张冲《前汉音义》十二卷**

《隋书·儒林传》:吴郡张冲①,字叔玄。仕陈,为左中郎将,非其好也。乃覃思经典,撰《前汉音义》十二卷,官至汉王侍读。

右隋凡三家。

自东汉迄隋,为《汉书》注记者,综凡四十六家。若:

**荀悦《汉纪》三十卷**

《后汉书》本传:献帝颇好文学,悦与从弟彧及少府孔融侍讲禁中,且夕谈论,累迁秘书监、侍中。帝好典籍,常以班固《汉书》文繁难省,乃令悦依《左氏传》体,以为《汉纪》三十篇。诏尚书给笔札。辞约事详,论辨多美。

**应奉《汉事》十七卷**

《后汉书》本传:应奉字世叔,汝南南顿人也。

按《后汉书》本传李注引袁山松书,奉又删《史记》、《汉书》及《汉纪》三百六十余年,自汉兴至其时,凡十七卷,名曰《汉事》。

**张温《三史略》二十九卷**

《三国志·吴志》本传:温字惠恕,吴郡人也。

《隋志》:《三史略》二十九卷,吴太子太傅张温撰(按两唐志称《三史要略》)。

**葛洪《汉书抄》三十卷**

《晋书》本传:洪字稚川,丹阳句容人也。少好学,以儒学知名,究览典籍,凡所撰注,皆精核是非,而才章富赡,又抄五经《史》《汉》百家之言、方技杂事二百一十卷。

《隋志》:《汉书抄》三十卷,晋散骑常侍葛洪撰。

**桓范《世要论》**

《三国志·魏志·曹爽传》注引《魏略》曰:范尝抄撮《汉书》中诸杂事,自以意斟

---

① 汲古阁本《隋书》冲讹仲。

酌之,名曰《世要论》。

**刘昞《三史略记》八十四卷**

《魏书》本传:刘昞字延明,敦煌人也。以三史文繁,著《略记》百三十篇,八十四卷。

**于仲文《汉书刊繁》三十卷**

《隋书》本传:于仲文,字次武,撰《汉书刊繁》三十卷。

并约撰旧书,掇会时事,虽为本传之附庸①,实非班文之邦邑,今之所叙,概以略诸。


## 后记

此稿系我1944年在重庆国立中央大学讲《汉书》时所写论稿之一。抗日战争胜利后,又在南京国立中央大学重印一次。新中国成立后,经过"文化大革命",书稿撕毁,不复记忆。此次汪越同志整理其父辟疆先生遗书,于丛残中忽得我所写《汉书》论文两篇(另一篇《〈汉书〉古字论例》已见《学原》第一卷第十一期)。欣喜无量,辄举以畀我,盖系我在重庆时奉呈汪先生请益之油印本。纸粗墨劣,丧乱之迹象显然。时易境迁,学海翻腾。宿学老生,抱古书而远窜,异才旧士,逃批判而不谈。微言垂绝,大义飘零。

《汉书》为黄先生生平笃好九部古籍之一,曾于南雍论授。有《略论〈汉书〉纲领》、《〈史通〉论〈汉书〉语抄撮》等作。鄙性犷放,未涉藩篱,而黄、汪二君,又先后辞世,音声眇漠,感旧增怆。方今国运重开,文风转正,繁花缛锦,采丽竞萌,巨浪汨流,归宗溟海。来年值先生诞辰一百周年、逝世五十周年纪念,同门诸子,征稿于予。予卧疴空林,累月不起,腕痹踝痛,握笔踟蹰,爰将旧稿付印,求教于世之贤达君子,亦以存师门学术流别之盛也。

1984年国庆三十五周年于南京大学

本文由张伯伟、曹虹同学抄录一遍,并为校正个别误字,特此致谢。最后又由我审阅一次,增补一二条材料,虽非无谬戾,亦已尽力。

1985年3月8日　雄记

---

① 《史通·二体篇》曰:荀悦依左氏成书,剪裁班史,篇才三十,历代褒之,有逾本传。按本传即谓本书也。

# 汉书古字论例

自隶书盛行，文字失古，爰逮东京，小学不修，俗儒鄙夫，玩其所习，蔽于希闻。许慎叙《说文》于"马头人为长，人持十为斗，虫者，屈中也"，"苛之字止句也"等说曾致非毁，北齐颜之推撰《家训·书证篇》亦云：

《春秋说》以人十四心为德，《诗说》以二在天下为酉，《汉书》以货泉为白水真人，《新论》以金昆为银……如此之例，盖数术谬语，假借依附，杂以戏笑尔。

夫印符所以为信也，所宜齐同。而当时郡国印章，亦往往不正，乖违古文字，《后汉书·马援传》引《东观记》曰：

援上书：臣所假伏波将军印，书"伏"字，"犬"外向，城皋令印，"皋"字为"白"下"羊"；丞印"四"下"羊"；尉印"白"下"人"，"人"下"羊"；即一县长吏，印文不同，恐天下不正者多。

班固生丁斯世，名香文美，慨古义之沉沦，唏字体之破坏，建初四年，身与白虎观，讲五经异同，撰集其事，作《白虎通义》六卷①，群经文字，略定之矣。又复续扬雄

---

① 《后汉书·班固传》作"白虎通德论"，《儒林传序》原注作"白虎通义"，《唐·艺文志》、《四库总目提要》从之，盖其本名。

《苍颉训纂》作十二章①,六艺群书所载,略备于斯。班氏于小学致工之深,用力之勤,概可见已。及在兰台撰史,采撷前记,缀集所闻,非惟存一代之典章,亦所以解当时之谬惑。《汉书·叙传》云:"函雅故,通古今,正文字,惟学林。"此其效也。

班固既以正文字为己任,故《汉书》所存古字,视诸史为独多,张守节《史记正义论例》云:

> 《史》、《汉》文字,相承已久,若悦字作说,闲字作闲,智字作知,汝字作女,早字作蚤,後字作后,既字作溉,勑字作饬,制字作剬,此之般流,缘古少字,通共用之。史、汉本有此古字者,乃为好本。

考《汉书注》今存者,以颜师古本为最早,唐前各注,尽归亡失②,师古为之推之孙,游秦之侄,少传家业,博览群书,尤精训诂,善属文,今察其平生志行,颇类班固,《旧唐书》本传云:

> 太宗以经籍去圣久远,文字讹谬,令师古于秘书省考定五经,师古多所厘正,既成奏之。太宗复遣诸儒,重加详议,于时诸儒传习已久,皆共非之,师古辄引晋、宋已来古今本,随言晓答,援据详明,皆出其意表,诸儒莫不叹服。于是兼通直郎、散骑常侍,颁其所定之书于天下,令学者习焉。贞观七年,拜秘书少监,专典刊正,所有奇书难字,众所共惑者,随疑剖析,曲尽其源。

此与班氏预白虎观议五经无异。班氏撰《太甲篇》、《在昔篇》③,师古则撰《急就章》、《匡谬正俗》。孝明帝使班固叙《汉书》④,师古则奉太子承乾之命注之,⑤事又类也。故其注《汉书》,匡正暌违,激扬郁滞,穷孟坚之用心,补前修之未获,《汉书》古字,幸赖焉存。叙例云:

---

① 《汉书·艺文志》:"至元始中,征天下通小学者以百数,各令记字于庭中,扬雄取其有用者以作《训纂篇》,顺续《苍颉》,又易《苍颉》中重复之字,凡八十九章,臣复继续扬雄作十二章,(韦昭曰:作十三章)凡一百二章,无复字,六艺群书所载略备矣。"
② 详见抽撰《唐以前诸家〈汉书〉注考》。
③ 按此二篇隋、唐志并著录,似即班氏续扬雄《训纂》十三章之篇名,故辄举之。
④ 见《后汉书·天文志》。
⑤ 见《旧唐书》本传。

《汉书》旧文,多有古字,解说之后,屡经迁易,后人习读,以意刊改,传写既多,弥更浅俗,今则曲核古本,归其真正,一往难识者,皆从而释之。

　　是师古于《汉书》本文,曾考核众本,改从古作,今以伦敦所藏晋蔡谟本《萧望之传》与今本颜注相校,①往往歧异:如卷子本"导民不可不慎也",颜本"导"作"道",师古曰:"道读曰导。""虽有周邵之佐",颜本"邵"作"召",师古曰:"召读曰邵。""永惟边境之不赡",颜本"境"作"竟",师古曰:"竟读曰境。""于是望之仰天叹曰",颜本"仰"作"卬",师古曰:"卬读曰仰。"凡斯古字,必皆颜氏所改,以归班氏之旧者也。

　　然自唐迄今,又历千余年,板刻转写,弥久失真,宋刘之问跋建安本《汉书》云②:

　　自颜氏后,又几百年,向之古字,日益改易,书肆所刊,只今之世俗字耳。识者恨之。今得宋景文公所校善本,雌黄所加,字一从古。

　　宋时已然,何况于今,今《汉书》颜注所存各本,以宋仁宗景祐二年余靖王洙所同校刊者为最早,所谓景祐刊误本是也③。清代诸儒据善本以校书,颇得其真,而不知善本亦自有阙略,稍一不慎,即受欺蒙,景祐本《汉书》,今为天壤间瓌宝,然亦不能免此,今举二例,以见大凡。

　　《司马相如传》:《子虚赋》:"其山则盘纡弗郁。"按此下阙"隆崇嵂崒"一句,《史记》、《文选》引此皆有可证。王念孙《读书杂志》以"隆崇"四字为后人所加,引《艺文类聚》为证,不知《类聚》据误本《汉书》而删此句,非也。

　　《叙传》:《幽通赋》:"巨滔天以泯夏兮,考遘愍巨行谣。"按《汉书》以字例作"㠯",下"巨"字当为"㠯"字形近致误,《文选》引此足以可证④。

　　宋本《汉书》谬戾已如此,故吾人今日讽籀古书,必须洞明字例,精心考校,而后才得古书之真。颜师古、宋子京称班氏忠臣,犹有未能尽得其旨者,如意之为懿,钱大昕始辨之:

---

① 伦敦著录号码 S.2053。定为蔡谟注,则从王重民说也。详见《图书季刊》新一卷一期《巴黎伦敦所藏敦煌残卷叙录》。
② 见王先谦《汉书补注》序例引。
③ 景祐本《汉书》原为黄丕烈百宋一廛中物,今商务馆百衲本即据此景印。
④ 见拙撰《景祐本〈汉书〉校记稿》。

问：《汉书·高帝纪下》"其有意称明德者，必身劝，为之驾。""有意"五字难解。曰：《文选》注引《汉书》"意称"作"懿称"，懿称者，美称也，与"明德"对文，当以"懿"为正。《书·金縢》"噫公命"，马融本"噫"作"懿"，云懿犹亿也。《诗·大雅·抑》篇，《国语》作"懿戒"，韦昭云：懿读曰抑。又《小雅》"抑此皇父"，笺："抑之言噫。"《论语》"抑与之与"，蔡邕石经"抑"作"意"。盖古书"懿"、"抑"、"意"相通，故本或作"意"，小颜于"意称"阙而不解，由于未识古音。①

乃之为仍，王念孙始明之：

《张耳陈余传》"乃求得赵歇"，宋祁曰："'乃求'旧本作'仍求'，非是。"念孙按《说文》仍从乃声，仍、乃声相近，故字亦相通。《周官·司几筵》："凶事仍几。"故书仍为乃，郑司农读为仍，是仍字古通作乃也。《尔雅》："仍，乃也。"则仍可训为乃。《史记·匈奴传》"乃再出定襄"，《汉书》"乃"作"仍"。《淮南·道应篇》"卢敖乃与之语"。（今本脱"乃"字，据《蜀志·郤正传》注引补。）《论衡·道虚篇》"乃"作"仍"，是"乃"字古亦通作"仍"也。《东方朔传》"乃使太中大夫吾邱寿王"，《水经·渭水注》引"乃"作"仍"。《闽粤传》"乃悉与众处江淮之间"，《通典·边防二》"乃"作"仍"。）子京未识古字，故以为非而改之②。

是则班氏用古字之处，尚待后人阐发者仍多也。

《汉书·车千秋传》"尉安众庶"，师古注曰："尉安之字，本无心也，是以《汉书》往往存古体字焉。"颜注《汉书》于班氏多存古字之处，仅于此发之。又《韩安国传》"以尉士大夫心"。师古注曰："古'尉安'之字正如此，其后流俗乃加心耳。"又《百官公卿表》"《易》叙宓羲，神农、黄帝"师古注曰："宓音伏，字本作虑，转写讹谬耳。"故《汉书》用字，除流俗窜改及转写讹谬者外，其用字或止或假，皆有其说，王先谦以谓从古之字如：

供为共，伺为司，蹤为縱，藏为臧，廂为箱，慰为尉，屡为娄，嗜为耆，屍为死，让为攘之类，或系最初正文，或出声近通假，非由古字之少，或乃以为六书假借之恉，则去之愈远矣③。斯言是也。

昔郑玄注《周礼》，博采通人达士之说，以成一家之言，而于古书异字，则一一注

---

① 见《潜研堂文集》卷十二。
② 见《读书杂志·汉书第八》。
③ 见《汉书补注》序例。

明，如：

嫔故书作宾（《天官·太宰》注），故书滞为痽（《地官·泉府》注），故书位作立（《春官·小宗伯》注），故书仪为义（《春官·肆师》注），故书仍为乃（《春官·司几筵》注），故书皇作望（《春官·乐师》注），故书祀或作禩（《春官·小祝》注），故书纳作内（《春官·钟师》注），故书会作䣄（《夏官·弁师》注），故书坟为蕡（《秋官·司烜氏》注），故书萌作蕄（《秋官·薙氏》注），故书矩为距（《考工记·轮人》注）。

皆所以明今本与古本之异，而古字赖焉得存。《汉书》多古字，其字之不同于今者，师古谨注，必曰某古某字，或曰某读曰某，后人难于改易，而古字至今尚存，郑举古以明今，颜则举今以明古，汉唐师法相承，用意一也。

考《汉书》用字，诸家子注，亦已有发其例而正其误者，如：

以戏为麾，《高纪》"夏四月，诸侯罢戏下"，师古曰："《汉书》通以戏为麾字。"

以视为示，《高纪》"亦视项羽无东意"，师古曰："《汉书》多以视为示。"

以娠为身，《高纪》"已而有娠"，孟康曰："汉史身多作娠。"师古曰："《汉书》皆以娠为任身字。"

以釐为禧，《高纪》"魏安釐王"，师古曰："《汉书》僖谥及福禧字，例多为釐。"

以顷为倾，《文纪》"顷王后"，师古曰："诸谥为倾者，《汉书》例作顷字。"

以红为功，《文纪》"服大红十五日，小红十四日"，晋灼曰："《汉书》例以红为功。"

以毋为无，《昭纪》"遣使者振贷贫民毋种食者"，周寿昌曰："毋无同，书中无多作毋。"①

以娄为屡，《宣纪》"朕之不德，屡获天福"，钱大昭曰：屡《汉书》皆作娄，此独不然，误。②

以严为庄，《异姓诸侯王表》"献、孝、昭、严，稍蚕食六国"③，师古曰："严谓庄襄王，后汉时避明帝讳，以庄为严，故《汉书》姓及谥本作庄者，皆易为严也，它皆类此。"

以臧为藏，《礼乐志》"今叔孙通所撰礼仪与律令同录，臧于理官"，师古曰："古书怀藏之字本皆作臧，《汉书》例为臧耳。"

以艾为乂，《郊祀志》"天下艾安"，师古曰："《汉书》皆以艾为乂。"

是也。

上文所举，若僖釐、顷倾、庄严，皆以避讳而改，无与于古字之例，汉惠帝讳盈，

---

① 见《汉书补注》第七。
② 见《汉书辨疑》卷二。
③ 此依王念孙句读，说详《读书杂志·第二》。

《汉书》中"盈"字辄改为"满",如《论语》"洋洋乎盈耳哉",《郊祀志》引之,作"洋洋乎满耳"。文帝讳恒,书中凡"恒"字辄改曰"常",景帝讳启,书中凡"启"字辄改曰"开",后汉光武帝讳秀,书中凡"秀"之字辄改曰"茂",此犹唐世讳"世"作"代","民"作"人","治"作"理",取其义近者替之,两汉书注多如此。《文纪》"孝文皇帝"注:应劭曰:"谥法慈惠爱民曰文。"宋祁曰:"景德本'民'作'人'。"按作"民"者承唐时旧本,作"人"则避讳改之也。谥法有釐有僖,《周书》二谥并出,而《春秋》三传"僖公",《史》、《汉》皆作釐公,段玉裁以为假借,①殆失之也。又《汉书》以字达作㠯,《说文》:"㠯,用也,从反巳。"今字作以,由隶变也。其作以者,以即似字②,《说义》似篆作㠯,加人于左,与隶变以加人于右正同,班氏用隶变,故即举以为㠯,亦犹谋猷字《尚书》作猷,《毛诗》作犹,结体虽异,为字则同。

《高纪》"乡者夫人儿子皆以君",如淳曰:"以或作似。"师古曰:"如说非也,言夫人及儿子以君之故因得贵耳,不当作似也。"

钱大昭曰:"按《史记》及《论衡·骨相篇》,以并作似,如说为是,盖言相之大贵,皆似君耳,非谓吕后之貌有类高祖也。"③按钱说甚是,师古偶尔失检,举驳如说,不知以即为似,亦考之未审耳。它如由之为繇,向之为乡,隔之为鬲,弃之为去,傭之为庸,偷之为媮,惑之为或,戮之为僇,欤之为与,附之为傅,儁之为雋,阀阅字作伐,犹豫字作与,绎之全书,罔或差忒,据例以求,庶乎得班书之真也。

今博稽全书,傅以颜注,考其古字,并各有说,约为六例,陈之如后:

一、声近通假。文字之用,惟假借不穷,经典之中,亦假借最夥,《说文·叙》云:"本无其字,依声托事,'令'、'长'是也。"然亦有本有其字,临文取用,或借他字者,《释文·序》引郑康成云:"其始书之也,仓卒无其字,或以音类比方假借为之,趣于近之而已,受之者非一邦之人,人用其乡,同言异字,同字异言,于兹遂生矣。"先儒概以古通用释之,而字之原委不分。《汉书》用此类字者如:

勤之为廑,《文纪》"今廑身从事",晋灼曰:"廑古勤字。"按《说文》,廑,少劣之居。又勤,劳也。二字义别,以其音同,故得通假。《文选·长杨赋注》引《古今字诂》曰:廑,今勤字。晋灼云:廑,古勤字者,谓古假少劣之居字为勤劳字。张揖云:廑,今勤

---

① 段说见《说文解字》第八篇"僖"字注。
② 《汉书》"以"皆作"㠯",今有作"以"者,后人窜乱之也。
③ 见《汉书辨疑》卷一。

字者，谓今勤劳字，古假少劣之屄字为之，语异而实同。

朝之为朝，《严助传》"朝不及夕"，师古曰："朝，古朝字。"按《说文》，朝，匽朝也。读若朝。杜林以为朝夕，非是。按杜林以为，说假之例，朝朝音同，自得通假，征之班书，其义益显，许云非是，未审。

祸之为䄃，《五行志》"数其䄃福"，师古曰："䄃，古文祸字。"按《说文》，祸，害也，神不福也。又䄃，逆恶之惊词也。䄃即䄃字，易左而右耳。䄃祸同音，故《汉书》皆借䄃为祸。

详之为翔，《西域传》"其土地山川、王侯户数、道里远近翔实矣"，师古曰："翔与详同，假借用耳。"按《说文》，详，审议也。从言，羊声。又翔，回飞也。从羽，羊声。二字音同，故得通借。

讪之为姗，《诸侯王表》"姗笑三代"，师古曰："姗，古讪字也。"按《说文》，姗，诽也。又讪，谤也。二字音义相同，故得通借。

妆之为庄，《司马相如传》"靓庄刻饰"。（按师古于此阙注，当补"庄读曰妆"四字。）按《说文》，妆，饰也。庄妆声同，故假之也。一本庄作粧，则俗字。

是也。

二，省形存声。古写书者，多省形字存声，《尚书》"懋迁有无化居"，"化"当即"货"字。货从贝，化声，故省作化。《史记·仲尼弟子传》："与时转货居。"《索隐》云："《家语》'货'作'化'。"是其证也。《诗·唐风·采苓》"人之为言"，"为"即"譌"也。譌从言，为声。故亦省作"为"。《史记·五帝本纪》"便程南譌"，《索隐》本作"南为"，是其证也。《大雅·大明》"其会如林"，"会"当即"䣈"字，䣈从从，会声，故亦省作会，《说文》正引作"䣈"，是其证也。古文多省体，如"祖"作 𤇺（盂鼎），"璜"作 黄（县妃簋），"答"作 合（陈侯因䇽錞），"唯"作 隹（颂簋），"德"作 𢛳（陈侯因䇽錞），"敦"作 𠭯（盂鼎），"簋"作 𣪘（父年卣），"盛"作 成（弔家父匜），"仲"作 中（散盘），"伯"作 白（鲁伯鬲），"俘"作 孚（师寰簋），"裏"作 里（鞄侯鼎），"扬"作 𢖽（貉子卣），"妇"作 帚（比簋），"酒"作 酉（天君鼎），① 盖皆假借为之。《周礼·地官·委人》"凡其余聚以待颁赐"，郑注："余当为餘。"此亦省形存声字，后学多以改经病郑君，亦不知量也。《汉书》用此类字甚多，如：

嗜之为耆，《景纪》"减耆欲"，师古曰："耆读曰嗜。"按《说文》，嗜，喜欲之也，从口，耆声。多假耆为嗜，省形存声也。

繫之为毄，《景纪》"无所农桑毄畜"，师古曰："毄谓食养之，毄古繫字。"按《说

---

① 见容庚《金文编》。

文》,繄,繄缓也,一曰恶絮,从糸,緊声。《释名》煮茧,或谓之牵离,煮熟烂牵引使离散如絮也。按牵离即繄缓,谓煮茧也。縠畜字正当作繄,作縠者,省形存声。师古释縠为"食养之",盖忘繄之本义,殊失当。

燎之为尞,《礼乐志》"靁电尞",师古曰:"尞古燎字。"按《说文》,燎,放火也。从火,尞声。又尞,柴祭也,从火眘。燎之为尞,省形存声也。

围之为韦,《成纪》"是日大风,拔甘泉畤中大木十韦以上"。师古曰:"韦与围同。"盖省字。按《说文》,囗,回也,象回帀之形。是围为囗之形近字,《汉书》作韦,又围之省也。

煽之为扇,《谷永传》"阎妻骄扇",师古曰:"扇,炽也。"按《说文》,煽,炽盛也。从人,扇声。《诗》曰:艳妻煽方处。是煽正字,则省形存声。

枅之为并,《司马相如传》"仁频并闾",张揖曰:"并闾,椶也。"按《说文》,枅,枅桐也。许书无桐字,桐正当作闾,并则省形存声。

揋之为茸,《司马迁传》"而仆又茸之蚕室",师古曰:"茸音人勇反,谓推致蚕室之中也。"按《说文》,揋,推擣也。从手,茸声。则茸为揋之省形存声。

抃之为弁,《酷吏传》"吏皆股弁",师古曰:"股战若弁,弁谓抚手也。"皮变切。按《说文》,抃,拊手也。从手,弁声。弁则抃之省形存声。

是也。

三,本字本义。文字之数,由少而多,《说文·叙》云:"仓颉之初作书,盖依类象形,故谓之文,其后形声相益,即谓之字,文者物象之本,字者言孳乳而寖多也。"初文仅五百数,近代章炳麟已明之。① 《说文》所录汉通行字九千三百五十三文,历代频有制作,至清世刊字典,已增至四万七千三十五字,今域外文物输入,托名造字,更不止此数。推厥初元,咸归一本,《汉书》用古字属于此类亦甚多,如:

悬之为县,《高纪》"带河阻山,县隔千里",师古曰:"此古本之悬字耳。"按《说文》,县,系也。《释名》:"县,县也。县系于郡也。"自专以县为州县字,乃别制从心之悬挂字,别其音,县去悬平,古无二形二音也。

趾之为止,《五行志》"举止高,心不固矣",按《说文》,止,下基也。象艸木出有址,故以止为足。许书无趾字,止即趾也。《诗》"麟之止"、《易》"贲其止"、"壮于前止",《士昏礼》"北止",止即足也。《诗·七月》"四之月举趾",《毛传》"举足",可证止、趾同训同字,止为最初之古文,趾则后起字也。②

---

① 见《文始》。
② 章炳麟以趾从重止为古文俗字,见《太炎文录续编·古文六例》。

饷之为饟，《食货志》"不足粮饟"，师古曰："饟，古饷字。"按饟、饷实同字，《说文》：饟，周人谓饷曰饟，从食，襄声。又饷，馈也。从食，向声。《一切经音义》引《说文》"饷或作饟"，《诗·周颂·良耜》"其饟伊黍"，《礼记·郊特牲》注引作"饷"。《释诂》：饟，馈也。初不音饷，且《周颂》及《释诂》、《释文》饟皆式亮反，与饷同音，盖饟为粮饟本字，后乃分为饷字耳。

仲之为中，《元纪》"中冬雨水，大雾"，师古曰："中，读曰仲。"按金文伯仲字皆作中，《说文》亦云："仲，中也。"《毛传》于《大明》曰："仲，中女也。"是中为仲之古文，仲则后起之分别文也。

禅之为禅，《武纪》"修天文禅"，晋灼曰："禅，古禅字。"按《礼记·祭法》"燔柴于泰坛，祭天也"，《大戴·保傅篇》"封泰山而禅梁父"，注：除地于梁甫之阴，为墠以祭地。是禅本作墠，禅本作坛，墠以祭地，坛以祭天，改土为示，神灵之也。《说文》："坛，祭坛场也。从土，亶声。"盖除地曰场曰墠，于墠筑土曰坛，坛无不墠，而墠有不坛。《礼记·祭法》"王立七庙，一坛一墠"，注：封土曰坛，除地曰墠，《公羊·庄十三年传》"庄公升坛"，注：土基三尺，土阶三等曰坛。《左·襄二十八年传》"舍不为墠"，疏：服虔本作墠，解云"除地曰墠"，是其证矣。祭天为坛，无不先墠者，许书收禅不收禅，以祭天之义，禅自得兼。班因古义，分言之，以祭天专谓之禅，祭地专谓之禅。晋灼云禅古禅字者，亦以禅为古祭天之专字，今则不分天地，但用禅字耳。

来之为徕，《武纪》"氐羌徕服"，师古曰："徕，古往来之字也。"按徕《玉篇》以为古文来字。《楚辞·九章》"后皇嘉树，橘徕服兮"，字亦作徕。《说文》：来，周所受瑞麦来麰也，天所来也，故为行来之来。是许即假来麰字为行来字。班则以徕为古往徕字，无庸假来麰字也。

辖之为舝，《天文志》"衿北一星曰舝"，晋灼曰："舝，古辖字也。"按《说文》，舝，车轴耑键也。两穿相背，从舛，禼省声，禼古文偰字。又辖，车声也。从车，害声。一曰辖，键也。按舝、辖同音同义，辖即舝之或体，许书误分为二也。《左·昭二十五年传》"昭子赋车辖"，《毛诗》以舝为之，"间关车之舝兮"，间关设牵声也。舝之声，非车之声，许因《诗》误解。

是也。

四，古无其字。隶属变古，笔有损益，时移代迁，俗字孳生，班氏敦古，宜其勿取。许氏撰《说文》，正文用小篆，凡小篆所无之字，虽切于用，不须阑入，此其体例如斯，盖亦隐师班氏。（《说文》引班固说可证。）徐鼎臣以小篆所无之字，附于各篇之末，实大妄也。《汉书》用正字，后起及俗别字皆在屏斥之列，例如：

屡之为娄，《宣纪》"娄蒙嘉瑞"，师古曰："娄，古屡字。"按段玉裁《说文》娄字注曰：凡中空曰娄，凡一实一虚，层见叠出曰娄，人曰离娄，窗牖曰丽廔，是其意也。故娄之义又为数，正如窗牖丽廔之多孔也。俗乃加尸旁为屡字，古有娄无屡也。郑珍曰：《诗·角弓》"式居娄骄"，《释文》引王注：娄，数也。毛无传。《正义》谓毛亦训数，此古经之未经改者。①

赡之为澹，《食货志》"犹未足以澹其欲也"，师古曰："澹，古赡字。"按《说文》不录赡字。郑珍云："《荀子·王制》：'物不能澹则必争。'注：澹读为赡，《汉书》凡赡足字皆作澹，《淮南子》亦然，汉《张纳碑》'卹澹冻馁'，《耿勋碑》'开仓振澹'，知自汉以上，例止借澹字，至《晋右将军郑烈碑》，始见从贝之赡，殆制于魏晋间。"②

砌之为切，《外戚·孝成赵皇后传》"切皆铜沓黄金塗"，师古曰："切，门限也。音千结反。"按《文选》张平子《西京赋》"设切厓隒"，李注，"切与砌古字通"。是切为古字，砌则后起字也。《后汉书·班固传》《西都赋》"玄墀釦切"，亦用古字，《文选》作砌，盖俗改。

佐之为左，《律历志》"以左右民"，师古曰："左右，助也。"按《说文》，左，ナ手相助也，从ナ工。《诗》"保右命之"传，右，助也。是左右古正作左右，加人者俗别作也。

他之为它，《高纪》"步卒将谁也？曰：'项它'"，师古曰："它字与他同。"按它正他俗。

崑之为昆，《郊祀志》"游昆仑"，按《太玄·中》"昆仑"，《淮南子·原道》"蹈腾昆仑"，是昆仑正字，加山则后起俗别字也。

累之为絫，《古今人表》"刘絫"，师古曰："古累字。"按注例当云"絫，古累字"，絫之隶变作累，累行而絫废矣。

是也。

五，依据古籀：古文简略，不周于用，周代尚文，渐趋繁缛，于是籀文生焉，籀文即大篆，秦苦大篆之繁，又作小篆，汉兴，以大篆著于尉律，与小篆并行。至甄丰修古文，而大篆废，故建武时，《史籀》十五篇，遂亡其六，逮隶书行，古文籀文，咸目为古，隶依小篆，其依古籀者，则小篆反为奇觚矣。如鹰、鴟、膚、貌、敢、豚③等字，实为籀文，后代书写，习为故常，班氏用古籀，盖所以存古体也。如：

善之为譱，《礼乐志》"上治民莫譱于礼，移风易俗莫譱于乐"，师古曰："譱，古善字。"按《说文》，譱，吉也。从誩吉，𦎧篆文从言。据此则譱为古文，善则后省也。

速之为遬，《宣纪》"匈奴呼遬累单于率众来降"，师古曰："遬，古速字。"按《说

---

① 见《说文新附考》。
② 见《说文新附考》。
③ 《说文》"豚篆文从月豕"，按篆当作籀，《玉篇》"豚籀文"可证，说详王筠《说文句读》豚字下注。

文》，遬为速之籀文。

艰之为囏，《异姓诸侯王表》"以德若彼，用力如此，其囏难也"，师古曰："囏，古艰字。"按《说文》，囏土难治也。籀文艰从喜。

益之为蕰，《百官公卿表》"蕰作朕虞"，师古曰："蕰，古益字。"按《说文》蕰籀文嗌，段玉裁曰："此假借籀文嗌为益，如《九歌》假古文番为播也。赵宋时《古文尚书》益作蕰，此本诸《汉表》耳。"

地之为墬，《杨雄传》"参天墬而施化"，师古曰："墬，古地字。"按《说文》墬籀文地。是也。

六，罕见为古：古今字体婁迁，行废无定，《说文》九千余文，或为经典所承用，或为经典所沙汰，如毛为艸叶，亼为三合，匚为匿，乙为燕，据以入文，便成奇侅。古文多或体其义则一，小篆变古，隶变小篆，据其一体或数体，于是通行者为今，倘见者便为古矣。《汉书》中如：

線之为緩，《高惠高后文功臣表》"不绝如緩"，晋灼曰："緩，今線缕字也。"按《说文》緩，缕也，線，古文緩。段玉裁曰：许时古線今緩，晋时则古緩今線，文字古今转移无定如此。

奔之为犇，《礼乐志》"乐官师瞽抱其器而犇散"，师古曰："犇，古奔字。"按《说文》无犇字，《荀子·议兵篇》"犇命者不获"，字亦作犇。隶行奔，故以犇为古。

亩之为畮，《食货志》"故必建步立畮"，师古曰："畮，古亩字。"按《说文》亩为畮之或体，隶行亩，故以畮为古。

貌之为皃，《刑法志》"夫人育天地之皃"，师古曰："皃，古貌字。"按《说文》皃为皃之或体，貌则籀文，隶行貌，故皃皃并为古矣。

煮之为鬻，《食货志》"因官器作鬻，官盐与牢盆"，师古曰："鬻，古煮字也。"按《说文》煮为鬻之或体，隶行煮，故以鬻为古。《地理志》"煮枣城"，《高惠皇后功臣表》"煮枣侯"，《樊哙传》"屠煮枣"，煮字师古无注可证。

谄之为讇，《五行志》"不知谁主为佞讇之计"，师古曰："讇，古谄字。"按《说文》谄为讇之或体，隶行谄，故以讇为古。

釜之为鬴，《匈奴传》"多赍鬴鍑薪炭，重不可胜"，师古曰："鬴，古釜字也。"按《说文》鬴为釜之或体，隶行釜，则鬴为古矣。

育之为毓，《叙传》"鸟鱼之毓川泽"，师古曰："毓与育同。"按《说文》育或从每作毓，隶行育，则毓为古矣。

# 《史通》论《史记》语抄撮

蕲春黄先生有《史通论汉书语抄撮》一卷,今依其例,裁制斯编。

乙亥仲春永嘉管雄识

**内编《六家篇》**

诸史之作,不恒厥体,摧而为论,其流有六:一曰《尚书》家,二曰《春秋》家,三曰《左传》家,四曰《国语》家,五曰《史记》家,六曰《汉书》家。

太史公著《史记》,始以天子为本纪,考其宗旨,如法《春秋》。

孔子云没,经传不作,于时文籍,唯有《战国策》及《太史公书》而已,当汉代史书,以迁固为主,而纪传互出,表志相重,于义为烦,颇难周览。

史记家者,其先出于司马迁,自五经间行,百家竞列,事迹错糅,前后乖舛,至迁乃鸠集国史,采访家人,上起黄帝,下穷汉武,纪传以统君臣,书表以谱年爵,合百三十卷,因鲁史旧名,目之曰《史记》。自是汉世史官所续,皆以史记为名,迄乎东京著书,犹称汉记。至梁武帝,又勅其群臣,上自太初,下终齐室,撰成《通史》六百二十卷,其书自秦以上,皆以史记为本,而别采他说,以广异闻,至两汉已还,则全录当时纪传,而上下通达,臭味相依,又吴蜀二主,皆入世家,五胡及拓跋氏,列于《夷狄传》,大抵其体皆如《史记》,其所为异者,惟无表而已。其后元魏济阴王晖业,又著科录二百七十卷,其断限亦起自上古而终于宋年,其编次多依放《通史》,而取其行事尤相似者,共为一科,故以科录为号。皇家显庆中,符玺郎陇西李延寿,抄撮近代诸史,南起自宋,终于陈,北始自魏,卒于隋,合一百八十篇,号曰南北史,其君臣流例,纪传群分,皆以类相从,各附于本国,凡此诸作,皆《史记》之流也。寻《史记》疆宇辽阔,年月遐长,而分以纪传,散以书表,每论家国一政,而胡越相悬,叙君臣一时,而参商是隔,此其为体之失者也。兼其所载,多聚旧记,时采杂言,故使览之者事罕异闻,而语饶重出,此撰录之烦者也。况通史以降,芜累尤深,遂使学者,宁习本书,而怠窥新录,且撰次无几,而残缺逾多,可谓劳而无功,述者所宜深诫也。

《史记》唯论于汉始。

### 《二体篇》

丘明传《春秋》,子长著《史记》,载笔之体,于斯备矣。

《史记》者,纪以包举大端,传以委曲细事,表以谱列年爵,志以总括遗漏,逮于天文地理国典朝章,显隐必该,洪纤靡失,此其所以为长也。若乃同为一事,分在数篇,断续相离,前后屡出,于《高纪》则云语在《项传》,于《项传》则云事具《高纪》,又编次同类,不求年月,后生而擢居首秩,先辈而抑归末章,遂使汉之贾谊,将楚屈原同列,鲁之曹沫,与燕荆轲并编,此其所以为短也。

### 《载言篇》

左氏言事相兼,烦省合理,至于史汉则不然,凡所包举,务存恢博,文辞入记,繁富为多。

案迁固列君臣于纪传,统遗逸于表志,虽篇名甚广,而言无独录。

### 《本纪篇》

及司马迁之著《史记》也,又列天子行事,以本纪名篇,后世因之,守而勿失,譬夫行夏时之正朔,服孔门之教义者,虽地迁陵谷,时变质文,而此道常行,终莫之能易也。然迁之以天子为本纪,诸侯为世家,斯诚说矣。但区域既定,而疆理不分,遂令后之学者,罕详其义。案姬自后稷至于西伯,嬴自伯翳至于庄襄,爵乃诸侯,而名隶本纪,若以西伯庄襄以上,别作周、秦世家,持殷纣以对武王,拔秦始以承周赧,使帝王传授,昭然有别,岂不善乎?必以西伯以前,其事简约,别加一目,不足成篇,则伯翳之至庄襄,其书先成一卷,而不共世家等列,辄与本纪同编,此尤可怪也。项羽僭盗而死,未得成君,求之于古,则齐无知、卫州吁之类也,安得讳其名字,呼之曰王者乎?春秋吴、楚僭拟,书如列国,假使羽窃帝名,正可抑同群盗,况其名曰西楚,号止霸王者乎?霸王者,即当时诸侯,诸侯而称本纪,求名责实,再三乖谬。

### 《世家篇》

司马迁之记诸国也,其编次之体,与本纪不殊,盖欲抑彼诸侯,异乎天子,故假以他称,名为世家。案世之为义也,岂不以开国承家,世代相续,至如陈胜起自群盗,称王六月而死,子孙不嗣,社稷靡闻,无世可传,无家可宅,而以世家为称,岂当然乎?

夫史之篇目，皆迁所创，岂以自我作故，而名实无准？且诸侯大夫，家国本别，三晋之与田氏，自未为君而前，齿列陪臣，屈身藩后，而前后一统，俱归世家，使君臣相杂，升降失序，何以责季孙之八佾舞庭，管氏之三归反坫？又列号东帝，抗衡西秦，地方千里，高视六国，而没其本号，唯以田完制名，求之人情，孰谓其可？当汉氏之有天下也，其诸侯与古不同。夫古者诸侯，皆即位建元，专制一国，绵绵瓜瓞，卜世长久。至于汉代则不然，其宗子称王者，皆受制京邑，自同州郡，异姓封侯者，必从宦天朝，不临方域，或传国唯止一身，或袭爵才经数世，虽名班胙土，而礼异人君，必编世家，实同列传，而马迁强加别录，以类相从，虽得画一之宜，讵识随时之义！

### 《列传篇》

夫纪传之兴，肇于《史》、《汉》。盖纪者，编年也，传者，列事也。编年者，历帝王之岁月，犹《春秋》之经；列事者，录人臣之行状，犹《春秋》之传。《春秋》则传以解经，《史》、《汉》则传以释纪。寻兹例草创，始自子长，而朴略犹存，区分未尽。如项王宜传，而以本纪为名，非唯羽之僭盗，不可同于天子，且推其序事，皆作传言，求谓之纪，不可得也。或曰：迁纪五帝、夏、殷，亦皆列事而已，子曾不之怪，何独尤于项纪哉？对曰：不然。夫五帝之与夏、殷也，正朔相承，子孙递及，虽无年可著，纪亦何伤？如项羽者，事起秦余，身终汉始，殊夏氏之后羿，似皇帝之蚩尤，譬诸闰位，容可列纪？方之骈拇，难以成编。且夏、殷之纪，不引他事，夷齐谏周，实当纣日，而析为列传，不入殷篇，《项纪》则上下同载，君臣交杂，纪名传体，所以成嗤。又传之为体，大抵相同，而述者多方，有时而异，如二人行事，首尾相随，则有一传兼书，包括令尽，若陈余张耳，合体成篇，陈胜吴广，相参并录是也。

### 《表历篇》

盖谱之建名，起于周代，表之所作，因谱象形，故桓君山有云："太史公《三代世表》，旁行斜上，并效周谱。"此其证欤？夫以表为文，用述时事，施彼谱牒，容或可取，载诸史传，未见其宜。马迁《史记》，天子有本纪，诸侯有世家，公卿已下有列传，至于祖孙昭穆，年月职官，各在其篇，具有其说，用相考覈，居然可知；而重列之以表，成其烦费，岂非谬乎？且表次在篇第，编诸卷轴，得之不为益，失之不为损，用使读者莫不先看本纪，越至世家，表在其间，缄而不视，语其无用，可胜道哉？必曲为铨择，强加引进，则列国年表，或可存焉。何者？当春秋战国之时，天下无主，群雄错峙，各自年世，若申之于表，以统其时，则诸国分年，一时尽见。

### 《书志篇》

夫刑法礼乐，风土山川，求诸文籍，出于三礼，及班马著史，别裁书志，考其所记，多效礼经。且记传之外，有所不尽，只字片文，于斯备录，语其通博，信作者之渊海也。

夫两曜百星,丽于玄象,非如九州万国,废置无恒,故海田可变,而景纬无易。古之天犹今之天也,今之天即古之天也,必欲刊之国史,施于何代不可也?但《史记》包括所及,区域绵长,故书有《天官》,读者竟忘其误,权而为论,未见其宜。

《论赞篇》

《春秋左氏传》每有发论,假君子以称之,二传云"公羊子"、"穀梁子",《史记》云"太史公"。必取便于时者,则总归论赞焉。夫论者所以辩疑惑,释凝滞,若愚智共了,固无俟商榷。司马迁始限以篇终,各书一论,必理有非要,则强生其文,史论之烦,实萌于此。

子长淡泊无味。

史之有论也,盖欲事无重出。如太史公曰:观张良貌,如美妇人;项羽重瞳,岂舜苗裔?此则别加他语,以补书中,所谓事无重出者也。

马迁自序传后,历写诸篇,各叙其意。

《序例篇》

史汉以记事为宗,至于表志杂传,亦时复立序,文兼史体,状若子书,然可与诰誓相参,风雅齐列矣。

《题目篇》

史传杂篇,区分类聚,随事立号,谅无恒规。如马迁撰皇后传,而以外戚命章,案外戚凭皇后以得名,犹宗室因天子而显称,若编皇后而曰"外戚传",则书天子而曰"宗室纪"可乎。

子长史记,别创八书。

《断限篇》

马记以史制名,载数千年之事,无所不容。

《编次篇》

昔《尚书》记言,《春秋》记事,以日月为远近,年世为前后,用使阅之者雁行鱼贯,皎然可寻,至马迁始错综成篇,区分类聚。寻子长之列传也,其所编者惟人而已矣。至于龟策异物,不类肖形,而辄与黔首同科,俱谓之传,不其怪乎?且《龟策》所记,全为志体,向若与八书齐列,而定以书名,庶几物得其门,同声相应者矣。

若乃先黄老而后六经(《史记》),后外戚而先夷狄(《汉书》),老子与韩非并列(《史记》),贾诩将荀彧同编(《魏书》),如斯舛谬,不可胜纪。

《称谓篇》

马迁撰《史记》,项羽僭盗而纪之曰王,此则真伪莫分,为后来所惑者也。

**《采撰篇》**

马迁《史记》采《世本》、《国语》、《战国策》、《楚汉春秋》。

观夫子长之撰《史记》也,殷周以往,采彼家人。

**《载文篇》**

马卿之《子虚》、《上林》,扬雄之《甘泉》、《羽猎》,班固《两都》,马融《广成》,喻过其体,词没其义,繁华而失实,流宕而忘返,无裨劝奖,有长奸诈,而前后史汉,皆书之列传,不其谬乎?

**《补注篇》**

裴、李、应、晋,训解三史,开导后学,发明先义,古今传授,是曰儒宗。

**《因习篇》**

马迁《史记》,西伯已下,与诸列国王侯,凡有薨者,同加卒称,此岂略外别内邪,何贬薨而书卒也?盖著鲁史者,不谓其邦为鲁国,撰周书者,不呼其上曰周王。如《史记》者,事总古今,势无主客,故言及汉祖,多为汉王,斯亦未为累也。

寻班、马之为列传,皆具编其人姓名,如行状尤相似者,则共归一称,若《刺客》、《日者》、《儒林》、《循吏》是也。

**《邑里篇》**

昔五经、诸子,广书人物,虽氏族可验,而邑里难详。逮太史公始革兹体,凡有列传,先述本居,至于国有驰张,乡有并省,随时而载,用明审实。

**《言语篇》**

战国虎争,驰说云涌。人持弄丸之辩,家挟飞钳之术,剧谈者以诙诳为宗,利口者以寓言为主,若《史记》载苏秦合纵,张仪连横,范雎反间以相秦,鲁连解纷而全赵是也。

**《浮词篇》**

夫人枢机之发,亹亹不穷,必有徐音足句,为其始末,史之叙事,亦有时类此,载匈奴为偶人象郅都,令驰射,莫能中,则云其见惮如此,所谓论事之助也。

《史记·世家》云:赵鞅诸子,无恤最贤,夫贤者当以仁恕为先,礼让居本,至如伪会邻国,进计行戎,俾同气女兄,摩笄引决,此则诈而安忍,贪而无亲,鲸鲵是俦,犬豕不若,焉得谓之贤哉?

**《叙事篇》**

扬雄有云:"说事者莫辨乎《书》,说理者莫辨乎《春秋》。"既而马迁《史记》,班固《汉书》,继圣而作,抑其次也。故世之学者,皆先曰五经,次云三史,经史之目,于此分焉。尝试言之曰:经犹日也,史犹星也,夫杲日流景,则列星寝耀,桑榆既夕,而辰象粲然。故《史》、《汉》之文，当乎《尚书》、《春秋》之世也，则其言浅俗，涉乎委巷，垂翅不举，懿篱无闻。逮于战国已降，去圣弥远，然后能露其锋颖，倜傥不羁。故知人才有殊，相去若是，较其优劣，讵可同年？自汉已降，几将千载，作者相继，非复一家，求其善者，盖亦几矣。夫班、马执简，既五经之罪人，而《晋》、《宋》杀青，又三史之不若。譬夫王霸有别，粹驳相悬，才难不其甚乎？然则人之著述，虽同自一手，共间则有善恶不均，精粗非类。若《史记》之《苏》、《张》、《蔡泽》等传，是其美者，至于《三五本纪》、《日者》、《太仓公》、《龟策传》，固无所取焉。

观子长之叙事也，自周以往，言所不该，其文阔略，无复体统。洎秦、汉已下，条贯有伦，则焕炳可观，有足称者。《史记·卫青传》后，太史公曰：苏建尝责大将军不荐贤待士。此则传之与纪，并所不书，而史臣发言，别出其事，所谓假赞论而自见者。

夫能略小存大，举重明轻，一言而巨细咸该，片语而洪纤靡漏，此皆用晦之道也。洎班、马二史，虽多谢五经，必求其所长，亦时值斯语，至若高祖亡萧何，如失左右手（《史记·淮阴侯列传》），汉兵败绩，睢水为之不流（《史记·项羽本纪》），则其例也，《史》、《汉》已前，省要如彼，明其章句，皆可咏歌。

史之为务，必藉于文。自五经已降，三史而往，以文叙事，可得言焉。

**《品藻篇》**

史氏自迁、固作传，始以品汇相从，然其中或以年世迫促，或以人物寡鲜，求其具体必同，不可多得。是以韩非、老子，共在一篇，岂非韩、老俱称述者，书有子名，用此为断，粗得其伦。

**《直书篇》**

夫为于可为之时则从，为于不可为之时则凶，若马迁之述汉非，身膏斧钺，取笑当时。

**《鉴识篇》**

《史》、《汉》继作，踵武相承，王充著书，既甲班而乙马，张辅持论，又劣固而优迁。【原注】（王充谓彪文义浃备，纪事详赡，观者以为甲，以太史公为乙也。张辅《名士优劣论》曰："世人论司马迁、班固之才优劣，多以班为胜，余以为史迁述三千年事，五十万言，班固述二百年事，八十万言，烦省不敌，固之不如迁必矣。"）然此二书，虽互有修短，递闻得失，而大抵同风，可为连类。张晏云：迁殁后，亡《龟策》、《日者传》，褚先生补其所缺，言词鄙陋，非迁本意。案：迁所撰《五帝本纪》、七十列传，称虞舜见陟，遂匿空而出，宣尼既殂，门人推奉有若，其言之鄙，又甚于兹，安得独罪褚生而全宗马氏也？

**《探赜篇》**

炎汉之世，四海一家，马迁乘传，求自古遗文，而州郡上计，皆先集太史，若斯之备也。

葛洪有云："司马迁发愤作《史记》百三十篇，伯夷居列传之首，以为善而无报也，项羽列于本纪，以为居高位者非关有德也。"案史之于书也，有其事则记，无其事则阙，寻迁之驰骛今古，上下数千载，春秋已往，得其遗事者，盖唯首阳之二子而已。然适使夷、齐生于秦代，死于汉日，而乃升之传首，庸谓有情？今者考其先后，随而编次，斯则理之恒也，乌可怪乎？必谓子长以善而无报，推为传首，若伍子胥、大夫种、孟轲、墨翟、贾谊、屈原之徒，或行仁而不遇，或尽忠而受戮，何不求其品类，简在一科，而乃异其篇目，各分为卷。又迁之纰缪，其流甚多。夫陈胜之为世家，既云无据，项羽之称本纪，何必有凭？必谓遭彼腐刑，怨刺孝武，故书违凡例，志存激切。若先黄老而后六经，进奸雄而退处士，此之乖剌，复何为乎？

**《摸拟篇》**

夫拟古而不类，此乃难之极者，自子长以还，似皆未睹斯义。

**《书事篇》**

自古作者，鲜能无病，盖班固之讥马迁也："论大道则先黄老而后六经，序游侠则退处士而进奸雄，述货殖则崇势利而羞贱贫，此其所蔽也。"

夫人之有传也，盖唯书其邑里而已。其有开国承家，世禄不坠，积仁累德，良弓无改，项籍之先世为楚将，（《史记·项羽本纪》）石建之后，廉谨相承，（《史记·万石君传》）此则其事尤异，略书于传可也。

汲冢所述，方五经而有残，马迁所书，比三传而多别。

**《人物篇》**

子长著《史记》也，驰骛穷古今，上下数千载，至如皋陶、伊尹、傅说、仲山甫之流，并列经诰，名存子史，功烈尤显，事迹居多。斋各采而编之，以为列传之始，而断以夷齐居首，何龌龊之甚乎？

夫天下善人少而恶人多，其书名竹帛者，盖唯记善而已。故太史公有云："自获麟以来，四百余年，明主贤君、忠臣死义之士，废而不载，余甚惧焉。"即其义也。

**《序传篇》**

屈原《离骚经》，自叙发迹，司马相如，始以自叙为传，司马迁征三闾之故事，放文园之近作，模楷二家，勒成一卷。自叙之篇，实烦于代；寻马迁《史记》，上自轩辕，下穷汉武，疆宇修阔，道路绵长。故其自叙，始于氏出重黎、终于身为太史，虽上下驰骋，终不越《史记》之年。

**《烦省篇》**

自古论史之烦省者,咸以左氏为得,史公为次,孟坚为甚。

**《辨职篇》**

史之为务,厥途有三,何则?彰善瘅恶,不避强御,若晋之董狐,齐之南史,此其上也;编次勒成,郁为不朽,若鲁之丘明,汉之子长,此其次也。高才博学,名重一时,若周之史佚,楚之倚相,此其下也。

汉臣之著《史记》也,无假七贵之权。

子长之立记也,藏于名山。

**《自叙篇》**

史公著书,是非多谬。

**《外篇》《史官建置篇》**

汉兴之世,武帝又置太史公,位在丞相上,以司马谈为之。汉法,天下计书,先上太史,副上丞相,叙事如《春秋》。及谈卒,子迁嗣,迁卒,宣帝以其官为令,行太史公文书而已。寻自古太史之职,虽以著述为宗,而兼掌历象、日月、阴阳、管数。司马迁既殁,后之续《史记》者,若褚先生、刘向、冯商、扬雄之徒,并以别职来知史务,于是太史之署,非复记言之司。

**《古今正史篇》**

《古文尚书》者,即孔惠之所藏,鲁恭王坏孔子旧宅,始得之于壁中,博士孔安国以校伏生所诵,增多二十五篇,更以隶古字写之,编为四十六卷。司马迁屡访其事,故多有古说。

孝武之世,太史公司马谈,欲错综古今,勒成一史,其意未就而卒。子迁乃述父遗志,采《左传》、《国语》,删《世本》、《战国策》,据楚、汉列国时事,上自黄帝,下迄麟止,作十二本纪,十表,八书,三十世家,七十列传,凡百三十篇,都谓之《史记》。厥协六经异传,整齐百家杂言,藏诸名山,副在京师,以俟后圣君子。至宣帝时,迁外孙杨恽,祖述其书,遂宣布焉,而十篇未成,有录而已(原注,張晏《汉书注》云:"十篇迁殁后亡失。"此说非也。)元、成之间,褚先生更补其缺,作《武帝纪》,《三王世家》,《龟策》、《日者》等传,辞多鄙陋,非迁本意也。晋散骑常侍巴西谯周,以迁书周、秦已上,或采家人诸子,不专据正经,于是作《古史考》二十五篇,皆凭旧典,以纠其谬,今则与《史记》并行于代焉。

《史记》所书,年止汉武,太初已后,阙而不录。

**《申左篇》**

《史记》载乐毅、李斯之文,岂是子长稿削?

当秦、汉之世,《左氏》未行,遂使五经、杂史、百家诸子,其言河汉,无所遵凭。故其记事也,当晋景行霸,公室方强,而云屠岸攻赵,有程婴、杵臼之事(原注:出《史记·赵世家》);其记时也,韩、魏处战国之时,而云其君陪楚庄葬马(原注出《史记·滑稽列传》),扁鹊医疗虢君,而云时当赵简子之日(原注出《史记·扁鹊传》),或以先为后,或以后为先,月日颠倒,上下翻覆,古来君子,曾无所疑!

**《点繁篇》**

《史记·五帝本纪》曰,"诸侯之朝觐者"至"年三十尧举之"。右除二十九字,加七字。

《夏本纪》曰,"禹之父曰鲧",至"为人臣"。右除五十七字,加五字。案《颛顼纪》中,已具云"黄帝是颛顼祖矣",此篇下云"禹是颛顼孙",则其上不得更言"黄帝之玄孙",既上云"昌意及鲧不得在帝位",则于下文不当复云"为人臣"。今就于朱点之中,复有此重复,造此笔削,庸可尽乎?

《项羽本纪》曰:"项籍者,下相人也"至"故封项氏"。右除三十二字,加二十四字,厘革其次序。

《吕氏本纪》曰:"吕太后者,高祖微时妃也"至"太子得无废",右除七十五字,加十字。

《宋世家》曰:"初元公之孙纠"至"杀太子而自立",右除三十六字,加十三字。

《三王世家》曰:"大司马臣去病昧死再拜上疏皇帝陛下"至"昧死请所立国名",右除一百八十四字,加一字。

已上有言语相重者,今略点废如此,但此一篇所记,全宜削除,今辄具列于斯,籍为鉴戒者尔。

《魏公子传》曰:"高祖始微少时"至"奉祠不绝也"。右除十五字,加二十字。

《鲁仲连传》曰:"仲连好奇伟俶傥之画"至"起前以千金为鲁连寿"云云,右除二百七十五字,加七字。

《屈原贾生传》曰:"汉有贾生"至"时年三十三矣",右除七十六字,加三字。

《扁鹊仓公传》曰:"太仓公者,齐太仓长临淄人也"至"不可言也",右除二百九十五字。

《宋世家》初云"襄公嗣立",后仍谓为宋襄公,不去"宋襄"二字。《吴世家》云阖闾,《越世家》云勾践,每于其号上加"吴王"、"越王"字,句句未尝舍之。《孟尝君传》曰:"冯公形容状貌甚辨"。案形容、状貌,同是一说,而敷演重出,分为四言。凡如此流,不可胜载。其《十二诸侯表》曰:"孔子次《春秋》","约其辞文,去其烦重"。又《屈原传》曰:"其文约,其辞微。"观子长此言,实有深鉴。及自撰《史记》,榛芜若此,岂所谓非言之难而行之难乎？

**《杂说篇》上**

夫编年叙事，混杂难辨，纪传成体，区别异观。昔读《太史公书》，每怪其所采多是《周书》、《国语》、《世本》、《战国策》之流，斯则迁之所录，甚为肤浅，而班氏称其勤者何哉？《史记·邓通传》云："文帝崩，景帝立。"向若但云景帝立不言文帝崩，斯亦可知矣。何用兼书其事乎？又《仓公传》，称其"传黄帝、扁鹊之脉书，五色诊病，知人死生，决嫌疑，定可治。"诏召问其所长，对曰："传黄帝、扁鹊之脉书。"以下他文尽同上说。夫上既有其事，下又载其言，言事虽殊，委曲何别？案迁之所述，多有此类，而刘、扬服其善叙事也，何哉？

太史公撰《孔子世家》，多采《论语》旧说，至《管晏列传》，则不取其本书（原注谓管子晏子也），以为时俗所有，故不复更载也。案：《论语》行于讲肆，列于学官，重加编勒，只觉烦费；如管、晏者，诸子杂家，经史外事，弃而不录，实杜异闻。夫以可除而不除，宜取而不取，以斯著述，未睹厥义。

昔孔子力可翘关，不以力称，何则？大圣之德，具美者众，不可以一介标末，持为百行端首也。至如达者七十，分以四科，而太史公述《儒林》则不取游、夏之文学，著《循吏》则不言冉、季之政事，至于《货殖》为传，独以子贡居先。掩恶扬善，既忘此义，成人之美，不其阙如？

司马迁《自序传》云：为太史公七年，而遭李陵之祸，幽于缧绁，乃喟然而叹曰：是予之罪也，身亏不用矣。自叙如此，何其略哉？夫云"遭李陵之祸，幽于缧绁"者，乍似同陵陷没，以置于刑，又似为陵所间，获罪于国；遂令读者，难得而详。赖班固载其《与任安书》，书中具述被刑所以。倘无此录，何以克明其事者乎？《魏世家》太史公曰："说者皆曰：'魏以不用信陵君，故国削弱至于亡。余以为不然，天方令秦平海内，其业未成，魏虽得阿衡之徒，曷益乎？"夫论成败者，固当以人事为主，必推命而言，则其理悖矣。必如史公之议也，则亦当以其命有必至，理无可辞，不复嗟其智能，颂其神武者矣。夫推命而论兴灭，委运而忘褒贬，以之垂诫，不其惑乎？

观太史公之创表也，于帝王则叙其子孙，于公侯则纪其年月，列行萦纡以相属，编字戢香而相排。虽燕、越万里，而于径寸之内，犬牙可接，虽昭穆九代，而于方寸之中，雁行有叙。使读者阅文便睹，举目可详，此其所以为快也。

刘氏初兴，书唯陆贾而已，子长述楚、汉之事，专据此书，譬夫行不由径，出不由户，未之闻也。然观迁之所载，往往与旧不同，如郦生之初谒沛公，高祖之长歌鸿鹄，非唯文句有别，遂乃事理皆殊。又韩王名信都，而辄去"都"留"信"，用使称其姓名，全与淮阴不别。

司马迁之《叙传》也,始自初生,及乎行历,事无巨细,莫不备陈,可谓审矣。而竟不书其字者,岂墨生所谓大忘者乎?

马卿为《自叙传》,具在其集中,子长因录斯篇,即为列传。

《太史公书》上起黄帝,下尽宗周,年代虽存,事迹殊略,至于战国已下,始有可观。

### 《杂说篇中》

马迁持论,称尧世无许由,其言伉矣。

### 《杂说篇下》

自战国以下,词人属文,皆伪立客主,假相酬答,而司马迁、习凿齿之徒,皆采为逸事,编诸史籍,疑误后学,不其甚邪?

左丘明、司马迁,君子之史也。

史者固当以好善为主,若司马迁、班叔皮,史之好善者也。夫载笔立言,名流今古,如马迁《史记》,能成一家,扬雄《太玄》,可传千载,此则其事尤大,记之于传可也。

### 《汉书五行志错误篇》

案《太史公书》,自《春秋》以前,所有国家灾眚、贤哲占候,皆出于《左氏》、《国语》者也。

### 《暗惑篇》

《史记》本纪曰:"瞽叟使舜穿井"至"象乃止舜宫"。难曰:此则其意以舜是左慈、刘根之类,非姬伯、孔父之徒,苟识事如斯,难矣语夫圣道矣。太史公云:黄帝、尧、舜轶事,时时见于他说,余择其言尤雅者,著为本纪书首。若如向之所述,岂可谓之雅邪?

又《史记·滑稽列传》:"孙叔敖为楚相"至"欲以为相"。难曰:盖语有之:"人心不同,有如其面。"故窊隆异等,修短殊姿,皆禀之自然,得之造化,非由仿效,俾有迁革。如优孟之象孙叔敖也,衣冠谈说,容或乱真,眉目口鼻,如何取类?而楚王与其左右,曾无疑惑者邪?况叔敖之殁,时日已久,楚王必谓其复生也,先当诘其枯骸再肉所由,阖棺重开所以。岂有片言不接,一见无疑,遽欲加以宠荣,复其禄位。此乃类梦中行事,岂人伦所为者哉?

又《史记·田敬仲世家》曰:"田常成子以大斗出贷"至"归乎田成子"。难曰:夫人既从物故,然后加以易名,田常见存而遽呼以谥,此之不实,明然可知。乃结以韵语,篡成歌词,欲加刊正,无可厘革。

又《史记·仲尼弟子列传》曰:"孔子既殁"至"此非子之坐也",难曰:如有若名不隶于四科,誉无偕于十喆。逮尼父既殁,方取为师,以不答所问,始令避坐。同称达者,何见事之晚乎?且退老西河,取疑夫子,犹使丧明致罚,投杖谢愆,何肯公然自欺,诈相策奉?此乃儿童相戏,非复长老所为。观孟轲著书,首陈此说,马迁裁史,仍习其言。得自委巷,曾无先觉,悲夫!

又《史记》(案在《留侯世家》)、《汉书》皆曰,"上自洛阳南宫"至"封雍齿为侯"。难曰:张良虑反侧不安,雍齿以嫌疑受爵,盖当时实有其事也。如复道之望,坐沙而语,是说者敷演,妄溢其端耳。

**《忤时篇》**

古之国史,皆出自一家,如鲁、汉之丘明、子长,晋、齐之董狐、南史,咸能立言不朽,藏诸名山,未闻藉以众功,方云绝笔。

右所罗列,轩豁易知,惟《点烦篇》既失传,靡从检核,加除标数,舛误殊多,浦氏通释,亦莫能明其究竟,兹所抄录,存其一格耳。

4月18日雄记

编者案:右抄似尚未尽,今就校勘所获,僭补于此:《外篇·杂说下》别传末条"《李陵集》有《与苏武书》……殆后来所为假称陵作也,迁史缺而不载,良有以焉","习于太史者偏嫉孟坚""论史汉者则不悟刘氏云亡而地分三国",《汉书五行志错误篇》"昔班叔皮云司马迁叙相如则举其郡县著其字……盖有所未暇也"。——编者附注

(原载《浙江省立图书馆馆刊》)

# 如隐堂本《洛阳伽蓝记》校记

今传《洛阳伽蓝记》各本,以明如隐堂本为最早。武进董康诵芬室曾依式刊行。《四部丛刊·三编》即据之影印。但如隐堂本讹夺甚多,且有缺页。自晚清以至现代,治《洛阳伽蓝记》诸家,若吴若准、若唐晏、若张宗祥,各有校补,互见短长。

抗战军兴,东南沦倾。予间关于役,弛担渝都。横书氛雾之间,潜思锋镝之下。生民坎坷,国步艰窘。百忧丛集,企仰光明。邢子才云:"日思误书,更是一适。"偶有所得,辄札之简端。日月云迈,时节如流,掇拾旧文,不觉成帙。

方今红旗高卷,咸欲骋千里之骥足;薄海腾欢,不拘降一格于人才。非敢以言述作,聊补前修所未烛云尔。

1958年花朝题记

一

**《洛阳伽蓝记序》校记:**

*九流百代之言*

按"代"当作"氏",形近致讹。费长房《历代三宝记》卷第九、释道宣《续高僧传·菩提流支传》引此并作"氏",盖所据本未讹。《汉书·叙传》"总百氏",《文选》曹丕《与朝歌令吴质书》"逍遥百氏",《太平御览》卷六〇八引工粲《荆州文学志》"百氏备矣",百氏犹百家也。《颜氏家训·归心篇》:"九流百氏,皆同此论。"此九流百氏连用之证也。

#### 农夫耕稼

按"稼"当作"老",写书者以耕老少见,辄易为"稼"。《历代三宝记》引作"老",可见唐人所见本犹未误也。"农夫耕老"与上句"游儿牧竖"对文。

#### 上大伽蓝

按"上"当作"止"。《历代三宝记》引正作"止"。各本已校改作"止"。

#### 汉曰东中门

按"东中"当作"中东"。李尤《铭》曰:"中东处仲,月位当卯"(见张溥《汉魏六朝百三名家集》)。《后汉书·百官志》亦作中东门。《水经·榖水注》:"又北,径东阳门东,故中东门也。"知隋唐以前古籍并作中东门,中东亦上东之例也。

#### 南面有三门

按"三"当作"四",说详下。

#### 东头第一曰开阳门

按上文"东面有三门,北头第一门曰建春门",下文"西面有四门,南头第一门曰西明门",依前后文例求之,此句"一"下,当补"门"字。

#### 次西曰宣阳门汉曰津门

按此二句义不连属。宣阳门汉名小苑门,而津门是另一门,非宣阳门也。考《水经·榖水注》魏时洛阳南面有四门:一、津阳门,二、宣阳门,三、平昌门,四、开阳门。《晋书·地理志》亦云:"洛阳城南有开阳、平昌、宣阳、建(疑津形近致误)阳四门。"则此句宣阳门下,当增"汉曰小苑门,魏晋曰宣阳门,高祖因之不改,次西曰津阳门"二十三字,文义方洽。句文既有阙略,后人又不加深考,又更南面有四门之"四"字为"三"以傅会之,致了戾不可解。唐晏《钩沉》本、近人张宗祥《合校本》知此句有误,但未能阐明其故也。

#### 魏晋曰大夏门尝造三层楼去地二十丈

按依前后文例求之,"门"下当补"高祖因而不改"六字。前贤校注,皆不憭此。吴若准《集证》本易"尝"为"帝",唐晏又于"帝"上加"魏明"二字,于"去地"下增"十丈,高祖世宗造三层楼去地"十二字,并非。

## 二

《洛阳伽蓝记卷第一》校记:

#### 面有二户六窗

按"二"当依各本作"三"。

复有金环铺首布殚土木之功：

按"布"字衍文。

青缫绮疏

按"缫"当作"璅"。"璅"讹为"鏁"，又讹为"缫"也。《后汉书·梁冀传》："窗牖皆有绮疏青琐"。"琐"或作"璅"。见《集韵》。

绮□青鏁

按□当补"疏"字，"鏁"当作"璅"。

□赫丽华

按当补"辉"字。

路断飞尘不由奔云之润

按"奔"当作"渰"。《续高僧传·菩提流支传》引作"渰"，《历代三宝记》作"淹"，亦作"渰"，当从改。盖"渰"误作"弇"，又误为"奔"也。《诗·小雅·大田》："有渰萋萋，兴云祈祈。"《毛传》："渰，云兴貌。"是其义。

大风发屋拔树

按"发"读为"拨"。《释名·释言语》："发，拨也。拨使开也。"《续高僧传·菩提流支传》引此作"拨"。曹植《诰咎文序》："于时大风，发屋拔木。"此用其文。

遣苍头王丰入洛

按《魏书·尔朱荣传》"丰"作"相"，未知孰是。

唯黄门侍郎徐统曰

按《魏书》有《徐纥传》，"纥"、"统"形近易讹，当从改。

不意驾入城皋

按"城"当作"成"。《魏书·地形志》成皋属北豫州荥阳郡。

或□生素怀

按当补"贰"字。贰，差贰也。《诗·卫风·氓》："士贰其行。"是其义。

假有内阋外犹御敌

按"阋"当作"阅"，此用《诗·小雅·常棣》文也。

兼利是图

按"兼"当作"羲"，以形近致讹。

此黄门即祖荣词

按《魏书》"荣"作"莹"，当从改。《艺文类聚》卷四十七有温子升《司徒祖莹墓铭》，"莹"亦"莹"之讹。

握手成列

按"列"当为"别"之讹。

时太原王位极心骄功高意侈与夺臧否肆意

按"与夺臧否肆意"文不成义。"夺"下应补"任情"二字,则词美义足。《魏书·孝庄纪》:"永安三年九月,责荣诏曰:与夺任情,臧否肆意,不臣之迹,日月已甚。"即用其文也。

朕宁作高贵卿公死

按"卿"当作"乡"。

庄帝手刃荣于光明殿

按《魏书·孝庄纪》、《魏书·尔朱荣传》俱作"明光殿"。此作"光明殿",或写书者讹也。

隆与妻乡郡长公主

按"妻"上当有"荣"字,"乡"上当有"北"字,据《魏书·孝庄纪》、《魏书·尔朱荣传》知之,吴若准说。

造济生民

按"造"当作"道",声近致误。

有汉中人李苟为水军

按"苟"当作"苗",形近致误。《魏书·李苗传》记此事始末甚详。但言"苗,梓潼涪人",与此言"汉中人"稍异,未知孰是。

改号曰建□元年

按据《魏书·长广王晔传》当补"明"字。

长广王□晋阳

按当依各本补"都"字。

易称大道祸淫

按据《周易·谦卦》象辞,"大"当作"天",以形近误。"淫"当作"盈",以声近误。

录尚书长孙椎

按"椎"当依《魏书》本传作"稚"。又据《魏书·出帝纪》及稚本传,"书"下应有"事"字。

至七月中平阳王为侍中斛斯椿所使奔于长安

按"使"当为"挟",形近致讹。《魏书·出帝纪》:"帝为椿等追胁",又《斛斯椿传》"假说游声以劫胁,帝信之",本书卷第二亦有"帝为侍中斛斯椿所逼"之文,所谓"追胁"、"劫胁"、"逼",皆"挟"之谓也。《续高僧传·菩提流支传》、《开元释教录》引此并作"挟",知所据本未讹也。

　　西阳门内御道□有永康里

按以方位求之,此处当补"南"字。

　　投心入正归诚一乘

按"入"当作"八",形近致讹。"八正"与下句"一乘"对文。《大品经》说八正:一、正见,二、正思维,三、正语,四、正业,五、正命,六、正精进,七、正念,八、正定。

　　阊阖南御道西望永宁寺正相当

按句首应增"寺在"二字。"道"下应增"东"字,文义方足。"西"字属下句读。吴若准《集证》以"西"字属上句读,并谓"西"当作"东",非也。

　　北连义井里井里北门外有桑树数株

按第二"井"字上应加"义"字,因上句而脱略也。

　　是以萧忻云高轩斗升者阉官之蘩妇胡马鸣呵者莫不黄门之养息也

按"阉"字上当依各本增"尽是"二字,与下句对文。"蘩"通"孽"。"呵"当作"珂"。

　　此地今在太仓西南

按据上文"昭仪寺有池"句,则此"地"字当作"池","今在"当乙作"在今",前后文义才洽。

　　中书舍人王翊舍宅所立也

按"舍人"当作"侍郎"。《魏书·王翊传》:"翊历司空主簿、清河王友中书侍郎。"《御览》九百七十三引此正作中书侍郎,与《魏书》合,知所据本未讹也。

　　晖其异之

按"其"当作"甚"。《御览》六百五十八引此即作"甚"。

　　加□禅阁虚静

按当补"以"字。

　　华林园中有大海即汉天渊池池中犹有文帝九华台

按"汉"字当作"魏",方与下句相协。《三国志·魏书·文帝纪》"黄初五年,穿天渊池,池中有魏文帝九华台"可证。此作"汉",或衒之涉笔偶误,或写书者讹,未可知也。

　　景阳山南有百果园果列作林

按"果列作林",文不成义,《御览》九百六十五引"列"作"别",当据改。又"林"上别有"一"字,当据增。

　　柰林南有石碑一所魏明帝所立也题云苗茨之碑

按"明"当作"文"。《水经注·榖水注》:"天渊池南,直魏文帝茅茨堂,前有茅茨碑,是黄初中所立也。"可证。

**魏明英才世称三公祖干仲宣□其羽翼**

按此数句,谬误最甚。"明"当作"文"。盖魏明之世,刘、王已逝,安得为其羽翼。后人因上文"明"字之误,并改李同轨之言,遂致胶轕。"公""祖"当互乙。□字当补"为"字。

**奈林西有都堂**

按"奈"当作"柰"。形近致讹。

**阳毂泄之不盈**

按"毂"当作"渠"。

## 三

《洛阳伽蓝记卷第二》校记:

**综字世□**

按当依《梁书》本传补"谦"字。

**中朝时白社池董威辇所居处**

按"池"当作"地","辈"当作"辇",并以形近致误。《水经注·穀水注》:"北则白社故里,昔孙子荆会董威辇于白社,谓此矣。"《晋书·隐逸传》:"董京,字威辇,初为陇西计吏,俱至洛阳,被发而行,逍遥吟咏,常宿白社中。"

**炎光腾辉赫赫**

按此句当作"炎光辉赫"。"腾"字因下文"刘腾"而衍。"赫"字重,当删。

**有一比丘是般若寺道品**

按依前后文例,"是"上应有"云"字。《法苑珠林》、《太平广记》引此都有。

**以诵四涅槃亦升天堂**

按"四涅槃"不辞。"四"下应有"十卷"二字。《法苑珠林》引作"自云诵涅槃经四十卷",《太平广记》引作"以诵涅槃四十卷",俱有"十卷"二字。《历代三宝记》有北凉昙摩谶译《大般涅槃经》四十卷,或即诵此也。

**出建春南门外一里余**

按建春门在洛阳城东,"南"字衍。

**澄之等盖见北桥铭因而以桥为太康初造也**

按"北"当作"此",形近致讹。

作共甚精难可扬推

按"推"当作"榷",形近致讹。

建阳里东有绥民里

按此句起应提行。

今始馀半

按"馀"当作"踰"。

崇仪里东有七里桥

按"仪"当依上文作"义"。

内有驸马都尉司马恍济州刺史分宣幽州刺史李真奴豫州刺史公孙骧等四宅

按"恍"当作"朏"。《魏书·司马悦》:"子朏,尚世宗妹华阳公主,拜驸马都尉。"此因朏事误悦,"悦"又误"恍"。一本作"洗",亦"悦"之误。"分"一本作"介",未知孰是。真奴为李诉小名。据《魏书·李诉传》:"父崇,为北幽州刺史,兄恭,卒赠幽州刺史。"未言真奴为幽州,或以父崇兄恭事致误。史阙年湮,莫可详究。

冀州刺史李诏

按"诏"当为"韶"之误。《魏书》有《李韶传》。下文"李韶宅",字亦作"韶",可证。

延实宅东有修和宅是吴王孙皓宅

按第二"宅"字当作"里"。

当时太后正号崇训母天下

按母下当有"仪"字,文义始足。

甜然浓于四方

按此句有脱文。一本"浓"下有"泗譬"二字,则当分为二句读,但亦费解。

御史尉李彪

按"尉"上应有"中"。《魏书》本传及本书序文俱有之。

兵部尚书崔林

按《魏书·官氏志》无兵部尚书,列传亦无崔林。"兵部尚书"或当为"七兵尚书"。"林"或当为"休"。《魏书·崔休传》:"休,字惠盛,清河人,进号抚军将军、七兵尚书。"

爰昔先民之重由朴由纯

孙星衍曰:"之下旧衍重字,今删。"按姜质《亭山赋》讹舛最多,几不可卒读。孙星衍《续古文苑》校此,时有善言,今取用之。以下凡用孙说,皆加"孙曰"以别之。

与造化而津勉

按"勉"字各本作"梁",当从改。吴若准云:"津梁"当作"梁津",协韵。

心讬空而捿有

按"捿"当作"栖"。

斜与危云等曲

按"曲"当作"并",形近致讹。

危与曲栋相连

按"危",严可均《全后汉文》作"旁",当据改。

纤列之状一如古崩剥之势似千年

按"一如"二字宜乙。与下句"似千年"对文。

水纡徐如浪峭山□高下复危多

按"水"上应有"泉"字,"纾"当"纡"之讹。"山"下当补"石"字。

则知巫山弗及□□蓬莱如何

按当依各本补"未审"二字。

天地未觉生此异人焉识其中

孙曰:"中误,当改为名"。

伺候鸟之迷方

孙曰:"伺当作何"。

入神怪之异□

按当依各本补"趣"字。

气岑与梅岑随春之所悟

按"气"当作"菊"。孙曰:"按菊旧误气,今改。菊上当脱一字,无以补之。""春"下当脱一"秋"字。

□为仁智之田

按当补"乃"字。

春夏兮其游陟

按"其"当作"共"。

而孝明晏驾人神□王

按当补"乏"字。"王"为"主"之误。

岳立基趾

按"基趾"当为"萁跱"之误。《魏书·萧衍传》:"猛将精兵,萁跱岳立。"基亦为萁之误。跱、峙通。又《李骞传·释情赋》:"既云扰而海沸,亦岳立而萁峙。"正用"萁峙"。萁峙即萁跱。

招聚轻侠左右士人

按"士"当作"壬"。"壬人"即"佞人"。

往以运属殷忧时多□难

按当补"遭"字。"遭"、"多"应互乙。

凡恭让者二

按"凡恭"当乙作"恭凡","二"当作"三"。

表用其下都督□瑗为西兖州刺史

吴若准曰："按《魏书》列传,有窦瑗、裴瑗二人,未知孰是,不敢臆补。"

世隆侍宴每言太原王贪天之功以为己力罪有合死世隆等愕然

按"每"上应有"帝"字,前后文意才足。"贪"正应作"桃",见《国语·周语》。"有"当作"亦"。

椿弟慎冀州刺史弟津司空

按《魏书·杨椿传》："椿弟顺,字延和。宽裕谨厚,为冀州刺史。"考椿诸弟无名慎者,"顺"、"慎"形近,"慎"或"顺"之误也。又如隐堂本卷第二、十八页原阙,名家皆据《古今逸史》本、《汉魏丛书》本传抄,则其误已旧矣。

孝义里东即是洛阳小寺

按"寺"当作"市"。小市对大市言。西阳门外四里御道南,有洛阳大市,周回八里。作"寺"误也。

景仁会稽山阴人也正光年初从萧宝夤化归

按《魏书·萧宝夤传》,宝夤入北,在(世宗)景明二年,而此记云(肃宗)正光年初,相去几二十年,事远年荒,史文零落,未知孰是。

地里湿蛰

按"蛰"当作"垫"。《说文》："垫,下也。"一本作"热",亦"垫"之讹也。湿垫即垫湿,《大唐西域记》有垫湿语。

文身之民禀叢陋之质

按"叢陋"不辞。"叢"当为"蕞"之误。此用左思《魏都赋》"宵貌蕞陋,禀质遒脆"语。《隋书·地理志》"貌多蕞陋",亦用古辞也。

礼乐所不沽

按"沽"盖"沾"之讹。下文"未沽礼化"之"沽"亦同误。

移风易俗之典与五常而并迹

按"常"当作"帝",与下文"百王"对文。

元慎即口含水噀庆之日

按"噀"正当作"潠"。《说文》:"潠,含水喷也。"

若其寒门之鬼□间犹修

按当作"由"字。《说文》:"由,鬼头也,象形。"敷勿切。

洗湘江汉鼓棹遂游

按"洗"当作"沅"。

自晋宋以求

按"求"盖"来"之讹。

始登泰山者卑培塿

按"始"当作"如"。

仁心自放不为时羁

按"仁"当作"任"。

未常修敬诸贵

按"常"当作"尝"。

孝昌年广陵王元渊初除仪同三司

按各本"年"上有"元"字。据《魏书·肃宗纪》,事在孝昌二年。则年上应补"二"字,作"元"者非。又广陵王元渊,《魏书》作广阳王深。唐人避讳,改渊为深。"陵"当为"阳",形近致讹。《御览》九百五十四引此作"陵",盖所据本已误。《酉阳杂俎·八·梦篇》引此正作"阳"。下文"广陵死矣","陵"亦当作"阳"。

广陵果为葛荣所煞追赠司空公

按"陵"当作"阳"。"煞"正字当作"杀"。"司空"当据《魏书·广阳王深传》作"司徒"。《御览》九百五十四及《酉阳杂俎》引皆作"司徒",盖所据本未误也。

建义阳城太守薛令伯闻太原王诛百官立庄帝

按建义为孝庄帝年号。"义"下应添"初"字,则文理周洽矣;否则不辞。

元慎解梦义出方途

按"方"当作"万"。此由"萬"写为"万",又误为"方"也。

## 四

《洛阳伽蓝记卷第三》校记:

山悬堂光观盛一千余间

按此句有脱略。

**交疏对霤**

按各本此句上有"重殿重房"四字,当据增,文义方备。

**青凫白雁**

按"青"上应有"或"字。

**三八月节**

按"月"当作"日"。四月八日为佛诞辰。自"日"误为"月",后人复加"节"字以足句,其实非也。

**子时金花映日**

按"子"当作"于"。

**沾其赏者犹聽东吴之句**

按"聽"《汉魏丛书》本作"得",当从。此因"得"误"德",又误为"聽"也。"句"读曰钩。东吴之钩,事见《越绝书》。

**寻进中书侍郎黄门**

按《北齐书·邢邵传》:"永安初,累迁中书侍郎。普泰中,兼给事黄门侍郎。"据此,则黄门上就有给事二字,下应有侍郎二字。

**竟怀雅术**

按"竟"一本作"竸",义较长。

**所生之处给事力五人岁一朝以备顾问**

按"生"当作"在"。《北齐书·邢邵传》:"以亲老还乡,诏所在特给兵力五人,并令岁一入朝,以备顾问。"此其证也。吴若准说:"所生,谓母也。"望文生义,谬甚。

**就洛索之**

按"洛"当作"略",以声近误。亦以上文皆作"显略"知之。

**东有秦太师公二寺**

按"师"当作"上"。《魏书·礼志》:"神龟初,灵太后父司徒胡国珍薨,赠太卜秦公。"本记卷之二有秦太上君寺,灵太后为其母追福者。此为其父追福,则当为秦太上公寺矣。

**即是汉武帝所立者**

按汉武帝未筑灵台,当是东汉光武帝事。此"武"上应补"光"字。《后汉书·光武帝纪》:"中元元年,初起明堂、灵台、辟雍。"《水经·穀水注》:"阳渠水又径灵台,北望云物也。汉光武所筑,高六丈,方二十步。"并可证也。

**从戎者拜旷披将军偏将军裨将军**

按"披"当作"野"。《魏书·官氏志》:"旷野将军,第九品,上阶。偏将军、裨将军,从第九品,上阶。"无旷掖将军之目。

**魏文帝作典论云碑至太和十七年犹有四□**

按"云"当作"六",形近致误。□当补"存"字。《水经·穀水注》:"文(按当作明)帝刊《典论》六碑,附于其次。"《御览》五百八十九引《西征记》:"魏文《典论》六碑,今四存二毁。"并其证也。

**武定四年大将军迁石经于颖**

按"颖"当作"邺"。《魏书·孝静帝纪》:"武定四年八月,移洛阳汉魏石经于邺。"《北齐书·文宣帝纪》亦有记载。又《隋书·经籍志》:"后魏之末,齐神武执政,自洛阳徙于邺都,行至河阳,值岸崩,遂没于水,其得至邺者,不盈大半。"

**有大谷梨承光之柰**

按《御览》九百六十九引"大谷"作"含消"。"承"上有"重六斤,禁苑所无也。从树投地,尽散为水焉。世人云报德之梨"二十四字。当据以补改,文义才洽。

**肃字公懿**

按《魏书》、《北史》,"公"俱作"恭"。

**多所造制论**

按"论"字衍。"造制"犹创制也。

**肃甚愧谢之色**

按"甚"下当添一"有"字。

**卑身素服不听乐**

按"听"下当依各本加"音"字。

**御史中丞李彪曰**

按"丞"《魏书》本传作"尉",本书卷二正始寺条下亦作"尉",当据改。

**沽酒老妪瓮注坈**

按"坈"当作"瓨"。《说文》:"瓨,似罂,长颈,受十升,读若洪。"《集韵》:"瓨,与缸同。"

**妓儿掷绝在虚空**

按"掷绝"当作"掷绳",形近似讹。"掷"本作"蹢"。《说文》:"蹢,住足也。"言妓儿于绳上凌虚住足,旁无依接。今闽、越犹有此戏。作"掷绝"则无义。

**神龟中常景为汭颂**

按此与《魏书》所记不同。《魏书·常景传》:"继而萧综降附,徐州清复,遣景兼尚书持节,驰与行台都督,观机部分。景经洛汭,乃作铭焉。"考萧综降附,事在孝昌元年,景经洛汭,当在其时,而本记云神龟中为汭颂,乖牾一也。夫颂者,容也;铭者,名也。体制不同，其用亦异。详观斯文，属辞比事，褒德显容，宜名为颂。而《魏书》称之为铭，乖牾二也。

**帝世光宅□函下风**

按据孙星衍《续古文苑》、严可均《全后魏文》，"□函下风"当作"函夏同风"。

**详观古列考见丘坟**

按"古列"不辞。"考"当作"昔"，又与"列"上下互讹也。《续古文苑》、《全后魏文》已校，皆作"详观古昔，列见丘坟"。

**魏箓仰天玄符握镜**

按"仰"当作"御"，各本皆误。"御天"本《周易》文。《文选》王融《永明十一年策秀才文》："朕秉箓御天，握枢临极。"亦用"御天"。

**玺运会昌龙图受命**

孙星衍曰："此二句衍。"按玺运句与上文魏玺二句意同。龙图句与上文"图书受命"句意同，孙说是也。

**道东有四馆一曰归正**

按"馆"下应增"一名金陵，二名燕然，三名扶桑，四名崦嵫。道西有四里"二十一字，方与下文相协。

**伪齐建安王萧宝寅来降**

按"寅"，《魏书》本传作"夤"。

**宝寅耻与夷人同□**

按"寅"亦当作"夤"。"□"依各本当补"列"字。

**正光元年□□至郁久闾阿郁肱来朝**

按《魏书·蠕蠕传》："蠕蠕，东胡之苗裔也，姓郁久闾氏。始神元之末，掠骑有得一奴，发始齐眉，忘本姓名，其主字之曰木骨闾。木骨闾者，首秃也。木骨闾与郁久闾声相近，故后子孙因以为氏。木骨闾死，子车鹿木骨闾会雄健，始有部众，自号柔然，而役属于木骨闾国。后世祖以其无名，状类于虫，故改其号为蠕蠕。"又："正光元年九月，阿那瓌将至，封朔方郡公蠕蠕主。"据此，则"□□"当补"蠕蠕"二字。"至"当为"主"之讹。"郁肱"则"那肱"之俗体。"肱"史作"瓌"者，二字声同，当时迻译取声，故字或异也。

**百国千城莫不欢附**

按"欢"一本作"款"，当从改。《文选》孙子荆《为石仲容与孙皓书》："民庶悦服，殊俗款附。"正作"款附"。

**别立市于乐水南**

按"乐"当作"洛"，以音近讹。

**狮子者波斯国胡王所献也**

按《魏书·西域传》，"波斯"作"嚈哒"。年荒事湮，未知孰是。

**庄帝谓侍中李或曰**

按"或"当作"彧"。《魏书·李延实传》附李彧。

**可觅诚之**

按"诚"当作"试"，形近致讹。

**魏氏把挑枝谓曰**

按"挑"当作"桃"，形近致讹。

**作栢木棺勿以桑木为欀**

按"栢"即"柏"或字。"欀"当作"穰"。"穰"与"镶"音近义通。《法苑珠林》、《太平广记》引此作"櫋"，非是。

**修容亦能为绿水歌**

按"绿"当作"渌"，下文同。《文选》马融《长笛赋》："中取度于白雪渌水。"李善注引《淮南子》曰："手绘渌水之趣。"高诱曰："渌水，古诗。"郭茂倩《乐府诗集》有王融《渌水曲》。

**里内荀颖文**

按各本皆作"里内颖川荀子文"，当从改。

**桓帝祠老子于跃龙园室华盖之座用郊天之乐**

按"室"当作"设"，属下句读。《后汉书·桓帝纪》："论曰：前史称桓帝好音乐，喜琴笙，饰芳林而考濯龙之宫，设华盖以祠浮图老子。"李贤《注》引《续汉志》曰："祀老子于跃龙宫，设华盖之座，用郊天之乐。"是其证也。

## 五

**《洛阳伽蓝记卷第四》校记：**

**以悙名德茂亲**

按"名"当作"明"，以音同致误。

**至于清晨明景**

按"明"当作"美"，以声近致误。

**孝昌元年太子还总万机**

按据《魏书·宣武皇后胡氏传》"子"当作"后"。

**永康中北海入洛**

按北魏无永康年号。"康"当作"安"。据《魏书·北海王颢传》，北海入洛，正当永安二年五月。事亦见第一卷永宁寺条。

**中书舍人温子升曰**

按"升"当依《魏书》本传作"昇"。本卷大觉寺条下："是以温子升碑云"，"升"亦当改"昇"。"升"盖"昇"之简写也。

**祖仁诸房素有金三十斤马五十匹**

按"五"一本作"三"，征之下文"尽送致兆，犹不充数"句，则作"三"者是也。

**阉官杨王桃汤所立也**

按"杨"字衍，《魏书·阉宦传》："王温，字桃汤。"

**世人称□英雄**

按当补"之"字。

**宦者招提最为入室**

按"入室"当作"人宝"。盖写书者误"人"为"入"，写"寶"为"宝"，又讹为"室"也。

**时白马负而来**

按"负"下当增"经"字，文意方足。《御览》六百五十八引有"经"字。

**自此從后**

按"從"当作"以"，盖"以"误"从"，又误为"從"。

**得者不敢撤食**

按"撤"当作"辄"，形近致讹。《御览》九百七十二引此正作"辄"。

**发言似谶不可解**

按"解"上当有"得"字。《御览》六百五十五引有之。

**时亦有洛阳人赵法和请占早晚当有爵否**

按此为询问句，"否"字与"早晚"义复，"否"疑为"官"之误，在"爵"之上，后人不解早晚之义，又误"官"在"爵"下，辄臆改为"否"，致意思重叠。早晚，犹言何时也，盖六朝恒言。本记卷第二建阳里条下："未知早晚造。"《颜氏家训·风操篇》："尊侯早晚过宅。"并同此义。此语唐人仍多沿用，杜甫《江雨有怀郑典设》："春雨闇闇塞峡中，早晚来自楚王宫。"李白《长干行》："早晚下三巴，预将书报家。"近顷发现敦煌唐词《菩萨蛮》："早晚竖金鸡，休磨战马蹄。"皆是也。《太平广记》引此无"否"字，可证所据本未误。

**造十二辰歌终其言也**

按何本及《太平广记》引，"造"字上有"初"字，当据增。"终"下当有"如"字。"终如其言"，本记已数见。

**普泰末雍西刺史陇西王尔朱天光揔士马于此寺**

按"雍西"字"西"当作"州"。《魏书·尔朱天光传》："建义元年,除雍州刺史。"可证。作"西"者,当以下"陇西"字而误也。

**西域乌场国胡沙门僧摩罗所立也**

按"场",《魏书·西域传》作"苌",因翻译取其音同也。《御览》六百五十五引作"长",又"苌"之省也。"僧",《御览》五百五十五引作"曇",当据改。

**凡闻见无不通解**

按"凡"字下当依各本增"所"字。

**至三元肇庆万国齐珍**

按"珍"当作"臻",以音同致讹。

**子明八日而醉眠时人譬之山涛**

按"日"当从各本作"斗"。谓子明如山涛之饮八斗而醉也。

**台西有河阳县**

按河阳县故城在河南孟县西南三十里,与皇女台邈不相接,疑县下有脱文,守见阙之谊,不敢臆补。

**高平失据虐吏充斥**

按"虐"当从各本作"虎"。《礼记·檀弓》："苛政猛于虎。"《汉书·王温舒传》："其爪牙吏,虎而冠。"颜师古《注》："言其残暴之甚也,非有人情。""虎吏"之义,当出于此。作"虐"者非。

**单马入阵旁若无人**

按"单"字上应增"延伯"二字,义较长。

**威镇戎竖**

按"镇"作"振",义较长。

**市北慈孝奉终二里**

按依二文句例求之,"慈"上应增"有"字。

**衣服靓妆**

按"衣"当为"袨"之误。《文选》左思《蜀都赋》："都人士女,袨服靓妆。"此正用其语。袨服谓盛服也。据下文"彩衣"句,尤知当作"袨"字。

**千金比屋层楼□□**

按当依各本补"对出"二字。

**有牛一头拟为金色**

按《法苑珠林》、《太平广记》引,"为"上有"货"字,当据补。否则,文不成义。

**尚书右仆射元稹**

按"稹"《魏书》本传作"顼"。

**高台芳树**

按"树"当作"榭",形近致讹。

**犹能雉头狐披画卵雕薪**

按"披"当作"腋"。《史记·孟尝君列传》裴骃《集解》引韦昭曰:"以狐之白毛为裘,谓集腋之毛,言美而难得者。""卯"当作"卵"。《管子·侈靡篇》:"画卵以后瀹之,雕橑以后爨之。"尹知章《注》:"皆富者所为也。"《太平广记》引正作"卵"。

**绣缬油绫**

按"油"当作"绌"。

**常谓高阳一人宝货多融**

按"多"下应有"于"字。

**朱荷出也**

按"也"当作"池"。

**飞梁跨阁□树出云**

按当依各本补"高"字。

**僧徙千人**

按"徙"当作"徒"。

**传之于西域沙门常东向遥礼之**

按"沙门"上各本重"西域"二字,当据增。语义文气较足。

**西顾旗亭禅皋显敞**

按"禅"当作"神"。《文选》张衡《西都赋》:"实惟地之奥区神皋。"李善《注》引《广雅》曰:"皋,局也。谓神明之界局也。"

**适兹蘖土**

按"蘖"当作"乐"。《诗·魏风·硕鼠》:"适彼乐土。"此用其句。

**尽天地之西垂□绩纺**

按"□"当依别本补"耕耘"二字,才文从字顺。

**今始有沙门焉子善提拔陁**

按各本无"焉子"二字,"善"皆作"菩","陁"下有"至焉"二字,当据改。

**随扬州比丘法融来至京师沙门问其南方风俗**

按"沙门"上,何本重"京师"二字,当据增。

乘四轮马为车

按此句不辞。"为""马"形近,疑"为"字衍。

时有奉朝请孟仲晖者武城人也

按"城"字《御览》六百五十四引"威",当据改。

晖遂造人中夹贮像一躯

按"贮"当作"纻"。"夹纻"为外来语,意即灰泥。

昔都水使者陈勰所造

按"勰"正当作"飋"。《水经注》卷十六引作"协"。

## 六

《洛阳伽蓝记卷第五》校记:

虎贲张车掷刀出楼一丈

按据《魏书·宣武灵皇后胡氏传》,"车"下应有"渠"字。

阉官济州刺史贾璨所立也

按"璨",《魏书·阉官传》作"粲"。

洛阳城东北有上高景

按"景"当作"里"。由下文"世人歌曰:洛阳东北上高里"知之。或谓"高"为"商"之误。

迭相几刺

按"几"当作"讥"。

洛阳城东北上高里

按"城"字衍。

即国之西疆也

按"彊"当作"疆"。

其国有文字况同魏

按"况"上疑脱一字。

□中国佛与菩萨乃无胡貌

按"□"当依各本补"城"字。"国"当依各本作"图"字。

居丧者剪发劈面为哀戚

按"劈"当为"劙"之误。《说文》:"劙,划也。"劙面之俗,突厥有之。《周书·突厥传》:"死者停尸于帐,其家人亲属等绕帐走马,劙面而哭,葬时亦如之。"此可证当时于阗国即突厥族所居处。

有商将一比丘石毗卢旃

按"商"下当添"胡"字,《御览》九百六十八引有之。"石"当为"名"之讹。

今辄将吴国沙门来在城南杏树下

按"吴"当依各本作"异"。《御览》九百六十八引即作"异"。因"異"简写作"异",又误为"吴"也。

十月之初至嚈哒国

按"嚈",《魏书·西域传》作"嚈",翻译异文也。

王妃出则舆之

按"舆"当作"舆"。

一直一道

按当作"有一直道"。

唯縦空山

按"縦"当作"徒",形近致讹。

若水践泥

按此句文不成文,"水践"当乙作"践水"。

有如来昔作摩休国剥屁为纸折骨为笔之处

按"作"疑当作"在",形近致讹。

每及中飡

按《说文》:"飡","餐"或字。"飡"则"湌"之俗。

此寺昔日有沙弥常除灰目入神定

按"目"当作"因"。以"因"误"国",又误为"目"也。

遂立勒憨为王

按据《魏书·西域传》及各本,"憨"应作"勒","憨"盖"勒"之别体。

时跋跋国送狮子儿两头与乾陀罗王

按各本"跋"字不重,当据改。

十二年□以肉济人处

按当依各本补"中"字。

我入涅槃后三百年

按"三"依下文"佛入涅槃后二百年"句,亦当作"二"。《法苑珠林》引正作"二"。

至如来为尸毘王求鸽之处

按"毘"当作"毗"。即上文"拟奉尸毗王塔"之"毗"。"尸毘王"即"尸毗迦王"。

尸毗迦王救鸽事见《贤愚经》卷十、《六度集经》卷一、《菩萨本生鬘经》卷一。又《大唐西游记》亦作"毘"。

**有佛袈装十三条**

按"装"当作"裟"。

**以水筒盛之**

按"水",《高僧法显传》作"木"。《说文》:"筒,断竹也。"《汉书·赵广汉传》颜师古《注》引孟康曰:"筒,竹筒也,如今官受密事筒也。"《晋书·陆机传》:"机乃书以竹筒盛之。"据此,则"水"当作"竹"为是,作"木"者亦非。《大唐西域记》作"宝筒",则不分"竹""木",浑言之也。

**值有轻时二人胜之**

按"二"当作"一"。

**至正元二年二月始还天阙**

按据《魏书·释老志》、《历代三宝记》引,"元"当作"光"。"二年"当作"三年"。

**京东石关有元领军寺关刘长秋**

按"关"当作"阙"。"秋"下应有"寺"字。

**嵩高中有阙居寺**

按"阙"当作"閒"。《魏书·冯亮传》:"亮既雅爱山水,又兼巧思,结架岩林,甚得栖游之适,颇以此闻。世祖给其工力,令与沙门僧暹、河南尹甄琛等周视嵩高之处,遂造闲居佛寺。林泉既奇,营制又美,曲尽山居之妙。""闲"通"閒",即此閒居也。

1978 年 4 月 25 日疝气手术后疗养期间抄

## 附　记

抗日战争中期,我由东南海陬长汀的厦门大学转至当时的陪都重庆中央大学工作。教学之余,即埋头整理《洛阳伽蓝记疏证》五卷稿。历时一年多,约得 35 万字。当稿子写定的时候,怅然若有所失,曾长叹一声,企图立即把它烧毁。这心情,在旧社会的许多知识分子里是完全可以理解的。但是否我就觉得自己当时的工作,比之前线的抗敌战士,实在太渺小的缘故呢?我想也不是的。我实在还没有这觉悟。然而也决没有像古人那样"藏之名山,传之后人"的想法,这是肯定的。所以结果也还没真正下定决心把它烧毁,似乎还有些眷恋。年复一年,就让它安稳地躺在书簏里。

解放战争期间,许多亲友知道我曾对《洛阳伽蓝记》摩挲过一段时间,虚掷过一些生命。在沙坪坝、在柏溪的茶棚里摆龙门阵的时候,也偶尔同他们交谈过。直至新中国成立后,他们有的就劝我把它公开发表。有的就直接把稿子借去,从中撷取一些他认为有用的东西。也有的出版社曾来书索稿,愿意把它定期付印的。我却听之任之,采取漠然置之的态度居多,还是继续让它安稳地躺着。

在"十年浩劫"初期,我正在江西工作。那时家住南昌,人在瑞金。我突然间完全丧失人身自由。我迷惑,我愤怒。尤其我的老伴,惊慌失措。她独挈三个孩子在南昌,一天,被逼无奈,也来不及告诉我,横下一条心,真的放了一把火,把稿子统统烧掉了。似乎她早已了解到我的初衷。其实,事后她又不敢直接告诉我,怕所丧了我的自信心。等到我回到南昌,在书堆里发现了一些余烬残骸,我不仅没有惋惜,却对之相视而笑。因我在二十多年前,就有把它化为灰烬的设想,现在落得这结局,不仅没有一点先前眷恋的感觉,倒有决绝之快。同时又想到那时国内治这部书的先生们的著作,也都已出版。我写定这部书的时日,虽然比他们稍微早了一些,也没有很多特殊发现的地方,只是在当时的环境下,想通过史实的考证,隐隐约约地倾吐一点爱国的思绪而已,烧掉也没有什么值得可惜的。但"四人帮"的爪牙们,却借此来诬陷我,说我是什么什么权威,其实我哪里是什么权威。在牛棚里,我只是皮里阳秋,嗤之以鼻。

直到1976年秋天,党中央一举粉碎"四人帮"的篡党阴谋,国家才重现光明。许多关心我的亲友们,又殷殷来信询问《疏证》的旧稿的下落。旧稿现在确已烧毁不在人间了。我个人的兴趣,也已经转移到别的方面去了,已无心提笔把它苏生。时代正在飞跃地前进,我觉得一个人的生命是有限的,知识是无涯的,做重复的事情是无趣的,也没有这必要。心潮又时刻在起伏。亲友们的追问,像一颗颗小石子投在河心,在我的心田里激起一层层微波,使我回忆起在战火弥漫的岁月里的一些朝夕过从的亲友们,现在都已分散在祖国的各个角落,为社会主义革命和建设,努力作出自己应有的贡献。但如风卷绮云,飘荡四散,很难止泊在一块。也有的已归泉下,和我的旧稿一样,同遭毁灭,永无重见之日,这实在是无可奈何的。古人所谓"人琴俱亡",也许就是这意思吧!

现在我们的国家已进入一个新的历史发展时期,逐步走向大治。为了报答亲友们的垂询和关注,爰检旧箧,仅得1958年春天迻录的《如隐堂本洛阳伽蓝记校记》一稿,还赫然在目。这是准备写《疏证》的先行工作的成果。特迻录一遍,献诸同好。其中虽没有惊人的高言谠论,但片言只字,都是在当时的昏垫的天地里,为之于举世不为之日。这不仅是我个人的历史陈迹记录,也可以觇出时代的影子。如此而已,岂有他哉?

1978年4月30日

第三辑

# 离骚剩义

**苗裔**

帝高阳之苗裔兮。《仓颉篇》:"苗者,禾之未秀者也。"《说文》:"裔,衣裙也。"段玉裁《注》:"䄡曰裙,裳曰下裙。此衣裙谓下裙。"按苗为草木初生之名,裔为下裙之义。屈原自道与楚共祖,同出高阳之后,譬之草木,高阳为根,己则为初生之苗。喻以䄡裳,则高阳为䄡,己则为下裙之裳。以子孙为苗裔者,取其幼小下末之义。

**兮**

《说文》:"兮,语所稽也。"按"语所稽",说话在这里稍停顿的意思。兮之声由丂而来。孔广森《诗声类》已说明古代"兮""猗"音义相同。猗古读阿,则兮字亦当读阿。章炳麟《新方言》又阐明其说。"《楚辞》及古歌中所用之兮字,即为呵字。原其本字,当作丂。《说文》:'丂,反丂也。'今读若呵。经典相承作'猗'。如《书·秦誓》'断断猗',《诗·魏风》'河水清且涟猗',《庄子·大宗师》'而我犹为人猗'。"假猗为兮。现代诗文则以"呀"为"兮"。

**贞**

摄提贞于孟陬兮。按古文以贞为鼎。贞、鼎义并通丁。《尔雅》:"丁,当也。"马融《洛诰注》:"贞,当也。"王逸说:"贞,正也。"此本《易·师卦·象辞》。鼎也有正义,《汉书·贾谊传》"春秋鼎盛",又《匡衡传》"匡鼎来"都是。屈原言自己以太岁在寅,正月始春,庚寅之日下母之体而生。宋钱杲之《离骚集传》以贞为祯祥,非是。

### 脩能

又重之以脩能。按脩为修之假借。《说文》："修，饰也。"引申为妆饰义。能，乃态之借字。《说文》："態，意也，从心能。"段玉裁以为有是意必有是妆，犹今言意态是也。《招魂》"姱容脩態"，《大招》"滂心绰態"都是以证明脩能即脩態。屈原自言既含内美，又有外饰。扈江蓠，纫秋兰，即为其外饰之态。王逸说："脩，远也。言己又重有绝远之能，与众异也。"似过迂曲。

### 扈

扈江离与辟芷兮。王逸《注》："扈，被也。楚人名被为扈。"钱坫《异语·释诂》："扈，被也。南楚谓之扈。"按被谓之扈，亦谓之䙺（mǎn，满）。班固《答宾戏》："䙺龙虎之文。"孟康、苏林都说，"䙺，被也。"黄季刚先生说："扈即幠。"（见手批《文选》稿，以下引黄说同此。）按《说文》："幠，覆也。"覆即被意，皆双声假借字。戴震《屈原赋注》以扈为掩袭不散之称，亦取覆盖之义。

### 年岁

恐年岁之不吾与。《尔雅·释天》："夏曰岁，商曰祀，周曰年，唐虞曰载。"按年岁连用，以复词足其语，古代这样的例子很多。《诗·周颂》："振古如兹。"《笺》训振为古。《书·无逸》"不遑暇食"，遑与暇同。刘师培有《古用复词考》一文（见《左庵集》）征引甚富。《论语》："子在川上，曰：'逝者如斯夫，不舍昼夜。'又：'日月逝矣，岁不我与'。"为此句所祖。可见屈原思想，早受儒家影响。楚被六艺之教，已非一旦。

### 搴、阰

朝搴阰之木兰兮。按《说文》："攓，拔取也。南楚语。从手，寒声。"搴亦作攓。《方言》："攓，取也。南楚曰攓。"阰，黄季刚先生说："阰即陛之别字。"按《说文》："陛，升高阰也。"

### 宿莽

夕揽洲之宿莽。王逸《注》："草冬生不死者，楚人名曰宿莽。"按草冬生不死者为卷施草。《尔雅·释草》："卷施草拔心不死。"郭璞《注》："宿莽也。"邢昺《疏》："卷施草一名宿莽，拔其心亦不死也。"《艺文类聚》八十一引《尔雅图赞》："卷施之草，拔心不死。屈平嘉之，讽咏以比。取类虽迩，兴有远旨。"搴木兰，揽宿莽，言己忠君爱国之坚贞，虽遭逸人围困，矢志勿渝。

### 代序

日月忽其不淹兮，春与秋其代序。古诗："浩浩阴阳移，生命为朝露。人生忽如寄，寿无金石固。"与此同意。李详说："代序，代谢也。古人读序为谢。"

## 不抚壮

不抚壮而弃秽兮,何不改此度也。按《文选》五臣注无"不"字,非。"抚壮""弃秽"对文。《说文》:"抚,安也。"《礼·文王世子·注》:"抚,犹有也。""有"亦存恤之意,与安义近。壮为盛大,以比忠贞,理宜存恤。秽为恶行,以喻谗佞,必当屏弃。君不如此,故下句诘其何不改此惑误之度。

《尔雅·释言》:"忦,抚也。"《方言》:"忦,爱也。"又:"忦,哀也。自楚北郊曰忦。"可见爱忦和安抚,意义亦相近。抚壮之抚与忦义同,也是楚方言。

## 三后

昔三后之纯粹兮。王逸《注》:"三后,禹、汤、文王也。"自来皆主此说。独清代说《楚辞》诸家若戴震、王夫之、马其昶等都说三后是指楚先君。戴震说:"在楚言楚,其熊绎、若敖、蚡冒三后乎?"王夫之说:"三后,或鬻熊、熊绎、庄王也。"按"三后纯粹"与下文"尧舜耿介"、"桀纣昌披"比类推勘,宜依旧说为是。纯,正当作醇。《说文》:"醇,不浇酒也。"又:"粹,不杂也。"所以酒不沃以水谓之醇,米不杂以稗谓之粹。这两个字分言有别,合则同为齐一至美之称。《文选·魏都赋》张载《注》引班固说:"不变曰醇,不杂曰粹。"纯,醇之假借字。

## 在

固众芳之所在。按在,在职也。王逸《注》:"举用众贤,使居显职。"李善《文选·注》居作在。意更显豁。

## 昌披

何桀纣之猖披兮。王逸《注》:"猖狓,衣不带貌。"《易林》作"昌披"。"心志无良,昌披妄行。"《广雅》作"裮被"。黄先生曰:"昌披,犹橐薄也。堕弛之貌,故训衣不带。俗字作裮。"按昌披、橐薄,异字同义。

## 党

惟党人之偷乐兮。按党本作攩。《说文》:"攩,朋群也。"

## 齌

反信谗而齌怒。《说文》:"齌,炊餔疾也。"段玉裁说:"餔,日加申时食也。晚饭恐迟,炊之疾速,故字从火,引申为凡疾之用。"王逸《注》:"齌,疾也。齌一作齐。"六臣本《文选》作齐,并引王逸《注》:"齐,疾也。"显然是齌之误字。宋本钱杲之《离骚集传》正作齌。刘师培《楚辞考异》:"颜师古《匡谬正俗》七、《御览》九百八十三,《事类赋注》二十四并引作齐怒。"都据误本《楚辞》而来。

### 謇謇

余固知謇謇之为患兮。王逸《注》:"謇謇,忠贞貌也。《易》曰:'王臣謇謇,匪躬之故。'"洪兴祖《补注》:"今《易》作'蹇蹇'。"按《易·蹇卦》字正作蹇。謇謇当作蹇蹇为是。屈赋正用《易》义。黄生《义府》:"王臣蹇蹇,匪躬之故。言人臣履历险难,知有国而不知有身也。自《晋书》(《王豹传》)引作'王臣謇謇',字家遂训謇为直言之貌,与卦义相戾矣。"

### 正

指九天以为正兮。黄季刚先生说:"正,正其忠策也。"按"正"质正之意。《论语·学而》"就有道而正焉"的正字与此意同。

### 灵修

夫唯灵修之故也。王逸《注》:"灵,神也。修,远也。能神明远见者君德也,故以谕君。"这也是君权神授的一种说法,自来说灵修的都没有跳出这界限。朱熹说:"灵修,言其有明智而善修饰。盖妇悦其夫之称,亦托词以寓意于君也。"(《楚辞集注》)王夫之说:"灵,善也。修,长也。称君为灵修者,祝其所为善而国祚长也。"(《楚辞通释》)戴震说:"灵,善也。修,即好修之修。"又说:"灵修,相谓之美称,篇内借以言君也。"(《屈原赋注》)王邦采说:"灵修者,大夫颂其君之词,即借以为称其君之词。"(《离骚汇订》)都为美化国君,找出种种解释。刘永济的《屈赋通笺》虽都不满诸家之说,认为未当,但结论又说:"灵修当为神类。"仍落窠臼。章太炎《检论·官统下》说:"屈原称其君曰灵修,此非诡辞也。古铜器以灵终为令终,而《楚辞》传自淮南,(《楚辞》)传本非一,然淮南王安为《离骚传》,则知定本出于淮南)以父讳,更长曰修,其本令长也。秦之县万户以上为令,减万户为长。此其名本诸近古。楚相曰令尹,上比国君,其君曰令长,下比百僚。"这真可说是扫清王逸以后千百年来解释灵修的迷雾。

### 成言

初既与余成言兮。王逸《注》:"成,平也。言,犹议也。"黄先生说:"成言,平议也。"屈原言怀王开始信任他,与他评议国事。

### 化

伤灵修之数化。按"化"即"为"字。古籍互相通假,靡所区异。如《书·尧典》"南讹",《史记·五帝本纪》作"譌",《汉书·王莽传》作"伪"是也。《尔雅》:"讹,化也。"《方言》:"䛒、譌,化也。"故化为为,亦即"譌"字。《说文》:"譌,譌言也。"数化犹多譌也。言怀王初则与己诚言,后乃悔遁有它,故伤其多譌。

### 畦

畦留夷与揭车兮,杂杜衡与芳芷。按畦字与下句杂字对文,则畦亦有植义。王逸《注》:"五十亩为畦。"但于下句又注:"复植留夷杜衡,杂以芳芷。"则亦以植义释畦。畦盖名动同词。亦可见汉人注义之精允。

### 贪婪

众皆竞进以贪婪兮。王逸《注》:"爱财曰贪,爱食曰婪。"王念孙说:"贪婪亦爱财爱食之通称,不宜分训。"按婪与惏同。《说文》:"婪,贪也。"又"河内之北谓贪曰惏"。可证。

### 憑

憑不厌乎求索。王逸《注》:"憑,满也。楚人名满为憑。"黄先生说:"憑,犹愊也。"按《广雅》:"愊,满也。"愊亦通富。《说文》:"富,满也。"钱杲之训憑为据,谓憑据贵势而不厌求索于人。似较迂曲。

### 羌

羌内恕己以量人兮。王逸《注》:"羌,楚人语词也,犹言卿,何为也。"《广雅》:"羌,卿也。"黄先生说:"羌,犹其也。"《史记·高祖本纪·集解》引《风俗通》:"沛人语初发声皆言其。"按羌、卿、其一声之转,声同则义通。

### 冉冉

老冉冉其将至兮。王逸《注》:"冉冉,行貌。"《文选》五臣注、吕向说:"冉冉,渐渐也。"

### 落英

夕餐秋菊之落英。洪兴祖《补注》:"秋花无自落者。"按李壁注王安石《残菊》诗"残菊飘零满地金"句说:"欧阳文忠公嘉祐中见荆公此诗,笑曰:'百花尽落,独菊枝上枯耳。'因戏曰:'秋英不比春花落,为报诗人仔细看。'……文公问之,曰:'是它不知《楚辞》云"夕餐秋菊之落英",欧阳九不学之过也。'据'落英'乃是'桑之未落'华落色衰之落,非必言花委于地也。"洪兴祖与欧阳公都认为秋菊不落。吴仁杰《离骚草木疏》据《尔雅·释诂》之文断定落英为始英。王夫之《楚辞通释》说:"菊英不落,然萎槀既久,终亦凋坠。"却是观察入微,给"落英"做了一个明确的解释。

### 顑颔

长顑颔亦何伤。王逸《注》:"顑颔,不饱貌。"按《说文》:"顑,顑颔,食不饱面黄起行也。"又"颔,顑颔也"。此借颔为顄。《说文》又出顄字,面黄也。音近义同。《论语》"士志于道而耻恶衣恶食者,未足与议也"。王逸《注》又说:"言己饮食清洁,欲使我形貌信而美好,中心简练而合于道要。虽长颇颔,饥而不饱,亦何所伤病也。"与《论语》意正相符。可见屈原浸润儒家思想,已非一日。

### 矫、纫、索

矫菌桂以纫蕙兮,索胡绳之纚纚。按矫菌桂、纫蕙、索胡绳三事并举。矫,举也。纫,索也。按《方言》:"擘,楚谓之纫。"擘即擗字。擗,折也。

### 揽茝

又申之以揽茝。王逸《注》:"然犹复重引芳茝,以自结束,执志弥笃也。"按上句言君之废己以蕙纕,下句言己又重引芳茝以自固,矢志不改之意。近人姜亮夫说:"由之以揽臣不辞。""揽"当为兰之声误。(见《屈原赋校注》)意更显豁。

### 九死

虽九死其犹未悔。王逸《注》:"虽以见过支解九死,终不悔恨。"按王《注》未谛。《说文》:"九,象其屈曲究尽之形。"《列子》、《春秋繁露》、《白虎通》、《广雅》都云:"九,究也。"九为穷极之词。九死,犹言至死也。可参考汪中《释三九》一文。见《述学》。

### 偭

偭规矩而改错。王逸《注》:"偭,背也。"按偭古通面。《汉书·项羽传》:"马童面之。"张晏《注》:"背之也。"又《张衡传》:"上具狱事不可却者,为涕泣面而封之。"师古《注》:"谓背之也。"《说文》:"偭,向也。"这是本义。向、背皆为偭,此正反同辞之例。

### 侘傺、时

忳郁邑余侘傺兮,吾独穷困乎此时也。王逸《注》:"侘傺,失志貌。侘犹堂,堂立貌也。傺,住也。楚人名住曰傺。"按侘傺,《九辩》作欼傺,《后汉书·冯衍传》作侘傺,《诗经》则作踟蹰。《易》则为次且,或作越趄,皆侘傺一声之转。

时,时人也。黄先生说。

### 不忍

余不忍为此态也。按不忍犹不能也。《说文》:"忍,能也。"

### 厚

伏清白以死直兮,固前圣之所厚。洪兴祖《补注》说:"比干谏而死,孔子称仁焉,厚之也。"按屈原北游齐鲁,思杂儒道,现在有些人硬派屈原为法家,完全是颠倒事实,闭着眼睛说话。

### 陆离

长余佩之陆离。王逸《注》:"陆离,犹参差众貌也。"王念孙说:"陆离有二义:一为参差貌;一为长貌。"(见《广雅疏证》卷六上)按以陆离为长貌,与下文"纷总总其离合兮,斑陆离其上下"之陆离训参差、分散者不同。与《九章》"带长铗之陆离兮,冠切云之崔嵬"义正相符。黄先生说:"陆离犹棽俪。"《说文》段玉裁《注》:"棽俪者,枝条茂密之貌。"此与洪《补注》引许慎云"陆离,美好貌"之意相同。陆离也作林离(见《大人赋》)、淋离(见《哀时命》)、淋灕(见《洞箫赋》),则为参差义。也作綝纚(见《九怀》)、棽丽(见《东都赋》),则为美好义。

**女嬃、婵媛**

女嬃之婵媛兮。王逸《注》:"女嬃,屈原姊也。"按《说文》:"嬃,女字也。从女,须声。楚词曰:'女嬃之婵媛。'贾侍中说:'楚人谓姊为嬃。'"自来说《楚辞》者,都无异辞。至清张云璈《选学胶言》引《文选集解》说:"嬃者,贱妾之称,比党人也。婵媛,妖态也。"近人姜亮夫特作《女嬃为贱妾说考》(见《屈原赋校注》)一文张皇。按以嬃为贱妾,字当作孀。朱骏声《离骚补注》:"《易》、《汉书》与天文皆借须为孀,媵妾也。"《说文》:"孀,一曰下妻也。"此张云璈、姜亮夫说之所本。钱坫《异语》说:"楚谓女兄为孀。"则直以孀为嬃矣。以嬃为女字,汉人犹有此称。《汉书·高后纪》吕嬃,即其证。刘永济《屈赋通笺》以女嬃为神巫,引清周拱辰《离骚拾细》(见《周孟侯全集》)为证。并以《汉书·广陵厉王胥传》"当使女巫李女须使下神祝诅。女须泣曰:'孝武帝下我。'左右皆伏"之文,以实其说,也是单义孤证。况且女须为女巫之名,颜师古已有明白的注释,不容怀疑。

婵媛亦作掸援。王念孙说:"掸之言蝉连,援之言援引,皆忧思相牵引之貌也。"

**然**

终然殀乎羽之野。黄先生说:"然,乃也。"

**节**

纷独有此姱节。节当为饰之伪。朱骏声说。(见《离骚补注》)

**余、予**

众不可户说兮,孰云察余之中情。世并举而好朋兮,夫何茕独而不予听。按戴震以察余之余为屈原;予听之予,女嬃自予。(见《屈原赋注》)阐明王逸旧注,义更显豁。

茕,《说文》:"疾回也。"引申为茕独,取褭回无所依之意。或作惸、作睘、作嬛。《毛传》曰:"睘睘无所依也。"

**憑**

喟憑心而历兹。按《方言》:"憑,怒也。楚曰憑。"屈原自谓喟然舒愤怒之情,历数前代成败之道而作此词。此与"憑不厌乎求索"之憑,义异。(姜亮夫混为一谈,

非。见《屈原赋校注》)

**夏康娱**

　　夏康娱以自纵。王逸《注》："夏康,启子太康也。"戴震以夏为夏后氏之夏,与王《注》同。但以康娱连文,一反旧说。(详见《屈原赋注》)王念孙认为戴释康娱郅确,但夏当读为下。言启窃九辩九歌于天,因以康娱自纵于下也。解者误以启九辩九歌为美启之词,又误以夏为夏后氏之夏,是以诘籀为病矣。(详见《读书杂志》)近人刘永济《屈赋通笺》说:"戴、王说是。但王氏训夏为下,文义终嫌太晦。夏本有大义,大康娱以自纵,犹言极康娱以自纵,即《武观》(《墨子·非乐篇》引)淫溢康乐之意。不烦假下字为说,而文意自足。"姜亮夫《屈原赋校注》以"夏读为《诗》'夏屋渠渠'之夏。《毛传》:夏,大也。《尔雅·释诂》同"。按《尚书·序》:"太康失国,昆弟五人,须于洛汭,作'五子之歌'。"此夏康以指太康为是。黄先生说:"纷纷妄说,皆缘不了此耳。"且夏有大义,太、大古字通,则夏康自可读为太康,刘、姜二氏,求之过深,反失真意,此烦琐考证之流弊也。

　　又按王逸注《离骚》,说"启能承先志,缵序其业,育养品类,故九州之物,皆可辩数,九功之德,皆有次序而可歌也"。以启能够继承大禹的美德,只是到了他的儿子太康,久猎不归,好乐无厌,尽情剥削,把禹、启身上所保存下来的劳动人民的美德完全丢光了。王逸在这里对启的认识和屈原在《天问》里对启平日行事的发问也是一致的。《天问》说:"启棘(亟,经常)宾帝(帝,今本误作'商'),九辩九歌。何勤子屠母,而死分竟(境)地。"这段话的意思是说:启是经常到上帝那里做客的,并且带来了《九辩》和《九歌》。这《九辩》和《九歌》王逸说是禹乐,其实是启从天帝那里带下的神乐。也是启自己的乐章,所以王逸又说是禹、启之乐。启既然是个好人,为什么又把王位传给太康?("勤子"即爱子。)为什么又把母亲涂山氏女娲杀掉?为什么他死了之后,五个儿子又各据一方,分裂国土?这是屈原看了楚国先王之庙及公卿祠堂的图画之后,在思想上发生了矛盾,因而对古史发生了疑问。

　　古书上也有说启是个坏人的,如《墨子·非乐篇》引武观曰:"启乃谣溢康乐,野于饮食,将将铭,筦磬以力,湛浊于酒,渝食于野,万舞翼翼,章闻于天,天用弗式。"《战国策》:"禹授益而以启为吏,及老,而以启不足任天下,传之益,启与支党攻益而夺之天下。"《韩非子·外储》、《史记·燕世家》都有同样的记载。可见古代对启的行事,就有两种不同的传说。王逸取其一说而注《离骚》,遂引起后世注家的疑惑。近来还有人说"启是阶级社会形成后的地地道道的国王,是最大的奴隶主,所以他只知道剥削、享乐"(见孙作云《从〈天问〉看夏初建国史》,《光明日报》1978年8月29日)。

这就和王逸说针锋相对,完全相反。关于古代人物传说,由一事分化为多事,这是常例,不足为奇的。启是这样,羿也是这样。

**五子**

五子用失乎家巷。按启有五子,今可考见的只有三子:长子太康,居斟寻,今河南偃师县与巩县之间,寻水附近;次子中(仲)康,居帝丘,今河南北部濮阳;季子武观,居斟灉,今濮阳东北,山东西境范县西,旧观城县。王逸《注》:"兄弟五人,家居闾巷,失尊位也。"洪兴祖《补注》:"太康不反,国人立其弟仲康,仲康死,子相立。则五子岂有家居闾巷之理。盖仲康以来,羿势日盛,王者备位而已,五子之失乎家巷,太康实使之。"《汉书·古今人表》太康下云:"启子兄弟五人,号五观。"王符《潜夫论》:"夏后启子太康、仲康更立,兄弟五人,皆有昏德,不堪帝事,降须洛汭,是谓五观。"

王引之说:"失字因王《注》而衍。《注》内失国、失尊位,乃释家巷二字之义,非文中有失字而解之也。'五子用乎家巷'者,用乎之文,与用夫、用之同。下文云'日康娱而自忘兮,厥首用夫颠陨'、'后辛之菹醢兮,殷宗用之不长'是也。若云五子用失乎家巷,则是所失者家巷矣。《注》何得云'兄弟五人家居闾巷失尊位'乎?扬雄《宗正箴》曰:'昔在夏时,太康不恭。有仍二女,五子家降。'降与巷,古同声而通用,亦足证家巷之文为实义,而用乎之文为语词也。巷,读《孟子》'邹与鲁閧'之閧。刘熙曰:'閧,构也,构兵以门也。'五子作乱,故曰家閧。家犹内也。"(见《读书杂志》)按王氏以"内讧"解"家巷",固佳。疑失字因王逸《注》衍,却是多余的。但他不能不有此疑,否则,无以解家巷为内讧。所以后来凡采用王氏之说的,一定要删去《离骚》本文"失"字,才能自全其说,近人刘永济的《屈赋通笺》、姜亮夫的《屈原赋校注》都是这样干的。其实是受了烦琐考证的弊害,是没有必要的。关于五子构兵的事,《周书·尝麦解》:"其在夏之五子,忘伯禹之命,假国无正,用胥兴作乱,遂凶厥国。"已有记载。涿郡《古文尚书》也说:"帝启十一年,放王季子武观于河西。十五年,武观以西河畔。"可见夏初建国,氏族社会逐步解体,阶级矛盾、阶级斗争开始出现,启的五子各占一方,争夺王位,非常激烈,形成夏建国初年四分五裂的局面。新兴的统治阶级,过的是剥削生活,特别是太康,"盘游无度,畋于有洛之表,十旬弗反"。弄得人民怨声载道。《诗·唐风·蟋蟀》说"无已太康"、"好乐无荒"都对他做了尖锐的抨击。"失乎家巷"就是"失国"、"失尊位"的意思。王逸的"失国"、"失尊位"正是解释文中"失"字的。如果文中没有"失"字,那就是无的放矢,没有意义了。王引之却倒过来说失字因王《注》而衍,并说"失国"、"失尊位"乃释家巷二字之义,非文中有失字而解之也。这是他自己心目中先悬立一个假设,然后小心地去求证。清代朴学家治学方法谨严,有它值得吸取的一面,但往往失之过繁,无中生有,自找麻烦,反而走向反面。现代资产阶级继承这种方法,加以发挥,表面上看近似科学,其实是反科学的。

## 羿

羿淫游以佚畋兮。羿,洪兴祖《补注》:"《说文》云:帝喾射官也,夏少康灭之。贾逵云:羿之先祖也,为先王射官。帝喾时有羿,尧时亦有羿。羿是善射之号。此羿夏时诸侯有穷后也。"按羿在古传说中共有四人,都是善射之人。《天问》中凡两见。"羿焉彃日"之羿,即贾逵所说的尧时之羿,亦见《淮南子·本经训》。"帝降夷羿,革孽夏民"之羿,即指夏诸侯有穷后羿。另一为舜时诸侯,《左传》昭二十八年:"叔向曰:昔有仍氏生女,黰黑而甚美,光可以鉴,名曰玄妻。乐正后夔娶之,生伯封,实有豕心,贪惏无餍,忿颣无期,谓之封豕,有穷后羿灭之。"又《山海经·海内经》:"帝俊(舜)赐羿彤弓素矰,以扶下国。"另一即《说文》所称帝喾射官。这四个羿在古来传说中分化为两种品格,两种人,一个是能为民除害的羿,如《淮南·本经训》所说:"尧之时,封豨修蛇,皆为民害,乃使羿断修蛇于洞庭,擒封豨于桑林。"以及《左传》所记射夔子伯封,都是歌颂羿的勇敢行为的。而在《离骚》中的羿,却是一个荒淫游戏、畋猎无度的无赖诸侯。这两种品格统一在一个羿身上,在屈原思想上是有矛盾的,所以他在《天问》里说:"帝降夷羿,革孽夏民。胡射夫河伯,而妻彼洛嫔?"意思是说:"帝(指尧)命令东夷族的羿革除夏民族的忧愁,他既然是个好人,为什么又射杀河伯,霸占了他的妻子洛嫔?"

大概古史记羿是个坏人的多些,如《左传》襄公四年,魏绛曰:"昔有夏之方衰也,后羿自鉏迁于穷石,因夏民以代夏政。恃其射也,不修民事,而淫于原野。"与《离骚》所说"淫游佚畋"合。《论语》:"羿善射,奡荡舟,俱不得其死然。"也是贬羿的。现代历史学家根据这些资料,断定"羿也是荒唐人,专喜欢打猎"[①],不是没有理由的。

## 封狐

又好射夫封狐。王逸《注》:"封狐,大狐也。言羿为诸侯,荒淫游戏,以佚畋猎,又射杀大狐,犯天之孽,以亡其国也。"按《天问》:"冯珧利决,封豨是射。"(以大弓利决,射杀大狐)和《淮南子·本经训》羿除民害之义同。《艺文类聚》九十四引郭璞《封豕赞》说:"有物贪婪,号曰封豕,荐食无厌,肆其残毁,羿乃饮羽,献帝效技。"当即本此。《左传》昭二十八年说"伯封,实有豕心,贪惏无餍,忿颣无期,谓之封豕,有穷后羿灭之"的"封豕",与《天问》的"封豨"、《离骚》的"封狐",指的都是原兽,用意是一样

---

① 范文澜:《中国通史简编》,1949年5月新中国书简版,第17页。

的。但《左传》和《天问》是歌颂羿的义勇行为，而《离骚》却以羿射封狐，好畋失国，对他做了贬词。《离骚》大概本古之传说。王逸说"又射杀大狐，犯天之孽，以亡其国"也是本着传说而下《注》的。然这终究不能解屈原的矛盾，所以在《天问》里，终于发出"何献蒸肉之膏，而后帝不若？"（为什么羿把射杀的封豕的蒸肉膏，献给上帝，而上帝不愉快呢？）的质问。古史眇邈，人世难详。屈原当时，即已如此。我们今天所能窥测到的，羿是当时东夷族一个野蛮部落的酋长，当太康统治时期，饮酒耽乐，政治黑暗，羿就乘机南侵，打败了太康，占领了他的国都斟寻。这是氏族社会解体之后，新兴的夏朝建立不久，邻近的野蛮部落必然采取的一种侵略行为。

**乱流、浞**

固乱流其鲜终兮，浞又贪夫厥家。按《文选·谢灵运·登江中孤屿一首》"乱流趋正绝"的乱流两字，正用《离骚》。李善《注》引《尔雅》："水正绝流曰乱。"洪兴祖《补注》引"传曰：以法和民，不闻以乱；以乱易乱，其流鲜终"。太康放纵情欲，政权被羿夺去，国都破灭。羿又以佚田娱乐，不恤民事，被国相寒浞所杀。这即所谓"以乱易乱，其流鲜终"。谢诗"乱流"，是说瓯江水流到这里，被孤屿挡住，所以说"趋正绝"。李善引《尔雅》"水正绝流曰乱"来释"乱流"二字，是非常恰当的。王夫之《楚辞通释》说："横流而渡曰乱流，言不顺理也。"也是臆想之辞，对"乱流"没有做出准确的解说。我过去解《离骚》也隐约采用王夫之的意思，只是换一种说法。我说"横渡叫乱流，这里是不正的意思"，都没有做出正确的解释。这里是说太康、后羿都是以乱易乱的人，好像水流到这里被挡住了，是不会得到好下场的。"浞又贪夫厥家"，是说羿杀河伯，霸占了河伯之妻洛嫔，以后羿又被寒浞所杀，洛嫔又被寒浞霸占。羿被寒浞所杀事也见《孟子》。"逢蒙学射于羿，尽羿之道。思天下惟羿为愈己，于是杀羿。"与王逸《注》所说"羿田将归，浞使家臣逢蒙，射而杀之，贪取其家，以为己妻"不同。王逸说本之《左传》和《史记·吴世家》。《天问》又有"浞娶纯狐，眩妻爰谋，何羿之射革，而交吞揆之？"之语。王逸《注》："浞娶于纯狐氏女，眩惑爱之，遂与浞谋害羿也。"姜亮夫说："按古说羿妻凡二人，一为窃不死之药以奔月之常仪，此尧时羿之妻也；一即上文夺取河伯之妻之洛嫔，此有穷后羿之妻也。……纯常双声，仪古读如娥，娥狐为叠韵，又为双声，故常娥、纯狐实一声之转也。"（见《屈原赋校注》）古代传说不同，因时代而演化。此说浞与妻纯狐谋杀羿，又与《孟子》、王逸之说不同。

固，凡事之已然者叫作固，固即故之假借字。汉宫掌故，唐宫多作掌固。

**浇**

浇身被服强圉兮，纵欲而不忍。日康娱而自忘兮，厥首用夫颠陨。按浇为寒浞子。泯曾命令浇杀武观,占领斟浔,又杀夏后相,命令儿子豷,居斟浔(一称斟戈,简称戈)浇杀夏后相之后,"安居无忧,日作淫乐,忘其过恶。卒为相子少康所诛,其头颠陨而坠地"(王逸《注》)。自太康失国到少康中兴,中间约一百年,而《史记·夏本纪》仅说:"仲康崩,子相立;相崩,子少康立。"都不言羿、泯事,可见司马迁也有疏略的。羿、浇、寒泯事详见《左氏传》。浇事也见《天问》。"惟浇在户,何求于嫂?何少康逐犬,而颠陨厥首?女歧缝裳,而馆同爰止。何颠易厥首,而亲以逢殆。"对浇的被杀提出了疑问。《左传》哀元年:"昔有过浇杀斟灌以伐斟鄩,灭夏后相,少康有田一成,有众一旅,能布其德,以收夏众。使女艾谍浇,使季杼诱豷,遂灭过戈,复禹之迹。"姜亮夫说:"女艾即女歧,女艾谍浇,当即此缝裳馆同之事。少康之阴谋,盖浇强围,不能惟力争,故以女色败之。"(见《屈原赋校注》)可存一说。

**菹醢**

后辛之菹醢兮。按《说文》:"菹,酢菜也。"《尔雅》:"肉谓之醢。"王逸《注》:"藏菜曰菹,肉酱曰醢。"《淮南子》有"醢鬼侯之女,菹梅伯之骸"之文。此言殷纣酷法残民,作恶速亡。

**焉**

览人德焉错辅。黄先生说:"焉,犹因也。《招魂》'焉乃下招'之焉,义同于此。"按王逸《注》:"观万民之中有道德者,因置以为君。使贤能辅佐,以成其志。"也是把"焉"解为"因"义。

**维、以**

夫维圣哲以茂行兮。黄先生说:"维,独也。以,与也。"

**相观、计极**

相观民之计极。洪兴祖《补注》:"相、观重言之也。下文亦曰览相观于四极,与《左传》'尚犹有臭'、《书》'弗遑暇食'语同。"按相、观复词重义,古此例甚多,见刘申叔《古用复词考》。计极,洪兴祖《补注》:"言观民之策,此为至矣。计,策也。极,至也。"这样解释已非常明确。清代诸家若戴震说:"言人情计变所极。"朱骏声说:"计读为既,实为讫,犹终也,谓兴亡之究竟。"吴汝纶说:"计极,犹言纪极。"都把"计极"连文为义,释为"究极"之意。其实"计极"二字应分释,王逸《注》与洪《补注》正是这样理解的。因此下文"孰非义而可用""孰非善而可服"才有着落。这是屈原观察历史上兴亡盛衰的经验教训而得出的结论。极是穷其究竟的意思,也就是穷兴亡盛衰的究竟。

**初**

览余初其犹未悔。王逸《注》:"上观初代伏节之贤士,我志所乐,终不悔恨也。"

黄先生说："初，先古也。"也是阐明王《注》的，都是以"初"指前代。其实这初字是指屈原自己的初志，犹现在所说的初衷。

**正枘**

不量凿而正枘兮。王逸《注》："量，度也。正，方也。"又《注》："言工不量度其凿而方正其枘，则物不固而木破矣。"可见上文"正，方也"也是"方正"的意思。正做动词用。刘永济释正为治，言不量凿之方圆以治枘，使之相合，所以前修每以此得罪，即贤者不能从俗之意也。（见《屈赋通笺》）姜亮夫释正为征，往入之也。（见《屈原赋校注》）都没有细察王《注》全文所致。其实王《注》并没有错误。宋玉《九辩》："圆凿而方枘兮，吾固知其鉏铻而难入。"《史记》："持方枘欲入圆凿，其能入乎？"这"方"字都做形容词用。与王逸《注》"正，方也"之方意义不同。

**鹥**

驷玉虬以乘鹥兮。王逸《注》："鹥，凤皇别名也。《山海经》云：鹥身有五采而文如凤，凤类也。以为车饰。"洪兴祖《补注》："《山海经》云：九疑山有五彩之凤，飞蔽一乡，五彩之鸟，鹥鸟也。又云：蛇山有鸟，五色，飞蔽日，名鹥鸟。"此言以鹥为车而驾以玉虬，犹言坐凤车以龙为驾。鹥一作翳，盖通假字。刘永济引《说文》："翳，华盖也。"以鹥当作翳为是。（见《屈赋通笺》）不知屈原此赋，多想象之词，不必实指。鹥比翳更富有浪漫主义色彩。

**埃风**

溘埃风余上征。王逸《注》："溘，犹掩也。埃，尘也。言我设往行游，将乘玉虬，驾凤车，掩尘埃而上征，去离世俗，远群小也。"按王注埃为尘，义至明确。埃风，犹今言风尘、风埃，不必怀疑。王夫之以为埃"当作娭，传写之误"（见《楚辞通释》）。姜亮夫据以证埃风不可通，埃、娭形近而伪。刘永济引《文选旁证》"吴都赋注，谢元晖在郡卧病诗注，江文通杂拟，张黄门诗注，引溘埃风并作溘飖风"，以为"溘飖风是唐代旧本如此。……然溢不如溘字义长，疑溢又溘之误，当作溘飖风余上征"。纷纷校注，皆无益也。

**屯其相离**

飘风屯其相离兮。按"屯其相离"，是说邪恶之众，结合在一块，策划离间屈原同好人来往，这里"屯"应有一顿。飘风即旋风，以兴起邪恶之人。姜亮夫说："屯其相离，言使其相离者屯聚也。"非。近来有些注本说"离"同"丽"，作"附着"解，便同说梦。

### 陆离

班陆离其上下。王逸《注》:"陆离,分散也。……上下之义,班然散乱而不可知也。"按陆离有参差分散之义,在这里作分散解。言飘风率云霓而来,忽上忽下,分散杂乱。黄先生说:"陆离其上下,倒语也。"极确。姜亮夫说:"陆离,光辉灿烂之貌。"于义无征。近来有些注本,说"陆离,在这里作五光十色解"。也许是由洪《补注》"斑,驳文也"而来。但又解斑为"纷乱的样子",则更自相矛盾,不足以取信于人。这样的注本,大概还是受了"四人帮"不读书的流毒所致。

### 时、罢

时暧暧其将罢兮。黄先生说:"时,时世也。罢读曰疲。"

### 女

哀高丘之无女。王逸《注》:"女以喻臣。言己虽去,意不能已,犹复顾念楚国,无有贤臣,必为之悲而流涕也。或云:无女,喻无与己同心也。"五臣云:"女,神女,喻忠臣。"洪《补注》:"《离骚》多以女喻臣,不必指神女。"按女指贤臣。屈原以楚无贤臣,因而心哀流涕。鲁迅1933年6月《悼丁君》:"如磬夜气拥重楼,剪柳春风导九秋。湘瑟凝尘清怨绝,可怜无女耀高丘。"则以女比革命烈士,古为今用,自然贴切,可称范例。

### 丰隆

吾令丰隆乘云兮。王逸《注》:"丰隆,云师。一曰雷师。"按以音求之,丰隆肖雷声,当以雷师为是。《九章·思美人》:"愿寄言于浮云兮,遇丰隆而不将。"《思玄赋》"丰隆轩其震霆,云师蠠以交集"可证。

### 蹇修、理

吾令蹇修以为理。王逸《注》:"蹇修,伏羲氏之臣也。"戴震说:"蹇修,媒之美称。蹇蹇而修治,不阿曲也。"(见《屈原赋注》)自来解蹇修者,都不甚确切。章炳麟说:"王逸注蹇修,伏羲氏之臣也。考上古人物,略具《古今人表》,不见有蹇修者。此盖以古有宓妃,故附会言之耳。今按蹇修为理者,谓以声乐为使,如《司马相如传》所谓以琴心挑之。《释乐》:徒鼓钟谓之修,徒鼓磬谓之蹇。则此蹇修之义也。古人知音者多,荷蒉野人闻击磬而叹有心,钟磬可以喻意明矣。"(见1936年4月1日《制言》第14期)比王、戴诸家之说明白得多。

理,《广雅·释言》:"媒也。"孙诒让说:"理即行理之理。《国语·周语》云:'行理以节逆之。'《左传》昭十三年云:'行理之命,无月不至。'杜《注》云:'行理,使人通聘问者。'此理亦犹言使也,与媒义略同。(《广雅·释言》云:'理,媒也。'理详言之则曰行理,犹媒亦曰行媒。下文云:'又何必用夫行媒。')故下文云:'理弱媒拙兮',《九章·抽思》云:'理弱而媒不通兮。'《注》云:'知友劣弱,又鄙朴也。'又《思美人》云:'令薜荔以为理,因芙蓉以为媒。'皆理媒并举。王《注》下文亦以'媒理'为释,而'分理'之义则未当。"释"理"字之义,此为最当。

### 纬繣

忽纬繣其难迁。王逸《注》:"纬繣,乖戾也。"黄先生说:"纬繣,犹皵菈也,亦即乖违。"按"纬繣"即"敊悑",《广雅》:"敊悑,乖刺也。"《广雅》作"敊悑",乖违也。王念孙《广雅疏证》说:"意相乖违谓之敊悑,行相乖违亦谓之敊悑。"此言宓妃意行,与己乖违,很难转移。

### 览相观

览相观于四极兮。览、相、观三字同义连用,古有此例。朱骏声《离骚补注》说:"览、相、观三叠字,犹《诗》仪、式、型文王之典。"《左传》缮、完、葺,亦三叠。按朱氏说极精,戴震《屈原赋注》删相字,非。

### 犹豫

心犹豫而狐疑兮。黄先生说:"犹豫即尤豫(见《后汉书·马援传》)、淫豫、由豫、犹与(见《曲礼》'卜筮者先王所以决嫌疑、定犹与也')、由与(见《吕览·高诱注》)、容与一也。"按倒言之曰夷犹,《九歌》"君不行兮夷犹"是也。

### 诒

凤皇既受诒兮。黄先生说:"诒,遗也。"按受诒指礼遗也。

### 及

及少康之未家兮。黄先生说:"及,逮也。"

### 哲王

哲王又不寤。洪兴祖《补注》:"哲王又不寤者,言不知忠臣之分。怀王不明而曰哲王者,以明望之也。太史公所谓冀幸君之一悟,俗之一改也。韩愈《琴操》云:'臣罪当诛兮,天王圣明。'亦此意。"这最足以抉发作者情思的深处。朱熹以哲王指上帝,非是。

### 终古

余焉能忍与此终古。黄先生说:"终古,久也。"

### 琼茅、筳、篿

索琼茅以筳篿兮。按《尔雅·释草》:"菅,琼茅。"邢昺《疏》:"菅与琼茅一草也。华白者即名菅,华赤者别名琼茅。"黄先生说:"此琼茅非《尔雅》菅、琼茅。故《注》(按指王逸注)但云灵草,盖即菁茅也。"又说:"以,与也。"

筳,王逸《注》:"小折竹也。"按筳,汉时谓之竹筳。《汉书·王莽传》:"以竹筳导其脉,知所终始。"师古曰:"筳,竹挺也。"

篿,王逸《注》:"楚人名结草折竹以卜曰篿。"黄先生说:"篿,叙之转语也。楚人谓卜问吉凶曰叙。(按见《说文》)又即筮之转语。"

**信修**

孰信修而慕之。王逸《注》:"楚国谁能信明善恶,修行忠直,欲推慕及者乎?"把信修二字分释。朱熹则谓:"孰有能信汝之修洁而慕之者。"也是承王逸之意,以信属君,以修属臣,君臣相慕,两美必合。但楚国谁能为此? 所以必须以时离去。姜亮夫以"信修"与"信美""信姱"一样,应当连读。"信修"犹言"真美"。又改"慕"为"莫"以说之(见《屈原赋校注》),似非屈原本意。

**曰**

曰勉远逝而无狐疑兮。黄先生说:"曰,更端词也。"按此亦灵氛劝原之词。洪《补注》:"再举灵氛之言者,甚言其可去也。"

**释、女**

孰求美而释女。黄先生说:"释,舍也。"又:"此女亦尔也。"

**珵、能当**

岂珵美之能当。黄先生说:"珵,珽之别字。"按《说文》:"珽,大圭,长三尺。"王逸《注》:"珵,美玉也。《相玉书》言珵大六寸,其耀自照。言时人无能知臧否,观众草尚不能别其香臭,岂当知玉之美恶乎? 以为草木易别于禽兽,禽兽易别于珠玉,珠玉易别于忠佞,知人最为难也。"朱熹说:"岂能知玉之美恶所当乎?"都是说不辨忠佞,不识美恶,对之茫然,岂能得当。

**蘇、帏**

蘇粪壤以充帏兮。王逸《注》:"蘇,取也。"戴震《屈原赋注》:"苏蘇,索也。"黄先生说:"蘇,穌之借字。"按《说文》:"穌,把取禾若也。"《汉书·韩信传》:"樵蘇后爨,师不宿饱。"《汉书音义》曰:"樵,取薪也。蘇,取草也。"此皆假蘇为穌,蘇行而穌废矣。

帏,王逸《注》:"帏谓之幐。幐,香囊也。"按《说文》:"幃,囊也。"

**糈**

怀椒糈而要之。黄先生说:"糈正作𥻗,亦作稰,皆通。"

**翳、缤**

百神翳其备降兮,九疑缤其并迎。皇剡剡其扬灵兮,告余以吉故。黄先生说:

"翳,蔽,蔽日也。缤正作闠。迎、故对转为韵。"

**上下、而**

曰勉升降以上下兮,求矩矱之所同。汤禹严而求合兮,挚咎繇而能调。王逸《注》:"上谓君,下谓臣。"洪兴祖《补注》:"升降上下,犹所谓经营四荒、周流六漠耳,不必指君臣。"朱熹《集注》:"升而上天,下而至地也。"不泥君臣,与洪说同。黄先生说:"同、调对转为韵。"又说:"而,乃也。"

**说**

说操筑于傅岩兮。黄先生说:"此下屈子之词。"王逸《注》:"说,傅说。"按《墨子·尚贤》:"傅说被褐带索,庸筑于傅,武丁得之,举以为三公。"《庄子·大宗师》:"傅说得之,以相武丁。"《书序》:"高宗梦得说,使百工营求诸野,得诸傅岩。"《孟子》:"傅说举于版筑之间。"

**吕望**

吕望之鼓刀兮。王逸《注》:"吕,太公之氏姓也。"按《战国策》:"太公望老妇之逐夫,朝歌之废屠,文王用之而王。"《天问》:"师望在肆昌何识？鼓刀扬声后何喜？"《荀子·解蔽》:"文王监于殷纣,是以能长用吕望。"《史记》:"太公望吕尚者,东海上人,本姓姜氏,从其封姓,故曰吕尚。"

**宁戚**

宁戚之讴歌兮。王逸《注》:"宁戚,卫人。"按《管子·少称》:"使宁戚毋忘饭牛车下也。"《晏子内篇·问下第四》:"昔我先君桓公,闻宁戚歌,止车而听之,则贤人之风也。举以为大夫。"《淮南子》:"宁戚欲干齐桓公,困穷无以自达,于是为商旅,将任车以商于齐,暮宿于郭门之外,饭牛车下,望见桓公,乃述牛角而商歌,桓公闻之,曰:异哉歌者,非常人也。命后车载之。"《吕氏春秋·举难篇》载其事更详。洪兴祖《补注》引《三齐记》载其歌曰:"南山矸(岸),白石烂,生不遭尧与舜禅,短布单衣适至骬。从昏饭牛薄夜半,长夜漫漫何时旦。桓公召与语,悦之,以为大夫。"

**鹈鴂**

恐鹈鴂之先鸣兮。黄先生说:"鹈鴂,即子巂,今谓之杜鹃。"

**偃蹇**

何琼佩之偃蹇兮。黄先生说:"偃蹇,犹蔚荟也。"

**缤纷**

时缤纷其变易兮。黄先生说:"缤纷,即闠闠也。"

**兰**

余以兰为可恃兮。王逸《注》:"兰,怀王少弟司马子兰也。"按据《史记》,子兰盖怀王少子,顷襄王之弟也。洪兴祖《补注》已正之。

**慆**

椒专佞以慢慆兮。王逸《注》:"慆,淫也。"黄先生说:"慢亦慆也。"

**祗**

又何芳之能祗。王念孙说:"祗之言振也。言干进务入之人,委蛇从俗,必不能自振其芬芳,非不能□贤之意也。……《逸周书·文政篇》:'祗民之死',谓振民之死也。祗与振声近而义同,故字或相通。"

**椒兰**

览椒兰其若兹兮。王逸《注》以椒为楚大夫子椒,兰为子兰。汉人都以为椒兰隐喻人名。如《七谏》:"惟椒兰之不反兮,魂迷惑而不知路。"扬雄《反离骚》:"既信椒兰之唼佞兮,吾累忽焉而不早睹。"梁章钜引《后汉书》孔融曰:"屈原悼楚,受谮于椒兰。"岂亦妄为是言哉?王逸之说,盖亦汉人之通见。朱熹则力辟椒兰为大夫子椒、令尹子兰之说。钱杲之则谓兰椒喻所收贤才,难以指实。细绎此文,曰"予以兰为可恃",曰"椒专佞以慢慆",曰"览椒兰其若兹",似实有所指,非泛称香草可比。

**历兹**

委厥美而历兹。黄先生说:"兹,兹咎也。"洪兴祖《补注》:"上云委厥美以从俗,言子兰之自弃也。此云委厥美而历兹,言怀王之见异也。"

**和调度**

和调度以自娱兮。旧注都以"和调"连文。王逸《注》:"言我虽不见用,犹和调己之行度,执守忠贞,以自娱乐。"洪兴祖《补注》:"和调,重言之也。"朱熹《集注》则以调度复用,说:"调,犹今人言格调之调。调度,法度也。"钱澄之《屈诂》说:"玉音璆然,有调有度。古者佩玉,进则抑之,退则扬之,然后玉声锵鸣。和者,鸣之中节也。"也以调度连用为说。按《远游》:"心调度而弗去兮。"则"调度"连文,似胜旧说。

**历**

历吉日乎吾将行。黄先生说:"历,择也。"

**羞**

折琼枝以为羞兮。王逸《注》:"羞,脯也。"洪兴祖《补注》:"羞、脩二物也。见《周礼》,羞致滋味,脩则脯也。王逸、五臣以羞为脩,误矣。"

### 邅

邅吾道夫昆仑兮。王逸《注》:"邅,转也。楚人名转为邅。"黄先生说:"邅,即展也。"按展亦即转意。

### 玉鸾

鸣玉鸾之啾啾。王逸《注》:"鸾,鸾鸟也。以玉为之,著于衡,和著于轼。"按《礼记·经解》:"升车则有鸾和之音。"郑《注》:"鸾、和皆铃也。所以为车行节也。"《韩诗外传》曰:"鸾在衡,和在车前,升车则马动,马动则鸾鸣,鸾鸣则和应。"鸣鸾啾啾,言行车有节度也。

### 西极

夕余至于西极。上句"无津",王逸《注》:"东极。"则此句言"西极",犹言西方极远之地。非有实指。清代说《离骚》诸家,若李光地《离骚经解·九歌解》、马其昶《屈赋微》、朱骏声《离骚补注》都以"西极"喻秦,望文生义,似非屈子本意。刘永济《屈赋通笺》辨之甚悉,兹不具论。

### 軑

齐玉軑而并驰。按《方言》:"轮,韩、楚之间谓之軑。"

### 委蛇

载云旗之委蛇。洪兴祖《补注》引《文选·注》云:"其高至云,故曰云旗。"按委蛇,《文选》作委移,亦作逶迤,长貌。

### 抑志

抑志而弭节兮。姜亮夫《屈原赋校注》引张溎《然疑待征录》曰:"志当作帜。《汉书·高帝纪》:旗帜皆赤。师古曰:史家或作识,或作志,意义皆同,是其声通之证。抑帜承云旗句,弭节承八龙句,上文扬云霓之晻蔼兮,洪标云:一本扬下有志字,扬志亦即扬帜也,浅人删之。"并说:"抑帜弭节,谓束马徐行。"按较旧注明白,当从。

### 假日、媮乐

聊假日以媮乐。洪兴祖《补注》:"颜师古云:'此言遭遇幽厄,中心愁闷,假延日月,苟为娱乐耳。'今俗犹言借日度时,故王仲宣《登楼赋》云:'登兹楼以四望兮,聊假日以消忧。'今之读者,改假为暇,失其意矣。李善注仲宣赋引《荀子》多暇日,亦承误也。"按洪说极是。

媮乐之媮,洪《补注》:"音俞,乐也。"戴震《屈原赋注》说:"媮,他候切,苟且也。愉,音俞,乐也。二字多错互,洪氏《补注》媮皆音俞,云乐也。非是。"则读媮为偷。

婾乐即苟且偷乐之意。但不必斥洪氏之非。

**陟陞**

陟陞皇之赫戏兮。按陟、陞复词同义。

**临睨**

忽临睨夫旧乡。按《尔雅》："临,视也。"王逸《注》："睨,视也。"则临、睨亦复词同义。

**乱**

乱曰。王逸《注》："乱,理也。所以发理词指,总撮其要也。屈原舒肆愤懑,极意陈词,或去或留,文采纷华。然后结括一言,以明所趣之意也。"刘勰《文心·诠赋》："乱以理篇,写送文势。"(用唐写本)洪兴祖《补注》："《国语》云:其辑之乱。辑,成也。凡作篇章既成,揖其大要,以为乱辞也。《离骚》有乱,有重,乱者总理一赋之终,重者,情志未申,更作赋也。"按王、刘、洪都以乱是一篇乐章或辞赋完了之后,总括其要旨,明其志趣的意思。《论语》:"《关雎》之乱,洋洋乎盈耳哉。"说明"乱"是合乐,是尾声的样子。众乐合作,所以洋洋盈耳。郭沫若说:"乱,当是辞之误。古金文作'嗣',多用为司。凡古书乱字含有相反之治义者,均是嗣字之误。辞、嗣本一字,乱或当作䛐或䛐。文末系以辞曰,以作尾声,与《抽思》之少歌曰、唱曰,义例正同,亦正《楚辞》之名所由得。"(《沫若文集》十二卷)可备一说。

**已矣、兮**

已矣哉,国无人莫我知兮。按孔安国《论语注》："已矣,发端叹词。"王逸《注》："已矣,绝望之词。"王说义较长。

兮,《汉书·贾谊传》作"也"。


此文初稿于1941年住重庆柏溪时写出,1978年3—4月写完于南京。并题王嗣奭诗两句于文末,作为后记。

雄记　1985年8月

每诠苦境苦到骨,及疏愁肠愁杀人。

王嗣奭《杜臆脱稿覆阅漫题》,见《续甬上耆旧诗》卷四四

# 说"庄、老告退而山水方滋"
## ——谢灵运山水诗专论之一

清初诗人王世祯说：

> 迨元嘉间，谢康乐出，始创为刻画山水之词，务穷幽极渺，抉山谷水泉之情状，昔人所云"庄、老告退而山水方滋"者也。宋、齐以下，率以康乐为宗。至唐王摩诘、孟浩然、杜子美、韩退之、皮日休、陆龟蒙之流，正变互出，而山水之奇怪灵閟，刻露殆尽，若其滥觞于康乐，则一而已矣。
>
> （《带经堂集·双江唱和集序》）

王渔洋上面这段话是对我国古代山水诗发展的总结。他的观点，是因袭南北朝以来文史学家檀道鸾、沈约、钟嵘、刘勰等人的旧说而加以发展。他自己又是清代一位重要诗人，因而他的话直接影响到近代以至现代的一些文学史著作。檀道鸾说：

> （许）询有才藻，善属文，自司马相如、王褒、扬雄诸贤，世尚赋颂，皆体则诗骚，傍综百家之言。及至建安而诗章大盛。逮乎西朝之末，潘陆之徒，虽时有质文，而宗归不异也。正始中，王弼、何晏好庄、老玄胜之谈，而世遂贵焉。至过江，佛理尤盛，故郭璞五言，始会合道家之言而韵之。询及太原孙绰转相祖尚，又加以三世之辞，而诗骚之体尽矣。询、绰并为一时文宗，自此作者悉体之。至义熙中，谢混始改。
>
> （《世说新语·文学》注引《续晋阳秋》）

钟嵘说：

> 永嘉时，贵黄老，稍尚虚谈。于时篇什，理过其辞，淡乎寡味。爰及江表，微波尚传，孙绰、许询、桓（温）、庾（亮）诸公，诗皆平典似道德论，建安风力尽矣。先是郭景纯用隽上之才，变创其体；刘越石仗清刚之气，赞成厥美。然彼众我寡，未能动俗。逮义熙中，谢益寿（混）斐然继作。元嘉中，有谢灵运，才高词盛，富艳难踪，固已含跨刘、郭，凌铄潘、左。故知陈思为建安之杰，公干、仲宣为辅。陆机为太康之英，安仁、景阳为辅。谢客为元嘉之雄，颜延年为辅。斯皆五言之冠冕，文词之命世也。

（《诗品序》）

沈约说：

> 仲文（殷仲文）始革孙（绰）许（询）之风；叔源（谢混）大变太元之气。

（《文选》卷五〇《宋书·谢灵运传论》）

刘勰说：

> 宋初文咏，体有因革，庄、老告退，而山水方滋。俪采百字之偶，争价一句之奇，情必极貌以写物，辞必穷力而追新，此近世之所竞也。

（《文心雕龙·明诗》，以下书名简称《文心》）

以上这些人的论述，是就我国整部五言诗的思想和艺术的发展历史来立论的。如果单就以写山水题材的山水诗的发展历史来谈，那王渔洋的说法也还值得讨论。这里，至少有两个问题必须进一步明确：一、我国古代山水诗的发展过程以及谢灵运在山水诗发展过程中的地位；二、怎样正确理解刘勰在《文心》中所说的"庄、老告退，而山水方滋"这句话。

先说第一个问题。

根据王渔洋在《双江唱和集序》里的说法，似乎我国古代的山水诗，直到谢灵运出来之后才产生，才"始创为刻画山水之词"，"宋、齐以下，率以康乐为宗"。唐代写山水的诗人，都是"滥觞于康乐"。这就未免无视我国古代山水诗的发展过程。我国历史悠久，川原辽阔，奇山异水，钟灵毓秀，因而山水诗的发源是很早的。《三百篇》

里的"河水洋洋"(《卫风·硕人》),"泌之洋洋"(《陈风·衡门》),"河水清且涟猗"(《魏风·伐檀》),"维石岩岩"(《小雅·节南山》)以及王渔洋在《双江唱和集序》里也曾提到的"汉之广矣"、"终南何有"之类,都在言志抒情中触及山川景物。到了战国,屈原的作品就开始有较多的句子通过神话传说来描绘山水。如"朝吾将济于白水兮,登阆风而绁马。忽反顾而流涕兮,哀高丘之无女。""陟升皇之赫戏兮,忽临睨乎旧乡。仆夫悲余马怀兮,蜷局顾而不行。"(《离骚》)"帝子降兮北渚,目眇眇兮愁予。袅袅兮秋风,洞庭波兮木叶下。"(《九歌·湘夫人》)"深林杳以冥冥兮,乃猿狖之所居。山峻高以蔽日兮,下幽晦以多雨。霰雪纷其无垠兮,云霏霏其承宇。"(《九章·涉江》)这些句子都是借江山的灵异来抒发作者的心情,虽不过还是简单的描绘,已足以引起人们深沉的怅触。刘勰在《文心·辨骚》里说他"论山水则循声而得貌,言节候则披文以见时",对屈原的山水诗句是非常推服的。先秦子史传记里也偶有零章断句,写到山川都邑,但都只是作为陪衬,还没有把山水作为专门的对象来刻画。这种现象到两汉的乐府古辞也还没有改变。"上山采蘼芜","江南可采莲",也只是借山水来发端起兴罢了。汉赋里虽曾有一部分刻画山川之胜的句子,也都只是为了侈陈京都宫殿的形胜而偶尔涉及。人们对自然山水美还没有自觉地去欣赏它爱好它,从而对它做细致的雕凿镂刻。直到东汉末年,建安之初,战乱频仍,市朝变幻。仲长统为了"不受当时之责,永保性命之期",写了《乐志论》:"使居有良田广宅,背山临流。"(《全后汉文》卷八九)荀爽有《贻李膺书》:"知以直道不容与时,悦山乐水,家于阳城。"(《全后汉文》卷六九)其他如繁钦《与魏文帝笺》:"是时日在西隅,凉风拂衽,背山临溪,流泉东逝。"(《文选》卷四〇)曹丕《与朝歌令吴质书》:"驰骋北场,旅食南馆,浮甘瓜于清泉,沉朱李于寒水,白日既匿,继以朗月,同乘并载,以游后园。舆轮徐动,参从无声,清风夜起,悲笳微吟,乐往哀来,怆然伤怀。"(《文选》卷四二)在诗歌中,如曹丕的《于玄武陂作》(《全三国诗》卷一)、《芙蓉池作》(《文选》卷二二),曹植、刘桢的《公燕诗》(《文选》卷一〇)都以大部分篇幅描写景物。钱钟书先生说:"颇征山水方滋,当在汉季。""又可窥山水之好,初不尽出于逸兴野趣,远致闲情,而为不得已之慰藉。"(见《管锥编》第三册,第1036页)这话是有见地的。到了建安十二年,曹操北征乌桓,回军,途经碣石,写了《步出夏门行》,其中《观沧海》一诗,真有"吞吐宇宙气象"(沈德潜《古诗源》评),为祖国雄伟壮丽的山海景象留下一幅不朽的画图,实开我国古代山水诗雄奇一派的先河。

两晋时期,人们对自然山水日趋爱好。西晋羊祜"乐山水,每风景,必造岘山,置酒言咏,终日不倦"(《晋书》卷三四)。阮籍"或登临山水,经日忘归"(《晋书》卷四九),"会稽有佳山水,名士多居之,谢安未仕时亦居焉。孙绰、许询、支遁等,皆以文义冠世,并筑室东土,与羲之同好。"(《晋书》卷八〇)这种整天沉浸在山水里,把山水作为欣赏的对象、注视的中心,是前所没有过的。因而山水诗文,不断涌现,木玄虚(华)的《海赋》、郭景纯(璞)的《江赋》,显示了祖国疆域的壮阔、川渎的美好,开拓了前此所没有接触过的写作领域。又因这时现实社会矛盾激化,隐遁之风因而盛行。士大夫们离开宫廷,退隐到山林里去,或写"招隐诗",或写"游仙诗",或写"咏怀诗",从各个不同的角度赞赏了山水自然美。在建安诗歌写山水的基础上向前跨进了一步。至于通过祖饯、游览、行旅之作,描绘山水,更属屡见不鲜。尤其到东晋以后,不仅在统治阶级内部相互残杀,生命朝不虑夕,引起人们的隐遁思想,还因强邻入侵,士大夫们饱经忧患,被迫举室南迁,举目有山河之异。

> 过江诸人,每至美日,辄相邀新亭,藉卉饮宴。周侯(顗)中坐而叹曰:"风景不殊,正自有山河之异!"皆相视流泪。
>
> (《世说新语·言语》)

因江南山水的触发,引起当时人们想到北国故园。孙绰在《三月三日兰亭诗序》里说:"情因所习而迁移,物触所遇而兴感……屡借山水以化其郁结。"(《艺文类聚》卷四)这就把山水诗的勃兴以及它的写作与现实的关系说得非常透彻。山水诗的写作这时已进入了一个新的历史阶段。袁山松(崧)的《宜都记》可说是一个标识。

> 常闻峡中水疾,书记及口传悉以临惧相戒,曾无称有山水之美也。及余来践跻此境,既至,欣然始信之耳闻不如亲见矣。其叠崿秀峰,奇构异形,固难以词叙。林木萧森,离离蔚蔚,乃在霞气之表。仰瞩俯映,弥习弥佳。流离信宿,不觉忘返,目所履历,未尝有也。既自欣得此奇观,山水有灵,亦当惊知己于千古矣。
>
> (《水经注》卷三四《江水》引)

袁山松把山水当作知己,他能认识到山水自然美的本质达到这样的境地,确是晋宋以前所没有过的。他为后来郦道元撰写《水经注》奠定了基础。山水诗发展到这个时期,作者便蔚然蜂起。除了上文已引的檀道鸾在《续晋阳秋》、钟嵘在《诗品序》、沈约在《宋书·谢灵运传论》中所提到的殷仲文、谢混初步改变玄言诗风之外,还有如王彪之、王玄之、王徽之、孙总、庾阐、李颙、袁宏、陶渊明、宗炳、湛方生、慧远、庐山诸道人、帛道猷,等等,都写作了不少的山水诗。其中作品现存的以住在南岳之下的陶渊明写的山水田园诗尤为出色。

陶诗大部分写于刘宋以前,他自己虽说他少年时"游好在六经",儒家思想比较浓厚,但当时社会上的玄风却不断激荡着他的创作思想,形成了他的"质直"诗风(钟嵘《诗品》语)。这种诗风却并不为当时的批评家们所重视,这自然是陶诗的悲剧。其实,陶诗的那些晶莹如珍珠般的语言,质朴而妍丽,它对祖国山水田园的描绘,令人读后真能起"驰竞之情遣,鄙吝之意祛,贪夫可以廉,懦夫可以立"(萧统《陶渊明集序》)的作用,对后代的影响是巨大的。王渔洋说唐代王摩诘、孟浩然、皮日休、陆龟蒙的山水诗,都是滥觞于谢康乐,其实还不如说他们的诗都受了陶渊明的熏陶来得更确切些。这样说,并不排斥谢诗对他们的影响。古代以至现代一个诗人的成就,总不免或多或少地要吸取他前代和同代诗人多方面对他的感染与滋养。

诚然,谢灵运出来之后,把古代山水诗推上一个高峰,他在当时文坛上所起的作用,确比陶渊明大,这点,钟嵘、沈约等人都曾论及(引文已见上)。后来萧子显写《南齐书·文学传论》时,还特别提到山水诗发展过程说:"仲文玄气,犹未尽除,谢混清新,得名未盛。颜谢并起,乃各擅奇……"可见谢灵运的山水诗,是在殷仲文、谢混的改革基础上向前推进的。至于谢灵运所以能写出大量的山水诗,也还有其他许多原因:一因他一生所到过的地方都是江南山水名区。如会稽,如永嘉,如庐山,他都写过了不少诗篇,尤以在永嘉写的最多,约计近三十首。这些地区,山川秀丽,给诗人提供了丰富多彩的题材。"应目会心"(宗炳《画山水序》),使诗人的想象翅膀任意飞扬。二因晋宋以来,人们对自然美的认识,逐渐深化。袁山松认为山水有灵,会把他当作知己。谢灵运却直接把山水来比拟自己。他有一首《石室山》诗,石室山的形象就是诗人自己的形象。"灵域久韬隐,如与心赏交。"诗人又把自己当作山水的知音,把自然当作具有和自己同等人格的对象来欣赏认识,使山川之美成为意境之美。把这种意境之美直接诉之文字、绘画,就使晋宋时期大量产生以自然美为主要描写对象的山水诗与山水画。三因谢灵运的山水诗大部分创作于宋永初、元嘉时期,与陶诗大部分创作于东晋末年不同。陶诗的语言风格,显然受了玄风的影响,所谓"世极迍邅,而辞意夷泰"(《文心雕龙·时序》),谢诗却是"情必极貌以写物,辞必穷力而追新"(《文心雕龙·明诗》),而且谢诗在写成之后,当时即广为传布。"每有一诗至都邑,贵贱莫不竞写,宿昔之间,士庶皆遍。远近钦慕,名动京师。"(《宋书》本传)在当时诗坛上,又有颜延之、鲍照、二谢(瞻、惠连)等诗人作为他的伙伴,形成一股力量。与陶渊明孤独地幽居在南丘之下的情形大不一样。所以在山水诗的整个发展历程上,谢灵运是个关键人物。四还因谢诗在声调上和色彩上都比他以前的诗人有较大的变化。这点,明代焦竑在《谢康乐集题辞》里曾经指出:"诗至此,又黄初、正始之一大变也。弃淳白之用,而竞丹臒之奇,离质木之音,而任宫商之巧。"从山水诗的艺术技巧来看。谢灵运确是一大家。清昆山黄子云《野鸿诗的》说:"康乐于汉魏外别开蹊径,舒情缀景,畅达理旨,三者兼长,洵堪睥睨一世。"这又不仅仅从艺术上来论定他的地位,看得就更为全面了。

我们在上面对第一个问题既做了粗略的回答,对第二个问题,怎样正确理解刘勰所说的"庄、老告退,而山水方滋"这句话,便提供了较好的基础。

近世以来文学史论著,写到两晋南北朝诗歌发展时,往往机械地把两晋划为玄言诗的统治时期,刘宋以后(南朝)为山水诗代替玄言诗的时期,又往往举谢灵运的诗为代表,并引刘勰《文心雕龙·明诗》篇里"庄、老告退,而山水方滋"这句话作为理论上的根据。其实我们不能机械地理解这句话,更不能断章取义地把刘勰这句话同它的前后文割裂开来理解。《明诗》篇在论述诗歌发展的历史时,都举出每个时代和代表作家的特点。写作东晋、南朝时,他说:

江左篇制,溺乎玄风。……宋初文咏,体有因革,庄、老告退,而山水方滋。

"江左"即指东晋。从东晋诗人的玄风转变到南朝刘宋的山水诗是有一个过程的。在谈第一个问题时,我们已粗略地说过了。但还必须注意"宋初文咏,体有因革"这句话。所谓"因"是指刘宋诗歌因袭、继承东晋玄风的一面;所谓"革"是指刘宋诗歌革新、开创的一面。它是在继承中有所创新。继承的是庄、老思想,也即玄风;革新的是山水描绘。谢灵运是在把告退的庄、老思想和方滋的山水描绘结合起来这个转变过程中而出现的一位卓越诗人。刘勰说"庄、老告退,而山水方滋",并不是说,到了南朝刘宋时期,庄、老思想就与当时的诗歌创作绝缘了,山水诗句在这时才萌生;而是说"自中朝贵玄,江左称盛……诗必柱下之旨归,赋乃漆园之义疏"(《文心雕龙·时序》)这种风气在刘宋初年逐渐改变了。改变到"俪采百字之偶,争价一句之奇;情必极貌以写物,辞必穷力而追新"(《文心雕龙·明诗》),而这场诗风的转变是通过写山水诗来体现的。当玄风弥漫诗坛的时候,那些玄言诗人的作品里也有不少山水的描绘;而在山水诗盛行的时代,那些山水诗人的作品里也仍不免透露出庄、老思想。譬如孙绰,钟嵘评他的诗与许询、桓(温)、庾(亮)诸人的诗一样,"皆平典似道德论"(见《诗品序》)。又说他的诗与许询的诗同为当世所称颂,"弥善恬淡之词"(见《诗品》卷下"晋骠骑王济、晋征南将军杜预、晋廷尉孙绰、晋征士许询"条)。檀道鸾《续晋阳秋》也说孙绰与许询祖尚佛道,引用了梵典的语言,"而诗骚之体尽焉"。看来,孙、许属玄言诗人是没有问题的了。但孙、许同样是倾慕山水的诗人。

《晋书·孙绰传》说他"少与高阳许询俱有高尚之志,居于会稽,游放山水,十有余年"。孙绰在《遂初赋序》里又说他"经始东山,建五亩之宅,带长阜,依茂林,孰与坐华幕、击钟鼓者同日而语其乐哉?"(《世说新语·言语》注引)我们观察孙绰平日的言行,也是非常关心山水的。《世说新语·赏誉》记载:

> 孙兴公为庾公参军,共游白石山,卫君长(永)在坐。孙曰:此子神情都不关山水而能作文?庾公曰:卫风韵虽不及卿,诸人倾倒处亦不近。孙遂沐浴此言。

大概卫永也是一个深染玄风的人物,所以虽不关怀山水,仍能引起人们的倾倒。经庾公一说,孙绰便改变了对卫君长的看法。可见玄言诗人与山水诗人很难截然分开。从现存的孙绰诗作来看,如《三月三日诗》、《秋日》等,都是比较纯粹的山水诗篇。即使他的名著《游天台山赋》虽写山水,如"赤城霞起而建标,瀑布飞流以界道"等句为当时所推许(见《世说新语·文学》注),但整个篇章里又多杂以玄言。山水与玄言往往相互交错在一起,不可能把它们分得很清楚。这现象直到刘宋元嘉时代,谢灵运出来之后,仍未消失。可见不仅诗歌中的山水描绘有一个发展过程,即庄、老思想在诗歌中的表现也有一个兴衰起落的过程。

庄子与老子在艺术审美上都是提倡以自然为美,反对雕凿虚饰。庄子一再提出"雕琢复朴"(《山木》),抨击当时权贵的荒淫侈靡。他憧憬原始的"浑沌"形象,这与老子所倡导的"绝圣弃智"、"如婴儿之未孩"(《老子》第二十章)的自然美一样,都是沿着他们的自然观而得出的审美观。这种审美观被魏晋文人所接受,在文风日趋骈俪的时代,掀起一场以庄、老思想为中心的玄谈风气,是有它的政治历史背景的。到了东晋,遂成"因谈余气,流成文体"(《文心雕龙·时序》)的诗风。后来由于时局的急剧变幻,风云激荡,又由庄、老玄谈转为描摹山水,士大夫栖迟山泽,以自然为美,大量出现山水诗。谢灵运就是在这个思想、文学历史转变过程中而铸成他的独特诗风的一个人。

谢灵运在文学史上被目为山水诗人的代表作家,谢灵运与山水诗往往紧连在一起。但谢诗绝大部分都杂以玄言,即用三玄(庄、老、易)思想之处还是很多的。他现存的诗集中,整首诗纯粹描绘山水,不带几句玄言的,只是极少一部分。从这点看,正是谢灵运沿袭庄、老思想的明显轨迹。这是思想史上意识形态的历史继承性的普遍现象,没有什么可以责怪的。但对谢诗运用玄言这一现象,现代不少评论家都做了贬斥之词。有的说:"谢灵运的诗,糟粕显然占了颇大的比重。"[1]有的说他拖了一条玄言的尾巴(我在50年代讲文学史时也是这样认为的)。有的转了一个弯,从另一个角度来说,"谢灵运又是一个用全力雕章琢句的诗人"。[2] 所有这些评论,都不免有所偏颇。都是把玄言诗与山水诗绝对地对立起来,认为玄言诗是落后的,山水诗是进步的。从而抹杀了玄言和山水在诗歌题材上的内在联系与历史发展过程。近代诗人沈曾植在《与金潜庐太守论诗书》里说:"康乐总山水、庄、老之大成,开其先支道林。"这话确能抉发谢诗之真谛,卓有见地。

按庄、老思想属周末四派思潮中的陈宋派。庄、老所生活的时代正值世变,他们所形成的"清虚以自守,卑弱以自持"的思想,极易为封建时代改朝换代时期的士大夫们所接受。魏晋时期或晋宋之际的诗人也都感染这样思想。上面提到的陶渊明在诗里用事,《庄子》最多,共四十九次。[3] 在谢灵运的诗里也有同样情况。我曾根据黄节《谢康乐诗注》做过一个初步统计,发现谢诗用三玄,以用《庄子》的最多,共六十七次(包括郭象、司马彪注以及淮南王《庄子要略》)。用《易》次之,共二十七次。《老子》第三,共十六次(包括王弼注)。可见庄、老思想在谢诗里不仅并未告退,比之在他较前的陶诗,还有过之而无不及。由此,可见以东晋为玄言诗统治时期,以刘宋为山水诗统治时期,这样笼统地机械地划分落后与进步,也是很不妥当的。

近代诗论家黄节说:"康乐之诗,合诗、易、聃、周、骚、辨、仙、释以成之。其所寄怀,每寓本事。说山水则苞名理,康乐诗不易识也。"(《谢康乐诗注序》)谢诗的义蕴确是不容易现解。它比之陶诗所包含的思想更为复杂、更为激烈,行动也更惊人。他在新皇朝刘宋的统治之下,到处碰壁,比之庄周处境更为艰苦。他逃避到山巅水涯,托清虚寂灭之境,反映了他对混浊龌龊的现实社会的抗争。他说:"存乡尔思积,忆山我愤懑。"(《道路忆山中》)又说他栖迟山泽,意在"激贪厉竟"(见《与庐陵王笺》)。谢借山水,托庄、老、仙、释以抒写个人的情怀,这决不能仅仅以模山范水或雕章琢句的诗人来贬斥他。谢诗与《庄子》虽然相距七八百年,产生的时代不同,表现形式也不一样,但思想深处却有许多近似之处。谢诗之所以运用《庄子》的典故特多,这恐怕是最大的原因。从这点来看,所谓"庄、老告退"是指庄、老思想中"隐退"的一面,至于庄、老思想中积极的一面,却不仅没有告退,恰恰又为谢诗所继承发展了。

---

[1] 曹道衡:《也谈山水诗的形成与发展》,《文学评论》1961年第2期。
[2] 游国恩主编:《中国文学史》(第一册),人民文学出版社1963年版,第270页。
[3] 据朱自清统计,见《朱自清古典文学论文集》下,《陶诗的深度》。

韩亡子房奋,秦帝鲁连耻。本自江海人,忠义感君子。

(《谢康乐集·临川被收》)

这正是谢灵运大量描绘山川景物之作的真意所在。也是他吸取庄、老思想以入诗的必然采取的手段。

自谢灵运开创山水诗的新局面之后,齐梁以下,向他模仿学习,相沿不衰。如王籍、伏挺、武陵昭王晔等,都是学习谢诗的重要作者。

籍好学有才气,为诗慕谢灵运,至其合也,殆无愧色。时人咸谓康乐之有王籍,如仲尼之有丘明,老聃之有严周。

(《南史》卷二一《王籍传》)

为五言诗,善效谢康乐体。父友乐安任昉深相叹异,常曰:"此子目下无双"。

(《南史》卷七一《伏挺传》)

性刚颖俊出,与诸王共作短句诗,学谢灵运体。

(《南史》卷四三《武陵昭王晔传》)

后来,梁萧子显写《南齐书·文学传论》时,总结了当时文坛上的三个流派,谢诗可算作一派。这派的特点是:"启心闲绎,托辞华旷,虽存巧绮,终致迂回,宜登公宴,本非准的。而疏慢阐缓,膏肓之病,典正可采,酷不入情。"但这里所总结的是谢诗的末流之弊。我们不能把这个责任完全推到谢灵运身上去。明代张溥在《汉魏六朝百三家集叙》里曾说:"人但厌陈季之浮薄而毁颜、谢……斯文具在,岂肯为后人受过哉?"已经为谢诗鸣不平。在谢诗之后以写山水名家者,首推谢朓。谢朓的"圆美流转如弹丸"的清新秀丽的山水诗,同大谢一样为唐代伟大诗人李、杜所倾服景仰。后来柳宗元、白居易、皎然、贯休等又无不吸取谢诗之"奥旨",在山水诗方面创作出一些新篇章。

唐宋以后,佛学更胜,诗人与佛教徒又往往发生多方面的联系。这是玄言又变成禅理。诗与禅又结为不解之缘。到了宋代,便转入以禅说诗。谢诗在这内在联系和演变的历史过程中,又是起到了转捩关键的作用。

所以对刘勰《文心雕龙》的"庄老告退,而山水方滋"这句话,必须做正确的理解,才能对谢灵运在山水诗发展过程中所处的地位有一个正确的认识。

# 说"兴会标举"

## ——谢灵运山水诗专论之二

沈约在《宋书·谢灵运传论》里对谢诗曾做了几句总结性的论述：

> 爰逮宋氏，颜、谢腾声。灵运之兴会标举，延年之体裁明密，并方轨前秀，垂范后昆。

"兴会标举"究竟是什么意思？

南北朝文人常有类似于此的语句。如《颜氏家训·文章第九》有"标举兴会，引发性灵"之语；《世说新语·轻诋》注引《支遁传》有"每标举会宗，而不留心象喻"之语；萧子显《南齐书·文学传论》有"图写情兴"之语；较早的王羲之在《兰亭集序》里有"兴感"之语。（"每览昔人兴感之由，若合一契，未尝不临文嗟悼，不能喻之于怀"）

颜之推所说的"标举兴会"与沈约所说的"兴会标举"实际是一个意思。"标举兴会"与"发引性灵"是联系在一起的。中国古代诗论早有"诗言志"之说（《尚书·尧典》），而"志"与"情"是二而一的东西。孔颖达《左传》昭公二十五年《正义》说："在己为情，情动为志，情、志一也。"言志与言情只是在不同时代的不同说法而已。"志"与"情"都发自于人们的内心。《毛诗序》说："在心为志，发言为诗。"又说"情动于中而形于言"，可见"志"与"情"实非二物。孔子对学生们说"盍各言尔志"（《论语·公冶长》），学生们除了畅谈各人的志向外，也抒发了各自的情怀，言志和抒情是一致的。后代封建统治阶级为了长期保持他的皇冠宝座，对人民的思想钳制日趋严密，人们的意志就无法自由自在地抒发出来，诗人往往采取"言在此而意在彼"的方式，或以讽谕的形式来言志抒情,汉赋的"劝百而讽一"就是在这样的政治形势下提出的。魏晋以下,权位争夺益形激烈,人命危浅,朝不保夕。嵇、阮之徒,"掊名教而倡自然",企图返庄、老的"至人"之世,以畅抒其个人怀抱。但现实的政治社会并不容忍个人意志的自由表达,于是他们或"口不论人过",或辞官归隐,或愤世嫉俗,或佯狂放浪,由邺下文人的遨游宴乐,发展到"竹林七贤"的纵欲寻欢,都是人情被压抑之后所迸发出的火花,都是对功名利禄的鄙弃,对封建礼教的反抗。阮籍《咏怀》,嵇康《幽愤》,既是言志,也是缘情。陶渊明的田园诗,谢灵运的山水诗,则是通过山水田园以寄托情志,以"发引性灵"。

谢灵运的诗歌在齐梁时代并不被所有的评论家所赞赏。当时,裴子野曾写过一篇《雕虫论》对它做了严厉的贬斥:

> 爰及江左,称彼颜、谢,箴绣鞶帨,无取庙堂……自是闾阎年少,贵游总角,罔不摈落六艺,吟咏情性。学者以博依为急务,谓章句为专鲁,淫文破典,斐尔为功。无被于管弦,非止乎礼义;深心主卉木,远致极风云。其兴浮,其志弱,巧而不要,隐而不深,讨其宗途,亦有宋之(遗)风也。
> 
> (《全梁文》卷五十三)

裴子野这篇论文是针对宋明帝(439—472)时文坛上作假请托之风盛行而写的。他又是个史学家,萧纲说他"乃是良史之才,了无篇什之美"(见《梁书》卷四十九《与湘东王书》)。裴子野站在封建正统的立场,批评颜、谢的诗是"箴绣鞶帨,无取庙堂",又说颜、谢诗风是"无被于管弦,非止乎礼义",认为后来的山水诗文都是"淫文破典","兴浮","志弱",是颜、谢的流弊。这样评论谢诗,实在是不公平的。

从现存的全部谢诗来看,他的乐府诗如《长歌行》:"徂龄速飞电,颓节骛惊湍。览物起悲绪,顾己识忧端。朽貌改鲜色,悴容变柔颜。"如《苦寒行》:"饥爨烟不兴,渴汲水枯涸。""樵苏无夙饮,凿冰煮朝餐。"如《豫章行》:"短生旅长世,恒觉白日欹。览镜睨颓容,华颜岂久期。"如《相逢行》:"夷世信难值,忧来伤人,平生不可保。"(一解)"心慨荣速去,情苦忧来早。日华难久居,忧来伤人,谆谆亦至老。"(二解)如《君子有所思行》:"市廛无阒室,世族有高闬,密亲丽华苑,轩甍饰通逵。孰是金张乐,谅由燕赵诗。长夜恣酣饮,穷年弄音徽。盛往速露坠,衰来疾风飞。余生不欢娱,何以竟暮归。"如《悲哉行》:"鼻感改朔气,眼伤变节荣。"等等,对人生短促,荣华易逝,以及富贵贫贱不等的社会现象,都做了深刻的揭露。他还有《种桑》、《白头岩下经行田》等关心民瘼的诗。后一首中写道:"小邑居易贫,灾年民无生。知浅惧不周,爱深忧在情。"陈胤倩说："起四句览之恻然，足当《舂陵行》数篇。"（见黄节《谢康乐诗注》引）谢灵运决不仅仅是一个雕章琢句的诗人，由此可见一斑。他还有仿民歌体的作品，如《东阳溪中赠答二首》，也非模山范水之作所能范围。上面所举出的这些例子，确是"无取庙堂"之作，但非"箴绣鞶帨"之什。黄晦闻注谢诗时，曾慨叹"康乐诗不易识也"（见《谢康乐诗注序》）。盖齐、梁时已如此。清代汪师韩《诗学纂闻》，以妙句为鄙曲，那更是无足怪的。

唐李善注《文选》："兴会，情兴所会也。"并引郑玄《周礼·注》说："兴者，托事于物也。"按照李善的意思，灵运的诗是情兴之所会，有感情，有寄托。就是说他的诗既有强烈的感情色彩，又有寄托，即又有具体的形象特点。沈约所谓"兴会"，萧子显所谓"情兴"，以及王羲之所谓"兴感"，含义与此应是相同的。

先秦儒家孔子论诗的社会作用，提出兴、观、群、怨四个字。（见《论语·阳货》）其实"兴"和"怨"有相通之处。《论语集解》引孔安国《注》说："兴，引譬连类。"又说"怨刺上政"。诗人讥刺政治，往往托事于物，引譬连类。如古代老百姓对纣王的暴政实在忍耐不下去了，就唱出了"时（是）日曷丧，予及汝皆亡"的哀歌。把暴君比作快要坠落的太阳，诅咒他早日丧亡，自己宁愿同他一起毁灭，以示憎恨之甚。诗人用这种寄托的手法，引譬连类，以抒写胸中的怨恨不平。这就叫作"兴"，也叫作"怨"。与谢灵运差不多同时的王微（415—443）在其《与从弟僧绰书》里说："文辞不怨思抑扬，则流澹无味。文好古，（疑有缺文）贵能连类可悲。"（见《宋书·王微传》）说明了"兴"和"怨"的关系。到了唐代，李绅直接提出了"兴生于怨"的说法。他在《追昔游集序》里说："词有所怀，兴生于怨。故或隐显，不常其言。"（见《文苑英华》卷七一四）"兴生于怨"的提法比之"兴会"、"兴感"、"情兴"就更深刻明白一些了。

"标举"，是高举的意思。"兴会标举"也即"标举兴会"。旧《辞海》："标举，高出也。"1980年版本《辞海》："标举，犹高超。"并且都引了沈约《宋书·谢灵运传论》的原文为例证。但这样解释，似乎都未妥惬。

魏晋玄远之学，是汉儒章句之学的反动。支遁"解释章句，或有所漏，文字之徒，多以为疑。谢安闻而善之，曰：此九方皋之相马也，略其玄黄而取其隽逸"（《世说新语·轻诋》注引《支遁传》）。九方皋相马，观神而遗形。"得其精，亡其粗，在其内，亡其外，见其所见，不见其所不见，视其所视，遗其所不视。"（见同上引《列子》）所以能得千里马，为伯乐的知己。支遁解经，观其会通，要言不烦，自抒己意。与向秀"观书鄙章句"（颜延之《五君咏》），陶渊明"好读书，不求甚解，每有所会，辄欣然忘食"（《五柳先生传》）是同一流派。谢灵运生当玄学兴盛之后，深通佛道，他与支遁同主顿悟之说。支道林为顿悟说之首创者。《世说新语·文学》注引《支法师传》曰：

> 法师研十地,则知顿悟于七住。

汤用彤先生说:"支道林研寻十住之文,知七住之重要,因而立顿悟之说。"(见《汉魏两晋南北朝佛教史》下)后来道生唱顿悟义,灵运著《辨宗论》演述其事。可见谢灵运在佛学上与支遁是同一流派。同时孙绰《道贤论》以七沙门比竹林七贤,遁比向秀,"雅尚庄、老,二子异时,风尚玄同也"(见《世说新语·文学》注引),也说明支遁与向秀的风尚是相近的。谢灵运继承了这一传统,因而在儒学方面与仲长统之"叛散五经"、荀粲之"糠粃六籍",又是一脉相承。(参看钱钟书《管锥篇》第四册)所以思想比较解放,言论比较自由,行动也比较急切。

谢灵运的文学思想,主要见之于《山居赋》序言中:

> 今所赋既非京都、宫观、游猎、声色之盛,而叙山野、草木、水石、谷稼之事。才乏昔人,心放俗外。咏于文则可勉而就之,求丽邈以远矣。览者废张左之艳词,寻台皓之深意,去饰取素,傥值取心耳。意实言表,而书不尽。遗迹索意,托之有赏。
>
> (《汉魏六朝百三名家集·谢康乐集》卷一)

这段话是当时思想界所讨论的三大课题之一的"言意之辨"在文学上的体现。(见《世说新语·文学》:"旧云王丞相过江左,止道声无哀乐、养生、言尽意三理而已。")按魏晋之际,言意关系问题的讨论约有三说。一、言不尽意。这话出于《周易·系辞》,当时的"通才达识"如何晏等,大都赞成此说。二、言尽意。欧阳建有《言尽意论》(见《艺文类聚》卷十九),略曰:"夫理得之于心,非言不畅,物空于彼,非名不辨,名逐物而迁,言因理而变,不得相与为二矣,苟无其二,言无不尽矣。"(见《世说新语·文学》注引)三、得意忘言。这是王弼采"言不尽意"之说而加以变通改造,创为新解,于魏晋玄学影响至为深切。王弼以庄、老解《易》,作《易略例·明象章》,其重要论点如下:

> 夫象者,出意者也;言者,明象者也。尽意莫若象,尽象莫若言。言生于象,故可寻言以观象;象生于意,故可寻象以观意。意以象尽,象以言著。故言者所以明象,得象而忘言;象者所以存意,得意而忘象。犹蹄者所以在兔,得兔而忘蹄;筌者所以在鱼,得鱼而忘筌也。是故存言者,非得象者也,存象者,非得意者

也。象生于意,而存象焉,则所存者乃非其象也;言生于象,而存言焉,则所存者乃非其言也。然则,忘象者乃得意者也,忘言者乃得象者也;得意在忘象,得象在忘言。

王弼用《庄子·外物篇》筌蹄之言,为《周易·系辞》"书不尽言,言不尽意"进一新解,认为言为象之代表,象为意之代表,二者均为得意之工具,要忘言忘象,才能体会其所蕴之义,这一新解出来之后,把汉《易》象数之学一举而廓清之,所谓"辅嗣易行非汉学"(宋赵师秀《秋日偶成》,见《清苑斋集》)就是指这而说的。王弼这一新说,产生在"言不尽意"之义已流行于当时的思想界之后,这两说又互有异同,同的是二说都轻言重意;不同的是"言不尽意"说,则言几等于无用,既然无用,自可废言,所以圣人无言,而以意会。王弼则认为言以象为工具,目的在于得意,但非意之本身。他说:"尽意莫若象,尽象莫若言。"则言、象又是不可废的。不过不能停留在言、象的表面,若滞于言象,则反失本意,所以又要"得意忘言"。

王弼的"得意忘言"说,在当时文学艺术上的反映,则有顾恺之的"凡画人最难"(张彦远《历代名画记》卷一)。《世说新语·巧艺》说:

> 顾长康画人或数年不点目精,人问其故,顾曰:"四体妍蚩,本无关于妙处,传神写照,正在阿堵中。"

"目精"是传递神情的最敏感的东西,《诗经》里的"美目盼兮",《楚辞》里的"目眇眇兮愁予",都是通过目来表现神情的。"数年不点目精",足见传神之难。"四体妍蚩,无关于妙处",表示形体是无足轻重的。顾恺之的画论在这时产生,无疑是受了得意忘言说的影响。至于当时山水画家宗炳(395—443)在《画山水序》中提出的"竖划三寸当千仞之高,横墨数尺体百里之迥"的说法,也无不体现了得意忘言说的精神。谢灵运生于玄风大畅的江左,沉浸在言意之辨的思想浪潮中,在政治上横遭迫害,他在文学上提出了"意实言表,而书不尽,遗迹索意,托之有赏",就旗帜鲜明地竖起"得意忘言"说,站在王弼的一边。他告诫人们读他的诗文,要"废张(衡)左(思)之艳辞,寻台(孝威,居武安山下,依崖为土室,采药自给)、皓(四皓,避秦乱,入商、洛深山)之深意。去饰取素,俶值其心"。书不尽言,言不尽意,作者既要得意忘言,或寄言出意,读者又需要会通其义而不以文害意。支遁的"标举会宗,而不留心象喻"(见前引),九方皋的相马,"略其玄黄而取其隽逸",都是同一个意思。

谢灵运不仅在《山居赋》的序言里提出索意遗言之论,在与朋友的通信里,也多次提到这个意见,他奉和范光禄的讲赞之后,在《答范光禄书》里说:"虽辞不足睹,然意寄尽此。"在《答王卫军问〈辨宗论〉书》里说:"然书不尽意,亦前世格言……虽不辨酬释来问,且以示怀耳。"在《答纲、琳二法师书》中也说:"聊伸前意,无由言对,执笔长怀。"在《山居赋》的书写过程中和《自注》里也频频倾吐"言不尽意"、"得意忘言"的意思,如在"自园之田,自田之湖"一节的《自注》里说:"此皆湖中之美,但患言不尽意,万不写一耳。"在《山居赋》的结尾"权近虑以停笔,抑浅情而绝简"的《自注》里又说:"故停笔绝简,不复多云,冀乎赏音,悟夫此旨也。"谢灵运反复申明要求读者对他的诗赋要"得意忘言",是有他的深意的。不是单纯的孤立的一种文学主张,而是与他的人生行事有密切的关系。我们决不能简单地从表面上理解他的艳辞。

谢灵运生在魏晋玄学家王(弼)何(晏)嵇(康)阮(籍)之后,在政治上到处碰壁。他吸取"得鱼忘筌"的精神,在文学上主张"得意忘言",但在当时的权贵中很少能理解他的意蕴,谁能会意他身在庙堂、心居山林的高远放达的心胸呢?当时刘氏宗室中,只有庐陵王义真一人才算得上是他的知音。"但性情所得,未能忘言于悟赏,故与之游耳。"(《宋书·谢灵运传》载刘义真语)义真还说:"得志之日,以灵运、延之为宰相。"(《宋书·刘义真传》)所以灵运栖居山野,写山水诗,多次提到义真是他的赏心人。如《晚出西射堂》:"含情尚劳爱,如何离赏心。"《游南亭》:"我志谁与亮,赏心唯良知。"《田南树园激流植援》"赏心不可忘,妙善冀能同"等等,都是针对刘义真而发的。至于《酬从弟惠连》"永绝赏心望,长怀莫与同",更是感到知音的难得。他在《与庐陵王笺》中说:

> 会境既丰山水,是以江左嘉遁,并多居之。但季世慕荣,幽栖者寡。或复才为时求,弗获从志。至若王弘之拂衣归耕,逾历三纪;孔淳之隐约穷岫,自始迄今,阮万龄辞事就闲,纂成先业;浙河之外,栖迟山泽,如斯而已。既远同羲唐,亦激贪厉竞,殿下爱素好古,常若布衣,每忆昔闻,虚想岩穴。若遣一介,有以相存,真可谓千载盛美也。

(《汉魏六朝百三名家集·谢康乐集》卷一)

从这封信里,可以看出谢灵运栖迟山泽的意旨,是在"激贪厉竞",是在对黑暗尘浊的社会做一种抗争。他的遁迹山林,是未能忘怀于尘世的。《世说新语·言语》载:

> 谢灵运好戴曲柄笠,孔隐士谓曰:卿欲希心高远,何不能遗曲盖之貌。谢答曰:将不畏影者,未能忘怀。

《世说新语·注》引庄子说："渔父谓孔子曰：人有畏影恶迹而去之走者，举足愈数而迹愈多，走愈疾而影不离，自以尚迟，疾走不休，绝力而死，而不知处阴以休影，处静以息迹，愚亦甚矣。"谢灵运说自己像个畏影的人一样，只知道不停地走，直至力竭而死，却不知道"处阴以休影，处静以息迹"。很清楚，他的幽栖山泽，并不是真的想隐遁起来，忘掉一切世事。因为旨在得意，忽忘形骸，所以虽在山林之中，也不异于处在庙堂之上。灵运反对当时世俗对幽栖山居者的看法，也即对他个人的看法。他认为爱山水是个人性情之所好，并不是"乏于大志"，态度消极。在《游名山志》里，他说：

  俗议多云："欢足本在华堂，枕岩漱流者乏于大志，故保其枯槁。"余谓不然。君子有爱物之情，有救物之能，横流之弊，非才不治，故时有屈己以济彼，岂以名利之场，贤于清旷之域邪？语万乘则鼎湖有纵辔，论储贰则嵩山有绝控。又陶朱高揖越相，留侯愿辞汉傅，推此而言，可以明矣。

（《汉魏六朝百三名家集·谢康乐集》卷一）

  谢灵运所谓"横流之弊，非才不治"，真有"安石不肯出，将如苍生何"（《晋书·谢安传》）的气概。他说"君子有爱物之情，有救物之能"，也就是说他自己有爱护别人的热情，有救济别人的能力。

  谢灵运一生，仕与隐，出与处，语与默，始终处于矛盾之中，他在情兴触动时所迸发出来的山水诗句，情真景切，倾吐他内心的积蕴，"宛转屈伸，以求尽其意"（王夫之《姜斋诗话》卷下）。他还多次提到，希望读者不要仅仅把他的诗看作"艳辞"。

  谢灵运的山水诗，大部分是在宋武帝永初三年（422年）出守永嘉郡以后写的。他到永嘉郡（今温州市）去做太守，本来是不得意的，所以迟迟才启程。"述职期阑暑，理棹变金素。"（《永初三年七月十六日之郡初发都》）去了一年，大半时间在卧病，病起之后，一味遨游山水，"民间诉讼，不复关怀"（《宋书·谢灵运传》）。只是写出了不少的山水诗篇，倾注了他的好生爱物之情。在"俗恶俊异，世疵文雅"（《宋书·颜延之传》引殷景仁语）的时代，灵运"进德智所拙，退耕力不任"（《登池上楼》），他内心的斗争是异常激烈的，"进"与"退"便是经常交战着的一对矛盾。最后，他还只得归隐到始宁墅，过他的山居生活。"选自然之神丽，尽高栖之意得。"（《山居赋》）我们看他的《自注》，知道灵运原是企图继承他的祖父谢玄的遗志，建功立业、兴邦治国的。在《述祖德诗》二首里他也曾吐露过这个意思。但现实对诗人的桎梏是残酷的。在景平元年(423年)的秋天他离开永嘉郡去始宁墅而写的《归途赋》里,他说:"褫簪带于穷城,反巾褐于空谷,果归期于愿言,获素念于思乐。"在《初去郡》一诗里,他说:"负心二十载,于今废将迎。"他的内心痛苦是可以想象得到的。所以读他的山水诗,不应该仅仅注意他的"极貌写物,穷力追新"的辞句,更重要的是应该看到它内含的深沉意蕴。"兴会标举"也应该包括"得意忘言"这方面的含义。

"兴会"二字连用,也有"兴之所至"的意思。像我们现在说的"灵感一来"的意思,没有灵感,就不会有诗。我们来看《世说新语》中的一段记载:

> 王恭始与王建武(忱)甚有情,后遇袁悦之间,遂致疑隙。然每至兴会,故有相思。时恭尝行散至京口谢堂,于时清露晨流,新桐初引,恭目之曰:王大故自濯濯。

(《世说新语·赏誉》)

> 初,忱与族子恭少相善,齐声见称。及并登朝,俱为主相所待,内外始有不咸之论。恭独深忧之。乃告忱曰:"悠悠之论,颇有异同。当由骠骑简于朝觐故也,将无从容切言之邪?若主相谐睦,吾徒得戮力明时,复何忧哉?"忱以为然,而虑勿见令。乃令袁悦具言之。悦每欲间恭,乃于王坐责让恭曰:"卿何妄生同异,疑误朝野。"其言切厉。恭虽惋怅,谓忱为构己也。忱虽心不负恭,而无以自亮。于是情好大离而怨隙成矣。

(《世说新语·赏誉》注引《晋安帝纪》)

王恭和王忱当时称为"二王","孝伯(恭)亭亭直上,阿大(忱)罗罗清疏"(《世说新语·赏誉》)。两人虽各具风格,但又有共同的报国目标,情好甚笃。后来构成怨隙,完全是袁悦从中捣鬼,顿使王恭总觉得王忱有什么对他不起,心里不畅服。王忱自己又觉得实在没有什么对王恭不好,却又苦于没有机会表白。两个人的感情因而大受破坏,造成深深的裂痕。

"清露晨流,新桐初引",这是一幅生机勃发的初夏江南早晨的图景。这迷人的新鲜景象一下触动了王恭的"情兴",使他对王忱的一切疑惑顿时烟消云散,使他从心底里觉察到"王忱的心地原来是光明磊落的"!这种因自然美引起人们的心灵美,因山川景物的触发改变了人们的尘世心志的现象,在人们的实际生活中是大量存在的。在理论上,古人也早已替我们做了总结,揭示出其中的奥秘。"若乃山林皋壤,实文思之奥府……然屈平所以能洞鉴风骚之情者,抑亦江山之助乎!""山沓水匝,树杂云合,目既往返,心亦吐纳。"(《文心雕龙·物色》)以及东晋末年的山水画家王微

(415—443)在《述画》里所说的:"望秋云,神飞扬;临春风,思浩荡。"这些论述都阐明了外界景物对诗人、画家在情感上所起的作用。晋、宋时代的诗人,尤其像谢灵运这样的诗人,写了大量的山水诗,通过山水自然美的观赏,直接吸取它的特质,揭示它的内蕴,联系人们变动不拘的心态和纷纭莫测的世事加以改造、糅合,使眼中之景与心中之意相互凑泊,使具体和抽象交织在一起,因而形成一种新的意境。这样写成的诗,使人读后有清新之感,这便是所谓"兴会标举"的结晶,是诗艺的较高境界,是诗史上的一颗明珠。

# 说"芙蓉出水"和"吐言天拔"
## ——谢灵运山水诗专论之三

古今评谢诗的,大多以钟嵘《诗品》为依据:

> 宋临川太守谢灵运,其源出于陈思,杂有景阳之体,故尚巧似,而逸荡过之,颇以繁富为累。嵘谓若人兴多才高,寓目辄书,内无乏思,外无遗物,其繁富宜哉!然名章迥句,处处间起;丽典新声,络绎奔会。譬犹青松之拔灌木,白玉之映尘沙,未足贬其高洁也。

此外,还有汤惠休、鲍照、萧纲等针对谢诗的艺术特点,也都做了评论:

> 谢诗如芙蓉出水。
>
> （《诗品》颜延之条引汤语）
>
> 延之尝问鲍照,己与谢灵运优劣。照曰:"谢五言诗如初发芙蓉,自然可爱。君诗如铺锦列绣,亦雕缋满眼。"延年终身病之。
>
> （《南史·颜延之传》）
>
> 谢客吐言天拔,出于自然,时有不拘,是其糟粕。
>
> （《梁书》卷四十九,萧纲《与湘东王书》）

钟嵘对谢诗在艺术上的优缺点都谈了。"颇以繁富为累"是指其缺点,"其繁富宜哉!"又回护其缺点。但钟嵘更多的是肯定谢诗的优点,所以把它列为上品。

钟嵘评谢诗为"高洁",既指其诗,也写其人。这同萧统论陶诗一样,"横素波而旁流,干青云而直上"(见《陶渊明集序》)。既品其诗,也想其人德。后来唐代元稹论杜诗是"掩颜、谢之孤高",也是这个意思。灵运"倔强新朝,送令丘壑"(张溥《谢康乐集题辞》),是人品孤高。古代人评论诗文,往往结合人品而谈,司马迁论周秦诸子,王逸论《楚辞》,都是这样。钟嵘评诗,继承了这个传统,对谢诗也不例外。后代的所谓"文如其人",外国的所谓"风格即人"(布封),也是这个意思。

至于汤惠休、鲍照、萧纲等却单就谢诗的艺术来立论。"芙蓉出水"或"初发芙蓉"只是"吐言天拔"的形象化的语言。是指谢诗出语自然,不加雕饰。芙蓉在初夏的早晨,迎着骄阳,从荷塘里冒出来,翠绿的叶上带着露珠,含苞欲吐,那是多么鲜艳可爱。它不同于颜诗的"错采镂金"。"错采镂金"和"铺锦列绣"都是"雕缋满眼",它代表另一种美感或美的理想。颜延年对鲍照的批评之所以觉得不称心,是因为在他看来,"初发芙蓉"比起"错采镂金"并不存在什么美的境界高低问题。

钟嵘很显明是赞扬"芙蓉出水"之美的。他引用汤惠休的话来贬抑颜诗,并且列谢于上品,列颜于中品。他不同于沈约,沈在《宋书·谢灵运传》和《宋书·颜延之传》里,都是把颜、谢相提并称的:

> 延之与陈郡谢灵运,俱以词采齐名,自潘岳、陆机之后,文士莫及也。江左称颜、谢焉。
>
> (《宋书·颜延之传》)

颜、谢并称,无分轩轾,是南北朝文坛的公论,但两人在诗的风格上却各具特色。"芙蓉出水"和"错采镂金",或者换一种说法,谓之"兴会标举"、"吐言天拔"和"雕缋满眼"、"体裁明密",确实是两种不同的风格。而这两种风格又都是前有传承、后有启迪的。沈约毕竟是一个史学家,从史学的角度来衡量颜、谢的各有千秋。

> 颜延之……好读书,无所不览;文章之美,冠绝当时。
>
> (《宋书·颜延之传》)
>
> 谢灵运……少好学,文章之美,江左莫逮。
>
> (《宋书·谢灵运传》)

都指明了颜、谢善于学习、继承前人的特点。

沈约在《宋书·谢灵运传论》里又说:

> 自建武(317年,东晋元帝司马睿年号)暨乎义熙(405年,东晋安帝司马德宗年号),历载将百,虽比响联辞,波属云委,莫不寄言上德,托意玄珠,遒丽之辞,无闻焉尔。

这是说晋室渡江之后,将近一百年的时间里,虽然出了不少作家,写了不少作品,但在他们的作品里,大多是在宣扬老、庄的哲理,或把梵语引进诗里去,诗坛上弥漫着一派玄风,很少"遒丽"之辞。

究竟什么叫作"遒"?什么叫作"丽"?比较抽象难解。

黄季刚先生说:"遒则意健,丽则文密。"又说:"兴会标举,遒之属也。体裁明密,丽之方也。然颜终逊于谢,以未遒也。"(见手批《文选》稿)这个解释是符合诗史发展规律和诗论实际情况的,也是切合钟嵘品定颜、谢诗歌高下的原意的。

"遒"和"健"相类属。曹丕论文,以遒健不弱为上品,他赞美"公幹有逸气,但未遒耳"(见《文选》卷四十二《与吴质书》),他批评"徐幹时有齐气"(见《文选》卷五十二,《典论·论文》),因"齐俗文体舒缓,徐幹亦有斯累"(同上,李善注),"舒缓"就意味着不遒健。

谢诗的风格是"吐言天拔",也就是"遒健不弱"。如:"首夏犹清和,芳草亦未歇。""溟涨无端倪,虚舟有超越。"(《游赤石进帆海》)"心契九秋干,目玩三春荑。"(《登石门最高顶》)"明月照积雪,朔风劲且哀。"(《岁暮》)"夕虑晓月流,朝忌曛日驰。"(《酬从弟惠连》之二)这些诗句,都表现了遒健不弱的诗风。这种"吐言天拔"的遒健不弱的诗风,吹进了东晋以来直到宋初近百年的"玄风独扇"的诗坛,使诗歌的面貌为之一新,这在诗史上确是一件了不起的事。谢灵运所以称为"元嘉之雄"(《诗品序》),或称"客儿擅江左之雄"(刘昫《旧唐书·文苑传序》),并不是偶然的。

这里还需要特别一提的是,谢诗"吐言天拔",也就是"芙蓉出水"(或曰"初日芙蓉")这一自然秀美的风格是怎样形成的?为了探讨这一问题,我们不妨通过谢诗的具体例子来加以说明。谢诗最为世人所传诵的是"池塘生春草,园柳变鸣禽"(《登池上楼》)二句,现就以此为例,加以分析。

钟嵘《诗品·宋法曹参军谢惠连》条引《谢氏家录》说:"康乐每对惠连,辄得佳语。后在永嘉西堂思诗,竟日不就,寤寐间,忽见惠连,即成'池塘生春草'。故尝云:此语有神助,非我语也。"自此以后,历代评论家都对这两句诗作出不同的评价,褒贬任心,毁誉各异。在唐代也许是受杜甫的影响,非常推崇谢诗。如灵运十世孙释皎然在他的《诗式》卷一里说:"尝与诸公论康乐为文,直于情性,尚于作用,不顾辞彩,而风流自然……至如《述祖德》一章、《拟邺中》八首、《经庐陵王墓》、《临池上楼》,识度高明,盖诗中之日月也,安可攀援哉!"(《文章宗旨》条)皎然又以为:"池塘生春草,情在言外","抑由情在言外,故其辞似淡而无味,常手览之,何异文侯听古乐哉!"他以隐秀评唐诗,足见其叹服之深(同上卷二,《"池塘生春草","明月照积雪"》条)。日僧遍照金刚(774—835)《文镜秘府论》南卷《论文意》中说:"凡高手,言物及意,皆不相依傍……池塘生春草,园柳变鸣禽,是其例也。"又说:"诗有天然物色,以五彩比之而不及。由是言之,假物不如真象,假色不如天然。如此之例,皆为高手。如'池塘生春草,园柳变鸣禽',如此之例,即是也。"这是说谢诗假物色以抒意,真象天然,自写胸臆。达到很高的艺术境界,堪称一代高手。宋代诸评论家大抵沿袭唐人的意见,对谢诗秀美自然的风格,称道不置。如敖陶孙《臞翁诗评》说:"谢康乐如东海扬帆,风日流丽。"(见《诗人玉屑》卷之一引)吴可《学诗诗》说:"春草池塘一句子,惊天动地至今传。"(见《诗人玉屑》卷之一引《吴思道学诗》)则以诗句的自然、"圆成",信手拈来为妙。葛立方的《韵语阳秋》在开宗明义卷一第一条就说:"诗人首二谢,灵运在永嘉,因梦惠连,遂有'池塘生春草'之句。二公妙处,盖在鼻无垩,目无膜耳。鼻无垩,斤将曷运?目无膜,箆将焉施?所谓混然天成,天球不琢者与?"他认为诗的语言必须清新自然,力去陈腐,不要以难解为工。谢诗之所以妙,就在于"谢朝花之已披,启夕秀于未振"(陆机《文赋》)。但在两宋诗坛上对谢诗已有不同的看法。如释惠洪《冷斋夜话》卷三说:

  舒公云"池塘生春草,园柳变鸣禽"之句,谓有神助。其妙意不可言传。而古今文士多从而称之,谓之确论。独李元膺曰:予反覆观此句,未有过人处。不知舒公何从见其妙。盖古今佳句在此一联之上者尚多。古之人意有所至,则见于情,诗句盖其寓也。谢公平生喜见惠连,梦中得之,盖当论其情意,不当泥其句也。

李元膺的言论不多见,惠洪《冷斋诗话》有《李元膺丧妻长短句》条,知李曾做过南京教官。惠洪以"当论其意,不当泥句"之说斥元膺,以回护唐宋以来对谢诗的传统评价,也是符合谢诗"遗迹索意"的创作意图的。后来曹彦约著《池塘生春草说》,又比惠洪的说法深入一步。

  "胖羊坟首,三生在罾",言不可久。古人用意深远,言语简淡,必日锻月炼,然后洞晓其意。及思而得之,愈觉有味,非若后人一句道尽也。晋、宋间诗人尚有古意,谢灵运"池塘生春草"之句,说诗者多不见其妙,此殆未尝作诗之苦耳。盖是时春律将尽,夏景已来,草犹故态,禽已新声,所以先得变夏禽一句,语意未见,则向上一句尤更难著,及乎惠连入梦,诗意感怀,因植物之未变,知动物之先时,意到语到,安得不谓之妙。诸家诗话所载,未参此理。数百年间,惟杜子美得之,故云:"蚁蜉犹腊味,鸥泛已新声。"句中著犹字、已字,便见本意,然比之灵运,句法已觉道尽,况下于子美者乎。新春盛寒中,闻禽声有春意,因记此记。

(《四库全书珍本初集·昌谷集》卷十六)

曹彦约把谢诗与屈原《离骚》的"恐鹈鴂之先鸣兮,使百草为之不芳"联系起来。敦煌本《楚辞音》鴂字下引郭璞云:"奸佞先已也。"李善《文选注》说:"言我恐鹈鴂以先春风鸣,使百草华英摧落,芬芳不成,以喻谗言先使忠直之士被罪过也。"谢灵运是被刘宋皇朝的权贵们徐羡之等的排挤压抑而哀哀地离开当时的"佳丽地、帝王州"的皇邑建康来到永嘉的。他到了永嘉就病倒,直到第二年春天病起之后,看见景物的变化:"初景革绪风,新阳改故阴",这对他本来是极大的鼓舞,他在永嘉虽仅一年光景,给老百姓还是做了一些好事的(见嘉靖《温州府志》,天一阁藏明代地方志。1964年上海古籍书店印)。但为环境所逼迫,他又不能不匆匆地离去。既离去了,又不能不强作欢颜以自慰。"持操岂独古,无闷徵在今。"这是他在诗的末尾所吐露的情怀。难道是真的"无闷"么?不见得!曹彦约从封建时代文人才士的多舛命运和生活遭遇的实际出发,把他与屈原相比,隐约含蓄地说明"池塘"二句的思想和艺术,和清代张惠言说温庭筠的《菩萨蛮》有"感士不遇"之意一样,所见实与当时一般诗论家不同。

两宋诗论家评"池塘"二句为当时以及后来的评论家所最易接受的,莫过叶梦得的说法。他在《石林诗话》卷中说:

"池塘生春草,园柳变鸣禽。"世多不解此语为工,盖欲以奇求之耳。此语之工,正在无所用意,猝然与景相遇。借以成章。不假绳削,故非常情所能到。诗家妙处,当须以此意为根本。而思苦言难者,往往不悟。

(见《历代诗话》上)

《石林诗话》卷下又说:

古今论诗者多矣,吾独爱汤惠休称谢灵运为"初日芙蕖"……"初日芙蕖",非人力所能为,而精彩华妙之意,自然见于造化之妙。灵运诸诗,可以当此者亦无几。

(见《历代诗话》上)

后来,金元好问《论诗三十首》之一说:

> 池塘春草谢家春,万古千秋五字新。传语闭门陈正字,可怜无补费精神。
>
> (《遗山诗集》卷十一)

元好问的意见与叶梦得是一致的。在宋代江西诗派"点铁成金"、"夺胎换骨"、追求"无一字无来历"等理论弥漫于诗坛之时,叶梦得赞赏清新自然的诗句"不假绳削",如"芙蕖出水",这无疑是有积极意义的。元好问把叶梦得的散文改用诗歌形式表达出来,欣赏谢诗的新美,指出像"闭门觅句陈无己"(黄庭坚《病起荆江亭即事》)那样是不足取的,这也是对金元诗坛怪奇诗风的针砭。

可是当时另一位诗评家王若虚(1177—1216)在他的《滹南诗话》里,对谢诗却又产生不同的看法,而同意被惠洪所摒弃的李元膺的话。他说:

> 予谓天生好语,不待主张;苟为不然,虽百说何益。李元膺以为"反覆求之,终不见此句之佳",正与鄙意暗合。
>
> (《滹南诗话》卷上)

王若虚继承其舅周昂的理论,论诗"主意"、"求真",原不应贬斥谢诗,但他以为:"盖谢氏之夸诞,犹存两晋之遗风。后世惑于其言而不敢非,则宜其委曲之至是也。"认为谢灵运自谓池塘二句,是由神助而得,乃是夸诞之谈,因而把它艺术美的成就也一并反掉了。这是他思想上的偏颇,也是他不及元好问之处。正因如此,到了明代胡应麟的《诗薮》,对"池塘"二句的优劣,便不敢下肯定的断语,他说:

> "池塘生春草",不必苦谓佳,亦不必谓不佳。
>
> (见《诗薮》外篇卷二)

这就未免使人感到困惑。但他接着又说:"灵运诸佳句,多出深思苦索,如'清晖能娱人'之类,虽非锻炼而成,要皆真积所致。此却率然信口,故自谓奇。"(同上)又承认其自然秀美之致。这和《滹南诗话》所引张九成的说法是一样的。张也曾说过:"谢灵运平口好雕镌,此句得之自然,故以为奇。"但胡应麟在明代前后七子的拟古风潮笼罩之下,又深受王世贞的诗歌艺术趣味熏陶,以格调说为中心,对《石林诗话》引钟嵘《诗品》之说以评"明月照积雪"等句,深致不满。竟然说:"至'明月照积雪',风神颇乏,音调未谐。……世便喧传以为警绝,吾不敢知。"(同上)又把作为一个评论家的责任,推得一干二净。

在明代以"论灵运诗,乃大公至正而无所偏"自命的许学夷,在其所著《诗体辨源》卷七里,专论谢诗,他说:

> 五言至灵运雕琢极矣,遂生转想,反乎自然,如"水宿淹晨暮"等句,皆转想所得也。观其以"池塘生春草"为佳句,则可知也。然自然者十之一,而雕刻者十之九,沧浪谓灵运透彻之悟,则予未敢信也。

他不仅不相信严沧浪评论谢诗的言论,而且极力推崇胡应麟所断言的"五言盛于汉,畅于魏,衰于晋宋,广于齐梁"的说法。这种在诗体论上的崇古思想,也是明代复古主义创作在理论上的反映。所以在明代即使有许多人爱好谢诗,如焦竑等,而诗论家往往不遗余力地排诋之。

到了清代,沈德潜的《古诗源》又说,"池塘生春草"是"偶然佳句,不必深求"。这又是故意回避问题,同时也是倾向于贬斥的。但清代大多数的评论家对谢诗是推崇的。如唯物主义思想家王夫之在《姜斋诗话》里谈到诗歌的情景关系时,就曾几次提到谢诗。

> 知"池塘生春草"、"蝴蝶飞南园"之妙,则知"杨柳依依"、"零雨其濛"之圣于诗,司空表圣所谓"规以象外,得之环中"者也。

(见《清诗话》上册)

> "池塘生春草"、"蝴蝶飞南园"、"明月照积雪",皆心中目中与相融洽,一出语时,即得珠圆玉润,要亦各视其所怀来,而与景相迎者也。

(同上)

> 不能作景语,又何能作情语耶?古人绝唱句多景语,如"高台多悲风"、"蝴蝶飞南园"、"池塘生春草"、"亭皋木叶下"、"芙蓉露下落"皆是也,而情寓其中矣。

(同上)

王夫之在《古诗评选》卷五中又说,谢诗"言情则于往来动止缥缈有无之中,得灵響而执之有象;取象则于击目经心丝分缕合之际,固有而言之不诬。而且情不虚情,情皆可景;景非滞景,景总含情"。把谢诗的写景抒情的艺术境界分析得超玄入微了。

其他,如洪亮吉在《北江诗话》里说:

> 诗人所游览之地,与诗境相肖者,惟大、小谢、温、台诸山,雄奇深厚,大谢诗境似之。

(见《北江诗话》卷四)

刘熙载在《艺概》里说:

> 谢客诗刻画微眇,其造诣似子处,不用力而功益奇,在诗家为独辟之境。

这些评论都能把谢诗写景的长处抉发出来,并予以极高的地位。只有生于清代后期嘉、道间的潘德舆(1785—1839)在他晚年定稿的《养一斋诗话》里,对谢诗多所评击,于"池塘"二句虽加以肯定,却也显得非常勉强。他说:

> 谢客诗芜累寡情处甚多,池塘生春草句,自谓有神助,非吾语,良然。盖其一生作得此等自在之句,殊甚稀耳。汤惠休云,谢诗如芙蓉出水,彼安能尽然。池塘生春草句,则庶几矣。

(见《养一斋诗话》卷三)

到近代,王国维(1877—1927)论诗词意境的"隔"与"不隔"时,又举"池塘"句为例,他说:

> 问"隔"与"不隔"之别,曰:陶、谢之诗不隔,延年则稍隔矣。东坡之诗不隔,山谷则稍隔矣。"池塘生春草"、"空梁落燕泥"等二句,妙处唯在不隔。

(见《人间词话》)

王国维继承中国古典美学传统的思想,提出"隔"与"不隔"的理论,主张自然本色,反对雕章琢句,以"池塘"句为例,所见实出一般诗论家之上。王国维所谓"不隔",在艺术形象上要求鲜明、具体、逼真、传神,在文学语言上要求自然流畅,不假雕饰。"池塘"二句正符合这种要求,因而举以为例。有人以为王国维"把谢灵运的诗放入'不隔'之例,令人不易索解"。其实谢诗采取白描手法图绘景物,早在一千多年前已为钟嵘所称颂,把谢诗放入"不隔"之列,并不难索解。

由上面所举的例子来看,历代评论家对"池塘"句的评价是有分歧的。那么,我们今天应该怎样正确理解、怎样正确评价这一问题,看来还有必要作一番探讨。

第一,上文已经提到唐代皎然评"池塘"二句为隐秀。"隐秀"是魏晋南北朝文学创作理论的中心问题之一。刘勰《文心雕龙》特地写了《隐秀篇》对这个问题做了一番总结。什么叫作"隐秀"呢?刘勰说:

> 隐也者,文外之重旨者也;秀也者,篇中之独拔者也。隐以复意为工,秀以卓绝为巧。

宋张戒《岁寒堂诗话》引《隐秀篇》佚文说:

> 情在词外曰隐,状溢目前曰秀。

清冯班解释"隐秀"之义说:

> 隐者,兴在象外,言尽而意不尽者也;秀者,意中迫出之词,意象生动者也。
> （见《钝吟杂录》卷五）

可见"隐"是指得意于言外,"秀"是指得意于言中。"得意忘言"是两晋南北朝思想界探讨的主要问题之一。谢灵运则是在文学思想上积极支持"得意忘言"说的人物之一。此派主张言象为意之代表,而非意之本身,故不能以言象为意。然而言象虽非意之本身,而尽意莫若言象,故言象不可废。而得意须忘言象,以求"弦外之音"、"言外之意"(参阅汤用彤先生《魏晋玄学与文学理论》,见《中国哲学史研究》1980年第1期)。谢诗"池塘"二句,除了在言象上描绘了"初景革绪风,新阳改故阴"的阳春烟景之外,隐隐地也吐露了诗人病起之后,企图为国效劳的进取之意。节序转换,景象更生,心物交融,发为妙句。刘勰所谓"秘响旁通,伏采潜发","篇中独拔,卓绝为巧"(《文心雕龙·隐秀》),就是指这种情况说的。

萧纲评谢诗为"吐言天拔","天"有"自然"的意思,"拔"有"秀发"的意思。"吐言天拔"就是说谢的诗歌语言"自然秀发"。在一首诗里,像"池塘"一类的句子,其艺术技巧是卓绝的、特异的。即陆机在《文赋》里所谓"立片言以居要,乃一篇之警策"的"警策"语。清黄叔琳在《文心雕龙·隐秀篇》的评语里曾说:"陆平原'一篇之警策',其秀之谓乎?"已经指出了这一点。"隐秀"是齐梁以前历代诗歌创作实践的艺术经验的总结,也是晋宋之际诗歌艺术的最高境界。谢诗"池塘"二句可谓当之而无愧。黄季刚先生在《补〈文心雕龙·隐秀篇〉》里说:

> 至若云横广阶(南齐·丘灵鞠《挽歌诗》句),明月积雪,吴江枫冷(唐崔信明诗句),池塘草生,并自昔胜言,至今莫及。

(见《文心雕龙札记》)

这里所举的秀句就有两例是属于谢灵运的。可见谢诗在隐秀艺术上的成就是较为突出的。

第二,《登池上楼》这首诗,是谢灵运登永嘉郡池上楼所作。他是在宋武帝刘裕永初三年七月十六日离开当时的首都建康到永嘉郡去做太守的,那年他才三十八岁。正是人到中年,伤于哀乐。何况他这次是同刘宋皇朝新贵族斗争失败之后不得已而被迫出走的。他离开建康之前,曾写过《永初三年七月十六日之郡初发都》、《邻里相送至方山》等诗,抒写了诗人依恋不舍的别离之情。如"辛苦谁为情,游子值颓暮。……如何怀土心,持此谢远度。""解缆及流潮,怀旧不能发。析析就衰林,皎皎明秋月。含情易为盈,遇物难可歇"等句,离情别绪,喷薄纸上。在那个时代,一个政治上失意的人,孤零零地到当时文化比较落后的滨海地区,思想上是十分矛盾的,心情上是极其苦闷的。所以一到永嘉就病了,直到第二年(宋少帝刘义符景平元年)春天才起床行动。这时诗人拉开帐帷,侧耳倾听瓯江的波涛,抬头望着积谷山的新绿(倾耳聆波澜,举目眺岖嵚),阵阵春寒料峭,艳阳铺泻于大地。诗人捕捉了自然景物的变化,触景生情,情由景生,从而吐露了"池塘生春草,园柳变鸣禽"这样两句形象鲜明、生机勃郁的千古传诵的名句。这决不是诗人关起门来,冥思苦想所能做得出来的,而正是诗人"有来斯应,每不能已","须具自来,不以力构"(《梁书·萧子显传·自序》),是客观现实景物触动了诗人的主观灵感而构思出来的。他自己所谓的"神助",也许就是指这种情况说的。这类诗句,也决不是搜寻字句或凑合事类所能写出的。后来沈约提倡诗歌创作要"直据胸情,非傍诗史"(《宋书·谢灵运传论》);钟嵘评诗,提出以"直寻"、"自然英旨"为极则(《诗品序》),都是根据诗人的创作经验而总结出来的美学原则。灵运这两句诗完全符合这个美学标准,所以得称为名句。

第三,钟嵘论谢灵运诗说:"嵘谓若人兴多才高,寓目辄书。"(已见前引)"池塘"

二句,也属兴体,近人王季思先生曾论及(见《说比兴》,《国文月刊》第34期)。这种兴多的诗句,往往充满着诗人的激情与想象。钟嵘说兴是"文已尽而意有余"(见《诗品序》)。这与刘勰说隐是"情在辞外"(见《岁寒堂诗话》引),意蕴完全一样,可见诗艺的"隐秀"与"兴"是联系在一起的。"池塘"二句,历代评论家的大多数都认为是诗人"无所用意"、"不假绳削"(见上文引《石林诗话》),或认为是"猝然信口而致者"[见许文雨《诗品讲疏》晋记室左思诗条注(七)按语]。其实,这两句诗是谢灵运"在永嘉西堂思诗,竟日不就"(见《诗品》宋法曹参军谢惠连条)的创作状态之下写下来的。决不是"无所用意",脱口而出的"平钝"之作,也不是什么天才或"神助"的结果。历代评论家都只强调他神思的一面,而忽略了他苦思的一面。刘勰在《文心雕龙》里说,古来篇章秀句,"并思合而自逢,非研虑之所求"。直到黄季刚先生写作《补文心·隐秀篇》,仍然说隐秀之篇"可以自然求,难以人力致"。似乎这样的妙句,不是诗人日锻月炼所可企及的。这种说法,都是过分强调天才的缘故,也还是受了"神助"说的迷信教条的钳制。谢灵运自己虽曾说过"此语有神助,非吾语也",这个"神助"的神字即刘勰后来所说的"神思"的神字,并不是指神仙。从哲学思想上看,谢灵运在当时是继承竺道生一派思想的。他在《辨宗论》中,把当时思想界对圣人理想的讨论中关于中国传统与印度传统两大流派的思想统一起来,认为圣人并不是"神",而是可以"学"得到的。这便开了后代程伊川一派圣人可至,而且可以经过"学"而至的学说的先河,这在中国思想史上的影响是非常深远的。(参阅汤用彤先生《谢灵运〈辨宗论〉书后》,见《魏晋玄学论稿》)

谢灵运是赞成学习的效果的。后来梁简文帝萧纲也说过"陶练之功,尚不可诬"(见《世说新语·文学》)。刘勰在《文心雕龙·体性》篇里更明确地指出,"八体屡迁,功以学成","习亦凝真,功沿渐靡"。都阐明了文章风格的形成与个人才力学养是不可分的。谢灵运的一些独拔秀发的句子,正是他经过造语"繁富"、"尚巧似"的阶段之后,才达到"吐言天拔,出于自然"的境界,绝非轻飘飘的一挥而就的。唐释皎然《诗式·取境》说:"又云:'不要苦思,苦思则丧自然之质'。此亦不然。夫不入虎穴,焉得虎子? 取境之时,须至难至险,始见奇句。成篇之后,观其气貌,有似等闲,不思而得,此高手也。有时意静神王(旺),佳句纵横,若不可遏,宛若神助。不然,盖由先积精思,因神王而得乎?"这真是诗人的甘苦之言,也把"神助"之说解释得一清二楚。事实上,灵运写诗,一般说来,也不是很敏捷的。《南史》卷三十四《颜延之传》载一故事说:

延之与陈郡谢灵运俱以辞彩齐名,而迟速悬绝。文帝尝各敕拟乐府《北上篇》。延之受诏便成，灵运久之乃就。

葛立方《韵语阳秋》卷二也录此事，并附载"梁元帝云：'诗多而能者沈约，少而能者谢朓，虽有迟速多寡之不同，不害其俱工也'"。像"池塘"二句这样的诗句，世人徒赏其"芙蓉出水"般的自然清新，而不悉其从组丽秾艳中来。灵运在西堂思诗竟日不就，忽于寤寐间得之。王世贞《书谢灵运集后》说："然至秾丽之极，而反若平淡；琢磨之极，而更似天然，则非余子所可及也。"（《读书后》卷三）这样来欣赏谢诗的"繁富"和"高洁"，可说是千载之下的知音。

第四，"池塘"二句在《登池上楼》全诗中既是警策语，那它的出现，在全诗中就起到了"动心惊耳，逸响笙匏"（《文心雕龙·隐秀·赞》）的作用。它带动了全诗，使全诗为之生色。但它又不能脱离全诗的艺术结构而特立孤行，才能显其神采。

考《登池上楼》这首诗的字句，在流传下来的不同本子里就有歧异。唐李善注《文选》所收的这首诗，在"卧疴对空林"句后，缺"衾枕昧节候，褰开暂窥临"两句。现人民文学出版社印行的陈延杰《诗品注》附录谢诗《登池上楼》也没有这两句。但另一本《文选》却有这两句。现人民文学出版社印行的徐调孚注、王幼安校订的王国维《人间词话》第四十条引胡刊《文选》卷二二《登池上楼》即有这两句。30年代，黄季刚先生在大学讲谢诗的时候，是从诗的整体结构来论定"池塘"句的艺术价值的。他在手批《文选》稿里说：

此十字必不可挽。否则，池塘春草，亦凡语耳，何劳神助乎？

又说：

沈德潜不知"池塘"二句神理全由"褰开"句来，故云"偶然佳句"。余意沈实未喻此诗，而犹云佳句者，特无如神助之说在前故也。

黄先生这个说法，和宋田承君之说近似。《王直方诗话》载田承君说：

"池塘生春草"盖是病起忽然见此为可喜，而能道之，所以为贵。

（见《宋诗话辑佚》上）

王若虚《滹南诗话》也载田说。晚明黄陶庵又演绎田说，专就谢诗的章法来阐明"池塘"句的佳妙。他说：

> "池塘生春草"单拈此句，亦何淡妙之有。此句之根，在四句之前，"卧疴对空林"，"衾枕昧节候"，乃其根也。"褰开暂窥临"下，历言听见之景，至于池塘生草，则卧疴前所未见者，其时节流换可知矣，此等处皆浅浅易晓，然其妙在章而不在句，不识读诗者何以必就句中求之也。
>
> （见《养一斋诗话》卷二引）

黄先生说"褰开"十字"必不可挽"，是就整首诗的结构来论定它的艺术价值的，深得谢诗之真，也符合诗理。比之黄陶庵脱离句而专论章，认为"妙在章而不在句"，所见实深入一层。但他对沈归愚批评又显得过于严厉。沈在《说诗晬语》里把"池塘生春草"和"澄江静如练"（谢朓）、"芙蓉露下落"（萧悫）、"空梁落燕泥"（薛道衡）等句同列为古今流传名句，说是"情景俱佳，足资吟咏"。可见沈对"池塘"十字在艺术上的成就还是给以一定地位的，只是他未曾把这两句放在整首诗中来考虑罢了。

第五，"池塘"二句，特别是后面一句，"园柳变鸣禽"，明代许学夷《诗源辨体》引作"园林变候禽"，"柳"作"林"，"鸣"作"候"。明《嘉靖温州府志》本（天一阁藏明代地方志，1964年上海古籍书店印）引作"园林变鸣禽"，"柳"作"林"。显然，这两个本子的引文，都没有"园柳变鸣禽"好。况且唐李善注《文选》、宋叶梦得《石林诗话》、金王若虚《滹南诗话》引都作"园柳变鸣禽"。"柳"比"林"，"鸣"比"候"，在声律上也较"谐会"（用钟嵘《诗品序》语）。诗至灵运，声色大开，"池塘"二句实为典型之作。明代人喜改古诗，点金成铁，这可谓又是一例。

后人对"园柳变鸣禽"句发生歧义或易滋误解的，又往往在"变"字。现代有些说诗或评诗的不了解中国古代诗词的语言特点，运用现代的外来的一些术语概念来妄解谢灵运的诗句，说"园柳变鸣禽"是诗人的激情想象，是"所有的园柳都变成了鸣禽"。我们并不否认激情想象在诗人构思创作中的作用。但把艺术境界纯粹看作诗人主观的美感移情，而不是客观自然景物或社会生活在诗人头脑中的反映，那也是不符合艺术规律的。

"池塘"二句，是谢灵运在永嘉郡病起之后，登池上楼所见的真情实景，"变"和"生"两句并列，互文见义。像元稹说的，"怜渠直道当时事，不著心源旁古人"（见《元氏长庆集》卷十《酬孝甫见赠十首之三》）。"池塘"二句是"直道"宋少帝景平元年（423年）春天在永嘉池上楼周围所出现的景物。这两句是前面"初景"两句的具体补充，而这一补充却带动了全诗，显得精彩生动。它抒写了诗人在重重矛盾笼罩之下，进退失据,一旦看见物色变化,心灵摇荡的喜悦之情,自不待言,因而铸成了这千古名句。上句用一个"生"字,下句用一个"变"字,在诗艺上避熟趋生,化旧为新,是古典诗歌艺术常见的手法。且"变"字也指时节变换的意思。谢灵运《永初三年七月十六日之郡初发都》:"理棹变金素"的"变"字,与"园柳变鸣禽"的"变"字用法相似。后来,谢朓《和王长史卧病》:"岩垂变好鸟,松上改陈萝。"(《谢宣城诗集》卷第四)命意和句法,与大谢诗完全一样。可见用"变"字来说明自然景物的迁移改观,是南朝诗人的惯用手法。我们不能违背汉字的历史时代意义,妄加猜测,自造分歧。

唐权德舆说:"池塘二句,托讽深重,以池塘潴溉之地而春草生,是王泽竭也,豳诗所纪,一虫鸣则一候,今日变鸣禽者,时候变也。"(见《养一斋诗话》卷二引,《古诗源》沈德潜评语引)这种说法,虽然也牵涉到"生"与"变"的意义,但穿凿附会,带着浓厚的封建迷信色彩,早已为沈归愚、潘德舆等所摒弃,同样是更为我们所不取的。

第六,是谢诗风格形成的至关重要的一点,也即人与诗的关系这一问题。汤惠休、鲍照以"初日芙蓉"比谢诗,萧纲以"吐言天拔"评谢诗,都是紧紧抓住谢诗的时代特点与个人生活遭遇来立论的。谢诗在文学史上是由玄言诗逐渐走向山水诗的时代,谢灵运个人是在晋、宋之际动荡不安的封建社会里企图做一番事业而遭到扼杀的一个悲剧人物。时代与人生际遇造就了他的诗歌风格,这应该是没有什么疑义的。可以说,谢灵运自己的文学观也是如此认为的。他的诗论,现在保留下来的虽不多,但从《拟魏太子邺中诗八首》的序言里和钟嵘《诗品》里所记录的片鳞半爪来看,也还略可窥见他的观点。他非常重视诗人的时代遭遇对诗歌创作的影响,如他论王粲:"家本秦川贵公子孙,遭乱流寓,自伤情多。"论陈琳:"袁本初书记之士,故述丧乱事多。"论徐幹:"少无宦情,有箕颍之心事,故仕世多素辞。"论刘桢:"卓荦偏人,而文最有气,所得颇经奇。"论应场:"汝颖之士,流离事故,颇有漂薄之叹。"论阮瑀:"管书记之任,故有优渥之言。"论曹植:"公子不及世事,但美遨游,然颇有忧生之嗟。"寥寥数语,便把各个诗人的创作特点指出来了。他对张华的"兴托不奇"的"华艳"之作是颇不满意的。说"张公虽复千篇,犹一体耳"。因为张茂先的《情诗》,"儿女情多,风云气少",所以不被谢灵运等所看重。钟嵘所称的"疏亮之士",实在就是指谢灵运辈而言。(见《诗品》晋司空张华诗条)他又说:"左太冲诗,潘安仁诗,古今难比。"这是因为左思诗,"得讽喻之致",左思的《咏史》不是铺衍史事,而往往是借历史故事来抒写自己的怀抱。潘岳诗则"烂若舒锦,无处不佳"(见《诗品》晋黄门郎潘岳诗条引谢琨评语),所以引起谢灵运的爱好和推尊。从这些零碎的评骘中,我们约略可以窥见谢灵运在文艺上爱好的是什么,反对的又是什么,可以窥见他用来铸成个人的诗歌风格而从前人的艺术经验中所吸取的又是什么。

清代诗论家叶燮说：

> 诗是心声，不可违心而出，亦不能违心而出，功名之士，决不能为泉石淡泊之音；轻浮之子，必不能为敦庞大雅之响。
>
> （见《原诗》外篇上）

这说明诗人心灵的美丑和品格的高下直接影响诗人风格的形成。明代张溥在评论谢诗时更直截了当地说：

> 以予观之，吐言天拔，政由素心独绝耳。
>
> （见《汉魏六朝百三家集·谢康乐集·题辞》）

元好问也曾说："柳子厚，唐之谢灵运。"（见《论诗三十首》自注）这是就柳、谢的生活遭遇和山水诗的成就相比拟而说的。但在过去，特别是封建时代的许多诗论家，往往带着一种顽固的偏见来评论谢灵运。如北齐颜之推的《颜氏家训·文章篇》中说："谢灵运空疏乱纪。"隋唐时代的文中子王通在《中说·事君篇》里说："谢灵运小人哉！其文傲，君子则谨。"这些都是站在封建统治阶级的立场，标榜儒宗，维护正统。谢灵运对刘宋新皇朝不满，要起来造反，那就非被斥责不可。即明清易代之际称为三大思想家之一的顾炎武，对谢灵运的评价也不免有所偏颇，他在《日知录》卷十九《文辞欺人》条说："古来以文辞欺人者，莫若谢灵运，次则王维。"这仍是从正统观念出发，因谢叛宋，王做了安禄山的伪官的关系。对封建统治者不忠，即属大逆不道，那还了得。顾炎武的目的更在借评价历史人物骂杀当时投身异姓的钱牧斋之流。对谢灵运的遭际真正能说几句公道话的，看来还是处在明代后期，潜伏在松江华亭四友斋里"直写胸臆，率己见而犯时忌"（张仲颐《四友斋丛说·重刻本序》）的何良俊。他说：

> 孔北海、嵇中散、谢康乐三人之死，皆有关于天下大义，世不知之，使三人之志不白于天下，聊为辨而著之。夫曹操、司马懿、刘裕皆世之英雄也。方举大事，当录用名士以收人心，岂肯杀一豪杰而自取天下疵类耶？故祢衡者乃一浮薄小儿，以操诛之如杀孤豚耳。然犹必假手于黄祖。况北海议论英发，海内所宗，盖操之所望而震焉者也，而遂甘心焉者何哉？盖谋人之国，必先诛锄异己者。北海忠义素著，必不为操用，操固已度之审矣。苟临事而北海一伸大义于

天下，则人将解体，而操之事去矣。故不若先事而诛之耳。今观郗虑、路粹之奏，如所谓父之于子，本为情欲，子之于母，如寄物瓶中，此皆儿童之言，乃以此诬蚋大贤，纵献帝可欺，操不畏天下后世乎？嵇叔夜名重一时，尤司马昭之所最忌者也。方叔夜当刑之时，太学生徒二千余人乞留康为太学师，况叔夜乃心魏室，使叔夜而在，则昭之异图，叔夜率二千人倡之，所谓虽张空拳，犹可畏也，昭乌得而忍之哉？谢康乐之死，亦以声名太盛，且知不为己用故也。然则北海死于汉，中散死于魏，康乐死于晋，盖显然明著者也。世但以为此三人者，皆以语言轻肆，举动狂佚，遂以得罪。呜乎！岂足以知三人者哉？

（见《四友斋丛说》卷三十）

又说：

阮嗣宗、陶渊明与叔夜、康乐同时，盖此四人才气志节。无一不同，然而二人死，二人不死，盖嗣宗、渊明所谓自全于酒者也。然比干死，箕子佯狂，并称三仁，亦何害其为同耶？

（同上）

我们读了谢灵运留下的全部著作，读了沈约《宋书·谢灵运传》以及与谢有关的历史资料，观察谢灵运飞扬跋扈的一生，廓落不拘的才华，觉得何良俊的评价是比较接近于实际的。他的山水诗，则正像唐代伟大诗人白居易所说的："岂唯玩景物，亦欲摅心素。往往即事中，未能忘兴谕。"（《读谢灵运诗》，见《白氏长庆集》卷七）可以说，白居易这几句诗给后人提供了读懂谢诗的最好启迪。

# 声律论的发生和发展及其在中国文学史上的影响

## 一

中国诗歌在其萌芽时期，就和声律有不可分的联系。

在原始社会，人类还没有发明文字来记录语言之前，他们在劳动中发出一种有节奏的呼声，虽然还没有任何歌词，其实就是诗歌的起源。

原始诗歌，往往伴随着舞蹈、音乐在一起成为原始人艺术活动的一般形式。因而诗歌从其诞生的一天起，就要求符合于自然的声律。就现存的中国古典诗歌文献资料看，《吴越春秋》所载的《弹歌》："断竹、续竹、飞土、逐宍。"正是反映渔猎时代社会生活的一首著名的原始猎歌。歌辞虽然极其简朴粗野，却也具备一定的韵调。

我们考察先秦时期存留下来的古逸歌，就以《古诗源》所选录的为例，没有一首不具备自然的声律。即使是民间的谣谚，像杜文澜在《古谣谚》所裒辑的，也都属"天籁自鸣，直抒己志"（刘毓崧《古谣谚序》），和"言志之诗"本来没有什么区分。至于《三百篇》的风、雅、颂，那更是全部可以合乐歌唱的歌词。清代许多音韵学家研究《诗经》用韵的结果，它的韵部系统和用韵规律基本上是一致的，可见原始诗歌已与声律有密不可分的关联。

今文《尚书·尧典》说：

> 诗言志，歌永言，声依永，律和声。

这四句话是根据诗歌的创作实践而总结出来的理论,是先秦典籍关于诗歌和声律关系的最早论述。它也说明诗歌和声律的关系是古代人民早已发现的一种现象。

从漫长的原始社会到春秋战国时期,社会在不断地发展,诗歌创作也在不断地变化。最足以代表的是《三百篇》和《楚辞》。这是代表着两个不同时期的文学样式——诗和骚。刘勰在《文心雕龙·辨骚》中说:"自风雅寝声,莫或抽绪,奇文郁起,其《离骚》哉?"就是说从三百篇这种艺术形式衰落之后,便产生了离骚这种体裁。但骚体的兴起,决不是突然而来的,也有它自己的发展过程。

战国时期是我国社会制度的一个急剧转变时代。这时名为七国,其实只有"齐、楚两国,颇有文学"(《文心雕龙·时序》)。特别是楚国,运用一种楚方言,形成一种楚声,造成一种楚文学。并且产生了屈原这样一个伟大的作家,影响就特别大。

屈原的楚辞,是根据楚声而写出的文学作品。它不同于《三百篇》,别具地方色彩,有它独特的风貌。但这种形式,决不是他个人的独创。现在我们能看到的资料,除了在他以前出现过用古越方言写的楚康王母弟鄂君子皙的《越人歌》(见《说苑·善说篇》)之外,还有左氏内外传所载当世的讴谣和《国语》晋惠公改葬共世子的国人之诵。以及楚狂《接舆歌》(见《论语·微子》及《庄子·人间世》)、汉上《孺子歌》(见《孟子·离娄》)、《徐人歌》(见《新序·节士》),等等,这些歌辞都属楚声系统,尾句大都用一个"兮"字结束。《吕氏春秋·音初篇》说:"禹……巡省南土,实始作为南音。"吴越地区,后来都并入楚国的疆域之内,所以用"兮"字的歌辞,大概都可算作南音系统。屈原的《离骚》沿着南土旧音,把它发展到最高峰,而成为当时世界文学的巨著。这种体裁一出现之后,"后世莫不斟酌其英华,则象其从容(仪态的意思),自宋玉、唐勒、景差之徒,汉兴,枚乘、司马相如、刘向、扬雄骋极文辞,好而悲之,自谓不能及也"(班固《离骚序》)。

这种楚声文学,和《三百篇》比较,显然是各具特色。在秦始皇焚诗书、坑诸生于咸阳之后,民间多乐楚声。汉高祖刘邦以一亭长而登帝位,也好楚声,这种风气就弥漫到整个宫廷。同时秦始皇灭六国,四方都怨恨,楚国尤其发愤,"楚虽三户,亡秦必楚"。因此,江湖激越之士也都以楚声自励。项羽被刘邦打败了,困于垓下,唱的歌是楚声。刘邦既定天下,因征黥布过沛,置酒沛宫,召故人父老子弟佐酒,自击筑唱《大风歌》,也是楚声。到了孝惠帝的时候,令歌儿吹习刘邦的《大风歌》并经常置一百二十人为乐府,历代相沿,因而不改。楚声在汉宫里特别流行,或者是因为这种声调唱起来特别好听。后来帝王仓卒言志,几乎都是用的这种声调的。

汉武帝的《秋风辞》,是他"行幸河东,祠后土。顾视帝京,忻然中流,与群臣宴饮"而作的。这首歌,沈德潜在《古诗源》里说是"离骚遗响"。像"兰有秀兮菊有芳"

等句子形式确和《越人歌》"山有木兮木有枝"、屈原《九歌》"沅有芷兮澧有兰"完全是一个调子。至于乌孙公主的《悲愁歌》(《汉书·西域传》:"元封中,遣江都王建女细君为公主,以妻乌孙昆莫,昆莫年老,语言不通,公主悲,乃自作歌。"):"吾家嫁我兮天一方,远托异国兮乌孙王。穹庐为室兮氊为墙,以肉为食兮酪为浆。常思汉土兮心内伤,愿为黄鹄兮还故乡。"以及赵飞燕的《归风送远操》(《西京杂记》:"赵后有宝琴名凤凰,亦善为《归风送远操》。"):"凉风起兮天陨霜,怀君子兮渺难忘,感予心兮多慨慷。"也都属楚声系统的歌词。

这种合于自然声律的诗歌,是取之于民间,被之于宫掖,诗与乐合,同时也反映政治上的得失治乱。汉代乐府民歌所以特别兴盛,不仅因为政府设立机关,设采诗之官,藉以"观风俗,知得失,自考正"(《汉书艺文志·诗赋略》),也因这种乐府诗本身是"心感哀乐,情发乎声",能达到"治世之音安以乐,其政和;乱世之音怨以怒,其政乖;亡国之音哀以思,其民困"(《毛诗序》)的目的。使人们一听到这种歌词,就能体察到国家的富强或衰落、人民的困苦或安康,说明诗歌通过声律来反映现实是非常直接的,也是特别敏感的。

在文学史上还有一种现象,就是诗歌发展到了汉代,文人五言诗代替了四言诗而兴起,但"东京二百载中,唯有班固《咏史》,质木无文"(钟嵘《诗品序》)。本来,五言诗的兴起也是受了乐府民歌的影响,所谓"文采缤纷,而不能离闾里歌谣之质"(黄侃《诗品讲疏》论建安五言诗,见范文澜《文心雕龙·明诗》注引),但班固这首诗写汉文帝时孝女缇萦为赎免父亲刑罚请求没身为婢的故事,平铺直叙,缺乏鲜明生动的形象,也没有像楚声那样的抑扬韵调。钟嵘评它"质木无文",正是它脱离乐府民歌的音乐性与汉宫所倡导的楚声的结果。这种"质木无文"的文人五言诗,和梁鸿的《五噫歌》、张衡的《四愁诗》之类沿着民间文学传统的楚声歌诗,迥然不同。它们显然是遵循两条不同创作道路而写出来的。

《楚辞》的声调,与别的地方文学,读起来一定不一样。《史记·项羽本纪》:"夜间,汉军四面皆楚歌。"又《留侯世家》:"为我楚舞,吾为若楚歌。"可见楚声是楚国特殊的音质和声势构成的。《汉书·王褒传》载汉宣帝时征能为楚辞的九江被公,召见诵读。《隋书·经籍志》著录《楚辞》音五家,可惜都已丧失,我们没法得知其究竟。但直到隋唐时代仍然保存用楚声读楚辞的方法。《隋志》说:"隋时有释道骞善读之,能为楚声,音韵清切,至今传楚辞者,皆祖骞公之音。"宋黄伯思《翼骚序》说:"悲壮顿挫,或韵或否者,楚声也。"可见楚声对楚辞的形成和传诵是有直接影响的。《吕氏春秋·季夏纪·音初篇》所记载的东、南、西、北之音的起始,刘勰所谓"涂山歌于候人,始为南音;有娀谣乎飞燕,始为北声;夏甲叹于东阳,东音以发;殷整思于西河,西音以兴"(《文心雕龙·乐府》),这实在已开诗歌声律的先河。因各个地方的区域、风习不同,声调亦异。《诗》之和《骚》,产地悬殊,表现在辞句声音上,也显然有别。不仅《诗》代表北方,《骚》代表南方有差别,即使《诗》十五国风,也各有差别。譬如郑声,孔子说:"放郑声。"好像郑卫之音是靡靡之音,是淫逸之音。但嵇康在《声无哀乐论》里又说:"若夫郑声,是声音之至妙,妙音感人,犹美色惑志,耽槃荒酒,易以丧业,自非至人,孰能御之。"这又看听歌的人的本身怎样反应来决定的。至于秦风,一向以为是慷慨激昂的歌声,和齐声舒缓之音在声调曲折上表现也不同。《汉书·赵充国传赞》说秦国"民俗修习战备,高上勇力,鞍马骑射,故秦诗曰:'王于兴师,修我甲兵,与子偕行。'其风声气俗,自古而然,今之歌谣慷慨,风流犹存耳"。可见各地方的风气音调代代相传,形成一种特殊的文学风貌,也感染着人物的特殊性格。《水经·易水注》有荆轲馆,又引阚骃称:"荆轲歌,宋如意和之。为壮声,士发皆冲冠;为哀音,士皆流涕。"燕、赵一向是以"多慷慨悲歌之士"闻名的。这种人物性格大都是借歌声表达出来,并以之感染别人,引起共鸣,造成力量。

到了魏晋时代,曹氏父子继承乐府民歌的传统,写了大量的诗歌,并大都被之管弦。裴松之《三国志·注》引《魏书》:"太祖……登高必赋,及造新诗,被之管弦,皆成乐章。"可见曹操特别喜欢写诗,而且写的是新体诗,都可以配乐的。这种新体诗在建安时期形成一股力量,在诗坛上造成一种新风气,这就是诗与乐的再结合。曹操本人除了写诗以外,也爱好音乐,《宋书·乐志》说他尤好出于民间的相和歌。《三国志·魏书》说他"倡优在侧,常日以达夕"。

三曹、七子造成当时文学界的"彬彬之盛",新诗不断涌现。像曹丕的七言诗《燕歌行》,是文人创作七言诗最早的一首,也可说是他所创造的新体诗。另外像《令诗》和《黎阳作》是六言诗,也是新体,魏之三曹诗歌产量最多的算是曹植,钟嵘《诗品》称之为"建安之杰",他在诗歌上的艺术成就,超过了他的父亲曹操与他的哥哥曹丕,对后来两晋、南北朝以至唐代诗歌的发展起过一定的影响。

这里特别要提到的是曹植诗歌和梵音的关系。《三国志·魏书·陈思王传》说:"初,植登鱼山,临东阿,喟然有终焉之心,遂营为墓。"《三国志》仅说曹植登鱼山,没有说他摹写梵响的事,但后来许多书籍记载此事就大不相同。

1) 梁释慧皎《高僧传》十三《经师论》:"始有魏陈思王曹植,深爱声律,属意经旨,既通般遮之瑞响,又感鱼山之神制。于是删治《瑞应本起》以为学者之宗,传声则三千有余,在契则四十有二。"

2) 唐释道世《法苑珠林》卷四十九《吹赞篇·赞叹部》:"植每读佛经,辄流连嗟玩,以为至道之宗极也。遂制转赞七声升降曲折之响,世之讽诵,咸宪章焉。尝游鱼山,忽闻空中梵天之响,清雅哀婉,其声动心。独听良久,而侍御皆闻。植深感神,弥悟法应,乃摹其声节,写为梵呗,撰文制音,传为后式,梵声显世,始于此焉。"

3) 大正新修《大藏经》第三十四卷《经疏部》二,唐天台沙门湛然《法华文句记》卷第五中引(刘义庆)《宣验记》云:"陈思王,姓曹,名植,字子建。魏武帝第四子,十岁善文艺,私制转七声。植曾游鱼山,于岩谷间,闻诵经声,远谷流美,乃效之而制其声。"

4) 鲁迅《古小说钩沉》引刘敬叔《异苑》:"中华佛法,虽始于汉明帝,然经偈故是胡音。陈思王登鱼山,临东阿,闻岩岫有诵经声,清婉遒亮,远谷有流响,肃然灵气,不觉敛襟祗敬,便有终焉之志。诸曹解音,以为妙唱之极,即善则之,今梵呗皆植依拟所造也。植亡,乃葬此土。"

由上面所揭载的材料来看,曹植是摹写梵响并以之撰文制音的第一人。如果这个传说是可靠的话,那就可以证明为什么建安时代诗歌逐渐趋向追求声律的原因。清代经学家阎若璩《古文尚书疏证第七十四》说:

> 按顾氏《音学五书》言:"文人言韵,莫先于陆机《文赋》。余谓《文心雕龙》:'昔魏武论赋,嫌于积韵,而善于资代'(《章句》)。《晋书·律历志》:'魏武时,河南杜夔精识音韵,为雅乐郎中令。'二书虽一撰于梁,一撰于唐,要及魏武杜夔之事,俱有韵字。知此学之兴,盖于汉建安中。"

阎若璩虽没有提到曹植鱼山梵响的传说,但他肯定韵学之兴是在建安时代,这就暗中和曹植的传说相符。我们观察诗歌发展到建安时代逐渐趋向于追求声律,使诗歌不仅"辞采华茂","粲溢今古"(钟嵘《诗品》评曹植语),也做到"音律调韵,取高前式"(沈约《宋书·谢灵运传论》评曹植语),表现了建安诗歌不同于前代的特质。近人陈寅恪先生以曹植"鱼山制契"的传说,出于典午南迁之季世,即东晋末年。与梵呗也肇自陈思之说,同为依托,而非事实(《四声三问》见清华学报九卷二期)。但曹植诗歌特别重视声律,和他的摹写梵响的传说是暗合的。这点无论如何不能忽视。

以上是就声律与诗歌的关系做了简单的历史追溯,也说明了声律的日趋严密是诗歌发展本身的要求。

## 二

中国古典诗歌理论发展到两晋南北朝时期,除了建安时期曹丕在《典论·论文》

里所已阐明的如创作论、文体论、风格论等外,更注意到声律论。特别是陆机的《文赋》把曹丕的理论又向前推进了一步,在我国古典文学理论批评史上是一篇极其重要的著作,他提出声律对于文章的关系的意见:

暨音声之迭代,若五色之相宣。虽逝止之无常,固崎錡而难便,苟达变而识次,犹开流以纳泉,如失机而后会,恒操末以续颠,谬玄黄之秩序,故淟涊而不鲜。

这段话的意思是说,"音声迭代而成文章,好像五色鲜明织成锦绣。音声的变化无常,要想合于格律是困难的,倘能够掌握变化的规律,做好字句的安排,就像放流水以注渊泉,是很容易的。如果不依次序排列,往往会颠倒上下,造成差错。所以音声倘不搭配好,就会像玄黄失调,锦绣的颜色也就不鲜艳了。"

中国的古典文艺理论,着重提到声律而加以阐述,这还是第一次。这是建安文学发展到两晋文学的必然结果,也是南朝范晔、沈约等倡导声律论的滥觞。

晋代文人不仅写诗注重声律,写赋也同样注重声律,因为"赋自诗出,分歧异派"(《文心雕龙·诠赋》)。这里举两则故事来证明:

孙兴公作《天台赋》(《文选》作《游天台山赋》)成,以示范云期,云:"卿试掷地,要作金石声。"范曰:"恐子之金石,非宫商中声。"然每至佳句,辄云:"应是我辈语。"

刘孝标《注》:"赤城霞起而建标,瀑布飞流而(《文选》作'以')界道",此赋之佳处。

(《世说新语·文学第四》)

桓宣武命袁彦伯作《北征赋》,既成,公与时贤共看,咸嗟叹之。时王珣在坐,云:"恨少一句,得写字足韵当佳。"袁即于坐揽笔益云:"感不绝于余心,诉流风而独写。"公谓王曰:"当今不得不以此事推袁。"

刘孝标《注》:宏集载其赋云:"闻所闻于相传,云获麟于此野,诞灵物以瑞德,奚授体于虞者,悲尼父之恸泣,似实恸而非假,岂一物之足伤,实致伤于天下。感不绝于余心,溯流风而独写。"《晋阳秋》曰:"宏尝与王珣、伏滔同侍温坐,温令滔读其赋,至'致伤于天下',于此改韵,云:此韵所咏,慨深千载,今'天下'之后便移韵,于写送之致,如为未尽。滔乃云:得益写一句,或当小胜。桓公语宏：卿试思益之。宏应声而益，王、伏称善。"

（《世说新语·文学第四》）

孙兴公(绰)的赋作所以能得到范云期(启)的欣赏，就因为句子的音调符合于声律，读到好句时，范云期就说应该是他们(赋家)的语言。至于伏滔读袁宏的《北征赋》，发现了袁赋在"致伤于天下"处改韵，在内容与声调上似都有不足之意。伏滔所谓"写送之致，如为未尽"，着重点还是在声调上。"写送"，是六朝人常语，是"充足"的意思。《文心雕龙·诠赋》"迭致文契"，唐写本作"写送文势"。《文心雕龙·附会》："克终底绩，寄深写送。"①也是说一篇的末了，应当文势充足(见范文澜《文心雕龙·诠赋》注)。伏滔以袁宏《北征赋》于"天下"之后换韵，似于文势不满足，所以说："如果能加写一句，或当好些。"桓温便命袁宏考虑增加。袁宏应声加了两句："感不绝于余心，溯流风而独写。"王珣、伏滔都叫好。桓温还说："当今不得不以作赋能手推袁。"可见声律在赋的写作上的重要性。

在诗赋方面重视声律这种风气形成后，文学便逐渐向形式方面发展，晋代文人如"三张(张载、张协、张亢)、二陆(陆机、陆云)、两潘(潘岳、潘尼)、一左(左思)"，他们的作品便多排偶的句子，对仗工整，辞文艳丽，所谓"缛旨星稠，繁文绮合"(沈约《宋书·谢灵运传论》)，是晋元康以后的文风，这种文风一直弥漫着整个西晋。

到了南北朝时期，文人喜作双声语，也叫作体语(见《封氏闻见记》)，当时不仅文化较高的南朝人喜欢作双声语，即文化较低的北朝人也染上南朝的习俗，不仅当时社会上层人士喜欢作双声语，即当时所谓下等人、被人看不起的人如奴、婢等也能作双声语。如北魏杨衒之《洛阳伽蓝记》第五卷所记载的一段故事：

洛阳城东北有上高里，殷之顽民所居处也，高祖名闻义里，迁京之始，朝士住其中，迭相讥刺，竟皆去之。唯有造瓦者止其内，京师瓦器出焉。世人歌曰："洛城东北上高里，殷之顽民昔所止。今日百姓造瓮子，人皆弃去住者耻。"唯冠军将军郭文远游憩其中，堂宇园林，匹于邦君。时陇西李元谦乐双声语，常经文远宅前过，见其门阀华美，乃曰："是谁第宅过佳？"婢春风出曰："郭冠军家。"元谦曰："凡婢双声。"春风曰："佇奴慢骂。"元谦服婢之能，于是京邑翕然传之。

---

① 黄本作："寄深写远"。杨明照合校本："按诸本皆可疑，无从订正。"范文澜说："写远"当作"写送"。(见《文心雕龙·附会》注)

"是"、"谁"同属禅母。"第"、"宅"古音也属同声,"过"、"佳"同属见母,"郭冠军家"四字同属见母,"凡"、"婢"同属奉母。"双声"同属审母。"伫奴"同属泥母,"慢"、"骂"同属明母,可见双声迭韵不仅写文章时应用,即日常谈话里,也以能引用它为荣。从《洛阳伽蓝记》的记载,可以看出即当时被人们看不起的所谓下等人的语言中也能运用,可见这现象是较为普遍的。但事物往往由这一极端走向另一极端,声律对诗歌是很重要的,但过分强调声律之后,诗歌以及其他辞赋的思想表达也会受到一定束缚。当时所谓"文士"的文章就产生了这弊病。因此写《后汉书》的范晔就出来反对这现象。他在《狱中与诸甥侄书》中说:

　　常耻作文士文,患其事尽于形,情急于藻,义牵其旨,韵移其意。虽时有能者,大较多不免此累,政可类工巧图缋,竟无得也。常谓情志所托,故当以意为主,以文传意。以意为主,则其旨必见;以文传意,则其词不流。然后抽其芬芳,振其金石耳。此中情性旨趣,千条百品,屈曲有成理,自谓颇识其数。尝为人言,多不能赏,意或异故也。

这里所说的"形"、"藻"、"义"、"韵"是属于形式方面的,"事"、"情"、"旨"、"意"是属于内容方面的。当时写作上过分强调声律之后,便产生了重形式而轻内容的偏向,好像绘画,画家便成了画匠,而不是艺术家。范晔深深懂得这个道理,说写文章"当以意为主,以文传意"。"以意为主"则一篇文章的内容充实,全部道理表现得透彻。"以文传意"则一篇文章的修辞恰当,不至于堆垛。范晔这几句话,正是申明陆机在《文赋·序》里所说的"恒患意不称物,文不逮意"的含义,说明了内容的重要性,纠正了太康以后文坛上"体情之制日疏,逐文之篇愈盛"(《文心雕龙·情采》)的不良倾向。范晔主张在内容充实的基础上,再来讲声律,然后"抽其芬芳,振其金石"。这样的声律论才是从根本中来,不是空谈。现在许多人读范晔的书,往往忽略了这几句话,只强调范晔是声律论的前驱,而忽视范晔的声律论是继承陆机的理论而加以发展的。如果不了解范晔的声律论是针对两晋文学趋向形式方面发展而提出来的,那就贬低了它的时代意义与文学价值。

范晔在《狱中与诸甥侄书》里又着重指出:

　　性别宫商,识清浊,斯自然也。观古今文人,多不全了此处;纵有会此者,不必从根本中来。言之皆有实证,非为空谈。年少中谢庄最有其分。手笔差易,文不拘韵故也。吾思乃无定方,特能济艰难,适轻重,所禀之分,犹当未尽,但多公家之言,少于事外远致,以此为恨,亦由无意于文名故也。

范晔是一位散文作家,他的《后汉书》是一部历史书,也是一部有名的传记文学。他称许谢庄最能理解他的理论。"手笔差易,文不拘韵故也",这是他不同于一般的提倡声律论者的学说。他自称兼工文、笔,但他自己写的文章,"多公家之言,少于事外远致"。所谓公家之言,是说他写的是一般公文书记的文章,往往有一定的圈套,不能自由抒写意见,更少弦外之音,没有独特的风格。但他对于自己写的杂传论,《循吏》以下及《六夷》诸"序论"和"赞"的写作,又颇自负。他说:

> 吾杂传论,皆有精意深旨,至于《循吏》,以下及《六夷》诸"序论",笔势纵放,实天下之奇作。其中合者,往在不减《过秦论》……"赞"自是吾文之杰思,殆无一字空设,奇变不穷,同含异体,乃自不知所以称之。

范晔对他自己写的历史评论非常看重,说是"笔势纵放,实天下之奇作",好的可与贾谊《过秦论》相媲美,已经牵涉到散文的风格问题。最近启功在《诗文声律论稿》里举了贾谊《过秦论》中有三串人名,居然有抑扬可寻,说明散文中也有声调抑扬的问题①,不仅诗赋而已。

范晔在《狱中与诸甥侄书》(也即《后汉书·自序》)里所谈的理论,可以说是总结了建安以来关于声律与文章(包括诗赋散文)的关系,并且开永明声律论的先河。而永明声律论的成立,又是文体论上区分文、笔的依据,这对文学发展又是一大进步。关于这点,黄季刚先生的《文心雕龙札记·总术第四十四》首先揭出这道理,郭绍虞先生去年在《文笔说考辨》(《文艺论丛》1978 年第 3 期)一文里认为黄先生的论点是发前人所未发,他说:"自来研究《文心雕龙》者,黄侃的《札记》最有启发,他所论述多有独到之见。"这话决不是阿其所好,而是有事实根据的。

中国古典文学,发展到南北朝时期,脱离儒学而成为独立学科,这是当时的一大进步。在文学之中,经过各种艺术实践,又发现各种文体"本同而末异",因而从辨析文体发展为文笔之分,企图进一步探索文学创作的内在规律,这又是当时文学发展的一大进步,而这种进步,同声律论的兴起又有密不可分的关系。

六朝时的文笔之分,是以有韵无韵为别,《文心雕龙·总术》篇说:"今之常言,有

---

① 见启功《诗文声律论稿》,中华书局 1977 年版,第 180—182 页。钱钟书《管锥篇》(第四册)第 1278 页说"散文虽不押韵脚,亦自有宫商清浊",也谈到这问题。

文有笔,以为无韵者笔也,有韵者文也。夫文以足言,理兼《诗》《书》,别目两名,自近代耳。"范文澜说:"文学之用本所以代表言语,有韵之言语为《诗》,无韵之言语为《书》,笔之于纸,皆谓之文。"(见《文心雕龙·总术》篇《讲疏》)可见齐梁以前文笔二字,散言有别,通言则文可兼笔,笔亦可兼文。刘彦和以为"别目两名,自近代耳",他虽然主张分文笔两体,但二者并重,决不因为笔有别于文而排斥之。汉代还没有文笔之分,六朝时以公家之言为笔,才以有韵无韵来区分。黄季刚先生说:

> 今案文笔以有韵无韵为分;盖始于声律论既兴之后。滥觞于范晔、谢庄(《诗品》引王元长之言云:唯见范晔、谢庄颇识之耳),而王融、谢朓、沈约扬其波。以公家之言,不须安排声韵,而当时又通谓公家之言为笔,因立无韵为笔之说,其实笔之名非从无韵得也。然则属辞为笔,自汉以来之通言,无韵为笔,自宋以后之新说。要之声律之说不起,文笔之别不明,故梁元帝谓古之文笔,今之文笔,其源又异也。

(《文心雕龙·总术·札记》)

可见声律论的兴起直接促进文体区分之日趋严密,刘勰说:"别目两名,自近代耳",这近代是指南朝宋代以后。《南史·颜延之传》:"宋文帝问颜之诸子才能,延之曰:竣得臣笔,测得臣文。"这是文笔二字对立分用的开始,也是文笔区分最好的例子。但这样区分,和古之所谓文笔又不同,古之文笔以体裁分,两名可通用。今之文笔(六朝以后)以声律分,两名不能通用。声律论兴起之后,所重在韵,所以说"有韵为文,无韵为笔"。黄季刚先生说:"永明以来,所谓有韵,本不指押韵脚而言,文贵情辞声韵,本于梁元(见梁元帝《金楼子·立言篇》)……至彦和之分文笔,实以押韵脚与否为断,并无有情采声韵为文之意。"(《文心雕龙·总术·札记》)刘彦和对文笔之分虽仍有保守思想,不尽从同,但由于文学发展的趋势,个人爱好决不能左右时代潮流,所以他在论述文体时,由《辨骚》、《明诗》以讫《谐隐》都属论文,从《史传》、《诸子》以讫《书记》都属叙笔,界限仍然非常分明。可见文笔区分是声律论兴起之后,文体上所发生的明显变化。"声律之说不起,文笔之别不明",这就是结论。

## 三

现在我们谈到声律论,总是以齐梁时期永明体为标志。就是因为在这以前,文人所用的声律是指自然的声律,此时则有意于人工的声律。所谓永明体,就是把人工的声律应用到诗文上而已。当时依照这神声律理论来写诗文,也依照这种声律理论来评论诗文,记载这种理论现在存留下来的最重要的文献有南齐沈约的《宋书·谢灵运传论》、萧梁刘勰的《文心雕龙·声律》篇、钟嵘的《诗品序》、萧子显的《南齐书·陆厥传》和初唐李延寿的《南史·陆厥传》以及日本遍照金刚的《文镜秘府论》,兹约举他们的重要论点如下:

> 夫五色相宣,八音协畅,由(犹)乎玄黄律吕,各适物宜。欲使宫羽相变,低昂舛节,若前有浮声,则后须切响,一简之内,音韵尽殊;两句之中,轻重互异,妙达此旨,始可言文。
>
> (沈约《宋书·谢灵运传论》)
>
> 永明……时盛为文章,吴兴沈约、陈郡谢朓、琅琊王融,以气类相推毂。汝南周颙,善识声韵。约等为文,皆用宫商,将平、上、去、入四声(《南齐书》作"以平、上、去、入为四声")以此制韵,有平头、上尾、蜂腰、鹤膝。五字之中,音韵悉异,两句之内,角徵不同,不可增减,世呼为"永明体"。(此段比《南齐书》多"有平头"至"不同"五句。)
>
> (李延寿《南史·陆厥传》)
>
> 凡声有飞沈,响有双迭,双声隔字而每舛,迭韵杂句而必睽;沈则响发而断,飞则声飏不还,并辘轳交往,逆鳞相比,迂其际会,则往蹇来连,其为疾病,亦文家之吃也。
>
> (刘勰《文心雕龙·声律》)

我们在上面已经说过,声律论自陆机《文赋》已经提出,但范晔、沈约都认为是他们才开始发现,范晔说:"观古今文人,多不全了此处。"沈约说:"自灵均以来,此秘未睹。"这都是他们自视过高,抹杀了历史事实。当时陆厥《与沈约书》(见《全齐文》二十四)即已给予驳斥:"自魏文属论,深以清浊为言,刘桢奏书,大明体势之致。岨峿妥帖之谈,操末续颠之说,兴玄黄于律吕,比五色之相宣,苟此秘未睹,兹论为何所指邪?故愚谓前英已早识宫徵,但未屈曲指的若今论所申。"陆厥认为建安时代已萌芽了声律论,所以他在《与沈约书》的结尾又着重指出:"论者乃可言未穷其致,不得言曾无先觉也。"陆厥对沈约的批评是完全应该的,也是符合乎声律论发展的规律的。范晔、沈约等人的说法,也还是"文人相轻"、"自矜独得"的结果。然而声律论发展到永明时期(483—493年),真可说是达到了极盛时期。当时王融、谢朓、沈约等人,都是贵公子孙,身居显要,同时在文坛上都有相当成就,所以由他们来提倡声律,无疑是会引起一般人的重视,形成一代新风。

这时的声律论,较之以前,有几个特点:

(一)用四声。《南史·庾肩吾传》:"齐永明中,王融、谢朓、沈约,文章始用四声,以为新变。至是转拘声韵,弥为丽靡,复逾往时。"所谓四声,即指平、上、去、入。中国古代没有四声的名称,那时只有平、入两声。

> 四声,古无去声,段君所说,今更知古无上声。
> 唯有平、入而已。
>
> (黄侃《音略·一·略例》)

到了齐梁时代,沈约、周颙等人根据当时语言的实际情况才确定为四声。《南史·沈约传》说:"约撰《四声谱》,自谓入神之作,武帝雅不好焉。"关于四声之说为什么在这个时候起来?为什么一定分别定为四声之数?过去写中国文学史和中国文学批评史以及讲汉语音韵学的人几乎都举陈寅恪先生的《四声三问》一文来回答这些问题。以为"四声之数与转读佛经之声调有关,据天竺围陀之《声略论》,依声之高低,分声 Svara 为三:一曰 udatta,二曰 Svaritar,三曰 anudatta。其所谓声者,适与中国四声之所谓声者相类似。佛经输入中国,其教徒转读经典时,此三声之分别当亦随之输入。其时中国文士依据及摹拟当日转读佛经之声,分别定为平、上、去之三声,合入声共计之,适成四声。于是创为四声之说。并撰作声谱,借转读佛经之声调,应用于中国之美文。其二谓四声说所以成于南齐永明之世,创自周颙、沈约之徒者,盖由南齐武帝永明七年二月二十日竟陵王子良大集善声沙门于京邸,造经呗新声,而萧衍、沈约、谢朓、王融、萧琛、范云、任昉、陆倕等又同在'竟陵八友'之列。于是善声沙门与审音文士交互影响,遂创为声调新说。其三谓宫、商、角、徵、羽五声,系中国传统之理论,即声之本体。平、上、去、入四声,系西域输入之技术,即声之实用。理论则指本体以立说,举五声而为言;属文则依实用以遣词,分四声而撰谱。盖犹同光朝士所谓'中学为体,西学为用'之意也"(此段根据罗常培《中国音韵学导论》摘录)。陈寅恪先生的说法,几十年来,几乎成为定论,是非常有权威性的。我过去写魏晋南北朝文学史谈到永明体诗歌时,也采用了他的说法。近年来学术界对陈寅恪先生的说法才渐渐产生怀疑,譬如郭绍虞先生过去写的文学批评史,也是引陈说以自固。去年他在《文笔说考辨》一文里就说:"我认为陈寅恪的《四声三问》只看到问题的极小的局部的一面,不能是文学史或文学批评史上的重要关键性的问题,这是我与一般研究文学史或文学批评史者不相同的一点。"(见《文艺论丛》1978年第3期)这就改变他原来对陈说的看法。我在1956年写的《魏晋南北朝文学史讲稿》中曾说："四声之说,很可能是受转读佛经声调的启发而成立,其所以定为四声,乃是反映当时实际的语言情况。"并在《注》中说:"陈寅恪说声调之所以定为四个而不为其他数目,系依据围陀的三声,这样人工的四声成立说,恐不可靠。"已经提出了怀疑。现在看来,这个怀疑是完全必要的。最近启功在研究永明声律说与律诗的关系过程中,断言"当时所说的'宫商'等名称,即是'平、上'等名称未创用之前,对语音声调高低的代称。这恐是因为宫商等名称借自乐调,嫌其容易混淆,才另创'平上去入'四字来作语音声调的专名"(见《诗文声律论稿》第110页)。这里虽然没有明言和陈寅恪先生的说法相反,实际上已把陈寅恪先生的"四声外来说"远远地摔开了。齐梁时代沈约等人发现了四声,编纂了韵书,并且把它运用到文学作品上去,造成当时特有的永明体,这在文学史上是另辟蹊径的,应该引起我们的高度注意。

沈约等人虽然发现了四声,但把它具体运用到写作上又只要求高低相间和抑扬相对。在沈约自己所举的例句中,可以看出扬处用的是平声,抑处用的是上、去、入,也就是仄声。如:

> 子建(曹植)函京之作:从军渡函谷,驱马过西京。
> 仲宣(王粲)灞岸之篇:南登灞陵岸,回首望长安。
> 子荆(孙楚)零雨之章:晨风飘歧路,零雨被秋草。
> 正长(王讚)朔风之句:朔风动秋草,边马怀归心。

从上面这几个例子来看,每首诗都是平起仄应。"从军"、"南登"等为平起,而以"驱马"、"回首"等仄声字应之。即韵脚亦然,"谷"、"岸"、"草"等字为仄,而以"京"、"安"、"心"等平声字应之(只有第三例略不同)。不仅他所举的诗句合乎平仄的标准,就是他在此外所作的四句文章也都合平仄。"作"字是仄声,而以平声"篇"字去应它。下面再用一个平声"章"字去应"篇"字,转而又用一仄声"句"字来收。可见沈约的浮声切响之说,即指平仄而言。浮声即平声,切响即仄声。[①] 刘勰的飞沈之说,也指平仄而言。飞是平声,沈乃仄声。所以齐梁时期的一些文艺理论家对诗歌声律的研究日趋邃密,极力注意到音调的抑扬高低。他们主张"一句中须有变化,两句间不许雷同"。虽然他们所用的术语不一样,但都是指平仄而言。

以浮声、切响或飞、沈代替平仄,直到宋祁写《新唐书》第二〇二卷《杜甫传·论》

---

[①] 见胡小石先生《中国文学史讲稿》第154—155页。

时,也是沿用这个术语的。

> 唐兴,诗人承陈隋风流,浮靡相矜。至宋之问、沈佺期等,研扬声音,浮切不差,而号律诗。

这里所说的"浮切不差",就是指写律诗要平仄协调,不能随意差错。这个意见,清代邹汉勋的《邹叔子遗书·五均论》以及阮元的《揅经室续集·文韵说》里都已提到过,是积累了多少代人的研究成果,不是某一个人的发明。

(二)讲病犯。永明体除用四声外,又讲病犯。李延寿《南史·陆厥传》和萧子显《南齐书·陆厥传》说:"以平、上、去、入为四声,以此制韵,有平头、上尾、蜂腰、鹤膝。五字之中,音韵悉异;两句之内,角徵不同。"这里所谓"头"、"尾"、"腰"、"膝"是以人体的部位来做比喻,说在这几个部位都不能生病,就五言诗来说,"五字之中,音韵悉异"(《宋书·谢灵运传论》作"一简之内,音韵尽殊")。"两句之内,角徵不同。"(《宋书·谢灵运传论》作"两句之中,轻重互异")就是说一句五言诗每个字的平仄要合乎韵调,两句五言诗更要求符合平仄。正如沈约《答陆厥书》中说的:"十字之文,颠倒相配;字不过十,巧历已不能尽,何况复过于此者乎!"(《全梁文》三十八)"十字之文"正是指五言诗两句。当时五言诗盛行,永明体主要也是指五言诗而言,至于其他辞赋文章,当然也包括在内。《南史》卷二十二《王筠传》载着一个故事:(沈)约制《郊居赋》,构思积时,犹未都毕,示筠草。筠读至"雌霓连卷"将"霓"字读为入声(五的反)。约大加赞赏,抚掌欣抃说:"仆常恐人呼为霓(五兮反)。次至"坠石碣星"及"冰悬埳而带坻"筠皆击节称赞。约曰:"知音者希,真赏殆绝,所以相要,政在此数句耳。"因下句对"霓"字的是"天"字,若不将平声"霓"字读作入声,便不合他的浮声、切响的声律理论。他说:"字不过十,巧历已不能尽,何况复过于此者乎!"就是说在两句五言诗里调好平仄已不容易,何况超过两句(十字以上)的辞赋呢?可见调好韵律平仄是很不简单的事,在写诗过程中,经常会发生病犯。

现在所谓永明声病说,是指的平头、上尾、蜂腰、鹤膝、大韵、小韵、旁纽、正纽这八种病。但李延寿的《南史·陆厥传》只提到平头、上尾、蜂腰、鹤膝四种病。钟嵘《诗品序》也只提到蜂腰鹤膝,都没有提到八病。八病之说,到了唐代才正式出现。如初唐王通《中说·天地篇》有"四声八病,刚柔清浊"的话,卢照邻《南阳公集序》说:"八病爰起,沈隐侯永作拘囚。"中唐僧皎然《诗式·明四声》说:"沈休文酷裁八病,砰用四声。"又封演《封氏闻见记·声韵》说:"永明中,沈约文辞精拔,盛解音律,遂撰《四声谱》。文章八病,有平头、上尾、蜂腰、鹤膝。"稍后,日本僧遍照金刚《文镜秘府论》西卷《论病》有"曹、王入室摛藻之前,游、夏升堂学文之后,四纽未显,八病未闻"的话。又《文二十八种病》的前八种:"一曰平头,二曰上尾,三曰蜂腰,四曰鹤膝,五曰大韵,六曰小韵,七曰旁纽,八曰正纽。"每种病名之下都有详细的解释,但并未注明谁是各病的创说者,也不知是否即遍照金刚所作。其中也采取刘滔、元兢等人的各种说法,也引沈氏的话,只有一处引沈东阳说,沈东阳当即沈约。所以八病究竟是谁创造的,在文学史与文学批评史的研究中,也还是未能确定的问题。① 把八病归为沈约的创造,却是宋代以后的事。如北宋李淑的《诗苑类格》(已佚。见南宋王应麟《小学绀珠》卷四和南宋失名《锦绣万花谷》卷二十一节引),南宋魏庆之的《诗人玉屑》卷十一《诗病有八》条都载有"八病"说,并题上了沈约的名字,认为八病是沈约的创说。这是宋人和遍照金刚不同的地方。到了明代胡震亨的《唐音癸签》卷一《体凡》《八病》条,仍列八病之目,并作了简单的注释,虽未标明八病是沈约所创造,但观其"按语",与《诗苑类格》似无不同。② 自宋阮逸注《中说·天地篇》说:"四声韵起自沈约,八病未详。"就提出了怀疑。到清代纪昀撰《沈氏四声考》卷下说:"按齐梁诸史,休文但言四声五音,不言八病,言八病自唐人始。所列名目,唯《诗品》载蜂腰、鹤膝二名。《南史》载平头、上尾、蜂腰、鹤膝四名,其大韵、小韵、正纽、旁纽之说,王伯厚但据李淑《诗苑类格》,不知淑又何本,似乎辗转附益者。"(《畿辅丛书》本)这就确定了八病之名,始于唐人,并非沈约所创。从现在存留下来的文献来看,解释八病最详细的,莫过于日本僧遍照金刚的《文镜秘府论》,而且,他将八病扩充到二十八种病,非常繁琐,多数不符合情况,使人无法遵守。

关于八病,李延寿《南史·陆厥传》只提到平头、上尾、蜂腰、鹤膝。钟嵘《诗品》更只提到蜂腰和鹤膝,并没有对各病作出解释。现在的解释,都是后人望文生义,作了种种揣测之词。《文镜秘府论》中备载各家异说,足见纷纷揣测的情况。唐、宋以后诗论家关于八病的说法,大概都由遍照金刚这一系统承传下来的,八病中的后面四病即大韵、小韵、旁纽、正纽,究竟是什么时候提出的,至今也还没有确切的证据,只知道唐以后才有八病之名。对八病的解释,又言人人殊,极不一致。清纪昀《沈氏

---

① 罗根泽先生《中国文学批评史》第一册根据《文镜秘府论·四声论》引沈约《答甄公论》说:"作五言诗者,善用四声,则讽咏而流靡;能达八体,则陆离而华洁。"又据《文镜秘府论·论病》以八体和十病、六犯、三疾并列,知八体就是八病。因此认为"八病"确是出于沈约。但《文镜秘府论》作沈氏《答甄公论》(人民文学出版社1975年版),沈氏并非沈约,罗公自己也是这样说的。刘大杰主编的《中国文学批评史》也有类似的错误。最近启功在《诗文声律论稿》里认为《文镜秘府论》中称沈氏为"沈给事",知非沈约。

② 《诗苑类格》载沈约云:"唯上尾、鹤膝最忌,余病亦通。"《唐音癸签》说:"而约自有言,云八病唯上尾、鹤膝最忌,余病皆通。"

四声考》卷下说:"宋人所说八病,微有不同,然皆不详所本,大抵以意造之也。"这样讲,不是没有理由的。

八病之名,虽没有证据确说是沈约创造,但永明时期的文人确实存在着用四声、讲病犯的风气。沈约当时评论两汉的文学家说:

> 王褒、刘向、扬(雄)、班(固)、崔(骃)、蔡(邕)之徒,异轨同奔,递相师祖,虽清辞丽曲,时发乎篇,而芜音累气,固亦多矣。
>
> (《宋书·谢灵运传论》)

沈约一方面肯定两汉文章的"清辞丽曲",同时又指出它的"芜音累气"。这种"芜音累气"就是有病犯的句子,即不符合于自然的声律,更不符合于沈约等人所倡导的人工的声律①,沈约等人所倡导的文学样本。所谓"先士茂制,讽高历赏"(李善《文选注》:"言讽咏之者咸以为高,历载辞人所共传赏。")是曹植、王粲、孙楚、王瓒等人的作品。对这些作品,他又说:"并直举胸情,非傍诗史,正以音律调韵,取高前式。"他在这里强调了"音律调韵",但他又提出:"至于高言妙句,音韵天成,皆暗与理合,匪由思至。"这是沈约等人倡导声律论的精华。他既提倡声律,又不局限在声律。所以他又说:"张(衡)、蔡(邕)、曹(植)、王(粲),曾无先觉,潘(岳)、陆(机)、颜(延年)、谢(灵运),去之弥远,世之知音者,有以得之,知此言之非谬。"(《文选》作"此言非谬")所以沈约等人提倡声律论,是文学发展的必然趋势,不是他们几个人主观想象所能奏效的。而他们的提倡声律论,也不是单纯从形式方面着眼,而是注意"高言妙句",而是不离开内容而讲求声律的。黄季刚先生说:

> 宜云"美辞而不讲音律,则虽美而不章"。不然,但调音律而意辞俱乖,宁足以取高前式哉?
>
> (见手批《文选·宋书·谢灵运传论》)

这话可说是能揭出沈约等人声律论的真谛。新中国成立后编写出版的一些文学史著作,常把六朝文学称为形式主义的文学,其实六朝是骈体文发展的时代,骈体

---

① 罗根泽先生在他的《中国文学批评史》第一册谈到《文气与音律的关系》一节时,说:"可见累气,由于芜音。而沈约等所以提倡音律,是在谋解'累气'之弊了。"这样把"芜音"和"累气"对立起来,似乎是曲解了沈约的原意。

与散体是汉字形体所决定的,与作品的思想内容无关。六朝文风是骈体盛行。但不等于形式主义文学,否则,就只能说唐、宋散文远远胜过了魏晋南北朝文学。这是重复清代文选派和桐城派的论争,是没有什么意义的。这种说法本身也不符合历史唯物主义,实质上它就是一种形式主义。从沈约等永明体作家提倡声律论之后,它在当时文坛上确曾发生过巨大影响,但因讲声病讲得过严,使文学走上了歧途,这现象也是值得注意的。当时的诗歌评论家钟嵘就曾指出:

> 昔曹、刘殆文章之圣,陆、谢为体贰之才,锐精研思,千百年中,而不闻宫商之辨,四声之论。或谓前达偶然不见,岂其然乎?尝试言之,古曰诗颂,皆被之金竹,故非调五音,无以谐会。若"置酒高堂上","明月照高楼",为韵之首。故三祖之词,文或不工,而韵入歌唱,此重音韵之义也,与世之宫商异矣。今既不被管弦,亦何取于声律耶?齐有王元长者,尝谓余云:"宫商与二仪俱生,自古词人不知。唯颜宪子乃云律吕音调,而其实大谬,唯见范晔、谢庄颇识之耳。"尝欲造《知音论》,未就。王元长创其首,谢朓、沈约扬其波,三贤咸贵公子孙,幼有文辩,于是士流景慕,务为精密,襞积细微,专相陵架,故使文多拘忌,伤其真美。余谓文制本须讽读,不可蹇碍,但令清浊通流,口吻调利,斯为足矣。至平上去入,则余病未能,蜂腰、鹤膝,闾里已具。

(《诗品•序》)

可见自从沈约等倡导声律论之后不久,便即有人提出相反的意见。原因是"使文多拘忌,伤其真美"。钟嵘可说是个代表人物。就这点来说,钟嵘的识见是远远超过了刘勰。《诗品》下篇对王融、谢朓、沈约三人的批评,也都是持平之论,决不是什么"追宿憾,以此报之"的缘故①。清纪昀评《文心雕龙•声律》篇说:"齐梁文格卑靡,独此学独有千古(黄季刚先生《文心雕龙•声律篇•札记》说:'两独字,不词。'),钟记室以私憾排之,未为公论也。"也是承袭《南史》之误而发的。

刘勰生于齐世,正当王融、沈约等倡导声律论之时。勰撰《文心雕龙》初成,未为当时所重,想得到沈约的评定。"约时贵盛,无由自达,乃负其书候约出,干之于车前,状类货鬻者。约便命取读,大重之,谓为深得文理,常陈诸几案。"(《梁书•文学传下•刘勰传》)按《梁书•沈约传》说:"(约)撰《四声谱》以为在昔词人,累千载而不

---

① 《南史•钟嵘传》:"尝求誉于约,约拒之。及约卒,嵘品古今诗为评,言其优劣云云,盖追宿憾,以此报之也。"这个评论是不恰当的。

窸,而独得胸襟,穷其妙旨,自谓入神之作。"刘勰在《文心雕龙》中特别写了《声律》篇,阐明他对声律的一些看法,而他的声律理论正是同沈约相一致的,甚至"论声病详尽于沈隐侯"(纪昀评《声律》篇语)。所以黄季刚先生说:"知隐侯所赏,独在此一篇矣。"(见《文心雕龙·声律篇·札记》)所以自沈约等在写作实践上倡导声律之后,加以刘勰等理论家的鼓吹,便使声律理论弥漫于整个南北朝时期。即使陆厥提出怀疑,钟嵘独持己见,加以抨击,也没法阻挡和转变时代潮流。其实声律论初兴之时,在文学创作上起了一定的影响,造成一代新声。但其末流也确曾发生过一些偏差,这是无可讳言的。正如日僧遍照金刚在《文镜秘府论》(西卷)《论病》中所指出的:"(周)颙、(沈)约已降,(元)兢、(崔)融以往,声谱之论郁起,病犯之名争兴,家制格式,人谈疾累,徒竞文华,空事拘检,灵感沈秘,雕弊实繁。"在《文镜秘府论》(天卷)《序》里也说:"沈侯(约。撰《四声谱》)、刘善(经。著《四声指归》)之后,王(昌龄。著《诗格》)、皎(然。著《诗式》)、崔(融。著《唐朝新定诗格》)、元(兢。著《古今诗人秀句》二卷,《诗髓脑》一卷)之前,盛谈四声,争吐病犯,黄卷溢箧,缃帙满车。"可知南朝齐梁以后到中唐以前这一段历史时期,文艺界讲四声、讲病犯的著作,风起云涌,人立异说。现在他们的原著,除皎然《诗式》外,大都已经丧失,只片鳞半爪地保留在《文镜秘府论》里。作者遍照金刚于唐德宗贞元二十年(804年)即日本延历二十三年来华留学,至唐宪宗元和元年(806年)即日本大同元年回国。为了当时日本人民学习汉文学的要求写成此书,希望通过本书,使读者"不寻千里,蛇珠自得,不烦旁搜,雕龙可期"(《文镜秘府论序》)。这些材料对于考察我国古诗发展到律诗的过程以及这一历史阶段的我国文学批评理论的情况,具有极其重要的参考价值。

## 四

上文我们已经谈到齐梁时代沈约、刘勰等人的声律论,主要着重在平、仄律的运用。这对研究我国古典诗歌的发展是非常重要的一点。现在我们根据《文镜秘府论》所保存的材料,可以看出从永明体过渡到律体的过程。郭绍虞先生的《再论永明声病说》和周维德同志的《试论律体诗的形成》都曾对这个问题有所阐发。

最近郭绍虞先生在《文镜秘府论·前言》(人民文学出版社1975年版)中对从四声律到平仄律演变的问题又作了进一步的说明。他说:

四声的二元化,在永明体的时代已经有人朦胧地提到了。但由于四声初起,不可能讲得具体,故明而未融。沈约只能略知道"宫羽相变,低昂舛节"的情况,模糊地提出"前有浮声,后须切响"的要求,并不曾把四声归为平仄二类。归为平仄二类,当始于周、齐、陈、隋之间,而定于唐初。

他根据齐李节(应作概)《音谱决疑序》、刘善经《四声指归》、元兢《诗髓脑》以及《悉昙轮略图抄》卷七论文笔事等材料,证明"永明体的声律是颠倒相配四声的问题,而律体的声律则进展到平仄相配的问题,这是从消极病犯到积极规律,从四声到平仄律发展的概况,也可说是形成律诗的主要基础之一"(见《文镜秘府论·前言》)。

永明体的主要作家周颙善识声韵,《南齐书》本传说他"言辞辨丽,出言不穷,宫商朱紫,发口成句",但作品留下的不多。沈约制定声病,除了撰写《宋书》外,他的诗作留下的近二百首。钟嵘《诗品》说他"虽文不至,其工丽亦一时之选也。见重闾里,诵咏成音"。最足以代表永明体的作家却是谢朓。宋人严羽在《沧浪诗话·诗论第四》里说:"谢朓之诗,已有全篇似唐人者。"从和他同时代人沈约、刘孝绰等人对他的评价以及唐代诗人李白、杜甫对他的倾服,都可见出谢朓在诗歌发展史上的重要地位①。谢朓的一些诗作,如《望三湖》、《晚登三山还望京邑》、《之宣城郡出新林浦向板桥》、《暂使下都夜发新林至京邑赠西府同僚》以及《高斋视事》、《郡内高斋闲望答吕法曹》、《答王世子》等作,有许多句子,平仄协调,对偶工整。读起来音调铿锵,快心悦耳,真像杜甫所说的"谢朓每诗堪讽诵",显示出永明体的特点。

我们现在所称的律诗,大约完成于初唐时期。它所要具备的条件,从历代著名作品中归纳起来,约有四项:

(1)一句之中和句与句之间的平仄,都有特定的规格。

(2)平声韵脚,除有时首句入韵外,都是单句仄脚不入韵,双句平脚入韵。

(3)以每首八句为基本形式。(唐人有六句的律调诗,但极少。八句以上的称为长律或排律,唐代科举考试用五言六韵,计十二句,称为"试帖诗"。清代科举考试用五言八韵,计十六句,称为"试帖诗"。一般长律不限句数。)

(4)全诗首尾两联(每二句称为一联)对偶与否可以随意,中间各联必须对偶②。

上面这四条准则,是指律体完成之后,最完整的律诗准则,其间过渡时期,甚至律诗出现以后,也有些名为律诗,其实也不完全符合这些准则的。

从永明体发展到初唐沈宋体律诗,其间经过约两百多年。王融想作《知音论》,未就。他是齐梁时代声律论的首创者,仅二十七岁就被收"付廷尉,赐死于狱中"。范云出入竟陵王萧子良的西邸,当时地位虽不甚高,作诗也讲声律对仗。江淹是一

---

① 《南史·谢朓传》:"沈约叹为'二百年来无此诗'。"《颜氏家训·文章篇》:"刘孝绰唯服谢朓,常以谢诗置几案间,动静辄讽味。"李白诗:"解道澄江静如练,令人长忆谢玄晖。"(《金陵城西楼月下吟》)杜甫诗:"谢朓每诗堪讽诵。"(《寄岑嘉州》)

② 见启功《诗文声律论稿》(三),《律诗的条件》。

个"学不为人,交不苟合"(《自序》)的作家。晚年虽有"江郎才尽"之说,但《别赋》、《恨赋》属对精巧,音韵流靡。如:"孤臣危涕,孽子坠心。"(《恨赋》)"闺中春暖,陌上草薰。"(《别赋》)都表现了圆美流转的音乐旋律和语言艺术。被沈约所赏识的吴均,以至稍后的何逊和阴铿,诗句的律化程度更日趋严密与完整。如何逊的"夜雨滴空阶,晓镫暗离室"(《临行与故游夜别》),"念此一筵笑,分为两地愁"(《与胡兴安夜别》),阴铿的"海上春云杂,天际晚帆孤"(《广陵岸送北使》),"栋里归云白,窗外落晖红"(《开善寺》),都是属对非常精切的诗句。阴、何的有些篇章,句数和平仄已经非常接近律诗,正如清人姚鼐《今体诗钞·序目》所说:"声病之学,肇自齐梁,以是相沿,遂成律体。"所以从齐、梁的永明体经陈、隋的徐庾体、宫体到唐初的上官体、四杰,再到沈(佺期)、宋(之问),才正式完成了律诗的写作形式。其间是经过几百年的功夫,消耗了几辈人的努力才成功的。由此也可知,文学史上一种体裁的形成,或一种流派的消长,都不是简单的。

杜甫在《秋日夔府咏怀奉寄郑监、李宾客一百韵》这首长律里说:"阴、何尚清省,沈、宋欻联翩。律比昆仑竹,音知燥湿弦。风流俱善价,慊久当忘筌。"已经指出沈、宋对阴、何的继承关系。杜甫自己说"新诗改罢自长吟"(《解闷》),又说"遣辞必中律"(《桥陵诗三十韵》),"晚节渐于诗律细"(《遣闷戏呈路十九曹长》)。他能长吟自己的诗作,晚年能仔细地推敲诗律,也是"颇学阴、何苦用心"的结果。杜甫另有一首《承沈八丈东美除膳部员外,阻雨,未遂驰贺,奉寄此诗》说:"诗律群公问,儒门旧史长。"沈东美是沈佺期的儿子,沈、宋又是杜甫的祖父杜审言的朋友,可见他们对于诗歌的声律,是相互研求、共同关切的。

上面说到诗律到了沈佺期(656?—714)、宋之问(656?—712)的时候,才把沈约以来未完成的工作做好了。《新唐书·文艺传·宋之问传》说:"魏建安后,迄江左,诗律屡变,至沈约、庾信,以音韵相婉附,属对精密。及(宋)之问、沈佺期,又加靡丽,固忌声病,约句准篇,如锦绣成文,学者宗之,号为沈宋。"就把这个过程说得很清楚。我们现在所公认的律诗必须具备的四项条件,乃是后人由历代诗人创作实践中总结出来的。律诗的形成在我国古典诗歌形式演变的历史上是一个重要的阶段,是诗歌由古体衍化到近体的标志。元稹在《唐检校工部员外郎杜君墓系铭并序》中说:"唐兴,学官大振,历世之文,能者互出,而又沈、宋之流,研练精切,稳顺声势,谓之为律诗。由是之后,文变之体极焉。"所谓"研练精切"是指对偶工整而言,"稳顺声势"是指声韵和美而言。律诗的四项条件,归纳起来又不出对偶与声韵二事。而声韵又不出平仄和押韵,对偶和声韵又以声韵为主要的一面,所以律诗总是首先要讲平仄律和押韵脚。至于对偶,有时并不一定要求严格遵守。唐代的大作家李白所写的一

些律诗,也有声调完全合律,但各联全不对偶的。如《宿巫山下》:

> 昨夜巫山下,(仄仄平平仄)
> 猿声梦里长。(平平仄仄平)(韵)
> 桃花飞绿水,(平平平仄仄)
> 三月下瞿塘。(仄仄仄平平)(押韵)
> 雨色风吹去,(仄仄平平仄)
> 南行拂楚王。(平平仄仄平)(押韵)
> 高丘怀宋玉,(平平平仄仄)
> 访古一霑裳。(仄仄仄平平)(押韵)

又如《夜泊牛渚怀古》

> 牛渚西江夜,(平仄平平仄)
> 青天无片云。(平平平仄平)(韵)
> 登舟望秋月,(平平仄平仄)
> 空忆谢将军。(平仄仄平平)(押韵)
> 余亦能高咏,(平仄平平仄)
> 斯人不可闻。(平平仄仄平)(押韵)
> 明朝挂帆去,(平平仄平仄)
> 枫叶落纷纷。(平仄仄平平)(押韵)

这首律诗也全不对偶,除第二句"无"字,第三句"望秋"两字,第七句"挂帆"两字系拗句外,其余各句关系全合。拗句也是常见的普通拗法。这两首诗,除缺少对偶外,律诗的四项条件已具备三项,所以过去的选诗家仍把它列入律诗。因唐代律诗都可入乐,所以特别着重音律,而对偶可以不严格要求。王圻《续文献通考·论歌曲》说:"乐府唐多用七言律诗,如龙池乐章。"徐养源《律吕臆说·声依永》也说:"凡七言近体皆可歌。"可见唐代不仅七言绝句如"旗亭故事"(见薛用弱《集异记》)、"阳关三迭"(见《诗人玉屑》)为一般人所知可以歌唱的以外,律诗也是可以歌唱的。

总之,从齐梁声律论兴起以后,由新体诗演变为唐人律诗,由唐、五代小词演变为宋慢词,再变为元、明人的曲子,其他如律赋、四六文也都受了声律论的影响而成为一代新声。中国古典文学体裁的衍变,声律论实为关键之一,这一现象,不能不引起文学史研究工作者的注意。近年来,尤其在 1966 年以后,受"四人帮"文艺思想影响而出版的一些文学史著作,对"永明体"的作家往往严加贬斥,以为南朝文学"朝着华艳淫靡的方向发展"或者说它"助长了当时形式主义文风的发展"。有的甚至把南北朝文人文学一笔勾销,只剩下陶渊明一个人。这些说法和做法,都值得认真考虑。文学史上的一些现象,尤其中国古代灿烂多姿的文艺画廊里,如果不从整个文学发展的历史来考察,往往会被一时的万紫千红的花朵迷住了眼睛,看不清方向,认不清真面目。下的结论,也就不会很科学,以至于谬误。中国文学史与文学批评史上的声律论问题,许多学者曾经做了不少的研讨工作,我在这里仅从史的角度来说明一下这一理论的演变过程。至于关于这一理论的许多具体细节问题,也还需要我们做进一步的探讨,一时还不能完全把它讲清楚。在创作实践上,不论写古典诗歌的或现代诗歌的,都牵涉到声律问题。毛泽东同志在 1965 年 7 月 21 日《给陈毅同志谈诗的一封信》里也谈到律诗的平仄问题。他说:"律诗要讲平仄,不讲平仄,即非律诗。"这也是从声律论的史的发展角度来谈的。我曾读过现代不少人写的名为律诗,其实是不讲平仄的诗,这是违反诗歌发展规律的,干脆就不能叫它作律诗。当然,决不要因为形式是律诗,就妨碍它的内容的传达。我们要求的,是"内容和形式的统一,革命的政治内容和尽可能完美的艺术形式的统一",使我们社会主义文艺的百花园里盛开着艳丽而瑰奇的花朵,超轶历史上任何一个时代。

1979 年 4 月 12 日初稿<br>
1980 年 2 月 29 日抄完

# 论"文"与"道"的关系

## ——读《文心雕龙·原道》札记

《原道》是刘勰《文心雕龙》开宗明义的第一篇。《文心雕龙》五十篇,把它放在首要的地位来论述,是有它深刻的意义的。

清代评论家纪昀曾说:"自汉以来,论文者罕能及此。彦和以此发端,所见在六朝文士之上。"又说:"文以载道,明其当然;文原于道,明其本然,识其本乃不逐其末。"这已经揭示了刘勰在文学理论批评发展史上的重要地位以及他提出"原道"这一命题对当时历史的现实意义。

《原道》篇主要牵涉到文艺学上的两个基本问题:一个是属于文学史上的问题,即文学的起源问题;一个是属于文学理论上的问题,即文学的源泉问题。这两个问题,有区别,也有联系,刘勰把它交织在一起来论述,提得非常明确,却限于当时的科学水平与社会条件,并没有把问题很好地解决,甚至还对它作了某些曲解。在充满着儒家思想与虔诚崇奉佛教的刘勰那里,想把这两个问题作彻底的解决,当然是不可能的。但生在距今1400多年以前的刘勰,在论述文学史与文学理论的过程中,认识到文学起源与文学源泉问题的重要性,确是难能可贵的。

中国的古典文艺理论家,根据他们的世界观与文艺观在论述这两个问题的时候,都只有朦胧的认识,而且都把它牵涉到"道"的问题上去。最早,汉代刘安《淮南子》里写了一篇《原道》。高诱《注》:"原,本也。本道根真,包裹天地,以历万物,故曰原道。"不过他还不是从文学的角度来提出这一命题的。晋代葛洪在《抱朴子·外篇·文行》里虽也曾指出:"筌可弃而鱼未获,则不得无筌;文可废而道未得,则不得无文。"也只是部分地说明他反对重道轻文的意见。后来刘勰就着重写出《原道》来阐发他对文学问题的看法。此后,唐代的韩愈,清代的章学诚,都写过《原道》的论文。韩愈学主宗经,意归征圣,发展为宋代道学家的文论。章学诚认为"政教典章人伦日用之外,更无别出著述之道"(《文史通义·原道中》),发展为史学家的文论。可见"文"与"道"的关系问题,是一向被文艺理论家们所重视、所企图解决的。近年来,人们发表了不少关于《文心雕龙》的论文。这些论文里独独对于刘勰论"道"的问题,存在着较多的分歧,而且也还没有得到比较统一的看法。而这问题又是研究古典文艺理论较为复杂而重要的问题之一。

## 一 什么是刘勰所谓"道"

刘勰在《原道》里论述到文学起源问题时,根据他的观点,说"人文"是与"天文"、"地文"并生的。

> 夫玄黄色杂,方圆体分。日月迭璧,以重丽天之象;山川焕绮,以铺理地之形,此盖道之文也。仰观吐曜,俯察含章;高卑定位,故两仪既生矣。惟人参之,性灵所钟,是谓三才。为五行之秀,实天地之心。心生而言立,言立而文明,自然之道也。

刘勰这种文学起源说,并不是他个人的独创,而是沿袭着封建时代一般文人的衣钵。早在《周易》时代,就有这种看法,《易·系辞传下》说:

> 古者庖牺氏之王天下也,仰则观象于天,俯则观法于地,视鸟兽之文,与地之宜。近取诸身,远取诸物,于是始作八卦,以通神明之德,以类万物之情。

到东汉时代许慎作《说文解字叙》,也继承了这个说法,又加以发挥,并以之解释汉字的起源。《说文解字叙》说:

> 古者庖牺氏之王天下也,仰则观象于天,俯则观法于地,视鸟兽之文,与地之宜,近取诸身,远取诸物,于是始作易八卦,巨垂宪象,及神农氏结绳为治而统其事,庶业其(蘩)繁,饰伪萌生,黄帝之史仓颉,见鸟兽蹄迒之迹,知分理之可相别异也,初造书契,百工以乂,万品以察。

从《周易》时代到齐梁时代，中国社会的性质没有变，一般文艺家的世界观与文艺观都没有太大的变化。尤其在汉武帝"罢黜百家，独尊儒术"以后，儒家思想渗透到政治、经济、文化各个方面。一般封建士大夫文人更受了儒家思想的熏陶与钳制。魏晋时代，虽然出现了像阮籍、嵇康等"竹林名士"反抗礼教，"放浪形骸之外"，其实他们也还是儒家思想的变种。正如鲁迅先生所说的，他们"不平之极，无计可施，激而变成不谈礼教，不信礼教，甚至反对礼教。但其实不过是态度，至于他们的本心，恐怕倒是相信礼教，当作宝贝"(《而已集》，《魏晋风度及文章与药及酒之关系》)。像刘勰对儒家学派创始者孔子那样的虔诚①，他虽是一个佛教徒，却更是一个孔教徒。因此，他对文学问题的一些观点是不可能超越儒家思想的。孔子对天道的看法，不出周代人的传统思想，以为天是有意志的主宰。正如清儒钱大昕所说："古书言天道者，皆主吉凶祸福而言。"(《十驾斋养新录》)孔子谈到"天"，往往用惊叹语或追问语，如《论语·阳货》所说："天何言哉？四时行焉，百物生焉。天何言哉？"就因为当时认为"天道"是一种不可理解的东西，因此孔子有时就避开不谈。子贡就说："夫子之文章，可得而闻也，夫子之言性与天道，不可得而闻也。"儒家认为"天道"是一种不可言说的自然运动的法则或规律，这种思想被刘勰继承过来，与他的佛教思想相结合，构成他对"道"的认识与诠释。《灭惑论》说：

  至道宗极，理归乎一……幽数潜会，莫见其极，冥功日用，靡识其然，但言万象既生，假名遂立，梵言菩提，汉语曰道。

(《宏明集》卷八)

  刘勰用这种观点来解释文学起源问题，便以为日、月、山、川的自然文采，就是"道之文"。接下去就说人"为五行之秀，实天地之心。心生而言立，言立而文明，自然之道也"。这里所说的"自然之道"的"道"和上面所说的"道之文"的"道"是一个东西。

  刘勰依据他的观点，考察了文学的历史发展过程之后，探索到这些文章的主要内容与目的要求，"莫不原道心以敷章，研神理而设教"。这个"道心"也就是"天地之心"。他把天地人格化了，天地也同人一样，是有"心"的。天地所焕发的文采以及它

---

① 《文心雕龙·序志》："予生七龄，乃梦彩云如锦，则攀而采之。"又说："齿在踰立，则尝夜梦执丹漆之礼器，随仲尼而南行，旦而寤，乃怡然而喜。大哉，圣人之难见也！乃小子之垂梦欤？自生人以来，未有如夫子者也。"

的运动法则是不可言说的,所以称为"道"。"道心"是微妙的,因此又称为"神理"。"道心惟微,神理设教"。"神理"即《易·观·彖辞》的"神道"。孔颖达《正义》以为"神道者,微妙无方,理不可知,目不可见,不知所以然而然,谓之神道",颇得其解。"道心"和"神理",互文以见义。

刘勰作为一个文艺批评家,他的思想充满着儒家的天道观,又沾染着汉儒唯心主义天人关系论的思想。他对文学源泉问题的基本看法是文源于道。他在《序志》篇中也说过,"文心之作也,本乎道"。这个"道",即指自然界与社会一切变化运动的法则。他认为古代的作者们(即他所说的玄圣),具体说,就是孔子,他的作品,是能够把现实真实地反映出来的。所以刘勰一则说:"言之文也,天地之心哉!"再则说:"木铎起而千里应,席珍流而万世响;写天地之辉光,晓生民之耳目。"三则说:"观天文以极变,察人文以成化,然后能经纬区宇,弥论彝宪,发挥事业,彪炳辞义。"因而得出了"道沿圣以垂文,圣因文而明道"的结论。刘勰这种文道统一论,是贯串着《文心雕龙》全书的一根鲜明线索。奠定了封建时代文学理论的强固基石,为唐以后一般文学理论家所遵循而勿替,可见影响之深远。郭绍虞先生在他的《中国文学理论批评中"道"的问题》①一文中说刘勰所谓道,含有两种不同的意义:"《原道》篇所说的道,是指自然之道,所以说文之为德与天地并生。《宗经》篇所说的道,是指儒家之道,所以说,经也者,恒久之至道,不刊之鸿教了。这就不是自然之道,而取了形而上学的看法了。"其实在《原道》篇里,刘勰所说的自然之道也包括了儒家之道。他把自然之道与儒家之道结合起来构成他的文学基本思想。日月丽天,山川焕绮,固然是"道之文",而"辞之所以能鼓天下者",也是"道之文"。在《原道》里已经很明显地透露出这种思想。有人以为"全篇用了两次'道之文',前一次说明日月山川,那是广义的'文',泛指一切含有美和善的因素的事物;后一次是狭义的,专指圣贤的文章"②。这也是对刘勰思想没有作深刻分析所产生的误解。刘勰两次用"道之文",说明了他的道与文的统一观点,最后达到"旁通而无滞,日用而不匮"的文学在封建社会生活中的鼓动作用。这里并没有广义与狭义的区别。如果把它强行区分,那便是对刘勰《原道》的曲解,《原道》是刘勰文学理论的核心,在这里体现出他的完整的文学思想体系,不容对它有所割裂。

---

① 见《文学研究》1957年第1期。
② 陆侃如:《〈文心雕龙〉论"道"》,《文史哲》1961年第2期。

## 二　刘勰提出"原道"这一命题的社会原因、思想渊源及其局限性

在魏晋南北朝时期的中国古典文艺理论批评里,像曹丕的《典论·论文》、陆机的《文赋》、范晔的《狱中与诸甥侄书》以及与刘勰同时的沈约的《宋书·谢灵运传论》等等,都对我国古典文艺理论,有不少的贡献。但他们都偏重在艺术方面的阐述,几乎很少甚至没有接触到"道",也即是作品的思想问题。刘勰首先提出"道",并且做了专题论述,这同他不满当时文学风气有关。

我们知道刘勰生活的南北朝时期,是我国历史上民族矛盾极其尖锐的时代,当时北中国沦于少数民族,南中国的统治阶级苟安江左,不图收复中原,过着荒淫堕落的剥削寄生生活。造成"民盖流离,邑皆荒毁"(何元之《梁典总论》)的一幅悲凉凄惨图景。颜之推《颜氏家训·涉务篇》记载当时的贵族生活,说他们全靠俸禄,从不自己耕田,人事世务全不懂,不但不会办公事,连管家也不成。剃了面,搽粉涂脂,出门就坐车轿,走路就要人扶。后来侯景叛乱,这些贵族们肉柔骨脆,体瘦气弱,不堪步行,不耐寒暑,死亡无数。这真是对膏腴子弟最入骨的讽刺,也是对当时统治阶级精神能力日趋衰竭的一个最好写照。在文学领域,山水诗接着玄言诗而盛行起来。"俪采百字之偶,争价一句之奇。情必极貌以写物,词必穷力而追新。"(《文心雕龙·明诗》)"窥情风景之上,钻貌草木之中。""体物为妙,功在密附。"(《文心雕龙·物色》)诗人们逃避现实,一味向往于巧构形似之言。另一方面,一种"宫廷的或以宫廷为中心的艳情诗"(闻一多《宫体诗的自赎》)又在恶性地发展。当时,"宫体所传,且变朝野"(《南史·帝纪论》)。诗歌的内容正如《隋书·经籍志》所说:"清辞巧制,止乎衽席之间;雕琢曼藻,思极闺闱之内。"这样的诗歌弥漫着整个历史时期。就是较好的文人作品,也有"典正可采,酷不入情","唯睹事例,顿失清采","雕藻淫艳,倾炫心魂"(《南齐书·文学传论》)诸流弊产生。这在民族史上是一个悲剧的时代,在文学史上又是一个淆乱的时代。刘勰在写作《文心雕龙》的过程中,曾时时发出愤懑不平和慨叹之词。

> 嗟呼!身与时乖,志共道申,标心于万古之上,而送怀于千载之下,金石靡矣,声其销乎!(《文心雕龙·时序》)
> 嗟乎,此古人所以贵乎时也。(《文心雕龙·才略》)
> 鸿风懿采,短笔敢陈;飏言赞时,请寄明哲。(《文心雕龙·诸子》)
> 知音其难哉!音实难知,知实难逢。逢其知音,千载其一乎?(《文心雕

龙·知音》)

在这些词句里，刘勰已经或显或隐地透露出他对时代的不满心情。至于对当时靡烂浮诡的文学风习，尤其对梁大同以后，"其意浅而繁，其文匿而采"(《隋书·文学传序》)的情况，刘勰更不能视而不见。他把造成这种现象的原因，归之于"去圣久远"、"离本弥甚"(《文心雕龙·序志》)。因而，抗击时代风尚，扭转时代风习，以达到"正本归末"(《文心雕龙·宗经》)、"矫讹翻浅"(《文心雕龙·通变》)的目的，这个任务就不能不落在他的肩膀之上了。

但"身与时乖"、"音实难知"，同时代里既找不到知音，他就只能上溯先秦诸子，提出了"文原于道"的见解。这是针对时弊，有为而发的。这种做法，在我国文学史上也屡见不鲜。唐代陈子昂企图摆脱梁陈纤艳诗风而慨叹"风雅不作"，提倡"汉魏风骨"。李白感到六朝以来，诗歌趋向于声律辞藻，表示了"将复古道，非我而谁"(孟棨《本事诗》)的决心。刘勰在《原道》之后，提出《征圣》、《宗经》，同样是寓革新于复古。

刘勰"文原于道"的理论，主要是吸取儒家《易传》的基本思想，另外也撷取周秦诸子论道的见解，用以观察文学问题，并把它提到光辉的高度。

《易传》的基本思想是："天垂象，圣人则之。"圣人观象于天，画成了八卦，因而制作出许多器物，如刳木为舟、剡木为楫，盖取之《涣》；服牛乘马，盖取诸《随》；断木为杵、掘地为臼，盖取诸《小过》；上古结绳而治，后世圣人易之以书契，盖取之《夬》……刘勰在《原道》的末尾《赞》里也说："天文斯观，民胥以效。"说明人文是效法天文的。

其次，《周易》重变化，《易》即有变易的意思。刘勰论文，最重"变"的思想。《时序》篇论文因时代而异，说"时运交移，质文代变"，"文变染乎世情，兴废系乎时序"。在《通变》篇里，更对文章的变化道理作了重点的论述。《易·系辞》说："变则通，通则久。"刘勰在《通变》篇的末尾说："文律运周，日新其业，变则其久，通则不乏。"说明文章变化的重要性。《原道》篇也说："观天文以极变，察人文以成化。"然后才能发挥文学的积极鼓动作用。

刘勰论道，固然主要是本于儒家《易传》的思想，但又撷取先秦其他诸子的思想，因而不能不对先秦诸子论道的思想作一概述。

在《老子》中，论道是其哲学的核心。它认为"道"是超自然的绝对体，天地万物即自然界的一切都是由"道"派生出来的。他说："道……渊然似万物之宗。……吾不知其谁之子，象帝之先。"(《道德经·四章》)这个道无形、无状，也无名，运动不息，是先天地而存在的。所以他说："有物混成，先天地生，寂兮寥兮，独立不改，周行而不殆,可以为天下母,吾不知其名,字之曰道,强为之名曰大。"(《道德经·二十五章》)老子认为在自然界产生前有种不可名状的东西存在着,这种东西就叫作道。老子这种认识被庄子所阐发。庄子说:"夫道,有情有信,无为无形,可传而不可受,可得而不可见。……在太极之先而不为高,在太极之下而不为深。先天地生而不为久,长于上古而不为老。……莫知其始,莫知其终。"(《大宗师》)这是说,"道"是一个有知觉但是无形的超时空的绝对,是不能为人们所认识的,它在一切物质之上而又似乎到处显现其幽灵。道是不可言说的,又到处存在着。"东郭子问于庄子曰:'所谓道恶乎在?'庄子曰:'无所不在。'"(《知北游》)"道不可闻,闻而非也;道不可见,见而非也;道不可言,言而非也;道不可见,见而非也;道不可言,言而非也。知形形(神)之不形乎,道不当名。"(同上)这都说明庄子所谓"道"是一种泛神,是超感觉的。后来稷下学派道家的一个支流宋钘与尹文接受了这种说法,他们所谓"道"的概念,同老、庄是一致的。"虚而无形谓之道"(《心术上》)。"凡道,无根,无茎,无叶,无荣,万物以生,万物以成,命之曰道。"(《内业》)①他们认为"道"就是宇宙的本体,是不可思议的。总之,道家所谓"道"是不可理解、不可言说的,因而是观念的、神秘的。

但在先秦诸子中最后的一位大师儒家荀子对"道"的看法和道家老、庄有些不同。荀子扬弃了道家的神秘的道,撷取了其中的自然观点,因此,他认为天是自然的天,不是有意志的天;天是物质的天,不是观念的天。荀子在《天论》里说,"天行有常","行"就是"道",即是说自然是有规律的,不因人的善恶而变更其运行。荀子的学生法家韩非,他对道的看法,渊源于老子,但又发展了老子的思想,他在《解老篇》中说:"道者,万物之所(以)然也,万理之所稽(寄)也。理者,成物之文也。道者,万物之所以成也。故曰:道,理之者也。物有理,不可以相薄。物有理不可以相薄,故理之为物之制,万物各异理。万物各异理,而道尽万物之理,故不得不化。"在韩非看来,客观事物有各种各样的规律,"道"是各种规律的总称。而且认为它是可以认识的。所以荀子、韩非子对于"道"的认识比之老子、孔子都已前进了一步。

刘勰说:"诸子者,入道见志之书。"(《诸子》)先秦诸子对"道"的认识虽各有差异,或唯心,或唯物,或在唯心主义的整个体系中含有某些唯物主义的因素。刘勰在哲学思想上吸取了先秦诸子论道的学说(而以儒家的易传为中心),构成了他的哲学思想体系。在文学思想上也是如此。如庄子在《天道》篇说:"世之所贵道者,书也。书不过语,语有贵也;语之所贵者,意也。意有所随,意之所随者,不可以言传也。"认

---

① 宋钘、尹文之书,都已失传。郭沫若在《管子》里发现了《心术》、《内业》,肯定是宋子作。(见《宋钘尹文遗著考》)

为书本上的东西,不过是语言文字。语言文字之所以可贵,在于达意,但是意是由道而来,而道又是没有迹象可求的,不可以言语去传说的。这说明文原于道的道,是恍惚迷离的。刘勰在《原道》篇所谓"道心惟微"以及《神思》篇所谓"伊挚不能言鼎,轮扁不能语斤",也是这个意思。此外,荀子在《正名篇》说:"辩说也者,心之象道也。心也者,道之工宰也,道也者,治之经理也。心合于道,说合于心,辞合于说。"这是说明文以明道的意思。"心之象道"的象,借为像。《淮南子·览冥篇》注:"像,犹随也。"《说文》:"随,从也。"言心从道才能诋毁非道,所以有了辩说。荀子讲文以明道,道的实际内容,是指礼义。他在《非相篇》说:"凡言不合先王,不顺礼义,谓之奸言;虽辩,君子不听。"这就是说凡是合乎周、孔之道的言论,便是好的;凡是违反了周、孔之道的,便是奸言,必须排斥的。明道是荀子文学思想的核心;因所明之道的内容是指儒家的礼义,所以,他一方面主张征圣,"凡言议期命以圣王为师"(《正论》);另一方面,又主张宗经,以为经里面饱含着圣人的言论。所谓"圣人者,道之管也。天下之道是矣。百王之道一是矣,故诗书礼乐之(道)(据刘台拱校增)归是矣"(《儒效》)。明道、征圣、宗经是荀子文学思想的基本内容。汉代扬雄继承了这个传统[①],到刘勰又加以发展与充实。这条线索也是非常明显的。

刘勰在《原道》篇里所说的道,上文说过,他是把自然之道与儒家之道结合起来论述的。文原于道,这个道如果指客观自然的运动法则或规律,那当然是合理的。但他受了儒家荀子、扬雄等人思想的影响,强调征圣与宗经,就是把儒家之道提到唯一的地位,这样来理解文学的源泉问题便永远得不到正确的解决。这也就是封建时代文人思想上的局限性。

为什么呢?

刘勰所谓圣,同荀子一样,是指周公、孔子。也是把这两个人当作古代作者的代表。他为什么要征圣呢?征即证验的意思,他说:"征之周孔,则文有师矣。"他的意思是说:圣人的道,虽不得见,圣人的文章,还可得闻。征圣,就可以由文章以明道。所以他在《征圣》篇的结论说:"天道难闻,犹或钻仰;文章可见,胡宁勿思。若征圣立言,则文其庶矣。"这就是说,只要熟读圣人的文章,就可以把文章写好。这样就会引导人们专门在书本上用功夫,脱离了客观现实;脱离客观现实,是绝对不会写出好文章来的。这在文学史上也可以举出许多例子。宋代大诗人陆游早年诗学江西派,后来入蜀从军,接触到广阔的现实社会生活,才觉得以前写诗单纯追求藻绘,境界非常狭窄。"中年始少悟,渐若窥宏大。"(《示子通》)正是他创作实践过程的概括。至于

---

[①] 扬雄《法言·吾子》:"舍五经而济乎道者,末矣。……委大圣而好乎诸子者,恶睹其识道也。"

"纸上得来终觉浅,绝知此事要躬行"(《冬夜读书示子聿》),更直截了当地说明了写诗必须有现实生活做基础,即所谓"诗在工夫外"。南宋另一诗人杨万里也有过这个经验,他在《诚斋荆溪集序》说:"予之诗,始学江西诸君子,既又学后山五字律,既又学半山老人七字绝句,晚乃学绝句于唐人,学之愈力,作之愈寡。……戊戌三朝时节,赐告,少公事,是日即作诗,忽若有寤,于是辞谢唐人及王、陈、江西诸君子,皆不敢学,而后欣如也。"说明他读别人的诗愈多,诗就愈写不出来。后来所以写得多,摆脱古人一切绳墨是一原因,但主要的还是接触到现实,所谓"吏散庭空……步后园,登古城,采撷杞菊,攀翻花竹,万象毕来,献予诗材"。刘勰所谓"子政论文,必征于圣,稚圭劝学,必宗于经"①这种说法是带有很大片面性的,它必然导致人们走上复古主义的道路。

其次,刘勰在《宗经》篇里,赞美经文,认为"经也者,恒久之至道,不刊之鸿教也"。把儒家经典当作永恒不变的真理。"是以往者虽旧,余味日新。后进追取而非晚,前修久(依唐写本)用而未先,可谓太山徧雨,河润千里者也。"把儒家经典夸大到这样的程度,把它当作文学唯一的源泉,学习者唯一的范本,因而把各种文学样式的产生源泉也都归之于儒家经典,为他的文必宗经找到理论根据。

> 故论说辞序,则《易》统其首;诏策章奏,则《书》发其源;赋颂歌赞,则《诗》立其本;铭诔箴祝,则《礼》总其端;记传铭檄,则《春秋》为根;并穷高以树表,极远以启疆,所以百家腾跃,终入环内者也。

这是复古思想在文体论上的体现,显然是非常错误的。后来北齐颜之推《颜氏家训·文章篇》正是这种理论的翻版。

> 夫文章者,原出五经,诏命策檄,生于《书》者也。序述论议,生于《易》者也。歌咏赋颂,生于《诗》者也。祭祀哀诔,生于《礼》者也。书奏箴铭,生于《春秋》者也。

唐宋以后,包括古文运动巨子韩愈、柳宗元在内,关于这点,都与刘勰同调。清代章

---

① 这四句唐写本作:"是以论文必征于圣,窥圣必察于经。"

学诚《文史通义·诗教》篇上,论到战国的文章,说"其原皆出于六艺"。① 阮元《揅经室三集·文言说》:"孔子于乾坤之言,自名曰文,此千古文章之祖也。"则把《易·文言》的"奇偶相生,音韵相和"作为骈文的极则,给文章找到效法的源泉。后来曾国藩在《经史百家杂钞序目》里,推寻文体的源流,也都在儒家经典里找到根据,把征圣、宗经说发展到顶点。

刘勰对文学源泉问题,在《原道》篇里提出"文与天地并生"、"文原于道"等论点,说明了文学的产生,是人类摹仿自然界运动变化的结果。在其他各篇如《明诗》、《铨赋》、《物色》里论述作家艺术构思和客观现实的关系,论述作品与时代的关系,都曾接触到这个论点。② 同时社会生活对人们进行创作活动的重大影响,刘勰在《时序》篇里也曾作过重点的阐明。他还不可能进一步认识到人们之所以对自然环境与社会生活能获得某种理解或感受,乃是人们在自然界和社会界进行了生产斗争和阶级斗争的实践的结果。离开实践,就不可能对客观现实真正有所感受或理解。因而对文学源泉问题,便不能作彻底而圆满的解决。刘勰提出"原道"这一命题,比之他同时代的萧纲等人一味鼓吹辞藻,在当时是有重大理论上的意义的。由于时代的局限,他只意识到"天文斯观,民胥以效",并没有也不可能认识到周围世界包括自然界与社会是人们活动的对象,是人们获得某种感受和理解的真正来源。

## 三 文与道的对立统一关系

在我国文学理论批评史上,不同时期的思想家与文艺评论家,对"道"的认识与运用存在着较大的分歧和矛盾,因而对文与道的关系也有着不同的理解。上文已经叙述过,刘勰在《原道》篇里所说的"道"是包括了自然之道与儒家之道的。在南北朝时期,民族矛盾极其尖锐,一般依附统治阶级的文人,无视社会现实,导致绮靡文风的滋长与颓唐色情倾向的产生。刘勰官阶较低。遭际不偶,有使他发愤抒志、坚持注视客观现实的条件。但他的基本思想又是建立在儒家经典基础之上的,因此他论文既重视自然之道,又必然重视儒家之道。表现在写作上,他不止一次地提出了反对

---

① 章学诚《校雠通义·内篇一·原道》:"后世文字,必溯源于六艺。"又《外篇·陈东浦方伯诗序》:"诗文同出六籍,文流而为纂组之艺,诗流而为声律之工,非诗文矣。"论调都是一致的。

② 《明诗》:"人禀七情,应物斯感,感物吟志,莫非自然。"《诠赋》:"赋者,铺也。铺采摛文,体物写志也。"《物色》:"春秋代序,阴阳惨舒,物色之动,心亦摇焉。……微虫犹或入感,四时之动物深矣。若夫珪璋挺其惠心,英华秀其清气,物色相召,人谁获安。……情以物迁,辞以情发……是以诗人感物,联类不穷,流连万象之际,沈吟视听之区,写气图貌,既随物以宛转,属采附声,亦与心而徘徊。"

当时流行的骈俪文体的意见,但当他自己撰述《文心雕龙》时,却又因袭着这种形式。

自刘勰的《原道》以后,一般受儒家思想熏陶较严重的文学评论家就把"道"的含义专门限制在儒家之道的一面,很少把"道"的含义扩大到自然之道的一面。隋末唐初的王通著《中说》,代表他的正统的儒家思想,他说:"学者,博诵云乎哉!必也贯乎道;文者,苟作云乎哉!必也济乎义。"他把道和义作为"文"的根本,以"上明三纲,下达五常"作为论诗的主旨,对六朝的词华声律加以蔑弃,重道轻文,旗帜非常鲜明。后来的古文家韩愈是这种思想的继承者,他说:"然愈之所以志于古者,不惟其辞之好,好其道焉尔。"(《答李秀才书》)在《韩昌黎文集》里,这类议论,随处可见,因而他俨然以继承道统自命。在《原道》里说:

> 曰:斯道也,何道也?曰:斯吾所谓道也,非向所谓老与佛之道也。尧以是传之舜,舜以是传之禹,禹以是传之汤,汤以是传之文、武、周公,文、武、周公传之孔子,孔子传之孟轲,轲之死不得其传焉。

很明显,他是以孟子以后儒家的嫡派正传自命的。他"口不绝吟于六艺之文,手不停披于百家之编"(《进学解》)的目的,也就是为争取与维护儒家的道统。他认为文章不过是表现这个儒道的工具而已。所以李汉《昌黎先生集序》就直截了当地说:"文者,贯道之器也,不深于斯道,有至焉者,不也?"和韩愈同时的柳宗元也以明道为学文的目的。《答韦中立论师道书》说:

> 始吾幼且少,为文章以辞为工。及长,乃知文者以明道,是固不苟为炳炳烺烺、务彩色、夸声音而以为能也。

在《报崔黯秀才书》里也说:

> 然圣人之言,期以明道,学者务求其道而遗其辞。辞之传于世者,必由于书。道假辞而明,辞假书而传。要之之道而已耳;道之及,及乎物而已耳。斯取道之内者也。

韩、柳的终极目的在于求道,因求道而兼通文辞,结果成为唐代古文运动的主要领袖人物,在文学史上取得卓越的地位,这是他们始料所不及的。韩愈在《题欧阳生哀辞后》说:

>愈之为古文，岂独取其句读不类于今者邪！思古人而不见，学古道则欲兼通其辞，通其辞者，本志乎古道者也。

柳宗元《报崔黯秀才书》也说：

>今世因贵辞而矜书，粉泽以为工，遒密以为能，不亦外乎？吾子之所言道，匪辞而书，其所望于仆，亦匪辞而书，是不亦去及物之道愈以远乎？仆尝学圣人之道，身虽穷，志求之不已，庶几可以语于古。……凡人好辞工书者，皆病癖也。吾不幸早得二病。学道以来，日思砭针攻熨，卒不能去，缠结心腑牢甚，愿斯须忘之而不克，窃尝自毒。

所以韩、柳都企图在哲学上取得一定的地位之后，即在学道有得之外，同时也要求学文。在他们看来，如果学道有得，文章也自然会写好了。这个论点其实也是儒家的传统说法。《论语·宪问》："有德者必有言，有言者不必有德。"韩愈《答李诩书》说："仁义之人，其言蔼如也。"柳宗元《报袁君陈秀才避师名书》也说："秀才志于道。慎勿怪、勿杂、勿务速显；道苟成则勃然尔，久则蔚然尔。……虽孔子在，为秀才计，未必过此。"都说明了学道的重要性。但他们的学道，又是通过文的学习而求得的。因而宋人说韩愈是"倒学"了。① "倒学"确不是完全合理的。文章总是现实生活的反映，有了现实生活做根据，才能写出文章，向生活学习是更重要的，如果单纯从古人的文辞中去探讨生活，去明道或见道，是很难达到这一目的的。所以唐代古文家从表面上看来是重道轻文，结果却适得其反，文章技巧达到一定的高度，而于道却没有什么成就。

宋代道学家也主张"文以载道"。又把道提到第一位而与文对立起来。周敦颐《通书·文辞》说：

>文所以载道也，轮辕饰而人弗庸，徒饰也，况虚车乎？文辞，艺也；道德，实也，笃其实而艺者书之，美则爱，爱则传焉，贤者得以学而至之，是为教。……不知务道德而第以文辞为能者，艺焉而已。

---

① 《近思录》："明道曰，学本是修德，有德以后有言。退之却倒学了，因学文日求所未至，遂有所得。"张伯行《集解》："退之学文而后见道，是由末及本，却倒学了。"

在这里很明白地提出重道轻文之意。不过他还不曾全盘否定文辞饰美的作用,所反对的只是"徒饰"而已。到了程颐,就把道强调到不应有的地位,认为道即是文,明道就能文,主张文不可学,也不必学,一方面又以为学文便是"玩物丧志",文工则害道。① 这就把"道"与"文"完全割裂开来了。所以古文家与道学家同样重道轻文,实质上他们对道与文的关系上却存在着很不相同的看法与做法。古文家虽重道,始终不放弃文的学习。道学家一味重道,结果却丢失了文。一在建立文统,一在建立道统,两家的分歧,即由是而开展的。

我们观察中国古典文学理论批评史上的现象,古典文艺理论家总是在这几种情况下提出了重道轻文的主张。一种是在文学本身发展到趋向形式美的时代,如刘勰、李谔、王通、陈子昂、李白、韩愈、柳宗元以及宋初的柳开、石介等是。他们对华靡的文风起了一种针砭作用,对重文轻道的主张做了针锋相对的斗争,在历史上是有一定的积极意义的。一种是专门维护道统,局限在孔、孟之道,认为文便是道。② 如周敦颐、二程(颐、颢)、朱熹等是。他们追求"道"的办法,往往是离群索居地去修身养性,去探索仁义之道。因而离开实践,片面夸大主观作用,以为只要获得他们抽象的仁义之道或保持他们的"善良之心",好文章自然而然就能写出来了。这当然是虚妄的、唯心的。宋代的道学家以及旧时代的一切思想家或文学理论批评家所宣扬的思想修养办法,就是这样的。另一种是在民族矛盾、阶级矛盾或者统治阶级内部矛盾达到尖锐的时候,他们便提出"道"来扶持汉族的衰微或维护封建正统王朝。如明初的宋濂及其弟子方孝孺,明末的魏禧,清初的顾炎武、黄宗羲等人。

总之,古典文艺理论批评家所提出的"道"的范畴,绝少超出儒家之道,因而要求文学为封建政教服务,为封建统治阶级服务。这从刘勰以后,在唐宋古文家的理论里看得更明白,直到清代兴起的桐城派,在这点上也是一脉相承的。桐城派主张:"学行继程、朱之后,文章在韩、欧之间。"方苞的文章"以义法为宗,非阐道翼教、有关人伦风化者不苟作"(方宗诚《桐城文录序》)。姚鼐也"尝谓文不关于世教,虽工无益"(方宗诚《桐城文录序》)。

鲁迅说:"我们曾经在文艺批评史上见过没有一定圈子的批评家吗?都有的,或者是美的圈,或者是真实的圈,或者是前进的圈。没有一定的圈子的批评家,那才是

---

① 程颐《二程语录》:"问:作文害道否? 曰:害也。凡为文不专意则不工,如专意则志局于此,又安与天地同其大也。《书》云'玩物丧志',为文亦玩物也。"

② 朱熹《朱子语类》:"道者文之根本,文者道之枝叶,惟其根本乎道,所以发之于文皆道也。三代圣贤文章,皆从此心写出,文便是道。"又说:"这文皆是从道中流出,岂有文反能贯道之理。"

怪汉子呢?"(《花边文学》,《批评家的批评家》)古典文艺理论批评史上关于文与道的关系问题比较复杂,我们如果从提出重道轻文的主张的评论家与他们所处的时代阶级关系来研究,就知道他们也都是有一定的圈子的。

五四时期,新文化运动起来,当时的口号是打倒孔家店,反对封建文化。在文学理论批评上,就反对"文以载道",说是"文以言志"。1932年周作人著《中国新文学的源流》一书,说言志派与载道派"两种潮流的起伏,便造成了中国文学史"。意思是说五四时期走"言志"的路,将来又可能转入"载道"的路,言志载道,循环不已。后来罗根泽的《中国文学批评史》也承袭这种学说,以载道、缘情两种文学观念来区分周秦以来的文学与文学批评。① 这都用纯艺术论的观点来看道与志的性质。因而不问所载的是什么道、所言的是什么志。这样不加分析地来看道与志,仅仅把"载道"改为"言志",好像五四以前与五四以后文学的变化就是载道与言志的不同,这都没有接触到问题的本质,更不可能很好地解决问题。

中国的古典文艺理论批评家提出重道轻文,就是把思想放在第一位,把艺术放在第二位的。并不是艺术不重要,或者不要求高度的艺术。古典文艺理论家或思想家对这点特别关心。清刘开《书文心雕龙后》说:"众美既出,通才实难,达于道者,或义肥而词瘠,丰于文者,或言泽而理枯。彦和则俯察仰窥,宵思昼作,综括儒术,淬厉才锋,腾实于虚,挥空成有。"即已说明了这个道理。萧统《文选序》:"事出于沉思,义归乎翰藻。"颜之推《颜氏家训·文章篇》在论述文章的本与末、理与辞的时候,得出"并须两存,不可偏弃"的结论,沈约《宋书·谢灵运传论》"二祖、陈王,咸蓄盛藻,甫乃以情纬文,以文被质",都曾指出思想与艺术即文与道不可偏废的意见。清刘熙载《艺概》说:"昌黎曰:'学所以为道,文所以为理耳。'又曰:'愈之所志于古者,不惟其辞之好,好其道焉耳。'东坡称公'文起八代之衰,道济天下之溺。'文与道,岂判然两事乎哉?"唐宋以后的文论家,总是把"道"放在第一位又是与"文"结合起来提的。这里举欧阳修《答吴充秀才书》为例:

> 夫学者,未始不为道,而至者鲜焉。非道之于人远也,学者有所溺焉尔。盖文之为言,难工而可喜,易悦而自足。世之学者,往往溺之,一有工焉,则曰,吾学足矣,甚者至弃百事不关于心,曰,吾文士也,职于文而已。此其所以至之鲜也。……圣人之文,虽不可及,然大抵道胜者文不难而自至也。故孟子皇皇不暇著书,荀卿盖亦晚而有作。若子云、仲淹方勉焉以模言语,此道未足而强言者

---

① 见《中国文学批评史》(第1册)第23页《历史的隐藏》,古典文学出版社1957年版。

也。后之惑者,徒见前世之文传,以为学者文而已,故愈力愈勤而愈不至。此足下所谓终日不出于轩序,不能纵横高下皆如意者,道未足也。若道之充焉,虽行乎天地,入于渊泉,无不之也。

(《欧阳文忠公文集》卷四十七)

欧阳修提出"道充文工"的主张,批判了当时溺于文的学者,因为文"难工而可喜,易悦而自足"。当时一般的学者,对于文章稍稍有些成就,便自命为文士。"甚者至弃百事不关于心",专门在文章技巧上下功夫。结果"愈力愈勤而愈不至"。欧阳修在《送徐无党南归序》里还说:"今之学者,莫不慕古圣贤之不朽,而勤一世以尽心于文学间者,皆可悲也。"他对那些仅仅以"文章丽矣,言语工矣"的人是不满意的,因为他们于修身、施事(即立德、立功)无所表现,那也"无异草木荣华之飘风,鸟兽好音之过耳也",认为是不能传之久远的。在八百年前,欧阳修站在他的立场上提出这些话,实在是很有意义的。

欧阳修不仅把"道"放在第一位要求学者重视,同时也不忽略"文"。《代人上王枢密求先集序书》说:

某闻传曰:"言之无文,行而不远。"君子之所学也,言以载事,而文以饰言,事信言文,乃能表现于后世。《诗》、《书》、《易》、《春秋》,皆善载事而尤文者,故其传尤远。

他认为"事信言文"是文章能否传之久远的尺度。"事信矣,须文。"文也是很重要的。所以欧阳修着重提出重道主张的同时,并不放弃文,文道兼赅,内容充实,则发为文者辉光,这同后来道学家要道不要文是大异其趣的。

欧阳修说:"道胜者文不难而自至。"这话是针对着偏好文辞的人说的,并不是说有了道就等于有了文,道与文究竟是两回事,道是代替不了文的。要把文章写好,非得经过艰苦的锻炼过程不可,这点苏轼体会得比较深刻。《答谢民师书》说:

孔子曰:"言之不文,行而不远。"又曰:"辞达而已矣。"夫言止于达意,即疑若不文,是大不然。求物之妙,如系风捕影,能使是物了然于心者,盖千万人而不一遇也。而况能使了然于口与手者乎?是之谓辞达。辞之至于能达,则文不可胜用矣。

(《经进东坡文集事略》卷四十六)

作者描写客观事物,能使对象了然于口与手,或者做到"穷理尽性,事绝言象"的程度,①是不容易的。苏轼在另一篇《筼筜谷偃竹记》中说:

> 故画竹必先得成竹于胸中,执笔熟视,乃见其所欲画者,急起从之、振笔直遂,以追其所见,如兔起鹘落,少纵则逝矣。与可(文心)之教予如此,予不能然也,而心识其所以然。夫既心识其所以然而不能然者,内外不一,心手不相应,不学之过也。故凡有见于中而操之不熟者,平居自视了然,而临事忽然丧之,岂独竹乎?

(《经进东坡文集事略》卷四十九)

"画竹必先得成竹于胸中",说明艺术家在操笔之前,对所描绘的对象要了然于心,必须对事物有深刻的了解,由感性认识提高到理性认识,才能对它的本质有所反映,栩栩如生地描绘出事物的精神面貌。我们之所以不能达到艺术的最高境界,就是对事物的认识还不能做到了然于口与手的缘故。苏东坡说:"夫既心识其所以然而不能然者,内外不一,心手不相应,不学之过也。"可见即使学道有得,没有通过一定的艺术技巧的学习,还是不能完成一件有较高质量的艺术品的。苏轼对蒲永昇的二十四幅宁寿院的画,"每夏日挂之高堂素壁,即阴风袭人,毛发为立"(《书蒲永昇画后》)。叹为世之识真者少。即对谢民师的诗赋、杂文,评价也很高,"大略如行云流水,初无定质,但常行于所当行,常止于所不可不止。文理自然,姿态横生"(《答谢民师书》)。能达到这种艺术境界,也是因其功力到家。苏轼在评价自己的创作时也说:"吾文如万斛泉源,不择地皆可出,在平地,滔滔汩汩,虽一日千里无难,及其与山石曲折,随物赋形,而不可知也。"(《东坡题跋》卷一,《自评文》)形成这种"挥洒自如""笔力曲折,无不尽意"的表达才能,当然要经过一定的生活经历与艺术修养。像他在《江行唱和序》里所说的:"山川之秀美,风俗之朴陋,贤人君子之遗迹,与凡耳目之所接者,杂然有触于中,而发于咏叹。"所以苏轼的艺术创作才能还是来源于生活,并不是玄妙到无迹可求的。

古典文艺理论批评家把"道"放在第一位,把"文"放在第二位,是否"文"到了家,就算是"道"也到了家呢?那也不然。方孝孺的《张彦辉文集序》说:"然而道不易明也,文至者,道未至也,此文之所以为难也。"所以有了文,未必就能明道,因而道是更重要的。

---

① 谢赫《古画品录》评陆探微语。

古典文艺理论批评家关于"道"与"文"的理解,它的内涵意义以及所持的标准尺度,虽然还存在着时代的局限,但他们对"道"与"文"两者的摆法及其对立统一关系的论述,对我们仍有重大的借鉴意义。

# 错误百出之《人境庐诗草》的重印本

## 黄遵宪作，高崇信、尤炳圻同点校，文化学社出版

人境庐诗在近代文学史上，确占一重要地位，当满清末造，南方经洪杨之乱，北方有英法联军之役，国事坏至不可收拾，一般士大夫俱感亡国之无日，无意中将其眼中之泪，心中之血，涌而为诗，诗界因之大放异彩。如郑子尹起于贵州，邓弥之起于湖南，李莼客起于浙江，金亚匏起于江苏，黄公度起于广东；各能树立一宗，开后来之规模，其中尤以黄公度诗影响为最大，其特点为以旧式诗发表新思想，已开五四以后诗界革命之雏形。与公度同时有夏德卿、谭复生二人，亦主此说，所作如"纲伦惨以喀私德（Caste），法会盛于巴力门（parliament）"、"帝杀黑龙才士隐，书飞黑鸟太平迟"等句，生吞活剥，终归失败，而成功者仅黄公度一人而已。

《人境庐诗草》初在日本刊行，早已绝版，去年北平文化学社又出版此书，为尤炳圻、高崇信校点，封面有疑古玄同题字，内有丰子恺插画，李叔同歌谱，确如编者所云"把原颇单调的本书，变成这样丰富，美丽，可爱"。我在南京太平街购得此书，非常欢喜，但一翻阅其原文，真令人失望，印刷上之脱落错简，且置而不谈，其中点校者案语之荒谬，竟有出人意料之外者。此书出版已一年余，从未有人揭其舛误，因举其荦荦者，表而出之：

卷一页七 《乱后归家》：

还从蓬棘归（炳圻案：蓬棘原作蓬辣，当系植误。）

尤君此注，实不知作何解，谓"棘"原作"辣"，则据何本而改，若为臆断，又云"当

系植误"，则"蓬植"又当何解耶？

卷二页三五 《人境杂诗五》：

> 埋玉故深深（古直先生案：《佩文韵府》引：王承检筑防番城至上邽山下获瓦棺石刻篆字铭曰："车道之北，邦山之阳，深深埋玉，郁郁埋香。"）

案公度诗正用《晋书·庾亮传》："亮将葬，何充会之，叹曰：'埋玉树于土中，使人情何能已已！'"而古直先生既不引《晋书》，又不注明《玉溪编事》。果尔，则注疏家引《方言》、《尔雅》等书，皆可援《康熙字典》为证，岂非笑话。

卷二页三九 《早行》：

> 残月在树啼乌声（炳圻案：乌疑鸟误。）

案魏武帝《短歌行》，有"月明星稀，乌鹊南飞，绕树三匝，何枝可依"之句。《乐府诗集》有《乌夜啼》八曲，其一云："可怜乌臼鸟，强言知天曙。无故三更啼，欢子冒暗去。"正写早行之苦。尤君必以乌为鸟误，可谓强作解人，唐突先贤多矣。

卷三页七二 《游箱根》：

> 前支后更撑（炳圻案：支原作枝）

杜甫诗："河梁幸未拆，枝撑声窸窣。"范成大诗："榱楣共突兀，鬼物相枝撑。"皆以"枝撑"二字连用作支持解，可见"枝"不必改为"支"，意义瞭然，尤君知其一未知其二，遽易"枝"为"支"，作者有知，亦当痛哭。

卷四页一〇四 《纪事》：

> 某日马戏台（炳圻案：原本误作戏马台）

沈约《宋书·孔季恭传》："孔靖字季恭……乃拜侍中特进左光禄大夫，辞事东归，高祖饯之戏马台，百僚咸赋诗以述其美。"今《文选》有谢宣远、谢灵运《九日从宋公戏马台集送孔令诗》各一首。清高宗南巡亦有御制戏马台诗。在今江苏铜山县南，尤君以"戏马台"为不经见，或者以外国无"戏马台"之名（此诗为公度在美国作，纪争选总统事），即将戏马二字倒易。而不知其自序云："其取材也，自群经三史，逮于周秦诸子之书,许郑诸家之注,凡事名物名切于今者,皆采而假借之。"则此句当从原本无疑。

卷六页一二九 《自香港登舟感怀》:

> 徒倚阑干独怆神(炳圻案:原本误作徙)

司马相如《长门赋》:"闲徙倚于东厢兮,观乎靡靡而无穷。"徙倚,低徊也。此句应从原本为佳,一改为徒,便觉凝滞;不知尤君强为更易,私心自用,意义何在?

卷六一三一 《锡兰岛卧佛》:

> 各各设重驿(炳圻案:原本误作译)

司马相如《喻巴蜀檄》:"康居西域,重译纳贡。"此言康居西域,隔离中国,言语不通,须传译而纳贡也。犹今之繙译员是。又观此诗上文"自明遣郑和,使舶驰络绎,凡百马来种,各各设重译"。则译当从原本无疑,若改为驿,则势必"凡百马来种"亦当改为"凡百马来地"。盖译指人而言,驿则指地也。

卷十页二七二 《五禽言》三:

> 泥滑滑泥!滑滑北风多雨雪,十步九倾跌。前日一翼鬻,昨日一臂折。阿谁肯护持,举足动牵挚。仰天欲哀鸣,口噤不敢说!回头语故雌,恐难复相活。泥滑滑泥!(炳圻案:原本遗此泥字。)

案梅尧臣《禽言》"有泥滑滑,苦竹冈;雨萧萧,马上郎"之句。欧阳修《啼鸟》亦有"雨声萧萧泥滑滑,草深苔绿无人行"之句。《本草》:"竹鸡,南人名为泥滑滑。"考竹鸡行如鹑而较大,尾短,羽褐色,有樱色斑纹,喜居竹林间。则公度此诗自应依原本作:

> 泥滑滑!泥滑滑!北风多雨雪,十步九倾跌。前日一翼鬻,昨日一臂折。阿谁肯护持,举足动牵挚。仰天欲哀鸣,口噤不敢说。回头语故雌,恐难复相活,泥滑滑!

明白晓畅,不假思索,且《五禽言》诗其余四首,俱以禽言起结,如:"不如归去！……不如归去！""姑恶姑恶！……姑恶姑恶！""阿婆饼焦！……阿婆饼焦！""行不得也哥哥！……行不得也哥哥！"岂独"泥滑滑"而异哉？此诗若添一"泥"字，即为出韵，且"泥滑滑泥"，究属何解，"滑滑北风"，难以理喻。尤君句读未明，妄加点画，不自省察，一至于此。

高崇信、尤炳圻二君何许人，素未领教，其文章如何，从未拜读，其《编校讫记》中有"原没有几个了不起(的)作者"、"颇有(些)作家越老思想越退化的"二句，读之涩涩难上口，原是将上一句"的"字与下一句"些"字略去，句法变为简矜而精严，确像周作人鲁迅昆仲之笔调，但二字略去，是否可通，实不敢断。又《编校讫记》云："原书误刊的地方，我们共校正了五六十处，分别注出；其余还有许多很小而且是必然的错误，改后就不一一注明了。"呜呼！敬谢尤、高二君，抱整理国故之精神，将黄公度诗一一改正。使我辈读者，得如许之麻烦。不知其"不注明"处，尚有多少高见，惜无《人境庐诗草》原本一较读之。

附记：近数年来，有人以为中国出版界过于销沈，不及欧美远甚。一般浅学者，即将古书加以分段，标点，批评，自诩为整理国故，于是今日一册，明日一册。不知愈整理，愈棼乱，愈形其学术界之浅陋，虽多奚益！愚草此篇，举其一也。

(原载于《中国新书月报》1931年第一卷12期)

**附录：**

## 古直与管雄论《人境庐诗草》重印本诠释之正误

管雄先生阁下：

高尤二人所校印之黄公度《人境庐诗草》，重悭驰缪，得阁下纠政，读者之幸。惟所引鄙说，时加删节，往往不成文理，如"埋玉故深深注"是也。仆原笺如次：

> 《世说》：庾文康亡，何扬州临葬云：埋玉树箸土中，使人情何能已已。《佩文韵府》引《玉溪编事》，王承检筑防番城，至上邽山下，获瓦棺，石刻篆字，铭曰："车道之北，邽山之阳，深深埋玉，郁郁埋香。"

《世说》为宋临川王义庆所撰，唐修《晋书》，多取材于此，故不引《晋书》，而引《世说》，埋玉二字，本于《世说》，而云埋玉故深深，则兼用《玉溪编事》矣。仆未见《玉溪编事》，故不敢迳注《玉溪编事》，而曰《佩文韵府》引《玉溪编事》云云，高、尤本删之，遂致见笑大方，初不及料也。前代载籍，如《太平御览》等，亦类书耳，经时候已久，典册沦亡,其书即为人矜重,《佩文韵府》、《康熙字典》再阅数百年,恐亦如是矣。宁陋毋妄,余所取焉。

此外高、尤之误,尚有剑儿大父傍注,剑疑作敛一事,此本余误,高、尤承之而不别白,案《礼记·曲礼》"负剑辟咡诏之"郑注"剑谓挟之于旁",孔疏"剑谓挟于脇下如带剑也",字出南华,非僻书,仓卒之际,遂有此错,后总再版改正,然谬种流传,悔何及矣。此为阁下未照者,特自检举,以昭余过。手此顺颂

撰祺不宣

古直顿首

(原载于《中国新书月报》1932年第一卷2—3期)

## 论黄季刚先生的诗

近人把近代诗分作六大派：(1) 湖湘派，(2) 闽赣派，(3) 河北派，(4) 江左派，(5) 岭南派，(6) 西蜀派。若依地域而分，季刚先生是湖北蕲春人，当然可入之湖湘派。湖湘派的领袖诗人是湘潭王闿运，王氏文法晋宋，诗追汉魏，与余杭章炳麟可说是并世同工。我们知道黄氏是章氏的弟子，所以他在文学上所走的路径和王氏也不谋而合了。壬秋的诗是规橅汉魏，季刚先生初期的诗也是规橅汉魏，壬秋的文章是趋法魏晋，季刚先生的文章也是趋法魏晋，季刚先生尝说清代的文章只有汪中、王闿运二人，他平素的心仪王氏，就可想见了。湖湘派的诗人除了魁垒王闿运以外，还有杨度、杨叔姬、谭延闿、曾广钧、程颂万、饶智元、陈锐、易鼎顺，等等，他们有的是王氏的弟子，有的是王氏的故交，而季刚先生之于王氏，既非弟子，又非故交，而戛戛独造，迥出他们之上，所以我说湖湘派之有季刚先生，犹桐城派之有曾国藩，锦上添花，实在为它生色不少了。

黄氏初期的诗，可以举《缲秋华室诗》第一集为代表，这是他三十年以前的作品，其自跋云："右一卷，盖自丙午至乙卯十年所作，鄙性诞旷，未曾以文字自矜，游观娱戏之余，偶然吟咏，友朋过爱，遽用传抄，行年三十，万事无成，始复追思旧作，则其不足道可想矣。兹卷之录，半在往年报中率尔操觚者，犹归冷汰，简择粗当，爰付门人写之。"这集里的作品，他说是："游观娱戏之余，偶然吟咏。"其实都是"雕肝镂肺"、"伤心爱国"之辞。盖我国自丙午以后，四海沸腾，列强饲寇，先生东渡日本，睹祖国之衰微，独怆然而泪下，他集里第一首诗《上留田行》的序里说得很明白，序云：

> 余年十四,始读《黄书》,由是以得春秋之大义,以为中夏虽衰,不遽剿绝,犹赖斯作。东游日本,所见謭时流宕之士,初或昌言卫族,及荣观在前,又不能终,固执相与,拥护戎羯,假籍新法,以为蠹于国。十稔以还,政令益繁,民生益敝,谋士益众,民困益深,夫宗国既已沉沦,民生又复憔悴,是二痛也。驰说者方以救亡为言,不亦惧乎!自遭名捕,颇思括囊,一念同伦,日在水火,终不能嘿而不言,因以幽忧之余,作为此曲,不敢比于国史之哀伤,亦庶几昔贤好吟梁父之意云尔。

这篇序在集子里,就像是《诗经》的大序,把作诗的动机和时代的背景全盘说出了,又如:"邦家既幅裂,文采复安施。"(《秋夜与章先生连句》)"九域方颠蹇,一室何由安。""萧条二千载,易水风犹啸。"(《感遇》)"故宇多芳草,何必栖蓬莱。"(《向岛观樱花》)"独来当此夕,寒意在高枝。"(《春夜张园观梅花》)"层阴散后西风急,独对斜阳一怅然。"(《八月十二日傍晚由斜桥过卢湾有作》)"正是堂深帘密处,可堪春尽日斜时。"(《寓意》)这些句子真使人读了惊心动魄。庾子山云:"傅燮之但悲身世,无处求生;袁安之每念王室,自然流涕。"季刚先生的处境,像傅袁。我们回想到欧战前后中国所处的环境,再看看目前的情况,邦家幅裂,哪能不痛哭流涕呢?

不过这集里模拟的痕迹,甚为浓厚。题目上写明的如:《效庾子山咏怀》、《行路难》、《华山畿》、《学古诗四首》等等;其他的近体诗多学杜甫、李商隐、元好问诸人的。集中《向晚》一首完全是袭取李商隐《登乐游原》的意思。兹将二诗抄下一比较就知道:

登乐游原　　李商隐
向晚意不适,驱车登古原。夕阳无限好,只是近黄昏。
向晚　　　　黄侃
向晚无言自掩关,空林寒鸟亦飞还。多情谁是西颓日,尚作余霞映远山。

这不是完全一样吗?刘知幾把模拟的体裁分为两种:一曰貌同而心异,二曰貌异而心同。只有聪明的人,文学手腕高妙的人,才会模拟。他所成功的,就是"貌异而心同"的模拟。我们知道《诗经》里的《黍离》一诗,产生了后来无数的杰作。杨衒之的《洛阳伽蓝记》,李义山的《过华清宫》一首,谢皋羽的《过杭州故宫》二首,以及孔尚任《桃花扇》的《哀江南》一阕,同《黍离》里的情感是完全相同的。所以先生的这种模拟,就是他的成功,无可非议的。我读了这集子,细细地体会他的神韵与声韵,除了学选体的以外,都是学杜甫、李商隐、元好问的。盖先生身丁乱离，有如子美、遗山，而定哀之际，又不得不托之以微辞，故多要眇之作。集中无题诗特多，大概也就是这个缘故吧？

到了民国十五六年，先生入京主教中央大学，江南山水，处处移人，所以先生居南京，多登临之作。这时期可举《石桥集》（见中央大学《艺林》第一期）和《游庐山诗》（见中央大学半月刊一卷五期）为代表。

在《石桥集》里附有章太炎先生的一封信，批评他的诗最确切，而奖掖他的也最厉害，兹节录之：

> 季刚足下：得书并诗三首，山水之咏，虽未及谢公，乃于玄晖、隐侯几如伯仲，信子才之超也。……大抵诗人须兼犷气，刘越石、李太白皆劲侠之流，谢公虽世为宰相，观其平生行事，自谓江海人，亦固不谬，斯则旭初所未逮，故当今不得不以此事推袁耳。

这集里被章先生所最推许的诗为《北湖人家即事》一首：

> 丛树阴阴水拥洲，芦苗深处出群鸥。当门山是忘形客，绕屋花供卒岁谋。城上鼓笳声自急，湖中渔钓事偏稠。自经治乱无心叟，看到曾玄未白头。

章先生说："《北湖人家即事》，最为澹远，感寄虽深而辞无噍杀，七言律中难得之作也。"我们知道王壬秋的集中是不收近体诗的，章太炎先生近年虽也作些近体诗，但早年是绝口不谈的，而黄先生的集里却各体诗都有，这是他伟大处。

在《游庐山诗》里，由四言以至七言，短篇钜制，靡不毕备。不过由这集里我们可以看得出他已由拟汉魏的五言诗而变为拟唐代的七言古诗了。如《羖牛岭行》云：

> 高士可望不可亲，品题庐阜语最真。子长去久太白陨，落落千载无游人。幽林峭壁回俗驾，云封雾幕僧难舍。峻巘排空五纬明，悬流属地长河泻。连岷缀霍控江湖，灵境深藏帝所都。昔时刊旅烦神禹，今日腥膻聚贾胡。百年边围隳藩蔽，只有和戎为上计。通都尽已置蕃街，名山何苦容夷裔。山灵讶见海人来，蜑鸟惊疑虎豹哀。蚁穴萦纡成聚落，蜂房重叠肖楼台。荒莱不惜同瓯脱，浸淫疽蚀无人遏。坐看卉服偏岩间，时有禽言来木末。僊宫佛寺委蒿藜，世事兴衰会可齐。惟有匡君自槃散，天阶已绝谁能跻。

又如《后庐山谣》云:

> 吾家蕲水上,日瞰蕲柳山。山下水色久相习,白纱碧嶂清心颜。转蓬辞根不得反,岂有泉石供游闲。今年赁居钟阜下,时复曳杖披荆营。遣情终觉未能副,盛夏结侣寻松关。蒙冲击汰沂江上,一日寘我湖山间。敷浅原头南岳尾,状肖炎精势雄伟。丹壁蒸霞赤如娓,彭蠡倒映光晔韡。岩岭七重旆黻依,石梁名存到者几?但见飞泉悬岸崀,炉中紫烟升亶亶。朝暾照烛金阙开,锦绣盈山粲藹卉。佳游不与谢公期,绝顶惟吟太白辞。江流浩荡来三峡,云气苍茫接九疑。愿得同周刘结庐依栗里,南山尽日对楣楹,素心永夕论文史。春秋上冢载轻船,江北江南往复还。试携旧县兰溪水,来较康王谷下泉。

这两首诗气势奔放,不让盛唐之作,他的至友汪旭初先生的题跋云:

> 今览其诗,各体皆工。四言五言,偶然远矣。七言歌行,尝沉浸于唐贤所为,口讽手钞,累月不辍,《牡岭行》、《庐山谣》诸篇,视太白、少陵,诚有弗逮,至于高、岑、王、李,或庶几焉。

这集里除山水之咏外,绮情之作,亦娓娓可诵,如《女儿城》一首:

> 篧舆相曳上连冈,累石当涂似女墙。田雾川原纷漠漠,陵云松柏郁苍苍。远情便欲驰江表,高步犹思涉汉阳。我有人间佳耦在,蕙帷无意访兰香。

又《莲谷月下有怀》:

> 凉蟾斜出彩云间,长啸临台独夜闲。此际江城宜遣暑,倚帷人定忆庐山。

这同《缛秋华室诗集》里所表现的《华山畿》的情感完全不同了,《华山畿》所表现的情感是奔迸的,郁烈的;这里所表现的情感是温和的,是蕴藉的,这大概和年龄有关系吧。

他虽是模拟唐诗了,但宋人的集子,他仍旧是不大看的,而近代诗派里所最占势力的江西诗派,他是绝口不谈的。听说有一次他拿着陈衍编的《近代诗钞》来看,他就连骂"不通","不通",马上把它丢了。固然陈编的诗钞,有乡曲之私,入选的不是同乡，就是师友，而没有选到他的诗，也是一个大原因。

民国二十年（1931 年），东北事变，先生由京避居北平，"目睹时艰"，"伤心家国"，他受了极大的刺激。次年回京后，他一切的言论都变了。他本来是一位绝对的经古文学家，但是现在是说"贯通古今而无所是非"了。他的文章本来是法魏晋的，现在也说"唐宋八家之文，未可厚非"了。他的诗本来是学选体的，现在也提倡王荆公的诗了，甚至江西社里"黄山谷"的诗，可也说他是"妙"了。他所最反对的白话文白话诗，也不反对了。他说："国将覆亡，遑论派别。"其言至为沉痛。所以先生最近的诗，信手拈来，自成一格，而愤世嫉俗之言，溢于纸表，兹举两诗为例：

《和行严白门感事》：

蜀鹃啼血闷深冤，江燕操泥恋旧痕。敢谓邦人无父母，空看党局付儿孙。橘中布弈身何托，藕孔逃兵术谩论；知有涉江相续恨，青芜已满两东门。

《上巳日不出》：

渐觉人间春可哀，独居深念罢登台。纸鸢风里游骢出（客传前一日赛纸鸢于雨花台，赛者数百人，观者数千人），玄武湖中划鹢开；（有人约予修禊湖神，未往。）南土芹泥留燕垒，朔方花雪限龙堆。无情合是秦淮水，仍为群贤泛酒杯。

和章行严的那首诗，是前年章氏为了辩护陈独秀事过京以诗投先生，故先生和之如此。这两首诗讽谕时事，实在是"言之者无罪，闻之者足谏"，深得风人之旨，现在再举一首七古《四月二日谒于皇先生墓，还诣灵古寺，适值牡丹盛开，流连至暮而返》：

数年不到钟山下，原氏阡成山已赭。载酒难能酹蒋陵，看花犹记寻兰若。末劫将临佛亦哀，毗陵风起法幢摧。已夺灵场为下里，尚余异卉在香台。老僧护惜泪垂臆，忍见殊姿委榛棘。留得一丛深色花，扶持犹藉空王力。今年节候苦常寒，无数芳菲冒雨看。偶为苏晴成散策，忽逢绝艳一凭阑。宝鬟垂璎堪仿佛，金裙玉佩浑无谓。蚕共优昙托化城，应以浮云观富贵。罗荐熏香夜亦清，缇帷护口晓偏明。孤芳空谷非无赏，万里重阴倍有情。高花气晚伤先落，叶底犹藏几红萼。真教春色倍怀人，懒蕊纷纷能间作。蓬鬓栖迟白下门，有花无客共芳樽。明朝准拟拗花去，江上还招杜宇魂。

我们读了这一首，就知道他魄力的伟大，真气磅礴，直言不讳，近代的诗人，没有一个能及得到的。世人仅知道他是一个经学家或一个小学家，不知道他是一个多方面的人。他的诗的成功，在近代诗界里，自有他的地位。有些人因为他的禀性古怪，不同流俗，故为奚落之辞，说他的诗是"学人的诗"，这真是冤枉啊！章太炎先生题他的《梦坟母坟图》记后说："恐世人忘其闳美，而以绳墨格之，则斯人或无以自解也。"这话真说得对啊。

第四辑

# 复华室日札

三十一年七月十二日　雄

汉人著书,篆隶兼行。许叔重著说文,諟正当时之谬误。然说解中用字,往之铁出九千三百五十三文之外者。自叙一篇,亦不尽依篆文。如仰则观象于天。仰当作卬,下文窃卬景行正作卬。俯则观法于地,法当作灋,下文律令异灋作正作灋。随时而施,不必一律。

王筠曰:"说文九千余字,合象形、指事,仅三百八十余字。会意则一千二百余字。其余皆形声矣。"按:此说与朱骏声《六书爻列》所统计者不同。

《说文》引通人说凡二十八人:孔子、楚庄王、韩非、司马相如、淮南王、董仲舒、京房、刘歆、扬雄、爰礼、尹彤、逯安、王盲、张林、庄都、欧阳乔、黄颢、谭长、周成、官溥、张彻、宁严、杜林、卫宏、徐巡、班固、傅毅,惟贾逵师也,称侍中而不名。

孔子定经,只有一本。则其异文盖有二端:一是传写者以同声之字易之,此可非者也;一是本来用借字,此不可非者也。如许君说瓛曰桓圭,则经典中桓圭岂可谓非乎?（王筠说,见《句读》卷三十五夹注）

止斋陈氏曰:古者重小学,汉尝置博士,如毛氏《诗训》、许氏《说文》、扬氏《方言》之类,皆有所本,隋唐以来,以科目取士,此书没废。韩退之尚以注虫鱼为不切,则知诵习者寡矣。

大徐本《说文》非铉一人所定。《宋史·句中正传》:"太平兴国二年,献八体书,授直史馆,诏详定篇韵与徐铉重校定《说文》。"《书史会要》:王惟恭不知何许人,工篆,尝与徐铉等奉诏校定《说文》,行于世。又云:"葛湍,江东人。为侍书,善篆。"今

211

通行本《说文解字》卷末附徐铉等《序目》及《进说文解字状》,亦兼署句中正、葛湍、王惟恭等名。今人论及《说文》必举二徐昆季,中正等便隐没而无闻。

《说文》新附字,盖徐鼎臣等奉诏所附益。此徐氏《校定说文序》中明言之:"有许慎注义,序例中所载,而诸部不见者,审知漏落,悉从补录。复有经典相承,传写及时俗要用,而说文不载者,承诏皆附益之,以广篆籀之路。"

宋释文莹《玉壶野史》曰:"长安一巨冢坏,得古铜鼎。状方而四足,古文十六字,人莫之识。命句中正辨其篆,曰:'此鸟迹文也。其词曰:"天王迁洛,岐鄷锡公。秦之幽宫,鼎藏于中。"'命杜镐考其事,曰:'武王克殷,都于酆镐,以雍州为王畿。及平王东迁洛邑,以岐酆之地赐秦襄公。篆曰:"岐酆锡公",必秦襄公之墓也。'后耕人果得折丰碑,刻云:'秦襄公墓'。中正有字学,篆隶行草甚精,与徐铉校定说文,又与吴铉杨文举同撰《雍熙广韵》,遂直馆。篆太宗神主,藏太室西壁,及篆谥宝,遂赐金紫,益州华阳人也。"按:今之《广韵》为宋大中祥符间陈彭年等所重修,作《雍熙广韵》一百卷,见《玉海》,今佚。雍熙为太宗年号,距祥符将及二十年,岂雍熙时已增修《广韵》,抑别有《广韵》耶?史籍零落,莫得取证。

古今游庐山诗,无虑百千家,以唐徐凝《瀑布》为最不足观。凝诗曰:"瀑泉瀑泉千丈直,雷奔入海无暂息。今古长如白练飞,一条界破青山色。"苏东坡谓"挽天上之银河,以洗徐凝之恶诗",即指此也。

宋尚书屯田员外郎嘉禾陈舜俞令举《庐山记》辞笔斐美,与郦道元、杨衒之书为类。此书《守山阁丛书》刊,《四库》本但存前三篇,为一卷。日本德富氏成篑堂文库藏宋椠本五卷,共八篇。总叙山水篇第一,叙山北第二,为一卷。叙南篇第三,为一卷。山行易览第四,为一卷。古今留题篇第六,为一卷。古碑目第七,古人题名篇第八,为一卷。《大藏经》即据宋椠校印,惜句读谬误太多,足知倭之浅薄。此书前三篇足以讽诵,后知守山阁讹脱弥甚。永丰乡人跋谓叙述雅赡,似水径清苔,信矣。五篇缀辑故实,非游记体制。七月卅一日

郑司农引《上林赋》:"纷容掣参,倚移从风。"今《文选》作"纷溶箾蓡,猗狔从风",八字而易其五。王筠曰:"计汉武至梁武,才六百余年,而汉赋之改易已如是之甚,况三代先秦之书乎!"(见《〈说文解字句读〉序》)古书文字参差,易滋迷惑。此亦读古书困难之一端也。

论古今声韵不同,寻流撑源,划分期限,始于顾炎武。顾氏《音学五书序音》云:"三代之时,其文皆本于六书,其人皆出于族党庠序,其性皆驯化而中和,而发之为音,无不协于正。是以三百五篇,上自商颂,下逮陈灵,以十五国之远,千数百年之久,而其音未尝有异。故三百五篇,古人之音书也。魏晋以下,去古日远,辞赋日繁,

而后名之曰韵。至宋周彦伦,梁沈约,而四声之谱作。然自秦汉之文,其音已渐戾于古,至东京益甚,而休文作谱,乃不能上据《雅》《南》,旁摭骚子,以成不刊之典,而仅按班、张以下诸人之赋,曹、刘以下诸人之诗所用之音,撰为定本。于是今音行而古音亡,为音学之一变。下及唐时,以诗赋取士。其书一以陆法言《切韵》为准,虽有独用、同用之注,而其分部未尝改也。至宋景祐之际,微有更定。理宗末年,平水刘渊始并二百之韵为一百七韵。元黄公绍作《韵会》因之,以迄于今。于是宋韵行而唐韵亡,为音学之再变。"此将音史分为三期,至为明晰。至段玉裁撰《音韵随时代迁移说》又渐加密。其言曰:"今人概曰古韵不同今韵而已。唐虞而下,隋唐而上,其中变更正多。概曰古不同今,尚皮傅之说也。音韵之不同,必论其世,约而言之,唐、虞、夏、商、周、秦、汉初为一时;汉武帝后洎汉末为一时;魏、晋、宋、齐、梁、陈、隋为一时。古人之文俱在,凡音转,音变,四声,其迁移之时代,皆可寻究。"近世钱玄同,据段氏之说,分古今音为六期:第一期,纪元前11世纪至前3世纪(周秦);第二期,前2世纪至2世纪(两汉);第三期,3世纪至6世纪(魏晋南北朝);第四期,7世纪至13世纪(隋唐宋);第五期,14世纪至19世纪(元明清);第六期,20世纪初年(现代)。今人说音史者,率以此为准。

### 贾岛诗

贾浪仙《张江集古意》:"碌之复碌之,百年双转毂。志士终夜心,良马白日足。俱为不等闲,谁是知音目。眼中两行泪,曾吊三献玉。"此诗风格与鲍照酷似,昔人称"郊寒岛瘦",予却爱其瘦。其五律之佳者如"秋风吹渭水,落叶满长安"(《忆江上吴处士》)、"羡君无白发,走马过黄河"(《逢旧识》)、"欲暮多羁思,因高莫远看"(《送友人游蜀》)、"孤舟行一月,万水与千岑"(《忆吴处士》)、"寡妻无子息,破宅带林泉"(《哭孟郊》)皆拔有深致。

### 孟郊诗

孟郊诗"万物皆及时,独余不觉春"(《长安羁旅行》),取陶诗"万物各有托,孤云独无依"而成。

### 汉人作注三例

段玉裁曰:"汉人作注,于字发疑正读,其例有三:一曰读如、读若。二曰读为、读曰。三曰当为。读如读若者,拟其音也。古无反语,故为比方之词。读为读曰者,易其字也。易之以音相近之字,故为变化之词。比方主乎同,音同而义可推也。变化主乎异,字异而义憭然也,比方主乎音,变化主乎义;比方不易字,故下文仍举经之本字。变化字已易,故下文辄举所易之字;注经必兼兹二者,故有读如,有读为。有言读如某,读为某,而某仍本字者,如以别其音,为以别其义。当为者,定为字之误,声之误,而改其字也,为救正之词。形近而讹,谓之字之误。声近而讹,谓之声之误。字误、声误而正之,皆谓之当为。凡言读为者,不以为误。凡言当为者,直斥其误。三者分而汉注可读,而经可读,三者皆以音为用,文书之形声、假借、转注于是焉在。汉之音非今之四声、二百六韵也,则非通乎虞、夏、商、周、汉之音,不能穷其条理。"周礼汉读考

### 若即那

那与若,一音之转。今人言"那个",唐人言"若个"。李贺诗:"请君暂上凌烟阁,若个书生万户侯。"古无日母,若音如诺,故转如那。李诗见《南国》一十三首

贾岛《盐池院观鹿》条:"条峰五老势相连,此鹿来经若个边。"亦用"若个"。

### 无即吗么

无,古音本如模。唐人诗多用无于语末,义则近否。"妆罢低声问夫婿,画眉深浅入时无。""晚来天欲雪,能饮一杯无。"今语作吗,作么,亦即无字也。

### 鸟鼠同穴

《洛阳伽蓝记》云:"赤岭者,不生草木,因以为名。其山有鸟鼠同穴。异种共类,鸟雄鼠雌,共为阴阳,即所谓鸟鼠同穴。"按鸟鼠之名,《书·禹贡》凡三见,雍州荆岐既旅终南,惇物之于鸟鼠。导山西倾朱圉,鸟鼠至于太华。导水导渭自鸟鼠同穴。孔传云:鸟鼠共为雌雄,遂名山曰鸟鼠。《尔雅·释鸟》云:"鸟鼠同穴,其鸟为鵌,其鼠为鼵。"《山海经·西山经》云:"鸟鼠同穴之山,渭水出焉。"郭璞注二书,并云:"鼵如人家鼠而短尾,鵌似鵽而小,黄黑色,穴入地三四尺,鼠在内,鸟在外,今在陇西首阳县,鸟鼠同穴山中。"鸟鼠同穴之事今人游历西疆者类能道之。王树民《禹贡札记》云:青海果洛地方有一兽如鼠,名阿拉者,无尾,与百灵鸟同处一穴,以草及根为食,为游牧部落之大害。一地草尽,则鸟负鼠迁。而其他与阿拉相近似者更有二种,一曰哈拉——拉卜楞土名曰薛龙,其目不能遇日光,而穴行地中,啮食草根,为害最大,皮无毛,而味极美。另一种曰塔拉,仅吃草,穴居而不穿地,故鸟鼠同穴之事,非虚语也。特古者土旷人稀,渭水上源尚为游牧人种族居之地,故同穴而居之鸟鼠尚得繁殖其间,人遂因其异而名其山,迨地为耕稼民族殖居后,因其为人类大敌,且耕地必引水灌溉,不利于穴居,遂逐渐消灭,于是其活动区域,亦随游牧民族而西移矣。(见《责善》半月刊一卷六期)鸟鼠同穴固有其事,但《伽蓝记》所谓鸟雄鼠雌共为阴阳之说则无征。

### 伪孔传与记文同

又《水经注》引杜彦远云:"同穴止宿,养子互相哺食,长大乃止。"

### 文有时代而无家数

王壬秋答张正旸问谓"文有时代而无家数",答陈完夫问又阐明此理,谓:"时代

区分古今,遂有雅俗。'帝曰俞','制曰可','旨依','知道了',其用一也,而岂可同乎?今欲改'知道了'为'俞',则俞增其丑,以了字入文,则必不可行。以此推之,他可知矣。"壬秋以文有时代,为文学史家所共见。以为了字入文必不可行,则又为褊狭之见。今代语体文,了字满纸,吾知湘绮如生今日,必不作此言。见王志卷二

**唐诗家源流**

王壬秋《论唐诗诸家源流》一文,可当唐一代诗史读。兹迻录如下:三唐风尚,人工篇什,各思自见,故不复模古。陈隋靡习,太宗已例清丽振之矣。陈子昂、张九龄以公幹之休,自抒怀抱,李白所宗也。元结、苏涣加以排宕,斯五言之善者。刘希夷学梁简文,而超艳绝伦,居然青出。王维继之以烟霞,唐诗之逸,遂成芳秀。张若虚《春江花月》用《西洲》格调,孤篇横绝,竟为大家。李商隐挹其鲜润,宋词、元诗尽其支流,宫体之巨澜也。杜甫歌行自称鲍、庾,加以时事,大作波澜,咫尺万里,非虚夸矣。五言惟《北征》学蔡女,足称雄杰。它盖平平,无异时贤。韩愈并推李、杜,而实专于杜,但袭粗迹,故成枯犷。卢仝、刘义得汉论之恢奇,孟郊瘦刻,赵壹、程晓之支派。白居易歌行纯似弹词,《焦仲卿妻诗》所滥觞也。五言纯用白描,近于高彪、应璩。多令人厌,无文故也。储光羲学陶,屈侠气于田间。后人妄以柳、韦比之,殊非其类。应物《郡斋忆山中》诗,淡远浅妙,亦从陶出。他不称是,非名家也。读唐诗宜博,以充其气。唯五言不须用功,泛览而已。歌行律体是其擅长。虽各有本原,当观其变化尔。见《王志》卷二

**发趾**

慧皎《高僧传》卷四:"康法郎发趾张掖,西过流沙。""发趾"二字,新颖可喜。

**北音有入**

江永《音学辨微》云:"北人呼入似平,其实非平,南人听之不觉耳。关中人呼平声之浊声似去,其实非去也。"此季刚师"北音有入"之所本。

**军持**

唐人有以梵语入诗者。贾岛《访鉴玄师侄》:"我有军持凭弟子,岳阳溪里汲寒流。"军持译义为瓶,亦作君迟,或捃穉迦。

**《群经音辨》刻于宁化**

《群经音辨》七卷,宋贾文元公昌朝在经筵日所进。初刻于崇文院,南渡再刻于临安府学,三刻于汀州宁化县学。康熙中,吴门张士俊以汀本重刻,字画端谨,可称善本。钱大昕《跋群经音辨》

**徐铉不通许书义例**

徐铉等校定《说文》,于形声相从之例不能悉通,妄以意说,大半穿凿附会。王荆

公《字说》盖滥觞于此。钱大昕《跋〈说文解字〉》

**吴棫《韵补》**

世谓叶音出于吴才老,非也。才老博考古音,以补今韵之阙,虽未能尽得六书谐声之原本,而后儒因是知援《诗》、《易》、《楚辞》以求古音之正,其功已不细。古人依声寓义,唐宋久失其传,而才老独知之,可谓好学深思者矣。朱文公《诗集传》,间取才老之补音,而加以叶字。才老书初不云叶也,杨用修讥才老叶音"母氏劬劳","劳"叶音"僚","四牡有骄","骄"叶音"高"。考才老书初无此文,殆误仞朱氏之叶音为皆出于才老尔。钱大昕《跋吴棫〈韵〉》

**王石臞小学**

胡竹村《王石臞先生八十寿序》云:国家文运昌隆,通儒辈出,时则有若顾氏、江氏、戴氏,究心声音训诂之学。然或引其端而未竟其绪,或得其偏而未会其全。先生博学以综之,精思以审之,伟识以断之,集诸家之大成,为后学之津导。其始出入经史百家,儒先传注,浸淫衍绎,以自得其指归。其后即以所得者,鉴别乎经史百家之书,而是非疑似,无不立辨。盖能会音、形、义三者之大原以言文字,使古籍之传得存真面目于天壤者,千百年来,先生一人而已。见《研六室文钞》

**《广雅疏证》**

王石臞撰《广雅疏证》,日课疏三字,罔间寒暑,积十余稔乃成。见同上

**不魏**

《方言》魏,能也。《周书谥法解》曰:"克威捷行曰魏。"今谓不能曰不魏,声小变,如会通以会字为之。新方言二

**夜飧不辞**

章炳麟《新方言》云:"《说文》飧,补也,从夕食。温州谓'晚饭'为'衣飧',读如宣,谆文魂、元寒相转。"按夜飧不辞,此章氏以音转之说附会其辞,温州谓吃晚饭为吃黄昏,犹谓吃午饭为吃日书,吃早饭为吃天光同。日读若热,古读日纽为泥纽

**王弼注《老子》不分道德二卷**

《老子》河上公注久佚,今所传为晋宋间人所伪托。《陆放翁题跋》云:"晁以道谓王辅嗣《老子》曰《道德经》,不析乎道德而上下之,犹近于古。今此本已久离析。"故宋已失辅嗣定本。考初唐注家如颜师古于《汉书·魏豹传》,贾公彦于《周礼师氏疏》,章怀太子于《后汉书·翟酺传》引《老子》皆分道、德经,盖袭晋宋旧本而误也。《史记·老子传》"著书上下篇,言道德之意",后之以上下为题者自此始。见武亿《授堂文钞·老子〈道德经〉书后》

**后汉经学名家为范书所阙略者**

范蔚宗以东京学者猥众,难以详载,故于经学名家颇多阙略,兹于汉碑中有征

者,录之如下:

《易》

《绥民校尉熊君碑》有杜晖,字慈明,治《易》梁丘。

《书》

《郎中王政碑》:治欧阳《尚书》。

《剩令景君阙铭》:治欧阳《尚书》传。祖父,河南君。父,步兵校尉,业门徒,上录三千余人。

《成阳令唐扶颂》:次子龚叔谦,治《尚书》欧阳,次廉仲絜,治小夏侯。

《诗》

《从事武梁碑》:治《韩诗经》。

《郎中马江碑》:通《韩诗》。

《祝睦碑》:修《韩诗》。

《广汉属国都尉丁鲂碑》:治《韩诗》。

《执金吾丞武君荣碑》:治《鲁诗经》韦君《章句》。

《司隶校尉鲁峻碑》:治《鲁诗》。

《春秋》

《孔庙置守庙百石孔和碑》:和修《春秋严氏经》。

《成阳令唐扶颂》:处士间葵斑,字宣高,修《春秋严氏》。

《巴郡太守樊敏碑》:治《春秋严氏经》。

《严䜣碑》:治《严氏春秋》冯君《章句》。

《泰山都尉孔庙碑》:治《严氏春秋》。

《山阳太守祝睦碑》:修《严氏春秋》。

《鲁峻碑》:兼通《颜氏春秋》。

右录武亿《授堂文钞》,《范书儒林传》后记

## 隶用古文

自三代以逮秦汉,金石刻所留遗,其文字为最古,可撮举以与郑《注》相例,如《周礼·乡师》"与其辇辇"注:故书辇作连,证以汉《鲁相韩敕造孔庙礼器碑》"器用胡辇",胡辇即《论语》瑚琏,是辇连为一字也。《小宗伯》"掌建国之神位"注:故书位作立,古者立、位同字。古文《春秋经》"公即位"为"公即立"。证以《焦山鼎铭》"金立中廷",《戠敦铭》"戠立中廷",《邶敦铭》"毛伯内工立中廷",《周颂敦铭》"王各太室,即立。宰及右颂入门,立中廷",《卯敦铭》"酉立中廷",故立位同字也。《考工记》"作舟以行水"注:故书周作舟。证以《焦山鼎铭》"王各于舟庙",《汉孟郁修尧庙碑》"委曲

舟匜",洪景伯释舟为周,是其例也。《仪礼·士冠礼》"旅占"注:古文旅作胪。证以古器物铭内称旅,《尊旅》、《簋旅》、《西旅鼎》之属皆为胪字。"眉寿万年"注:古文眉作麋。证以钟鼎欵识,眉多用麋字。又《汉北海相景君碑》亦有"不永麋寿",洪景伯释麋作眉,是也。"与始饭之错"注:古文始为姑。证以晋《姜鼎铭》"朕先姑君晋邦",姑即始字。《周颂铭》"皇者,龙叔。皇母,龙始",始即姑字。于文皆可错见,而义自明。《士相见礼》"妥而后传言"注:古文妥为绥。证以晋《姜鼎铭》"妥怀远邦",杨南仲释云:妥读为绥。《说文》无妥字,盖古绥字省。《聘礼》"管人布幕于寝门"注:今文布作敷。证以《潘乾校官碑》"布政优优",今诗文布作敷,是碑所引布政为古文也。《觐礼》"太史是右"注:古文是为氏。证以《韩敕修孔庙碑》"后韩君于氏愤悱之思,惟古之叹",洪景伯释氏作是,是碑亦用氏为古文也。《士丧礼》"不述命"注:古文述皆作术。证以《汉孟郁修尧庙碑》"吏士哥术,功称万世",《灵壶碑》"累世同居,州里称术",《韩敕修孔庙碑》"后共术韩君德政",《巴郡太守樊敏碑》"臣子褒术",义皆作述。《士虞礼》"期而小祥"注:古文期作基。证以《成阳灵台碑》"承祠基年",《费凤碑》"基月而陵道",汉人近古,凡见于古词者,多依用古文。武亿《程侍御〈三礼郑注考〉序》

### 宋平子诗

宋平子天才横绝,旷代无匹。橐笔四方,殊罕知者。余最爱其《送陈介石户部之粤》一绝"荔枝欲啖直须啖,莫上崖山泣覆舟。辛苦勉传《虞氏易》,炎凤瘴雾汉交州。"情韵俱绝。

### 君子疾夫舍曰欲之

《论语·季氏》"君子疾夫舍曰欲之"舍为何之通借。今通言甚么即舍之切音也。《孟子·滕文公》篇"舍皆取诸其宫中而用之",用舍字与此同例。何晏《集解》引孔曰"舍其贪利"之说,邢昺《疏》袭其误,以舍为废止。武虚谷《经读考异》亦引何氏说,皆未憭舍字之义谛。虚谷于群经句读多所悟解,独于此条两失之。

### 舍

《孟子》"舍皆取诸其宫中而用之"。朱子《集注》曰:"舍字或读属上句。"张南轩《孟子说》:"舍字属上。"见翟晴江《四书考异》内句读

### 三众

康泰《外国传》云:"外国称天下有三众,中国为人众,大秦为宝众,月氏为马众。"

### 记外人形状

马端临《文献通考》卷二十:"前汉武帝遣使至安息,安息献犁靬幻人二,皆蹙眉峭鼻,乱发拳鬒,长四尺五寸。"以"蹙眉峭鼻,乱发拳鬒"八字描摹欧人,栩栩然跃于

纸上。

### 造书者三人

昔造书之主或有三人：长名曰梵，其书右行；次曰佉卢，其书左行；少者苍颉，其书下行。梵、佉卢居于天竺，黄史苍颉，在于中夏。梵、佉取法于净天。见陈继儒《偃曝谈余》见佛本行集经卷十一世界六十四种书

### 马骕《绎史》

马骕专治三代古籍，著成《绎史》，蔚为巨观，为吾国史学著作之最进化者。其渊博骏伟，亦并世无两。见朱希祖《中西交通史料汇编》序

### 陈诚、李达《西域行程记》

明成祖以武定天下，欲以威制万方，遣郑和等乘槎南洋，复遣傅安、陈诚、李达（明抄本作李逞）远抚西域、撒马儿罕哈烈诸国。诚以永乐十二年正月十三日由陕西肃州卫首途，至是年闰九月十四日至哈烈，在途凡九阅月耳。目所及笔之于书，成《西域行程记》一卷。哈烈在撒马儿罕西南三千里，去嘉峪关万二千余里，凡山川道里，罗列无遗，其功业亦可谓伟矣。世徒知郑和之乘槎南洋，而不知陈诚、李达之奉使西域，同为明代对外宣扬威烈不朽之盛事。

### 下户

陈诚、李达《西域番国志》"其下户细民，或住平头土房"，"贫民下户，坟墓止丁居室傍"。永嘉语"贫民"为"下户"，"下户"二字入文，余始见于此。

《汉书·食货志》："或耕豪民之田，见税什五。"颜师古注言：下户贫，国人自无田而耕垦。豪富家田，十分之中以五输本田主也。

按下户二字已见此。三十六年一月廿五日记

### 《西域番国志》记哈烈洗澡文

《西域番国志》记哈烈今阿富汗风土，中有一段云："城市乡镇，广置混堂，男女各为一所，制度与中国不异。一堂之中，拱虚室十数间，以便多人澡浴者。初脱衣之际，各与浴布一条遮身，然后入室。不用盘桶，人各持一水盂，自于冷热池中，从便汲温凉净水以澡雪洗淋其身，余水流出，并无尘积。亦有与人摩擦肌肤，揣捏骨节，令人畅快者。浴毕出室，各与浴布二条：一蒙其首，一蔽其身，必令干洁而后去。人以一二铜钱与之而已。"记洗澡及按摩，历历如绘。

### 马端临鄙视私家著述

马端临著《文献通考》，关于西域则尽采官书。历朝高僧游历传记谓："皆盛论释氏诡异奇迹，参以他书，则皆纰缪，故多略焉。"《文献通考》卷二一四《西域总序》

### 黄种人入欧洲

西国考据家谓居于法国与西班牙间比利尼斯（Pyrenees）山上之巴斯克族人

(Basgnes)，瑞典、挪威北之拉勃族人(Laps)，俄国与瑞典间的芬兰人(Finns)皆亚洲之黄种人。瑞士上古有湖居民族，于湖滨水上筑室而居，云亦黄人。至何时迁入欧洲，皆无历史可考。又有一种游民(Gypsies)，德人称之曰锡高奴(Zigeuner)，亦黄种人。其人无定居，以篷帐为室，携其妻孥游食四方，多以音乐献媚取财。此族何时迁入欧洲，无文献可征，然似有史以后也。

### 北海

苏武牧羊北海滨，北海即今之贝加尔湖(Baikal Lake)，古海音如凯(Kai)。贝加尔即北海二字之讹音。张星烺说中国古书上之北溟，则为今北冰洋，西海则指地中海也。张星烺说

### 曾子固不能诗

唐李习之、皇甫持正，宋苏明允、陈同甫，工于文不工于诗。刘渊材谓曾子固不能为诗。子固未尝不能也。熊宝泰《授堂诗集序》

### 古有四声

顾氏谓"古人四声一贯"，又谓"入为闰声"。陈季立谓"古无四声"，江慎斋申明其说者，不一而足。然所撰《古韵标准》仍分平上去入四卷，则亦未有定见。段氏谓"有平上入而无去"，孔氏谓"古有平上去而无入"，有诰初见亦谓"古无四声"，至今反复紬绎，始知古人实有四声，特古人所读之声与后人不同。陆氏编韵时，不能审明古训，特就当时之声误为分析。江有诰《再寄王石臞先生书》

### 孔氏之通转说与章氏不同

孔广森之通转说与章氏不同。孔氏根据通转说以分古韵，于是古韵由旁转而并为十二部，更由对转而并为六大类，似密而实疏。章氏根据通转说，以推明文字之转注、假借及孳乳之理，并未因此而完全泯灭古韵二十三部之疆界。王力《中国音韵学》页一三一（下册）

### 北音无入以宜于歌

顾炎武《音论·古人四声一贯》云："四声同用，则歌者以上为平，而不以平为上。以入为去，而不以去为入。何则？歌之为言也长言之也，平音最长，上去次之，入则诎然而止，无余音矣。凡歌者贵其有余音也，以无余从有余，乐之伦也。"按：《中原音韵》无入声，亦为歌者而设，非北音真无入也。三十一年十月十九日

### 款识

徐籀庄说款识二字：《史记·封禅书》《汉书·郊祀志》注并云："款，刻也。识，记也。"张世南《游宦纪闻》云："款谓阴字，识为阳字。"杨慎云："钟鼎文隐起而凸曰款，以象阳。中陷而凹曰识，以象阴。"当从杨说为是。《攈古录·金文》卷一之一

### 孔颖达字

《唐书·孔颖达传》"字仲达"。于志宁撰《孔颖达碑》作"冲远"。碑字多残缺,惟其名字特完,可以正传之缪。不疑以冲远为仲达,以此知文字转易失其真者,何可胜数。见欧阳修《集古录跋尾》卷五

### 孙星衍不学书而能书不学文而能文

予不习篆书,以读《说文》究六书之旨,时时手写,世人辄索书不止,甚以为愧。又不习为古文,但读诸经注疏,各史传志,积文记录,有所辨证,未暇读唐宋人所为大家文集也。顷亦时为世人作传记,始翻阅汉唐碑碣,及各名家文集,亦未模仿格律、音节,每自嫌文不逮意也。(《平津馆文稿》自序)

### 韩退之已开宋人之风

六朝以降,言古文者首推昌黎韩氏。然韩氏苦《仪礼》难读,以《尔雅》为注虫鱼之书,束《春秋》三传于高阁,已开宋人游谈无根之渐,故其言曰:"凡为文辞,宜略识字。"略识云者,即陶泉明"不求甚能"之谓也。邵秉华《平津馆文稿》后序

### 《文始》变易、孳乳二例

章氏《文始》集字学、音学之大成。其书中要例,惟变易、孳乳二条。变者,形异而声义俱通。孳乳者,声通而形义小变。变易譬之一字重文,孳乳譬之一声数字。今字或一字两体,则变易之例所行也。或一字数音数义,则孳乳之例所行也。节季刚师《与人论小学书》

### 刘师培转注说

转注为互训。互训之起,由于义不一字,物不一名,其所以一义数字、一物数名者,则以方俗殊语,各本所称以造字。《左庵集·转注说》

### 《三辅黄图》所录与音韵有关之材料

长安城南出第三门曰西安门,北对未央宫。一曰便门,即平门也。古者平便皆同字。

冰池在长安西,旧图云:"西有彪池,亦名圣女泉。"盖冰彪声相近,传说之讹也。

汉宫中谓之禁中。谓宫中门阁有禁,非侍卫、通籍之臣,不得妄入。至孝元皇后父名禁,避之,改曰省中。省,察也。言出入禁中皆当省察,不可妄也。

阙,观也。周置两观,以表宫门。其上可居,登之可以远观,故谓之观。人臣至此,则思其所阙。

塾,门舍也。臣来朝君,至门外当就舍,更熟详所应对之事,塾之言熟。

掖门在两旁,如人臂掖也。

永巷。永,长也。宫中之长巷,幽闭宫女之有罪者。

### 《三辅黄图》美文钞

《三辅黄图》不著撰人名氏。隋唐二《志》都经著录,如淳、颜师古注《汉书》多引此书为据。是虽非出于汉魏,当不为齐梁以后之作。文辞斐美,可与杨衒之《洛阳伽蓝记》同读。兹抄录数则如左:

未央宫周回二十八里,前殿东西五十丈,深十五丈,高三十五丈。营未央宫,因龙首山以制前殿。至孝武以木兰为棼橑,文杏为梁柱,金铺玉户,华榱璧珰,雕楹玉磶,重轩镂槛,青琐丹墀,左碱右平,黄金为壁,带间以和氏珍玉,风至,其声玲珑然也。

成帝常以秋日与赵飞燕戏于太液池。以沙棠木为舟,以云母饰于鹢首,一名云舟。又刻大桐木为虬龙,雕饰如真,夹云舟而行,以紫桂为柂枻,及观云棹水,玩撷菱藕。帝每忧轻荡,以惊飞燕,命佽飞之出,以金锁缆云舟于波上,每轻风时至,飞燕殆欲随风入水,帝以翠缥结飞燕之裾,常恐曰:"妾微贱,何复得预结缨裾之游?"今太液池尚有避风台,即飞燕结裾之处。

琳池。昭帝元始元年穿琳池,广千步。池南起桂台,以望远东。引太液之水,池中植分枝荷,一茎四叶,状如骈盖,日照则叶低荫根茎,若葵之卫足,名曰"低光荷"。实如元珠,可以饰佩,花叶难萎,芬馥之气彻十余里。食之令人口气常香,益脉治病,宫人贵之。每游燕出入,必皆含嚼,或蘮以为衣,或折以障日,以为戏弄。帝时命水嬉,游燕永日。士人进一豆槽,帝曰:"桂楫松舟,其犹重朴,况乎此槽可得而乘耶?"乃命以文梓为船,木兰为柂,刻飞燕翔鹢,饰于船首,随风轻漾,毕景忘归,起商台于池上。

### 即音求义

古人造锡物名,寓义于音,物既相似,则命名不妨同辞。故凡音同而类殊者,其形态必多相似。若即音求义,以穷物名所自起,则古圣正名百物之旨,不难推显其蕴矣。《左庵集·数物同名说》

### 字义起于字音

字义起于字音说之发展。

杨泉《物理论》

刘昼《新论》

王荆公《学说》

王观国《学林》

张世南《游宦记闻》九

王圣美(《梦溪笔谈》十四引)

赵㧑叔《麓堂诗话》

钱溉亭（塘）《说文声系》二十卷未见传本

焦循《易话》

陈诗庭《读说文疑征》谓作书之初，依类象形谓之文，形声相益谓之字，而声亦有义，声同义同，声近义近，文字声音训诂一以贯之，著《说文声义》八卷（未见传本）

陈澧《说文声表》十七卷桂氏刻本

姚文田《说文声系》

朱骏声《说文通训定声》

黄春谷《梦陔堂集》

王念孙《广雅疏证》

钱绎《方言笺疏》

**词与辞古不同字**

辞义训讼，《说文》辛部云："辭，讼也，从䇂，䇂，犹理辜也，䇂，理也。"又云："䛐，籀文辭，从司。"是辞指狱讼言。即《礼记·大学》所谓"无情者，不能尽其辞也"。故与皋辜诸字并列，此辞字本义也。又司部云："词，意内而言外也。从司，从言。"是词章、词藻诸字皆作词不作辞。古籍均然，秦汉以降，始误词为辞。其致误之由，则以辞字籀文作䛐，与词同声，因以相化。实则字各一义，非古代通用字也，乃习俗相沿，误词为辞。俗儒不察，遂创为古文辞之名。《左庵集·古文辞辨》雄按：近有鄙夫编纂大学一年级国文，命名《大学一年级国文辞类纂》，其去不通更远甚。

**刘师培《〈文史通义·言公篇〉书后》**

章学诚《文史通义·言公篇》谓："古人之言，所以为公。未尝矜于文词，私为己有。"立说至精。夫《论语》立言，恒本古语，《大戴》集《礼》，半出贾、荀，前人论之已详。又古器铭文，语多相似。起止之词，述而不作。则又同体之文，沿袭承用，略事窜点，便成新裁。即诗歌之体，亦复旨别语同。观《柏舟》互见于《邶》、《鄘》，《扬水》叠赓于《周》、《郑》，盖发端之词，递沿成语，故不期其符而自符。厥后孟德作歌，或采《郑风》之语，或断《小雅》之章，盖言以明志，义各有当，不必词尽己出也。又即汉人之作观之："心思不能言，肠中车轮转。"《乐府》两见其词；"大妇织绮罗，中妇织流黄"，艳词叠沿其句。此由矢口而成，取习见之词入己作。若夫汉碑之文，立词多同，又以文有定制，相沿已久，与钟鼎铭文同例。后世之文，亦恒类此，如《真子飞霜镜》，释者定为晋物，其铭词曰："阴阳各为配，日月恒相会。白玉芙蓉匜，翠羽琼瑶带。同心人，心相亲，照心照胆照千春，凤凰鸳镜南风清。"又《广事类赋》注引《类苑》谓："何都巡出一古镜，其带有铭，今以飞霜镜铭相校，前缺'阴阳各为配'二语，末缺凤凰句七字。"又江少虞《皇朝事实类苑》谓："熙宁末年，南陵耕者破塚，得古圆鉴，背郭有铭，亦与《真子飞霜镜》略同。"惟"凤凰"句移于铭首，易为"凤凰双头南金装"，又易"各为配"为"合配"，易"恒"为"两"，余均相符。又宋姚宽《西溪丛话》谓"何都巡出古镜，其带有铭，今与《飞霜真子镜》相较，惟铭末无'凤凰'七字，铭首别另增'对凤凰舞，铸黄金带'二语"。与《类苑》所载者，疑同是一物，惟《类苑》未引前四句。此数镜者，其铭词均略同，盖创始作铭文人，学者奉为研手，句法音韵，俱出自然，传播既多，摹拟斯家，或略事损益，或传写致讹，此非古人不以雷同为耻也，古代文有定制，词有定施，虽沿袭前作，苟词得其宜，固不若自己出也。又考《事实类苑》记某镜铭云："当江写翠，对酒传红。"而《山左金石志》所记古镜铭有"当眉写翠，对脸敷红"二语，足证古代镜铭多点窜前人之作。又予所得唐石有《江阳洪夫人墓志》，其铭文曰："陇树风悲，愁云月苦。一闭泉门，宛然今古。"而扬州所出唐墓石之文多与彼四语同，或于四语以前另增他句。是古代碑志之文亦多沿袭。明于此例，则古代之一文两见，词句多同者，不必尽疑其赝，亦章氏《言公》篇之旨也。

**汉人注《离骚》已有误字**

王逸《离骚经》叙曰："孝武帝恢廓道训，使淮南王安作《离骚经章句》，则大义粲然。后世雄俊，莫不瞻慕，舒肆妙意，缵述其词。逮至刘向典校经书，分为十六卷。孝章即位，深弘道艺，而班固、贾逵，复以所见改易前疑，各作《离骚经章句》，其余十五卷阙而不说，又以'壮'为'状'，义多乖异，事不要括。"

**屈赋之景响**

班孟坚序《离骚》云："其文弘博丽雅，为辞赋宗，后世莫不斟酌其英华，则象其从容，自宋玉、唐勒、景差之徒。汉兴，枚乘、司马相如、刘向、扬雄骋极文辞，好而悲之，自谓不能及也。"

**《离骚》**

班孟坚《离骚赞序》："屈原以忠信见疑，忧愁幽思而作《离骚》。离犹遭也。骚，忧也。明己遭忧作辞也。"

**王逸评屈赋语**

屈原之词诚博远矣。自终没以来，名儒博达之士著造词赋，莫不拟则其仪表，祖式其模范，取其要妙，窃其华藻，所谓金相玉质，百世无匹，名垂罔极，永不刊灭者矣。
《离骚经》叙

**刘勰评屈赋语**

《楚辞》者，体慢于三代，而风雅于战国。乃《雅》、《颂》之博徒，而词赋之英杰也。观其骨鲠所抻，肌肤所附，虽取镕经意，亦自铸玮辞。故《骚经》九章，朗丽以哀志。

《九歌》、《九辨》，绮靡以伤情。《远游》、《天问》，瓌诡而惠巧。《招魂》、《大招》，耀艳而深华。《卜居》标放言之致，《渔父》寄独任之才。故能气往轹古，辞来切今，惊采绝焰，难与并能矣。辨骚

### 读《楚辞》宜以楚声

汉宣帝时，九江被公能为《楚辞》。隋有僧道骞者，善读之，能为楚声，音韵清切。至唐传《楚辞》者，皆祖骞公之音。见王逸《楚辞章句》

### 王逸释《离骚》

屈原执履忠贞而被谗邪，忧心烦乱，不知所愬，乃作《离骚经》。离，别也。骚，愁也。经，径也。言己放逐离别，中心愁思，犹依道径以风谏君也。太史公曰：《离骚》者，犹离忧也。颜师古云：忧动曰骚。

### 班固《东都赋》末段本于贾生《过秦》

贾生《过秦》自"且夫天下非小弱也"至"仁义不施而攻守之势异也"一段，即为班固《东都赋》末一段之所本，兹录如左，以资比校：

且夫天下非小弱也，雍州之地，殽函之固，自若也。陈涉之位，非尊于齐、楚、燕、赵、韩、魏、宋、卫、中山之君；锄耰棘矜，非铦于钩戟长铩也；谪戍之众，非抗于九国之师；深谋远虑，行军用兵之道，非及曩时之士也；然而成败易变，功业相反也。试使山东之国与陈涉度长絜大，比权量力，则不可同年而语矣。然秦以区区之地，致勇乘之权，招八州而朝同列，百有余年矣。以及以六合为家，殽函为宫，一夫作难而七庙隳，身死人手，为天下笑者，何也？仁义不施，而攻守之势异也。《过秦》

且夫僻界西戎，险阻四塞，修其防御，孰与处乎土中，平夷洞达，万方辐辏？秦岭、九嵕、泾、渭之川，曷若四渎、五岳、带河泝洛，图书之渊？建章、甘泉，馆御列仙，孰与灵台、明堂，统和天人？太液、昆明，鸟兽之囿，曷若辟雍海流，道德之富？游侠逾侈，犯义侵礼，孰与同履法度，翼翼济济也？子徒习阿房之造天，而不睹京洛之有制也。识函谷之可关，而不知王者之无外也。《东京赋》

右陈柱说见《中国散文史》

《史记·陆贾传》载贾说南越王赵佗说，司马相如本之以为《喻巴蜀檄》。

右陈石遗说见《石遗室论文》

### 挽吴德懋

吴德懋，福建莆田人。精练体育，任中央大学体育系教授。今夏罹覆车，死于土湾，士林惋嗟。予于廿七年秋曾晤见于沙县，时君方自美返国。予避寇谪羁旅沙县，一夕纵谈甚快，旋君挈眷来渝州任教，不通闻问者四年矣。及今秋予至陪都，君已于三月前罹难而死。伤已撰联挽之：

海客谈瀛州事,记昔年闽峤相逢,沙水如银映秋月。
孤蓬作万里征,看今日巴山无色,啼猿夜雨泣冤魂。

### 今本《老子》有逸文

《后汉书·李固传》:"老子曰:'其进锐,其退速也。'"李贤注:"孟子有此文。"谢承书亦云"孟子",而《续汉书》复云"老子"。案:此二语与老子指意相近,李固既引作"老子",则此本老子语,而孟子述之也。谢承据《孟子》改之,恐非。臧琳《经义杂记》

### 郭注小学不称《说文》

郭璞所著小学三书,今存者二,有时涉及《字林》,而绝未尝称用《说文》也。见《殷注说文》繭字下

### 古音义不分

戴东原云:"古人以音载义,后人区音与义而二之。音声之不通,而空言义理,吾未见其精于义也。"见《六书音韵表》序

### 不明古音不能读古文

吴省钦云:"古音不明,不独三代、秦、汉有韵之文不能以读,其无韵之文假借、转注,音义不能知。立乎今日,而译三代、秦、汉之音,是书为之舌人也。"《六书音韵表》序

### 李绅《悯农》二首

春种一粒粟,秋收万颗子。四海无闲田,农夫犹饿死。锄禾日当午,汗滴禾下土。谁知盘中飧,粒粒皆辛苦。

### 戴东原《屈原赋》注撷取钱杲之《集传》

戴氏注屈赋,或以谓即明人稿本,戴氏袭为己有。今观戴注,亦颇撷取钱杲之《离骚集传》者,如"世并举而好朋兮,夫何茕独而不余听"之"余"为女媭自谓,皆及王逸说。其他如释"金琐""纬缅"皆直取钱注,至以"见有娀之佚女"释为"见有佚豫之女",将娀字略而不说,皆类明人作风。十二月卅一日

钱注《离骚集传》甚多谬论,如"理弱而媒拙兮",此理字即上文"吾今蹇脩以为理"之"理","理弱""媒拙",对文甚为明显,而《集传》云:"君不贤而欲求贤,则于理既不足,而媒又拙钝。"失之矣。

《思美人篇》云"令薜荔以为理,因芙蓉以为媒"亦同。戴注《屈赋》,举此以为证,而忘上文"蹇脩以为理",亦可怪。

### 《尔雅疏·序》

邢昺《尔雅疏·序》云:"一物多名,系方俗之语;片言殊训,滞今古之情。"此四语已将训诂学之原理说尽矣。又序云:"时经战国,运历挟书。"挟书之语如此用法,亦奇。

### 《尔雅》之作多为释《诗》

《尔雅》序:"尔雅者,所以通训诂之指归,叙诗人之兴咏。"邢昺《疏》云:案《尔雅》所释,遍解六经,而独云叙诗人之兴咏者,以《尔雅》之作,多为释《诗》,故毛公传《诗》,皆据《尔雅》,谓之《诂训传》,亦此意也。

### 秦楚方言

战国时,秦楚为大国。故此二国言语最为流行。杨子雄造《方言》,于楚语特多甄录。又屈宋之赋,亦多用楚方言。《孟子》"一秦人教之,众楚人咻之",亦举秦、楚二国为代表。故欲求战国时方言,能于此二国求之,则得之矣。卅一日

### 幕

黄生《义府》卷下曰:"《汉书·西域传》'罽宾国钱文为骑马,幕为人面',如淳音漫,非也。按:今战钱者,名钱面为字,钱背为幕,正作幕本音。《释名》:"幕,络也,在表之称。"今永庆亦识钱背为幕,当即此字。

### 黄生不解星字

黄生《义府》卷下云:"《韩非子》:'楚庄王伐陈,吴救之,雨十日,夜星。'《说苑》载其语作'夜晴',按古文晴字作姓,则知韩书乃后人传写之讹也。"雄按:黄生以晴古文作姓,是以韩书作星讹,乃非也。《诗》:"定之方中,星言夙驾。"《韩诗》:"星,晴也。"此与韩非书作星,同为姓之古字。星亦作暒,《天官书》"天精而见景星",《汉书》作"天暒",孟康曰:"暒者,精明也。"盖精为晴之借。暒者,星之外加日也,与星同义。

### 诫语

司马德操诫子曰:"论德则吾薄,说居则吾贫,勿以薄而志不壮,贫而行不高。"王修诫子曰:"时过不可还,若年大不可少也。言思乃出,行详乃动。"羊祜诫子曰:"恭为德首,谨为行基。无传不经之谈,无听毁誉之语。"徐勉与子书曰:"见贤思齐,不宜忽略以弃日,非徒弃日,乃是弃身。"凡此皆可为治心、齐家之法。

### 《尸子》引《老莱子》文

《老莱子》曰:"人生于天地之间,寄也。寄者固归。"此《尸子》引《老莱子》语,见《文选》魏文帝《善者行》注。又陆士衡《吊魏武帝文》注亦引之,"固归"作"同归"。见《困学纪闻》卷十八

### 邢子才快语

《北史·邢邵传》:"邵有书甚多,而不甚雠校,见人校书,常笑曰:'天下书至死读不遍,焉能始复校此。日思误书,更是一适。'"《纪闻》

### 崔君苗

《陆机传》云:"弟云尝与书曰:'君苗见兄文,辄欲焚其笔砚。'"君苗未知姓氏,考

之云《集》，有《与平原书》云："前登城门，意有怀，作《登楼赋》，极未能成，而崔君苗作之，聊复成前意。"始知其为崔君苗也。

### 宋本不足贵

今之所贵于宋本者，谓经屡写则必不逮前时也。然书之失真，亦每由于宋人。宋人每好逞臆见而改旧文。见卢文弨《重雕〈经典释文〉缘起》

### 唐人经典多不全用《说文》

唐人经典，多不全用《说文》。陆氏意在随时，不取骇俗。此书中间亦引许氏以正流俗之非，而不能画一信从，且有以俗字作正文，而以正体为附注者。至其点画之间，亦每失正。

### 刘子政论好学

刘向《说苑建本篇》师旷曰："少而好学，如日出之阳；壮而好学，如日中之光；老而好学，如秉烛之明。秉烛之明，孰其昧行乎？"

### 王箓友与张石州

王箓友之撰《说文解字句读》，盖出于陈雪堂、陈颂南、张石州三人之怂恿，此于今刻本箓友《自序》中已明言之。戊辰十月，镇江柳翼谋先生于首都贡院西街萃古山房书肆，得箓友书原稿，每卷均题"益都陈山嵋，晋江陈庆镛，平定张穆订正。"惟"平定张穆订正"一行，逐卷皆以白纸签黏其上，与今刻本只题安邱王筠撰集者不同。按：石州与箓友商量邃密，稿本中石舟之签记亦甚多，后所以削去其订正之名者，亦颇有故。原稿载箓友手批云："石州于《说文》颇浅，故属词多支缀，不能达我之意。此本书订正之友已列石州，而刻本删去者。渠见此书而作色曰：'无所订正，而虚列此名，何也？'我独耐之？后来高席珍赴都，我致书石州，托买书数种，渠已取直于席珍，而又取直于春圃先生。先生来书言之，我虽惊讶而未决也。比席珍返辔，以石州索直之书相示，乃审知其实。遂上复春翁，鸣其卖友而绝之。计书到时，春翁已奉命出使甘肃。不久而石州卒。设我再知其将死，而惑亦不绝之矣。"又《月斋集》有张氏《说文句读》序，论及桂未谷刊行《说文义证》事云："桂书迩颇有力者谋为刊行，工既匄矣，以有所挠而罢。"原稿作"为宵人所挠而罢"。箓友批其上云："宵人指汪孟慈（名喜孙，后改喜荀），孟慈意恐未谷夺茂堂之席也。不知未谷去茂堂甚远，惟严铁桥足以夺其席，次之则我耳。"于此可见箓友胸襟之狭，门户之私，盖学人之通病也。翼谋先生所得原稿本，属于南京龙蟠里国学图书馆，首都陷没，馆中善本随之沦丧。前日晤柳髯谈次，为之愤惋，此所录箓友二条笺识，转录柳髯所撰《说文句读稿本校记》，见《中山大学图书馆刊》第二年刊。

### 古读能为奴来切

《礼运》："故圣人耐以天下为一家。"郑注："耐,古能字。"传书世异,古字时有存者,则亦有今误矣。今能读奴登切,古读奴来切,故借耐为之。汉谚云："欬得不能,光禄茂才。"能即读奴来切,与才韵。二月廿四日

### 《康熙字典》所称《唐韵》本之《说文》

纪昀《书毛氏重刊〈说文〉后》曰："孙愐《唐韵》,世无传本。独此书备载其反切,唐代韵书之音声部分,粗可稽考。《康熙字典》所载《唐韵》音某者,皆自此书采出,非真见孙愐韵也。"

### 《唐韵》字以画数

《唐韵》去声十二霁桂字下云："后汉《太尉陈球碑》有城阳炅横,汉末被诛,有四子。一守坟墓,姓炅;一子避难居徐州,姓昋;一子居幽州,姓桂;一子居华阳,姓炔。此四字皆九画,陈兰甫叙陈昌治一篆一行本《说文解字》,亦引此文为字以画数自古有之之征。"二月二十四日

### 严可均斥顾广圻

严可均《说文校议》序云："同时钱氏坫、桂氏馥、段氏玉裁,亦为此学。余仅得段氏《说文订》一卷,他皆未见。各自成书,不相因袭,海内同志,倘如余议,固所愿也。有所驳正,将删改之,或乃挟持成见,请与往复,必得当乃已。"此所谓挟持成见者,即斥顾广圻。顾氏后撰《说文辨疑》一卷,雷浚序之,言此事甚详,并录雷序如下:

昔归安严孝廉可均著《说文校议》,所据者毛刻大字本也。后阳湖孙观察星衍得宋小字本,欲重刊行世,延孝廉校字,孝廉自用其《校议》说多所校改。元和顾茂才广圻以为不必改,观察从茂才言,今所传《说文》孙本是也。孝廉校改之本,世遂不见。孝廉颇与茂才不平,故《校议》叙有"或乃挟持成见,请与往复,必得当乃已"之语,所谓或,指茂才也。茂才于《校议》中摘尤不可从者三十四条,欲加辨正,至二十四条而病卒。稿藏于家,仅吾辈数人传抄之未广也,不知何由流传至崇文书局?彼局当事诸君未悉此书原委,草草刊布,书中凡云旧说,云此说,皆《校议》说。而局刊无序,未将此意叙明,则所云旧说、此说,读者茫然不知何说。予故叙而重刊之。茂才辨正多条,无一条不细入豪芒,出人意料,入人意中。孝廉未见此耳,使见之,岂有往复得当之语哉!孝廉实非憒于此事者也。

### 徐锴勤学

陆游《南唐书》曰:"锴酷嗜读书,隆冬烈暑,未尝少辍。后主尝得周载《齐职仪》,江东初无此书,人无知者,以访锴,一一条对,无所遗忘,其博记如此。既久处集贤,朱黄不去手,非诏不出。少精小学,故所雠书尤审谛,每指其家语人曰:'吾惟寓宿于

此耳,江南藏书之盛,为天下冠,锴力居多。'后主尝叹曰:'群臣勤其官皆如徐锴在集贤,吾何忧哉?'"

### 老子称经始于汉景帝

《弘明集》引《吴书》:"赤乌四年,阚泽对孙权曰:'汉景帝以老子义体尤深,改子为经,始立道学,敕令朝野悉讽诵之。'"又法琳《辨正论》引《汉官仪》:"景帝已来,于国学立道学馆以教学徒,不许人间别立馆舍。"

### 许印林之谦

许印林瀚校订桂未谷《说文义证》成,某先生校桂氏注《说文条辨》滂喜斋刊本校识云:"右廿条,本无须辩,恐有误信其说者,则于桂书大有害,不得已而辩之,惧得罪于先达也,姑隐其名,庶几后有悔焉。"于此可见前代学者谦损之德。

### 王景文善谈

昔王景文在太学,与九江王阮齐名。阮曰:"听景文谈,如读郦道元《水经》,名川支渠,贯穿周匝,无有间断,咳唾皆成珠玑。"张穆《说文句读》序

### 饱暖

闻人食肉而饱,究为饱人之饱,不如自食之之诚饱也。闻人衣裘而暖,亦为暖人之暖,不如自衣之之诚暖也。

### 五十一声类

据陆法言《切韵》序:"先(苏前切)、仙(相然切)、尤(于求切)、侯(胡沟切),俱论是切"二语以考切语。上一字之分类,取先仙一尤侯二模虞三唐阳四易溷之韵,比其上字,而系联之,而分解云。知《切韵》切语,上一字当分五十一类,即予前就番禺陈氏所分四十类加分明微为二,合四十一类外,影、晓、见、溪、疑、来、精、清、从、心十类各须分二也。然止影、晓(今改为乌虎)、匣、见、溪、疑(今改为古苦五)、端、透、定、泥、来(今改为郎)、精、清、从、心(今改为麓藏苏)、臧、邦、滂、立、明十九类,不杂他音者,为古本音也。录量守师《寄勤间室謦记》

### 孟子深于小学

孟子于小学特长,如云"彻者,彻也","助者,藉也","庠者,养也","校者,教也","序者,射也","畜君者,好君也","洚水者,洪水也"。皆以一字为训,声音小异,义已焘然。此非精于训诂者不能为。章太炎《孟子大事考》

### 汉前不知反切

自汉以前,诸儒不知反切。孙炎注《尔雅》,乃有反音。以两字反出一字,已为独辟鸿濛,然而不知有三十六音也。梁时西域释神珙始传三十六母及等韵,于是六朝人之音学始精。

### 江永主张三十六母不可增减

三十六母者,如天造地设,不可减不可增,不可移动,各有心知其意者,举三十六字尽易之可也。惟不许增减移动,然而能此者亦只及唐孙愐而止,而宋、元、明以来,许多聪明绝世、博极群书之人,偏不肯守前人之旧章,动辄言并言减。至吴草庐又欲议增,于是此学大晦。愚所见者不下二十余家,其紕缪杜撰至张尔公《正字通》而极,何后人之好作聪明乱旧如此?江永《答甥汪用岐书》

### 延游即虎蝓

《说文》:"蝓,虎蝓也。"段玉裁云:"虎蝓,读延臾之音,今生墙壁间湿处,无声,有两角,无足,延行地上,俗呼延游,即虎蝓古语也。《本草经》作蛞蝓云,一名陵螺,后人又出蜗牛一条。据本经则蛞蝓即蜗牛,合之《释虫》及郑注《周礼》,许造《说文》,皆不云蠃与虎蝓为之,盖螺之无壳者。古亦呼螺有壳者。正評虎蝓,不似今人言语分别評也。"雄按:"永嘉俗評有壳者为延游蠃。"《说文》:蠃,一曰虎蝓。

### 钱大昕论惠栋

钱大昕撰《惠定宇传》论云:"宋元以来说经之书盈屋充栋,高者蔑弃古训,自夸心得。下者抄袭人言,以为己有,儒林之名,往往为空疏藏拙之地。独惠氏世守古学,而先生所得尤深,拟诸汉儒,当在何邵公、服子慎之间,马融、赵岐辈不能及也。"

### 叶德辉论诗语

论诗区唐、宋,说诗尊李、杜,此今日为人序诗者之通词。不知一朝有一朝之风气,一时有一时之景物,汉魏诗止言夫妇、朋友。晋宋以来,始有山水。至唐人而有寺观。宋元以后名物之繁日出,天地之局日新。今之自限于六朝,与各守一家数者,盖亦不可与言诗之矣。《严冬有诗集序》

### 严冬有诗

严长明,字冬友,号道甫,江宁人。工诗,为毕秋帆、袁子才所推服,与孙渊如、洪北江、黄仲则、程鱼门诸人同时,客毕公关中幕中。程晋芳评其诗:"渟滢恣肆,兼有众体。"兹摘其佳句如下:"天地无情春又老。江山如梦远难醒。"(《春尽日登治城》)"山月晚招人,冷挂松际屋。"(《乘月过中峰晤月江上人遂白云庵》)"晓起先春禽,抱影坐簷际。"(《白云庵晓起,周墀绿萼初开,偶忆宋侍郎张环读书于此》)"春随沙影动,晴数杏花开。"(《由西峰后至天开严》)"掩袂惜微月,当窗横素琴。"(《山斋琴夕示吴瑞宜》)

### 老子《道经》

《汉书·严助传》:"此老子所谓'师之所处,荆棘生之者也'。"师古曰:"老子《道经》之言也,师旅行,必杀伤。士众侵,暴田亩。故致荒残而生荆棘也。"

#### 称夫为公

《汉书·朱买臣传》:"妻恚怒曰:'如公等,终饿死沟中耳,何能富贵?'"

#### 老子《德经》

《汉书·酷吏传》论老氏称:"上德不德,是以有德。下德不失德,是以无德。法令滋章,盗贼多有。"师古曰:"老子《德经》之言上德体合自然,是以为德。下德务于修建,更以丧之。法令繁则巧诈益起,故多盗贼也。"于此可见老子在唐时仍区为《道》《德》二篇。

按:此条应参看上条王弼注《老子》不分《道》《德》二经。

#### 白乐天诗袭左太冲

左太冲《咏史》诗曰:"郁郁涧底松,离离山上苗。以彼径寸茎,荫此百尺条。世胄蹑高位,英俊沉下僚。地势使之然,由来非一朝。"白乐天《续古》一篇全用之,曰:"雨露长纤草,山苗高入云。风雪折劲木,涧松摧为薪。风摧此何意,雨长彼何因。百尺涧底死,寸茎山上春。"洪迈《容斋续笔》说

#### 惬快

《汉书·西域传》:"凡中国所以(为)(依王念孙说删)通厚蛮夷,惬快其求者,为壤比而为寇。""惬快"二字连用,永嘉今语犹然。

#### 金石证史

夫金石之足证经史,其实证经者二十之一耳,证史则处处有之。记载楷柱,曷可胜原,惟当论其大者而已。有如唐温彦传,史称其"褊急,好争论是非",而碑特著其"宏量,不与人争",其相反乃若是。岑江陵固不应作谀墓文,此当表出之,以资论世者。翁方纲、洪颐煊《平津读碑记》

#### 清代金石学纂述

今世之为是学者,有钱小詹《潜研堂金石文跋尾》,翁阁学《两汉金石记》,阮中丞《山左金石志》,王少寇《金石萃编》,武大令《授堂金石跋》,皆海内尊尚。洪颐煊《平津读碑记》自序

#### 异语

卫宏定《古文尚书·序》云:"伏生老,不能正言,言不可晓也。使其女传言教错,齐人语多与颍川异,错所不知者凡十二三,略以其意属读而已。"

#### 朴学

《汉书·儒林传》:"欧阳生传倪宽,有俊材。初见武帝,语经学,上曰:吾始以《尚书》为朴学,弗好,及闻宽说可观。乃从宽问一篇。"

### 自叙出于《离骚》

刘子玄《史通》云:"作者自叙,其流出于中古。《离骚经》首章,上陈氏族,下列祖考。先述厥生,次显名字。自叙发迹,实基于此。降及司马相如,始以自叙为传。至马迁、杨雄、班固,自叙之篇,实烦于代。"

### 夔一足矣

《韩非子·外储说》左下云:"哀公问于孔子曰:'吾闻夔一足',信乎?"曰:"夔,人也。何故一足? 彼其无他异,而独通于声。尧曰:'夔'一而足矣! 使为乐正。故君子曰:'夔有一足,非一足也。'"雄按:《后汉书·曹褒传》昔尧作大章,一夔足矣。即用孔子所言。今人说一足夔,皆袭鲁哀公之误也。

### 道德释义

宇宙之全体,盖为一大秩序(Order)。秩序者,谓万理之全。万物之生,各由其理。故王弼曰:"道者,无不通也,无不由也。"(邢昺《正义》引《论语释疑》)通者,由者,谓万物在秩序中各得其分。位得其分,位则谓之德。此分位自道言之,名之曰理(天)。自德言之,则名为性(人)(何晏作《道德论》又称王弼可与谈天人之际,均指此)。

按此段见汤用彤《王弼大衍义畧释》清华学报十三卷二期,释道、德二字甚当。

### 隶变之误

《三国志·吴志·薛综传》:"西使张奉于权前,列尚书阚泽姓名以嘲泽。泽不能答。综下行酒,因劝酒曰:'蜀者,何也? 有犬为獨,无犬为蜀。横目苟身,虫入其腹。'奉曰:'不当复列君吴耶?'综应声曰:'无口为天,有口为吴。君临万邦,天子之都。'于是众坐喜笑,而奉无以对。"裴注:臣松之见诸书本,苟身或作句首,以为既云横目,则宜曰句身。

雄按:综说蜀字,颇合古义。吴从矢口。矢,倾头也,非天字。此虽嘲谑,然吴之作吴,隶变之失。张奉蒙昧,不能反驳,惜哉!

### 东汉文字不正

《后汉书·马援传》李贤注引《东观记》曰:"援上书:'臣所假伏波将军印,书伏字犬外向。城皋令即,皋字为白下羊。丞印,四下羊。尉印,白下人,人下羊。即一县长吏,印文不同,恐天下不正者多。符印所以为信也,所宜齐同。荐晓古文字者,事下大司空,正郡国印章。'奏可。"

按:自隶书行,文字往往失古。爰逮东京,小学不修。许叔重云:"俗儒鄙夫,翫其所习,蔽所希闻,不见通学。未尝睹字例之条。伏波上书,盖亦有鉴于斯尔。"

### 唐代注意文字

唐参廖子《阙史》单进士辨字条云:"进士单长鸣者,随计求试于春官。日袖状诉吏云:'某姓单(音丹),为笔引榜者易为罩(音善)。单诚姓字之僻,而援毫吏得以侮易之,实贻宗先之羞也。'主司初不谕,久之方云:'方口尖口,亦何异耶?'长鸣厉声曰:'不然,梯航所通,声化所暨。文学之柄,属在明公。明公倘以尖方口得以互书,则台州吴儿,乃吕州矣儿也。'主文者不能对,词场目为举妖。"

### 七言诗始于柏梁台

刘孝标《世说新语注》引《东方朔传》曰:汉武帝在柏梁台上,使群臣作七言诗。七言诗自此始也(卷六《排调》第二十五王子猷诣谢公条下引)近世撰文学史者论七言诗之起,即探本《诗》《骚》,或主柏梁台,亦不举孝标之说,皆非述作之旨也。三十三年六月十二日

### 金阊为金伤之误

《世说新语》注(《轻诋》弟二十六"褚太傅初渡江"条)引谢歆《金昌亭诗》叙曰:"余寻师来,入经吴,行达昌门。忽睹斯亭,傍川带河,其榜题金昌,访之耆老,曰:'昔朱买臣仕汉,还为会稽内史,逢其吏逆旅北舍,与买臣争席,买臣出其印绶,群吏惭服自裁,因事建亭,号曰金伤,失其字义耳。'"

### 训诂三涂

训诂三涂:一、直训。如元,始也。此与翻译无异。二、语根。如天,颠也。此明天之得语由颠而来。睹《说文》用声训者率多此类。三、界说。如吏,治人者也。此于吏字之外延内容,期于无增减而已。录章太炎先生语。

### 石勒听书

《世说·识鉴》注引邓粲《晋纪》曰:"勒手不能书,目不识字,每于军中令人诵读,听之皆解其意。"

### 大传

慧皎《高僧传·昙无谶传》:"谶本善梵书,备诸国语,游履异域,别有大传。"又《法显传》:"其游履诸国,别有大传焉。"又《释昙无竭传》:"所历事迹,别有记传。"又《释宝云》:"其游履外国,别有记传。"又《智猛传》:"十六年七月,造传,记所游历。"按:大传二字,汉人用之于经注。如《尚书大传》《礼记大传》是。六朝人用之于记游之行传,大传盖对小传言也。友人朱东润近撰《张居正大传》序谓大传二字,用于传记,古无其例,沾沾矜为独得,斯不读书之效也。

### 沙门记列不同

《高僧传·释智猛传》慧皎云:"余历寻游方沙门,记列道路,时或不同。佛钵顶

骨处亦乖爽，将知游往天竺，非止一路。顶钵灵迁，时届异土，故传述见闻，难以例也。"

### 史可法《报摄政王书》非其亲笔

陈庚焕《黄先生澂之传》曰："世传史督师报我摄政王书卷闽士所属笔，波氏先生'澂之字'即其人与？"又谈迁《枣林杂俎》谓"答摄政王书为沔阳黄日芳作"。按澂之，福建建阳人。二说未知孰是？

### 译经须才

《高僧传》卷第六《释僧叡传》："什所翻经，叡并参正。昔竺法护出正《法华经·受决品》云：'天见人，人见天。'什译经至此，乃言：'此语与西域义同，但在言过质。'叡曰：'将非人天交接，两得相见？'什喜曰：'实然！'"

### 古书多亡于北宋

古书多亡于北宋，故辑书始于王应麟。近代惠徵君栋踵为之。《四库全书》用其法，多从《永乐大典》写录编次，刊布甚夥。孙星衍《五松园文集·章宗源传》

### 传记索义

传记二字连用，其源甚古。《汉书·东方朔传》"颇读传记"。又《陈遵传》："略涉传记，瞻于文辞。"又《王莽传》"考之经执，合之传记"，又《刘歆传》"信口说而背传记，是未师而非往古"，皆是。而此所谓传记，总一切载籍山言。今人以专记一人之事迹者为传记，则始于司马迁《史记》。《史记》列传七十《索隐》云："列传者，谓叙列人臣事迹，令可传于后世。"此则单言传也。《四库全书总目提要》史部传记类以《孔子三朝记》为记之权舆，此则单言记也。魏晋人撰述私人行实，或称传（如裴注《三国志》所引吴人作《曹瞒传》、虞溥《江表传》、《献帝传》、《楚国先贤传》、《汉末名士传》、《何幼荀粲传》等是）。《文选注》有《黄帝史记》，汪师韩云当即《黄帝内传》。见文选理学权舆或称记（如裴注《三国志》所引王粲等撰《英雄记》、干宝《搜神记》、傅畅《裴氏家记》、乐资《山阳公载记》等是）。《隋书·经籍志》有《毋丘俭记》三卷（裴注作《毋丘俭志记》）。或记传同称。如《历代三宝记》称法显"历游天竺，记传一卷"。考传记之义，原出于经。《汉书·艺文志》：《礼古经》五十六卷，记百三十一篇。《乐记》二十三篇，《王禹记》二十三篇，皆记载礼乐之事也。又《诗齐后氏传》三十九卷，《齐孙氏传》二十八卷，《韩内传》四卷，《韩外传》六卷，皆传述《诗经》之义也。按《说文》："传，遽也。"由传遽之义，引申为展转引申之称如传注，四是《说文》："记，疋也。"疋，今字作疏，谓分疏而识之也。是则记一人之行事谓之传记者，人犹经也，行事即传记也。汉代帝王始有《起居注》，《后汉书·皇后纪》"明德马皇后自撰《显宗起居注》"。袁宏《后汉纪》序称《汉灵献起居注》。晋则有《惠帝起居注》、《泰始起居注》（见裴注《三国志》引),历代相仍,述作益宏。唐则有温大雅之《创业起居注》,宋则有周密之《德寿宫起居注》。注亦记也。《广雅》注:"注,疏记,义指同归并谓识也。晋唐人注记字,从言不从水,今则注记,传注,并作从水字矣。"记亦谓之志,如陈寿《三国志》、士燮《交州人物志》(见姚振宗《补三国艺文志》卷二史部)、刘劭《人物志》之类是也。其记人者谓之传记或志,其记地者亦效是名。如《南阳风俗传》(见姚振宗《补后汉艺文志》),圈称《陈留风俗传》(见《隋书·经籍志》),杨终《哀牢传》(《论衡·佚文篇》:"杨子山为郡上计吏,见三府,为《哀牢传》不能成,归郡作上,孝明奇之,徵在兰台。"),康泰《扶南土俗传》(见《太平御览·图书纲目》,又三百五十九引作"康泰《吴时外国传》,《史记·大宛传正义》引作《康氏外国传》"),此则以传称也。《隋志》有应劭《十三州记》、《地理风俗记》,卢植《冀州风土记》,谯周《三巴记》,朱育《会稽记》,顾启期《娄地记》一卷,《太平御览·地部》七金门山条引阮籍《宜阳记》,此则以记称也。若杨孚《南裔异物志》,《交州异物志》(见《隋志》),谯周《益州志》(《文选蜀都赋》注引),韦昭《三吴郡国志》(见《隋志》),徐整《豫章旧志》(见《唐书·艺文志》)则以志称也。李唐以下,记人者大多称传。记地者,大多称记或志。名号渐专,体裁各别,盖时势使然也。今于史部传记类之有文学意味者,裁取其义,广拓为传记文学,名放自古,绝非杜撰。友人朱世溱(东润)钻研史传,积有年岁,嫌传记二字未当,易为传叙。予以为叙名固有所自(如裴注《三国志》所引傅玄、马钧序、管辰、管辂叙,《史通》谓司马相如始以自序为传),班固《叙传》,犹后世之序录,故缀之书末。传记二字连类同风,自隋志以下并有是称,移史植文,名实恰当,毋烦更改,营惑耳目也。三十四年四月廿五日作

《汉书·刘向传》:河平中,歆受诏与父向领校秘书,讲六艺传记、诸子、术数、方技,无所不究。是则以传记为史部书也。

龚定盦:《六经正名》:传记也者,弟子传其师、记其师之言也。(文集补编卷三)

近代西洋传记,以一人为骨干,附以当时时事,读一伟人传记,则于当代政治、经济、社会之情况可瞭然于胸中。我国史传则以一时代为单位,为《汉书》记西京一代之始末,帝记与列传不可分割,《史通》所谓传以释记是也。(列传篇)徜以一人之列传,与西洋近代传记比拟,则惑矣。盖其根本作法不同,精神非有异也。

**李注《文选》通假四例**

《选》注通假之义,厥有四端:一则正文与注本系一字,而有古今体之殊,则曰某古某字,或曰某与某古今字。一则当时别本异字,义或相同,则曰某或为某字,某本作某。此二端皆系于形。一则声义俱同,则曰某与某音义同。一则字之本义不同,因同一谐声遂假其义,则曰某与某古字通。此二端皆系于声。均六书中假借通例

也。刘师培《〈文选古字通疏证〉书后》见《左庵集》

### 《史记》之名起于三国

《太史公书》之改称《史记》，盖起于三国时。《魏志·王肃传》："明帝问司马迁以受刑之故，内怀隐切，著《史记》，非贬孝武，令人切齿是也。"《隋书·经籍志》以下遂专称《史记》矣。朱希祖《太史公解》，《制言》第十五期

雄按：《汉书·五行志》称史记，颜师古以为即司马迁所撰也。据此则迁书在汉已称《史记》。《后汉书·班彪传》有司马迁著《史记》之语。

### 笺

张华《博物志》曰："郑注《毛诗》曰笺，不解此意，或云毛公尝为北海相，玄是郡人，故以为敬云。"李贤《后汉书·卫宏传》注曰："笺，荐也。荐成毛义也。"雄按：《说文》："笺，表识书也。"《六艺论》云："注诗宗毛为主，毛义若隐略，则更表明。如有不同，即下己意，使可识别也。"此郑取笺之义也。

### 《礼记》各篇作者

《礼记》者，本孔子门徒共撰所闻，以为此记。后人通儒，各有损益，故《中庸》是子思伋所作，《缁衣》是公孙尼子所制。郑玄云：《月令》是吕不韦所撰。卢植云：《王制》是汉时博士所为。陈邵《周礼论序》云：戴德删古礼二百四篇为八十五篇，谓之《大戴礼》。戴圣删《大戴礼》为四十九篇，是为《小戴礼》。后汉马融、卢植考诸家同异，附戴圣篇章，去其繁重及所叙略而行于世，即今《礼记》是也。《经典释文序录》

### 南北朝文学与佛典

佛经云："奇草芳花，能逆风闻薰。"江淹《别赋》"闺中风暖，陌上草薰"正用佛经语。《六一词》云"草薰风暖摇征辔"，又用江淹语。今《草堂词》改薰作芳，盖未见《文选》者也。《宏明集》："地芝侯月，天华通风。"录汪师韩《文选理学权舆》

### 援史入词

《御览》一百三十七引《续汉书》曰："孝明明德马皇后，素自喜俭，前过濯龙门上，见外家问起居，车如流水，马如龙。"按李后主词正用此句。稼轩词多用《论语》，则援经入词。后主则援史入文。后人莫之识也。四月二十日记

### 死鬼

《晋书·载记》曰："李寿奢侈，杀人以立威，其臣龚壮作诗七篇，托言应璩以讽寿。寿报曰：省诗知意，若今人所作，时贤之话言也。古人所作，死鬼之常辞耳。"

### 宫体之起

《御览》五八五引《三国典略》曰："徐摛，字士秀，东海剡人也。员外散骑常侍超之子。文好新变，不拘旧体。梁武谓周舍曰：'为我求一人，文学俱长，兼有德行者，

欲令与晋安游处。'舍曰：'臣外弟徐摛，形质陋小，弱不胜衣，而堪此选。'梁武曰：'必有仲宣之才，亦不简其貌也。'乃以摛为侍读，王为太子，转家令，文体既别，春坊尽学之，谓之宫体。宫体之号自斯而起。"

**魏收秽史**

《御览》六百三引《三国典略》曰："齐王命魏收撰《魏史》，至是未成。常令群臣各言其志。收曰：'臣愿得直笔东观，早出《魏书》。'齐王乃令收专在史阁，不知郡事。谓收曰：'当直笔，我终不学魏太武诛史官。'于是广徵百官传，总擸酌之。既成，上之，凡十二袟，一百三十卷。尚书陆操谓杨愔曰：'魏收可谓博物宏才，有大功于魏室。'愔曰：'此不刊之书，传之。但恨论及诸家，枝叶过为繁碎。'时论收为尔朱荣作传，以荣比韩彭伊霍者，盖由得其子文略黄金故也。邢劭父兄书事皆优，邵唯笑曰：'《列女传》悉是中官祖母。'尚书左丞卢斐、临漳令李庶、度支郎中王松年、中书舍人卢潜等言曰：'魏收诬罔一代，其罪合诛。'卢思道曰：'东观笔殊不直。'斐、庶等与收面相毁辱，无所不至。齐主大怒，乃亲自诘问。斐曰：'臣父位至仪同，收附于族祖中书郎元传之下。收之外亲博陵崔绰位止功曹，乃为传首。'齐主问收曰：'崔绰有何事迹，卿为之立传？'收曰：'虽无爵位，而道义可嘉。魏司空高允曾为其赞，称有道德，臣所以知之。'齐主曰：'司空才士，为人作赞，理合称扬，亦如卿为人作文章，道其好者，岂能皆实？'收不能对。以其才名，不欲加罪。高德正其家传甚美，乃言于齐主曰：'国史一定，当流天下，人情何由悉称？谤者当加重罪，不然不止。'齐主于是禁止诸人，各杖二百。斐、庶死于临漳狱中。又《北史》：'收所引史官，恐其陵逼，唯取仿佛学流先相依附者。其房延祐、辛元植、睦仲让，虽夙涉朝伍，并非史才。刁柔、裴昂之以儒业见知，全不堪编缉。高孝干以左道求进。修史诸人，父祖姻戚多被书录，饰以美言。收性颇不甚能平，夙有怨者，多没其善，每言"何物小子，敢共魏收作隙，若举之则使上天，按之当使入地"。收在神武时，为太常少卿，修国史得阳休之助，因谓休之曰："无以谢德，当为卿作佳传。"休之父固，魏世为北平太守，以贪虐为中尉李平所弹，获罪。收《书》云："固为北平太守，有惠政，坐公事免官。"又云："李平深相敬重。"'群口沸腾，勅魏史且勿施行，号为'秽史'。"

**郡县命名例**

古今郡县命名之例甚繁，亦有因其地之出产而名之者。《御览》九百八十三引盛宏之《荆州记》曰："都梁县名，有小山，山上水极浅，其中悉生兰草，绿叶紫茎，芳风藻谷。俗谓兰为都梁，即以号县云。"《水经·济水》注引圈称曰："昔天子建国名都，或以令名，或以山林，故豫章以树氏郡。酸枣以枣名都，故曰酸枣也。"亦斯例也。

### 除夕

《吕氏春秋·季冬纪》注云："前岁一日,击鼓驱疫,谓之逐除。岁除之名始于此。其夕即谓之除夕。"刘文淇《除夕同舟守岁图序》(见《青溪旧屋文集》卷四)

### 《文苑英华辨证》体例

昔宋彭叔夏作《文苑英华辨证》,其体例大约有三:实属承讹,在所当改;别有依据,不可妄改;义可两存,不必遽改。刘文淇《〈宋元镇江志〉校勘记序》(《青溪旧屋文集》卷五)

### 作诗须学

昔刘知幾谓:"作史有三长,曰才,曰学,曰识。"后人取以论诗,谓作诗亦必具三长而后乃工。钱辛楣先生申其说云:"放笔千言,挥洒自如,诗之才也;含经咀史,无一字无来历,诗之学也;转益多师,涤淫哇而远鄙俗,诗之识也。"是固然已,窃谓三者之中,尤必以学为本。才非学则不展,识非学则不卓。刘文淇《舍是集序》(见《青集》六卷)

### 唐人经疏不善

汉儒之学,经唐人作疏而其义益晦。徐彦疏《公羊》空言无当,贾孔疏《礼》,亦少发明。刘文淇《〈句溪杂箸〉序》(见《青集》六卷)

### 铺首

《御览》一百八十八引《风俗通》曰:"门户铺首,《百家书》云:'输般见水上蠡,谓之曰:"开汝头,见汝形。"蠡适出头,般以足画图之,蠡引闭其户,终不可开。'设之门户,欲使闭藏,当如此固密也。"

### 魏晋以前《仪礼》称《礼记》

魏晋以前,以今之《仪礼》为《礼记》。如郑君《诗·采蘩》笺引《少牢馈食礼》,郭璞《尔雅传诂》注引《士相见礼》,《释言》注引《有司彻》,《释草》注引《丧服》传,皆云《礼记》是也。

### 唐前名释多闳博

唐释湛然《辅行记》叙云:"宗虚无者,名教之道废。遗文字者,述作之义乖。"可见彼教尚然,奚况吾道?故唐以前名释多闳博之流。臧庸说

### 苦

《尔雅》:"苦,息也。"郭注:"苦,劳者,宜止息。"雄按:《家语·困誓》篇:"子贡问于孔子曰:'赐倦于学,困于道矣。愿息而事君,可乎?'"困倦皆劳苦之意。又《汉书·杨恽传》:"田家作苦,岁时伏腊。"作苦正作息也。颜注《汉书》,李注《文选》皆未引《尔雅》,可谓失之。三十四年五月廿九日记

### 曹魏学风

《三国志·魏志·王朗传》附肃传注引《魏略》曰:"从初平之元,至建安之末,天下

纷崩，人怀苟且，纪纲既衰，儒道尤甚。至黄初元年之后，新主乃复扫除太学之灰炭，补旧石碑之缺坏，备博士之员，录依汉甲乙以考课，申告州郡，有欲学者，皆遣诣太学，太学始开，有弟子数百人。至太和青龙中，中外多事，人怀避就，虽性非解学，多来诣太学。太学诸生有千数，而诸博士率皆粗疏，无以教弟子。弟子本亦避役，竟无能习字。冬来春去，岁岁如是。又虽有精者，而台阁举格太高，加不念统其大义，而向字指、墨法、点注之间。百人同试，度者未十。是以志学之士遂复陵迟，而末求浮虚者各竞逐也。正始中，有诏议立圜丘，普延学士。是时郎官及司徒领吏二万余人，虽复分布，见在京师者，尚且万人，而应书与议者，略无几人。又是时，朝堂公卿以下四百余人，其能操笔者，未有十人，多皆相从饱食而退。嗟夫！学业沈废，乃至于是。是以私心常区区贵乎数公者，各处荒乱之际，而能守志弥敦者也。"

**魏石经字体**

孔壁、汲冢古文之书法，吾不得而见之矣。《说文》中古文，其作法皆本壁中书，其书法在唐代，写本与篆文体势无别。雍熙刊板，则古、篆迥异。案宋初校刊《说文》，篆文当出徐铉手，古籀二体当出句中正、王惟恭二人之手。《宋史·儒林传》句中正与徐铉重校定《说文》，摹印《说文》，后附《进书表》，亦并列王惟恭、葛瑞、句中正、徐铉四人名。中正有《三字孝经》，惟恭有《黄庭经》，亦以古文书之。夏竦《古文四声韵表》云："翰林少府监丞王惟恭写读古文，笔力尤善。"是句、王皆以古文名。《说文》中古、籀二体，必句、王二人所书，明矣。此种书体在唐以前，不能征之。自宋以后，则郭忠恕之《汗简》，夏竦之《古文四声韵》，吕大临、王楚、王俅、薛尚功辈所摹之三代彝器，皆其一系。洎近世古器大出，拓本流行，然后知三代文字决无此体。惟吴县潘氏藏不知名古铜器一笔意近之，而结体复异，乃六国时物也。今溯此体之源，当自三字石经始矣。卫恒《四体书势》谓："魏初传古文者，出于邯郸淳。至正始中，立三字石经，转失淳法。因科斗之名，遂效其形。"然则魏石经残字之丰中锐末，或丰上锐下者，乃依傍科斗之名而为之，前无此也。自此以后，所设古文者，殆专用此体。郭忠恕辈之所集，决非其所自创，而当为六朝以来相传之旧体也。自宋以后，句中正辈用以书《说文》古文，吕大临辈用以摹古彝器，至国朝《西清古鉴》等书所摹古款识，犹用是体，盖行于世者几二千年。源其体势，不得不以魏石经为滥觞矣。王国维《魏石经考》五，见《观堂集林》廿。

**佛教与庙碑**

自裴松之奏禁立碑，见《宋书》六十四《裴松之传》墓碑因之减少。而以佛教盛行，庙碑于时增多。此类文章，亦有定格，不能摹仿汉碑。盖汉碑镕铸经诰，不引杂书，庙碑崇仰佛陀，须宗内典，倘庙碑不用内典，而专采六经，或虽援用佛书，而行以蔡邕之调，则于体均不称。故今日作庙碑者，须取法六朝。亦犹校练名理之文，须宗式嵇康

以下,相题定体,庶免乖违耳。刘申叔《文心雕龙·诔碑篇》口义,罗常培笔记,见《国文月刊》36期

### 氏

往年读《说文》:"氏,巴蜀名山岸胁之自旁箸欲落堕者,曰氏。氏崩,声闻数百里。"不解其义,今来蜀中,目验之矣。按:氏字,金文有作ऺ克鼎ऺ伯庶父簋ऺ格氏矛,皆象山岸胁之自旁箸欲落堕之形者,由此可知许氏解字之精。三十四年七月十五日

### 印文

汉据土德。土数五,故印文皆五字,若丞相曰"丞相之印章";诸卿及守相印文不足五字者以之足之。后代印文沿用之字,如某某之印,某某之章,此之字无意义也。三十四年八月十九日

### 《世说新语》注受佛典之影响

孝标逃还江南,有两大著述。其一为《世说新语注》,引书一百六十余种,至今士林传诵。其一为《类苑》一百二十卷,隋唐三《志》皆著录。南宋末,陈氏撰《书录解题》时,始说不存。以今日观之,孝标之注《世说》及《类苑》,均受其在云冈石窟寺时所译《杂宝藏经》之影响。印度人说经,喜引典故,南北朝人为文,亦喜引典故。《杂宝藏经》载印度故事,《世说》及《类苑》载中国故事。当时谈佛教故事者,多取材于《杂宝藏经》。谈中国故事者,多取材于《世说新语注》及《类苑》,实一时风尚。陈垣《云冈石窟寺之译经与刘孝标》,见《燕京学报》第八期十八年十二月

### 内外学

朱竹垞云:"东汉之世,以通七纬者为内学,通五经者为外学。"顾櫰三《补后书艺文志》引

### 例

例字盖出于法家。西汉恒言比,东汉恒言例,盖所谓名例者,具体于法经,及贾充、杜预,乃后定为律首,而张斐明其义。沈寐叟《孙德谦〈汉书·艺文志〉举例序》

三十四年九月六日札

# 第五辑

# 泉山诗稿

**泉山诗稿目录**

夜读东坡诗
清凉山过随园故址
感事
效孟东野体
薄暮得次廉书赋此寄之
癸酉五日和季刚先生一首附原作
北极阁
三月八日舟过吴淞感赋
夜宿黄浦滩吊十九路军阵亡将士
读杜诗
后湖和杜甫重过何氏五首
和易同九冬日登扫叶楼
冬日登豁蒙楼
辟疆先生卜居珍珠河赋此奉之
题扬子云剧秦美新篇后
读楚辞四首
呈和季刚先生上巳日不出一首
新亭晚眺

对雨书怀
泛后湖
登鸡鸣寺
登豁蒙楼
杂诗
山居偶感
十五夜玩月大观亭
秋日登华盖山
秋夜
萤火
九日
艳歌行
秋闺
秋夜独步河干
闻飞霞洞遭火即成二绝
咏菊
观菊有感
怀故人

岁旦柬诸旧友　　　　　　　　　别后简蔚文乐清次廉平阳
游普陀　　　　　　　　　　　　雪夜书怀
雨中寻普陀诸胜　　　　　　　　己巳除夜
山中寒食　　　　　　　　　　　后湖晚泛
三月四日由郡城归宿梧湖和放翁湖村野兴韵　除中杂感己巳十月二十一日自郡城返茶山
春日杂咏　　　　　　　　　　　题曼殊大师像并序
闰月步郊外寻幽　　　　　　　　二月杪自城中回茶山
白桃花和周绣林　　　　　　　　季思将游天台赋赠
春日思家　　　　　　　　　　　送芳圃季思游天台
送黄君冷云之京　　　　　　　　庚午春暮过玉海楼感赋
送春词四绝句　　　　　　　　　庚午夏由京赴沪途中述怀
无题　　　　　　　　　　　　　寄次廉真茹
暮春独步郊外作兼答小荷　　　　再叠前韵柬次廉真茹并抒近况
台城值雨归　　　　　　　　　　秋夜
题碧飔绝句三十九首　　　　　　大雪中登台城柬次廉海上
题曼殊断鸿零雁记　　　　　　　除夜
题曼殊汾堤吊梦图影本　　　　　元日与肃然饮奉此
绮怀　　　　　　　　　　　　　初春过梅庵闻竹叶骚屑作秋声感赋
端午竹枝词　　　　　　　　　　清明
戊辰夏得蔚文书却寄　　　　　　感夏
李小荷游西湖以诗见寄作此答之　暮春掇残红赋此
己巳春暮登积穀山　　　　　　　寒夜寄次廉海上
九日与冷云　　　　　　　　　　和次廉哀柳二首
感怀和冷云　　　　　　　　　　元夜饮北门桥酒肆
有见　　　　　　　　　　　　　扁鹊
题冒辟疆影梅庵忆语　　　　　　拟陶诗
归鸿步冷云韵时冷云有归意作此示之　十二月十一日夜作
前楼寒夜书怀一首　　　　　　　红梅
廿三夜送灶词　　　　　　　　　九日登北极阁

## 附词钞目录

  望海潮　　吊戚南塘

  风流子　　效清真体

  菩萨蛮　　拟花间

  满江红　　秋燕

  六么令　　二十日薄暮自三台洞泛江抵下关怅然有赋

  临江仙　　寒食泛湖

  月华清　　壬申月当头夕

  浣溪纱

  江城梅花引　　闻角

  浣溪纱　　半枯红梅

  又　　瓶杏

  又　　上巳北湖记游

  三姝媚　　过玄武湖

  石州慢　　燕子矶

  水龙吟　　白莲和草窗韵

  清商怨　　梅庵对菊

  满江红　　寒鸦

  蓦山溪　　橙

  鹧鸪天　　秋蝶和王季思原韵

  念奴娇　　用稼轩原韵

  木兰花慢　　癸酉端午

右一卷，盖雄二十四岁以前之所作也。二十六年十月，草稿由京寄至衢州，时强寇压国门，南都摇摇欲坠，家季父遽为之付印者。鄙性疏旷，偶事吟咏，瘁音下曲，未归冷汰，追视旧作，不禁赧然。

三十一年二月雄志

### 夜读东坡诗

我爱东坡诗,夜半灯畔读。能作太白豪,不作李贺哭。浩浩长江水,万里相奔逐。风击三峡涛,轻舟飘忽倏。中间洞庭波,悬月照黛蓄。湘娥十二鬟,渺渺愁人目。长使羁旅魂,相对叹幽独。

我爱东坡诗,我悲东坡遇。多情皱角声,夜送幽人渡。看尽浙西山,长滞江南路。心知诗为役,抵死发奇句。譬彼三眠蚕,自缚复自吐。一旦破翅去,栩栩不内顾。焉知千载后,亦复坐此误。

### 清凉山过随园故址

小岑久旷诗人迹,隔世来寻梦里过。几许低回向莺燕,可堪寂寞问山河。片云飞渡大江去,一代才分八斗多。少日读书今日泪,少时读小仓山房诗,心向往之。斜阳空谷恋岩阿。

### 感事

永夜角吹边戍声,周年抱影走神京。山河黯澹愁中改,风雪披纷势未平。慷慨昔曾夸北伐,笑谈谁复敢东征。剑南空有哀时泪,万首诗余身后名。

### 效孟东野体

秋气日以厉,客怀殊耿耿。出门将何之,一片秋江冷。野风中夜流,寒月照孤影。昨梦挂归帆,觉后仍飘梗。滴泪走江头,泪随江水永。

雌鸟丧其雄,高树临寸土。绿叶拂素帷,寒花掩朱户。九秋花叶飞,枯条阅今古。危巢起波涛,岌岌撼风雨。一母将双雏,哀哀渡江浦。

### 薄暮得次廉书赋此寄之

故人书到暮江寒,灯影低微不忍看。岂信穷愁出秀句,从来郁结托香兰。三年湖海烽烟隔,一夜秋心羁旅单。何日南行同抵足,哀音万曲向君弹。

### 癸酉五日和季刚先生一首

沉魄浮魂剩楚辞,空令俗士费猜疑。贾生去国临江赋,未抵今朝兰芷思。

### 附原作

一卷离骚铸伟辞,沉湘那用国人知。空留角黍供狂啖,未觉蛟龙惧彩丝。

### 北极阁

春风吹绿掩残红,楼阁重重际碧空。微雨倚阑千里目,隔江山色有无中。

### 三月八日舟过吴淞感赋

三月春江一点萍,往来如梦感沧溟。重过城郭非耶是,蒿目山河醉复醒。蜃市终归海上幻,兵尘尚带水中腥。东南无限伤心事,落日哀魂不可听。

**夜宿黄浦滩吊十九路军阵亡将士**

万里重来满眼愁,繁华销歇战尘稠。乱离岁月弟兄念,破碎山河国士羞。百代英威奋海峤,一时猿鹤泣江头。残灯羁宿憧憧影,别有伤心泪不收。

**读杜诗**

风雅亡三千,楚骚起南国。纷纶汉魏下,余波务雕饰。壮哉杜陵杰,轶才独起特。上款骚雅门,下取百家则。众流纳大海,浩荡渺无极。蛟龙潜其间,掀涛千嶂黑。烟襄雨既霁,三山不可即。璀璨罗眼前,奇花放异域。潇洒凌云气,往往观者惑。惜哉命之穷,丧乱困蟊贼。神器长播迁,昏垫天地塞。独抱赤了心,饿走江南北。风尘京洛道,归路无颜色。茅屋被风吹,痴儿父不识。啼猿日夜哀,万古诗流熄。今我展遗编,相对泪霑臆。举目忧黎元,把笔写不得。寸心驰耒阳,荒丘谁登陟。

**后湖和杜甫重过何氏五首**

三月出城去,湖山堪细书。绿迷城里寺,红绕水边庐。堤回柳梢燕,波平芡跃鱼。一襟尘虑写,曳足此幽居。

霁色开天宇,湖塘春水移。莺花三月艇,风雨五洲儿。烟雾纵横径,鸡鹜远近陂。江南无限好,随意转疏篱。

径僻人鲜到,诛茅独立时。山樱齐发笑,水鸟共吟诗。野草露朱露,黄蜂绕碧丝。此来兴未极,流憩惬佳期。

野老闲岁月,湖村兴自长。虚心无城府,白首看槐枪。开户飞花片,钓鱼足稻粱。仙尘咫尺隔,三岛笑秦皇。

丛竹条条月,欹巾忆去年。枝间啼好鸟,椀底沸清泉。忍上斜阳阁,远望秀麦田。归车侵调角,回首一怃然。

**和易同九冬日登扫叶楼**

扫叶高怀不可攀,云山万古自萧闲。人同王粲登楼日,地接卢家落照间。湖上风帆愁一笛,江南烟树冻千鬟。草窗旧事君能记,词客飘零忆故山。

**冬日登豁蒙楼**

寒风振客衣,斜日照林薄。澄湖冻风漪,千山净虚霩。城池渐浸夕,川原亦萧索。故相昔年心,斯楼依兰若。但见生龙字,云深挂空阁。

**辟疆先生卜居珍珠河赋此奉之**

少年为客不知家,到处皆成壁上蜗。一榻图书供跌宕,三更灯火足生涯。先生卜筑真清绝,贱子开襟有笑哗。待得春来种榆柳,成阴坐看影交加。

### 题扬子云剧秦美新篇后
剧秦未必美新元，千载峥嵘阁下魂。我为王翁一太息，少时了了暮年昏。

### 读楚辞四首
重华征不服，二女隔中洲。夷犹望极浦，膏沐为谁修。洞庭生秋风，江澜日夜流。薄暮吹参差，思君无限愁。

河伯乘荷盖，驰骋水中央。朝发紫贝宫，夕宿蛟龙堂。冲风横素波，美人南浦伤。送之过江来，舵楼孤月凉。

堂下有佳人，秋兰发华滋。人海眷念予，来去殊无期。迢迢次云端，不悟生离悲。人自有修短，何为愁苦思。

旌旗蔽日月，前敌涌云风。壮士身许国，吐气触苍穹。援枹击鸣鼓，带剑挟秦弓。身首虽分离，死当为鬼雄。

### 呈和季刚先生上巳日不出一首
早是听春风雨哀，晴丝今日绕楼台。一家城北门长闭，三月江南花正开。独抱龟堂身后痛，不堪诗史眼前堆。榆关消息沉沉久，何日升平共举杯。

### 新亭晚眺
缘郭青郊翠色浮，新亭寥落对孤洲。昔年丞相登临处，一样山川今古愁。雨霁繁灯官阁静，江平细月暮帆收。伤时独客归何许，画角春深哀渡头。

### 对雨书怀
大江日夜涨，烟雨泻青峦。两曜几时没，孤身何处安。钩帘薰瘴气，倚户望晴澜。兵甲斯民苦，沉昏未忍看。

### 泛后湖
禊晨积羁愫，泛棹后湖漪。青山争人眼，螺髻镜中姿。绮波织纹素，樱桃发亚枝。轻风从东来，凉雨故迟迟。溯洄何处去，伊人水之湄。

### 登鸡鸣寺
尘埃纷城角，兹地敞清游。烽火天边急，江山袖底收。远村烟漠漠，白鸟水悠悠。坐说碧螺熟，夕阳恋寺楼。

### 登豁蒙楼
南朝三百寺，此地最为神。绕郭山无数，登楼我一身。夕阳波上柳，微月闱中人。坐对鸣蛩起，悲秋志未伸。

### 杂诗
燕居苦岑寂，远探南山幽。摄衣涉崔嵬，聊为汗漫游。仰视浮云翔，俯瞰大江流。惊飙欺万物，芳菲哀素秋。莽莽古神州，云扰何时休。豺狼逞意气，蛟龙志不酬。白日惨西匿,世运又东周。未遂澄清志,空抱杞人忧。

### 山居偶感
避纷耽幽蒨,卜宅罗山巅。虬龙潜深渊,鸿雁飞高天。物理有升沉,人生想亦然。岂敢鸣高蹈,浊世难为缘。

### 十五夜玩月大观亭
玉盘涌海出,大地流清光。未须把酒问,聊发少年狂。艳艳金波动,娟娟素女妆。古今同此夕,仰首思茫茫。

### 秋日登华盖山
褰裳陟高岑,踯躅翠微中。群山清如洗,万木战秋风。林疏斜日淡,雨过断霞红。滚滚江流急,萧萧落叶空。寒蝉声幽咽,天气沉空濛。白驹催年矢,览物伤我衷。倚剑作长啸,声震冯夷宫。

### 秋夜
凉风鸣窗竹,时序暗中移。砧声催落叶,淡月映疏枝。候虫吟冷露,切切动心悲。美人在天末,何处寄相思。

### 萤火
灼灼流星万点光,翻风候水杠颠狂。千秋隋苑惟荒草,空逐残燐过断墙。

### 九日
赏月中秋才举觞,凄凄冷雨又重阳。弟兄此日成高会,时酒诸君各擅场。白雁来时故国恨,黄花开处醉人狂。频谁莫话龙山事,残照西风又断肠。

### 艳歌行
阛阓纷嚣尘,驱车趣南陂。道逢一姝丽,绰约呈芳姿。惊鸿闲态逸,凌波莲步迟。脉脉默无语,宛若有所思。抽觞通款愫,问侬安所之。粲然启皓齿,妾家水之湄。红楼藏杨柳,碧玉贴罘罳。父兄俱簪绂,门第世书诗。葳蕤深自守,未许登墙窥。时值芳菲节,来游玉女祠。陌路偶相逢,不敢通微词。妾非巫山云,君为玉树枝。珍重各爱惜,宝此少年时。

### 秋闺
虫声唧唧透纱窗,罗袂生寒玉露降。万里征人归未得,空留孤影对银釭。

### 秋夜独步河干
疏雨微云黯淡天,凉风斜蹴水潋滟。砧声数处和更漏,惟有愁人应未眠。

### 闻飞霞洞遭火即成二绝
高薨叠阁住神仙,隔绝红尘别有天。不信瑯環称福地,也逢浩劫化成烟。

永嘉山水秀灵钟,佳节登临兴正浓。一炬忽遭秦火厄,重来何处认游踪。

### 咏菊

东篱初放两三枝,冷露凝香弄秀姿。老圃潞公留晚节,重阳陶令有新诗。萧疏素影横池月,绰约金容对酒卮。莫放西风等闲过,开樽来就赏花期。

### 观菊有感

莫把东篱慢自夸,西风摇落众芳华。但教晚节留香在,何事怜花又惜花。

### 怀故人

清风朗月忆丰神,水远山长入梦频。但恨天边无过雁,频将消息报同人。

### 岁旦柬诸旧友

爆竹一声除夕去,三朝诗兴动隆隆。桃符换得更新岁,椒酒饮开忆旧衷。漫恨河山望眼隔,遥看云树梦魂通。殷勤欲驾飞鹏背,共上扶桑睇渺蒙。

### 游普陀

蓬莱漂渺海云边,大士神灵千古传。只树笼烟开色界,浪花喷雪洗尘缘。白莲台上经喧梵,紫竹林中鸟学禅。笑我远来兴不浅,苍苔踏破艳阳天。

### 雨中寻普陀诸胜

漫天雾霭罩翁洲,初向名山作胜游。卓锡瞿昙笑迎客,频伽异鸟鸣同俦。风翻疏磬云间出,雨打奇花翠欲流。到此尘缘涤洗尽,磐陀石上悟来由。

### 山中寒食

小雨斑斑春草绿,晓禽何事苦喧喧。人逢寒食懒窥髻,花近清明欲断魂。白屋难期千日酒,青山相对两忘言。去年今日江南岸,细雨孤舟灯火昏。

### 三月四日由郡城归宿梧湖和放翁湖村野兴韵

山城拥髻雨霏微,河上渔翁湿翠衣。醉卧舱中看霁色,轻舟掠尾燕同归。过了清明来此堂,碧波冷处尚严霜。小床一夜惊风雨,只恐花枝已断肠。

### 春日杂咏

杨柳纤纤织翠烟,侵阶苔色绿鲜研。一双燕子翻帘入,正是江南暮雨天。
独怜三月艳阳晨,红杏枝头色正妍。斗草归来双姊妹,儿童代拾落花钿。
重阳数树乱莺啼,草色笼烟柳覆堤。好是日斜人去后,一双蝴蝶戏花低。
曈曈晓日照芝房,好梦惊回懒起床。静里乍闻消息好,隔帘风送杏花香。
清明时节最关情,碧柳丝丝啼晓莺。却恨东风吹踯躅,满山红泪染盈盈。
一钩月挂柳梢头,拟向桃源续旧游。过却板桥心欲怯,洞门仙犬吠清幽。
兰桡轻棹节重三,一缕遥看锁翠岚。柳眼垂清花解语,可人春色在江南。
桃花灼灼草萋萋,一望使人眼欲迷。若掉扁舟去寻胜,几疑身入武陵谿。
轻烟欲散晚凉天,乘兴寻芳碧水边。何处声传环佩韵,隔墙有女戏秋千。

红霞天半晚晴新,芳草连天翠色匀。最是王孙归未得,一时愁煞倚栏人。

### 闰月步郊外寻幽
杜宇声声催渡频,花时踏破浣纱津。东君似解游人意,恰把春添三十晨。

### 白桃花和周绣林
碧天纤月曲如钩,晓雾沉沉带露收。不与天台争冶艳,淡妆楚楚自风流。

雪为颜色玉为神,错认梅花复入春。想是神仙弄狡狯,误他重访武陵人。

### 春日思家
柳枝轻飏晚来风,出色沉沉烟雾中。遥想新来双燕子,衔泥应在旧堂东。

绿波吹绉谢公池,惹得幽情感别离。记取山中风物好,碧螺春熟听新诗。

### 送黄君冷云之京
草长平堤花满城,无端风笛作离声。男儿欲遂蓬弧志,歧路难分缟纻情。瓯水汤汤流别恨,吴山隐隐望前程。秦淮旧是繁华地,莫作怡游误此行。

临岐话别不胜情,满纸诗章带泪成。此去锥当随颖脱,年来剑共舞鸡鸣。园林花放添行色,踪迹萍浮叹友生。最是天涯遥怅望,不堪鄙吝复心萌。

沾巾歧路笑情痴,贻我新诗太瑰琦。人爱凌云高格调,我怜旧雨苦相思。莺花撩乱春如醉,书剑飘零去可悲。一语劝君还自惜,延津终有化龙时。

### 送春词四绝句
华朝曾踏翠微坡,弱柳毵毵雨若丝。廿四番风容易过,空将好句写相思。

乱莺飞破陇头烟,点点江南暮雨天。苦恨东皇留不住,一杯遥饯碧山前。

落华狼藉送归程,一样凄凉别泪盈。惟有鹧鸪心最苦,斜阳时作断肠声。

绿波如画蜃江滨,好鸟空啼树上春。纵过一年春又至,奈他零落易愁人。

### 无题
旧恨新愁涌海潮,寂寥身世可怜宵。一楼明月听风笛,十里烟花缟洞箫。莲子有心才士苦,杨枝无赖女儿娇。偶思款接胡麻饭,梦鹿前情似覆蕉。

帘卷东风画阁深,十分春色伴长吟。恨无海鸟千年志,可有灵犀一点心。人面桃花劳想象,鹃魂蝶梦慢追寻。可怜消瘦如飞燕,犹向花枝啼夕阴。

蓬山渺渺路绵长,无那相思暗自伤。青销黄昏人倚槛,绿苔红雨燕归梁。难凭消息通三足,已觉牢愁曲九肠。欲采芙蓉临水末,回头又见沚兰芳。

怕提往事藕丝连,石火光中过眼烟。絮纵沾泥非本性,花甘堕溷亦前缘。清湘客感长沙傅,空谷人怀洛浦仙。千载文君难再得,相如一曲倩谁怜。

### 暮春独步郊外作兼答小荷
青衫侧帽一吟身,独踏苍苔碧水滨。小草芊绵呈远志,青山耸翠扑行人。榆钱爱诵南阳论，家国悲扬东海尘。好是天涯有同感，忘情诗酒玩芳春。

### 台城值雨归

一热困人卧恹恹，趁晚出门蜗脱螺。古堞斜跨未及半，西北浮云堆蜂窠。须臾风收人间汗，散作雨珠万万过。悽怆大木空云抱，此身无奈飘摇何。我知天公怜我尘中貌，故遣屏翳一洗之。既濯我足复濯缨，免使埋没化素缁。可奈本自隔嚣滓，嗜好不与俗所移。纵然雨打风吹去，须眉依旧男儿姿。举头笑向钟山青，明日碧泛后湖漪。

### 题碧飓绝句三十九首

读罢新词三十章，朱弦疏越响虚堂。法门微妙呈文字，拈得寒山一瓣香。
寥落诗怀感慨多，风情逼似苏头陀。年来我亦飱愁恨，慧剑难忘一夕磨。

### 题曼殊断鸿零雁记

雨笠烟蓑走瀛峤，芒鞋破钵踏花津。可怜一段销魂史，补出零鸿断雁人。

### 题曼殊汾堤吊梦图影本

诗才超脱苏玉局，妙绝丹青顾恺之。花草江南明夜月，一堤烟柳澹愁思。

### 绮怀

怅卧春窗暮雨萧，楝衣信息黯沉销。来时西子娇桃叶，去后章台泫柳条。白纻歌残樱素口，乌丝字迹泪红绡。而今往事成梦幻，慵倚阑干瘦沉腰。

### 端午竹枝词

微暄天气醉人时，萱草榴花竞秀姿。浴罢兰汤香沰沰，珠帘卷上淡娥眉。
青帘白舫水涟漪，荡漾波心趁细飔。绰约谁家双姊妹，轻罗画扇合时宜。
游船如织尽仙娥，争逐龙舟扬素波。最是锦标夺得处，莺声听唱克旋歌。
小家碧玉翠钿装，玉管阑珊红袖扬。恨杀天公起云雨，累侬夫婿滞南塘。

### 戊辰夏得蔚文书却寄

别来山水窟中居，卧向烟霞物外游。惯看浮云更苍狗，不妨狎鹤共栖鸥。晴窗闲作匆匆草，雨夜细听瀺瀺流。遥想天涯空延伫，鸡声月落催人愁。

秋阳天气日相煎，况是山林过雁鲜。千里愁怀玄度月，五云丽压殷卿笺。生成野性忤时世，铸就金人好自全。顾我无辞浇魂垒，青灯枉赋兼葭篇。

### 李小荷游西湖以诗见寄作此答之

闻道西湖景最幽，长堤芳草水涟漪。百年南渡烟笼树，十里银塘翠接天。尚有孤标林梅鹤，岂无好句李青莲。苏家菡萏白家柳，此日任君细细研。

### 己巳春暮登积穀山

莺花日丽艳阳辰，放眼乾坤快此身。范围即今榜国父（永嘉各界方将此山并入中山公园,鸠工结构),河山终古属诗人。乱峰屈曲村墟路,平野徐开瓯水滨。昔日朱阑今如是(山巅亭为沈志坚所重葺,今又大半倾圮),临风惆怅独伤神。

### 九日与冷云

年来拘迹蜃江滨,赖有诗书兴不穷。浪迹君今似杜甫,逐贫我未遂扬雄。黄花几簇飘香径,清酒盈尊听晓鸿。怅望碧天愁玄度,登临何奈别离衷。

### 感怀和冷云

人海栖迟醉未醒,商音又是报凄泠。三千里外愁云霭,二十年华惭鬓青。草草驹缘悲江淹,悠悠心事感湘灵。此情澹似沧江水,话到铜驼涕自零。

### 有见

一枝浓艳胜桃花,微露粉墙日欲斜。蜂蝶不知深院闭,随风枉过短篱笆。

### 题冒辟疆影梅庵忆语

烟花十里绮罗丛,画桨轻掠湖上风。寻到半塘春色好,曲阑低处露梢红。
风尘三载偶归来,话到离情泪满腮。郎去落花深院闭,丝萝自缠梓乔材。
桃叶枝头水阁前,中秋胜景倍婵娟。凄凉法曲秦淮月,肠断当年燕子笺。
维摩长日镇书诗,种菊品茗读楚辞。怪底生成根淡泊,波烟玉下最相宜。
神州草草遍蓷苻,尽室苍黄历险途。纵是余生脱虎口,也应憔悴不胜扶。
孙子篇章千古新,楚魂蜀魄奈何春。而今江畔青青柳,剩有飞烟不见人。

### 归鸿步冷云韵时冷云有归意作此示之

片帆江上影霏微,冷露无声芦荻秋。一样凄凉南共北,塞鸿何事又言归。

### 前楼寒夜书怀一首

一夜西风紧,凄凉岁月流。浮云伤万里,游子驻高楼。雪压江城冷,寒深草木愁。感时王粲笔,涕泪洒神州。

### 廿三夜送灶词

腊鼓匆匆催岁阑,举家围灶拜平安。三杯清酒奠糕饵,为报年荒求食难。

### 别后简尉文乐清次廉平阳

世路嗟何及,残冬感化离。山寒人迹罕,风劲鸟声悲。时事翻棋局,文章负色丝。年荒征吏急,诗债故迟迟。

### 雪夜书怀

一夜霜风玉女愁,琼花开遍海山头。满林明月卧高士,万里寒光入小楼。卫国有人负束楚,洛阳无令盖重裘。萧斋冷落谁来问,且煮石茶泛十瓯。

### 己巳除夕

腊尽迎新年,家家迟不眠。烛花开一夜,岭雪映中天。炉暖祭诗卷,囊空守岁钱。坐看风色转,春气到人前。

### 后湖晚泛
嚣尘隔城阙,日落泛清漪。明霞散天末,列岫漾妍姿。绿荫遮芳甸,新荷发水湄。流憩未及归,青春暗转移。微云暧纤月,孤棹瞑无涯。风烟迷去迹,吴越有相思。既极千里目,空复寸心驰。孰是赏真契,愿采故山芝。

### 途中杂感　己巳十月二十一日自郡城返茶山
步出城南闉,归愁眇无极。舟子忙招徕,似悉我胸臆。小舫六七人,容色各瘦黑。良知行役艰,苦为饥寒逼。

白日荡波心,扬舲泛倾仄。行子御衣单,寒风悽以恻。偃息卧中舱,曲尽股肱力。羡彼鸿与雁,翩翩振全翼。

暝色敛远壑,飞鸟归故林。舣舟罗山麓,举足上巇嶔。石径多崎岖,秃木戛哀音。年荒少行迹,悽切伤我心。

### 题曼殊大师像　并序
客岁读曼殊诗集,有"袈裟点点疑樱瓣,半是脂痕与泪痕"二句,今睹其遗容,秀慧弸彪,一身缁服,逃禅诗酒,浪迹天涯,用题一绝,志一时之感慨云尔。

飘渺灵山不可期,庄生蝴蝶梦温存。袈裟一袭天涯路,剩有脂痕与泪痕。

### 二月秒自城中回茶山
细雨青泥厌市阛,出城恍似隔尘寰。横塘斜缀春波冷,好送诗人一舸还。
梧湖过去是南湖,一路麦花间菜花。雨霁云收空碧里,白鸥来往水波斜。
垂塘榆柳碧毵毵,嶂屿山前水一湾。纵有大痴好手笔,争如烟雨认双鬟。
桥畔绯桃别样红,停篙漫步翠微中。枝头好鸟欢迎我,一路清歌曲调工。

### 季思将游天台赋赠
王郎本俱仙风骨,山水清怀托酒杯。镇日书窗拄笏看,居然今日上天台。

### 送芳圃季思游天台
不怕天台路不平,芒鞋竹杖步云行。料知刘阮今重到,定有仙人抗手迎。
瀑布飞流听好音,迷花倚石路难寻。青莲吟共兴公赋,应欲输君阅历深。

### 庚午春暮过玉海楼感赋
玉砌雕栏淡淡风,紫兰低结亚墙东。层楼已作恭王宅,翰墨遗香丛帙中。
遥想当年诂墨时,颐园花木逞芳姿。自从太乙燃藜后,子骏传经一代师。

### 庚午夏由京赴沪途中述怀
两岸垂杨无限愁,羁魂草草随行輈。云吞白日惊鸢跕,气入幽并控宛驋。万里倚闾亲望切,六州铸错我何尤。儿男岂作还乡计,司马桥边泪暗收。

### 寄次廉真茹

把别邮亭北,时光逐水流。绿芜人日远,红萼雁边愁。救国频凶信,京门忆旧游。何当一尊酒,重上豁蒙楼。

### 再叠前韵柬次廉真茹并抒近况

吾爱颍川子,诗篇第一流。青衿忧国泪,香草寄离愁。家室已分散,天涯尚醉游。手挥王粲笔,不敢赋登楼。

### 秋夜

露湿蛩阶夜更悲,起将闲恨托琴丝。龙门史笔灵均赋,异代同工哀怨辞。

### 大雪中登台城柬次廉海上

昨夜风声严讲堂,晓来虚幌逼银光。热炉人似蚁趋膻,傲雪花稀梅独芳。有限江山留我迹,无边岁月感沧桑。剡溪日暮诗情远,冰冻长河难溯航。

### 除夜

一日一回恨,我生恨有余。今年三百六,都付一宵除。

### 元日与肃然饮奉此

君本凌云士,平生意气豪。酒杯浇块磊,弓影察秋毫。达作庄生论,愁怀屈子骚。三朝拼一醉,禁令等弁髦。

### 初春过梅庵闻竹叶骚屑作秋声感赋

咫尺庵前路,春寒挟策过。乍闻妃子泣,惊起客愁多。余调尚秋怨,修枝疑翠螺。亭空声绕柱,徙倚劳如何。

### 清明

望断江南新火痕,碧山浓抹水招魂。杏花沽酒春难驻,幕燕冲帘雨易翻。家祭无忘劳弟妹,殡宫定自忆儿孙。此生何事多怀抱,第一伤心是白门。

### 感夏

已看百花过,凄凉四月天。乍晴好风景,一雨涨江川。壮志游上国,孤贫逐少年。只应守寂寞,惭与俗无缘。

### 暮春掇残红赋此

一旬不到庵前路,绿树阴浓草亦肥。瞥眼花朝如过翼,娟娟春月梦依稀。曲栏不见穿花蝶,几日阴晴送却春。千年得识绿珠面,风雨欹斜摧杏鞲。

### 寒夜寄次廉海上

二十男儿气吐虹,夜寒买醉抵秋风。枉将文史三冬用,未了恩仇一叹中。灯火青荧人似梦,关河凄断雁书空。使君莫问年来况,鬓影垂丝残泪红。

### 和次廉衰柳二首

几年移住到江湄,无限人间行路疑。燕子不来飞絮了,夕阳和泪舞霜枝。
百尺柔条一寸心,重来此日系情深。廿年憔悴江潭影,刻骨相思如汝今。

### 元夜饮北门桥酒肆

春寒恻恻夜寂寥,灯影铺街雪未销。逐逐终年输商贾,也知敛市过元宵。
去年夜宿甬江头,今日颠狂上酒楼。过了千山万水处,有人夜半卷帘愁。

### 扁鹊

勃海有名医,足迹逸六国。邯郸多娥眉,触手艳颜色。洛阳尊骀背,逢之目翳拭。荷囊入关中,小儿无夭殇。随俗变其技,高风独超特。至今举国昏,恹恹在一息。寒暑交相侵,二竖内自贼。延颈向四海,挢舌若为力。回思千载上,挥泪不可即。

### 拟陶诗

闲居衍岁月,草木又怀新。眷彼二三子,携手及良辰。天宇净江南,临流暂敷巾。兰渚弄幽鸟,芳波纵春鳞。万族欢遂志,我亦怡我神。举目睇钟山,高风不可循。依接惟邱峦,卓然见其真。淹留恋自生,日夕逐双轮。俯仰乾坤内,为乐在一晌。谅哉入深山,古有不返民。

### 十二月十一日夜作

一夕起悲风,万象同萧索。举目睇大江,匹练横城郭。嶙岣鸡鸣山,微灯摇绮错。市井隐车声,居人久息作。块然无衣客,双瞳电烁烁。关东万里地,俄顷强邻攫。妻略举妇孺,酷刑极鼎镬。腥膻遍山川,骨肉厌沟壑。戍将唾边陲,名都沉燕乐。一旦家山破,尚醉芙蓉幕。前年萧墙阋,各各历霜锷。何如临大敌,屈曲若尺蠖。为时未十旬,蛮寇益肆虐。得陇复望蜀,津沽离炮烙。畏葸帐下儿,手足无所措。甲胄牵蚧蚤,锋镝久销铄。徒向与国哭,列邦恣笑谑。唇舌向东夏,延颈争咀嚼。吁嗟谢安石,一发中原托。壮哉李将军,无言匈奴却。至今幅圆裂,握符拥高爵。鸡鹜争多士,不见匡时略。中宵涕下庭,窥影寒月落。

### 红梅

去年寒夜里,冲雪过西湖。未及探孤山,跄踉指归途。今来庵中月,淡淡点微朱。故作小桃态,不学海棠姝。独立秀东风,绝世如可呼。

### 九日登北极阁

西风挽客上高冈,白夹难禁鸿雁霜。城郭深秋哀角动,山川落日大旌扬。思亲枉抛书千简,报国空余泪万行。元亮酒杯杜陵菊,一时无意共欣赏。

**附词钞**

**望海潮** 吊戚南塘

大涯鸿杳,倚阑人倦,西风暗换年时。江浦战帆,将军去后,不堪柳树凄迷。肠断拜英姿。想金戈铁马,电卷星移。谈笑从容,一麾南北敢谁窥。　　豪华此日烟飞,但斜晖脉脉,余恨依依。江国送秋,山川渐老,铜仙铅泪偷垂。何处望旌旗。叹芳魂万里,翦纸难归。剩有悲笳,乱随霜雪起愁思。

**风流子** 效清真体

黄花香老圃,重回首,景色近重阳。正客怀萧索,碧梧金井,雁行零乱,缺月东墙。倚阑处,一襟余恨在,双鬓结愁长。帘幙暗垂,独扶残醉,炉烟低袅,空绕余香。

江南分携地,垂杨岸、又是微雨昏黄。长记翠鬟蝉影,归去徊徨。怎尺素浮沉,难凭消息,玉颜憔悴,应亦思量。多少怨情别绪,分付啼螀。

**菩萨蛮** 拟花间

小楼一夜惊风雨,玉纤慵拨银筝柱。江路入屏山,低头不忍看。　　暗弹红粉泪,愁损双眉翠。陌上见花飞,知他归不归。

疏窗寂寞香灯静,愁听梧叶摧金井。斜月照阑干,玉人身上寒。　　雕鞍芳草远,何处吹箫管。凝恨入空房,手搓裙带长。

**满江红** 秋燕

南陌花蘦,怅愁里朱颜暗移。听凄惨夜来风急,残梦惊回。知是雕梁难伫足,水边衰柳总依依。向天涯倦羽不胜秋,前路迷。　　楼上恨,无已时,伊去后,锁香泥。几曾经花月,瘦损丰姿。孤馆危栏帘半卷,夕阳芳草事全非。算他年衔土过江东,过旧楼。

**六么令** 二十日薄暮,自三台洞泛江抵下关,怅然有赋

晚霞留醉,双楫归帆急。客中倦游情绪,但倚兰舟侧。回首琼岩翠阁,缥渺如蜂垤。飞鸿过翼。垂丝岸柳,无限斜阳系不得。　　江南多少恨事,极目愁如织。千古人物风流,一夫空陈迹。芳草年年多恨,付与骚人笔,淡烟今夕。灯昏浦口,似有凌波步仙泣。

**临江仙** 寒食泛湖

郭外青山无数,愁边春水粼粼。兰桡湖上棹轻萍,乍听风里笛,惊破梦中人。　　烟景已非前日,野花还逐飞尘。回头三月更无痕,斜阳过雁影,残阙望鹃魂。

**月华清** 壬申月当头夕

星淡明河,乌栖寒树,绕床蛩语凄断。天上盈盈,正是仙娥帘卷。窥素影凉露池塘,展美目落梧庭院。仰看,但秋心一点,婵娟难唤。　　为问人生几见,又照雪关

山。点霜鸿雁,何似春光,小立雕阑花畔。恨把酒影已非三,听夜漏滴残过半。望远,叹琼瑶千里,不堪回眼。

### 浣溪纱

料峭春寒透枕帏,纱窗晴日故迟迟,离魂潜逐杜鹃飞。　　二十年华容易过,朱楼望断梦依依。怕逢花落燕归时。

### 江城梅花引 闻角

声声高转入云天,想筹边,苦无眠。幎卷春宵,雨歇月娟娟。一阵斜风吹断处,似秋宵,巴山里,听夜猿。　　客中何处是乡关。莫凭阑,愁万千。别情幽恨,向谁诉一地灯残。万里龙沙空有壮怀宽。惆怅江南花信了,不堪看。落红外,啼杜鹃。

### 浣溪纱 半枯红梅

雪点江南蝶未飞,水边憔悴影离离。孤魂飘泊几时回。　　记得去年寒夜里,微香还向月中吹。绿条红萼淡西施。

### 又 瓶杏

帘外萧萧暮雨天,小瓶幽几足留连。轻颦浅笑自年年。　　只恐寒深花睡去,更阑秉烛又重看。销魂总是一婵娟。

### 又 上巳北湖记游

双楫轻随燕子归,东风吹醉嫩晴时。樱桃花下独徘徊。　　远望春波愁淡淡,汀兰岸芷怨芳菲。斜阳又过女墙西。

### 三姝媚 过玄武湖

阴风低楚甸,看湖山重过,难舒愁眼。冻树离离,似小鬟寒醉,翠衣招展。渐起霜风,何处有阑姗春怨。记得年时,曾宿蓝桥,断肠花畔。　　烟水苍凉人远。恨独泛空明,步仙谁唤。昔日凌波,剩陈王孤影,赋情凄惋。泪染征衫,未忍看斜阳城半。又况归鸿天际,游心撩乱。

### 石州慢 燕子矶

曲径盘云,高阁际天,波影空阔。闲逢晴日登临,乍暖乍寒时节。江头燕子,问是何日归来,差池双羽楼中别。引领对苍崖,看春潮秋月。　　悲切。大江东去,淮水西流,古怀重叠。形胜天然,千古英雄都灭。而今回首,剩有陈迹斜阳,残山破寺钟声歇。隔浦点疏灯,正凭栏愁绝。

### 水龙吟 白莲和草窗韵

素娥愁立俜停,玉珰乍解风声碎。芳波照影,翠帏卷晓,独含深意。露冷瑶房,月明轻梦,夜凉如水。倚阑干廿四,秋陂卅六,花无语鸳飞起。　　最是人生少会,怅西风华年飞坠。云鬟雾鬓,轻妆浅黛,几回羞避。醉酒微醒,翦灯听雨,飘香十里。

看盈盈未隔,冥冥宛在,洒伤时泪。

### 清商怨 梅庵对菊

斜阳闲坐向晚,逗小园香满。餐尽残英,西风魂暗断。　　年年芳信苦短,问独卧疏篱谁伴。月淡霜高,天涯归梦远。

### 满江红 寒鸦

帆影霏微,趁落日飞向故林。遥看似小鬟携笔,涂抹江浔。谁道离宫烟景好,暮愁天际著哀音。近黄昏风色更凄迷,寒意深。　　云中路,懒重寻,对黄月,料晴阴。叹羽毛零落,憔悴如今。枯木休停经雪翼,垂杨难击卷蓬心。最苦是三匝绕南枝,长夜吟。

### 蓦山溪 橙

晚秋霁雨,千里疏烟敛。暗叶护娇黄,更添了几番霜染。铅华易损,枝上泣西风,金英粲。琼浆涸,篱底深深掩。　　江南人去,曲罢行云冉。罗帕剩香痕,倩谁共温存笑靥。楼头落日,亲手试纤纤。并刀破,吴盐蘸,好作团圆念。

### 鹧鸪天 秋蝶和王季思原韵

双翅翩翩傍夕扉,栖香魂梦犹依依。三春花事随流水,芳草大涯处处非。金粉淡,晚风凄,十分慵损不胜衣。可怜采笔滕干去,一段伤心付落晖。

### 念奴娇 用稼轩原韵

西风依旧,却匆匆度了消寒时节。门外马嘶催去也,枕上梦回犹怯。钟阜烟沈,吴江枫冷,争得残年别。银缸照泪,满腔心事难说。　　遥想此去经时,萧条云路,塞草和烟月。目送飞鸿消息杳,忍谱阳关三叠。且倒金樽,共扶一醉,衰柳何人折。醒来愁寂,藭愁不断如发。

### 木兰花慢 癸酉端午

一春如过翼,人意嬾,绿成帷。又乳燕捎帘,榴花照眼,兰澡佳期。罗衣细风渐暖,看游街小女带花枝。记得红丝缠腕,十年倚母儿时。　　天涯此日淹迟。吴岫渺,楚云低。叹景物依然,江山如此,凭吊湘纍。徘徊夕阳散影,想朱楼也自盼人归。万户新蟾醉酒,凤城一客吟词。

# 集外诗联

江宁县中楹联　1935 年
何年得广厦千万间,听寒士书生,秋人颜笑;
今日与吾党二三子,看迎门山色,横槛晴岚。

《贺生行》　1937 年冬
贺生贺生国之特,少年英发气吐虹。眼看山河锦绣裂,负戈投笔去从戎。麒麟门下辞爹娘,戈矶山①边日暮愁。江水滔滔风萧萧,男儿生当报国仇。

《凭栏》　1941 年夏
何处埋忧土一抔,凭栏无语意迟回。密云不雨天含泪,孤雁图南去未灰。薄有才华惊海澨,奈堪濩落走风埃。江关萧瑟谁能会,辞赋兰成独结哀。

《二月二十日宿于都一首》　1961 年
二十年前此经过,秋天荒落鬼声多;今来都邑农为乐,万户千门跃进歌。

张伯伟、曹虹同学结褵之喜书以贺之　1985 年 9 月
翩然旷世无双士,宴尔倾国有佳人。

---

① 戈矶山位于芜湖长江边。

《答陈行素一首》 1988年夏
陈子独以文为诗,越陌观花信所之。谁是间行杜陵叟,曲江吞泪几人知。

挽侯镜昶
大音希声,峻骨霜凌钟阜月;
至人无己,归魂泪洒浙江潮。

《口占一绝寄陈行素》 1990年4月5日
同住一城一校,相违几月几年;梦里江山依旧,人间世事难圆。

《浣溪沙》 悼圭璋先生 1990年11月30日
同住北城尺五天,倏惊词苑断音尘,凄凉只是梦魂真。
灯影秦淮少壮日,巴山夜雨乱离身,千秋大业有传人。

《真莲歌赠赵瑞蕻并引》
予少游觉海寺①,初交雪生②,次识真莲。旋问学它邦,飘泊支离。雪生不知何处去,真莲也杳无消息。死生契阔,合散靡常,若荼光子③之于齐己,期以心会神交。距寺约二里许,先人敝庐在焉。予少日读书之所,蕲春黄季刚先生侃尝篆额四字,曰"泉山精舍"。并书一联云:"盖世功名棋一局,藏山文字纸千张。"江宁王伯沆先生瀣、吴县汪寄庵先生东、吴瞿安先生梅、彭泽汪辟疆先生国垣、嘉兴胡小石先生光炜,各曾以手书艺术,予我观赏。频年战乱,波及山区,继以"文化大革命",楮墨灵芬,荡然无存。赵子④今返故乡,白头走访,但见瓜棚豆架,豚圈鸡栖,犹有遗迹可寻。生平萧瑟,师友化迁,追念旧踪,我非昔人⑤。对此茫茫,百感交迸,不知言之何从也。

忆昔孩提初发趾,大人挈我步溪山。阳春三月花如锦,路转峰回迷筏津。忽逢一刹藏山坳,钟鼓悠扬破寂寥。小僧持钵迎来客,老衲合什称弥陀。云是祖孙敦禅

---

① 觉海寺,处温州市郊海拔三百公尺之大罗山大茶山村,现属瓯海县。
② 雪生,予少时同学,跟他的祖母住觉海寺学佛。真莲是城里来的斋娘,守道弥坚,几十年勿替,现为觉海寺主持。
③ 荼光子,孙光宪号。唐末花间派词人。齐己,唐末著名诗僧。孙光宪为之编辑《白莲集》十卷,并序其端,称其诗"词韵清润,平淡而意远"。(见《全唐文》卷九〇〇)
④ 赵子,赵瑞蕻。温州籍,现代诗人。
⑤ 释僧肇《物不迁论》:"梵志出家,白首而归,邻人见之曰:'昔人尚存乎?'梵志曰:'吾犹昔人,非昔人也。'"(见《全晋文》卷一六四)

悦,相依为命投山沟。是时国步正艰虞,南北綦跱兵相接。将军骄纵舞灯前,萤萤相望填沟壑。城南阛阓车马多,笙歌喧阗夕阳天。真莲自少爱狷洁,嫁与屠家守板砧。夜深未寐拂晓起,但听霍霍向猪羊。心烦脑乱不可活,昼思夜梦逃家门。屠夫操刀逼真莲,真莲婉言跪请辞:"生性恬淡不茹荤,不立文字证真知。东家有女贤且慧,愿与夫家续断弦。"良辰美景奈何天,去住无情任所遇。① 上裳洁白下青裙,一跬一步近禅寺。真莲辞富归穷岬,轰动都邑万人居。日出而作日入息,一日不作即不食②。七十年来持清戒,鬓发乌黑如处子。阳门巨象饰豪眉,夜台怪影图绀发。禅房梵宇招隐士,高斋芳榭驻番客。美金不惜起浮图,港币无算筑场圃。都云山外有四时,到此顿觉无寒暑。赵子今秋还故乡,归来与我话旧惊。"真莲不粘不执着,自我解脱传道真。不凭谱牒有法嗣③,不着一字见风流④。拈花一笑一凝眸,说是天南菩萨身。"我说世人真可嗤,真莲仍是一凡人。离婚未能屏七欲,茹素未却五味珍。夺胎换骨既非禅,点铁成金岂是诗⑤。水月镜花都幻境,直取自然文乃真⑥。池塘春草空王助⑦,不以力构寡思功⑧。味诗辨在酸咸外⑨,表圣崎岖兵乱间⑩。非关书理有别才,正是沧浪妙悟时⑪。谁出污泥而不染,世间何许有真莲。

---

① 王羲之《兰亭诗》:"有心未能悟,适足缠利害。未若任所遇,逍遥良辰会。"(见《先秦汉魏晋南北朝诗》第895页)是说人们对于得失利害当以"无心"处之。如果"有心",那就会为利害得失所纠缠,不得安身。这是魏晋玄学家诗人的人生态度。

② 任继愈《禅宗的形式及其初期思想研究序》:"佛教各宗派都靠收租过活,只有禅宗保持中国封建社会自给自足的小农经济的生产方式,自己劳动自己消费。'一日不作,一日不食。'"(见《哲学研究》1989年第11期)

③ 禅宗的传法世系,与中国的封建宗法制相呼应。寺主是家长,徒众是子弟,僧众之间维持着家族父子、叔侄、祖孙类似世俗的世系关系。

④ 司空图《二十四诗品·含蓄》:"不着一字,尽得风流。"郭绍虞《诗品集解》引无名氏《诗品注释》:"著,粘著也。言不著一字于纸上,已尽得风流之致也。"

⑤ "脱胎换骨"、"点铁成金",都是宋代江西诗派的诗歌理论。

⑥ 《说无垢称经·声闻品》第三:"一切法性皆虚妄见,如梦如焰。所起影象,如水中月,如镜中象。"严羽《沧浪诗话》借佛经"镜花"、"水月"之喻来说明诗歌要直取自然,不凭空想幻觉。这也是司空图"思与境偕"(《与王驾评诗书》)理论的发展。

⑦ 皎然《诗式》:"康乐公早岁能文,性颖神彻。及通内典,心地更精,故所作诗,发皆造极,得非空王之道助耶?"

⑧ 《梁书·萧子显传·自序》:"每有制作,特寡思功。须其自来,不以力构。"

⑨ 司空图《与李生论诗书》:"愚以为辨于味而后可以言诗也。江岭之南,凡足资于适口者,若醯,非不酸也,止于酸而已;若鹾,非不咸也,止于咸而已。中华之人以充饥而遽辍者,知其咸酸之外,醇美者有所乏耳。彼江岭之人,习之而不辨也宜哉。"

⑩ 苏轼《书黄子思诗后》:"唐末司空图崎岖兵乱之间,而诗文高雅,犹有承平遗风。"

⑪ 严羽以禅道论诗,提倡"兴趣"和"妙悟"。《沧浪诗话·诗辨》:"夫诗有别材,非关书也;诗有别趣,非关理也。"

第六辑

# 回　忆

多年没有回到故乡去了。记得1924年考入初中的时候,校舍是在仓桥,是浙江省立的第十中学的中学部。师范部设在道司前。到1927年的夏天,我考入高中的时候,师范部已经取消,仓桥的校舍专门办了初中部。

在初中和高中(1924—1930)整整度过了六年漫长的岁月,教过我语文的老师有好多位。我刚入初中的那一年,教我语文的是魏肇基先生,他是一位留日学生,曾写过一本《英语发音学》。他原籍绍兴,讲一口绍兴腔的普通话,我们这些从温州各县来的乡下佬,很少能听懂他的话。他又把黎锦熙的《国语文法》做我们的辅助教材,那些按照纳斯菲搭起架子做语法分析的方法,我们觉得很新鲜,但也非常不习惯,所以学了一年,收获不多。只是有一次,他出了个作文题目《她的家》叫我们写。这给我留下了非常深刻的印象。她的家住在县府墙外公廨路旁的一个角落里,那是一个小小的棚户,我们上街买东西或出去玩,每次都要经过她的门前。她是一个瘦弱伶仃的孤老太,整天哭丧着脸,向过路的人做出乞求的样子,但无数过路的人从她面前走过去,却熟视无睹。她只是非常痛苦地无声无息地生活着。因魏先生出了这题目,引起我的深思。知道世界上有苦与乐、穷与富、上等人与下等人的不平等现象存在,使我幼小的心灵打下了深深的印痕。

还有一位李孟楚(翘)先生,他是瑞安人,喜欢写骈文,曾著过一本《屈宋方言考》。他教我们《楚辞》,注意钩稽楚国的方言,使我们了解到写文章与口语的关系。他又教过我们北魏郦道元《水经注》描写三峡的一段文章,使我们对祖国壮丽河山无限向往。后来,抗日战争胜利出川时,我决心要坐船下长江看看三峡的雄姿,同少年时读过郦道元的文章很有关系。

我在高中时,来了一位朱芳圃先生,他是王国维的学生,是清华国学研究所毕业的,喜欢钻研古文字。他为人纯厚敦朴,望之俨然,是一位学者。他最钦佩乡贤孙仲容先生的学问,后来写过一本《孙诒让年谱》与一本《文字学甲骨篇》。他经常同我们谈近代学术流派与成就,也教我们怎样去治学。

除了这几位老师外,还有许多位,都对我有不同的启发。那时还没有部定的语文课本,只是就各个教师的不同喜爱选些文章教给我们而已。记得有一年,那大概是孙中山先生逝世周年以后,省里派了周迟明(祜)先生来当我们的校长,兼教我们的国文课。他大概是一位忠实的孙中山信徒,他把孙中山的《三民主义》、《建国方略》里的文章选给我们当语文课本。他说:"现在文言文已过时了,白话文还不成熟,只有中山先生的文章最标准,所以选给你们当范文。"我们有几个喜爱文学的学生,都不同意他的看法。我们当时还不知道政治与文学究竟有什么关系,也不知道把语文课与政治课混同起来究竟有什么不好。我们当时比较天真,爱说什么就说什么,甚至大胆起来反驳,使老师一时没法下台。其实周先生还是很有学问的,我们对他还是很尊敬的。后来他成为一位语法学家,在山东大学教汉语。前两年,我碰到山大的同志,才知道他已年迈退休归去。

我在初中和高中念书的这段时期,正是国内军阀混战政治极端黑暗的时期,帝国主义利用军阀不断侵凌欺侮我们,造成年年流血,民不聊生。教育经费多数发不出来,教师经常要向政府去索薪,才能维持生活。我在中学阶段最敬仰的还是金嵘轩先生。他来当母校校长是我刚入初中的那年,我这一级是他亲手第一次招进来的学生。他当时正从日本留学归来,八字胡子,双目炯炯,一望使人肃然起敬。他律己甚严,每天要我们做早操,也常对我们训话。那时穿西装裤的人还比较少,大部分学生还是穿中装大裤脚的,他总是告诫我们不要学时髦,不要穿笔杆裤(指西装的小裤脚),虽然他自己是东洋留学归来,却没有带一点洋气,对青年确是起了模范作用的。教育经费经常发不出来,他就变卖自己的祖传田产,垫发教师的工资,使弦歌不绝。我们对他这种公而忘私、毁家办学的精神,是永志不忘的。他确是我上中学时期的几位校长里一位道德最高尚的人物,我还没有碰到第二位像他这样言行一致的前辈先生。可惜他惨遭四人帮的迫害致死,已永离我们而去。1946年抗战胜利后,我从重庆复员到南京,那年秋天曾到过温州一次,刚好正值他第二次出长温中,他得知我回来,一定要我去教几节课,那时中央大学还在复员,推迟开学,我趁空应约到温中教了一个多月的课,总算报答了老师对我的培育之情。

温中是我少年时期攻读的地方,中山精舍,怀籀亭边,时时勾起我无穷的遐想。听说现在又迁移到九山河畔,在社会主义的四化建设中一定会有更发人深省、更引人注目的事情不断发生,我愿母校万寿无疆。

## 回忆创建初期的江宁县中

1934年7月,我毕业于国立中央大学中国文学系,旋即受聘到"江宁县立中学"担任国文教员。当时校址在南京市区中华门外小市口,过长干桥,向一条偏仄的小街进去东南行,约走一公里许即到。由于学校创办,只招收一个初中班和一个高中师范班,学生总数不到一百人,教职员工也只有十多个人。校长赵祥麟,训育主任陈粤人,教务主任何灌梁,算术教员陈朱伦,英语教员朱锡紫,物理教员斯何晚,化学教员阮名成(女),教学法教员徐霖庆,音乐教员管甲东,图画教员梁洽民,体育教员陈挺荣、时文杰,还有事务员赵斌,图书管理员许震山,他们大都是从大学毕业来的,自视颇高。但面对全校仅有几间陈旧的草房和破瓦房,教学设施十分简陋的现实,却安之若素。教师队伍团结奋发,教学态度十分严肃认真。

1934年底,江苏省与南京市正式划界。"江宁自治县"归江苏省管辖,县治由南京市区迁出至土山(即现东山镇),县中也一并迁移。1935年春天,学校开始陆续搬迁,并经省政府批准易名"江苏省立江宁初级中学"。新校址面对方山,背倚飞机场,左右都是丘陵沃野,一条由东山驰赴青龙山的大马路由校门前穿过,气势颇宏伟。

刚搬到新校址时,学校仅盖好一幢两层的教学楼,这是当时镇上唯一的一座大楼。教师学生的食宿都分散在当地街坊和附近农民的家中。以后陆续建成学生宿舍、教师宿舍和厨房等,初步改善了教学条件。当第一期校舍落成时,我曾写过一副对联:

何年得广厦千万间,听寒士书生,秋人颜笑;

今日与吾党二三子,看迎门山色,横槛晴岚。

表达了喜悦祝贺之情。

当时学校的学习风气较浓,教学方法也比较灵活,经常邀请一些有关人士做课外报告。记得国民党中央委员张冲曾来校做过访苏报告,开拓了学生的视野,深受启迪。我除了采用中华书局等印的教科书之外,也经常介绍一些青年所喜爱的出版物给他们阅读;有时也将自己写的文章油印发给他们,作为课外参考资料,颇受欢迎。师生感情得以及时交流,比较融洽。原中国社会科学院副院长、学部委员、著名经济学家刘国光,原中国戏剧家协会理事长、著名作家路翎(学名徐嗣兴)和原江苏省政协副秘书长金光灿等都是当时的在校学生。

1937年冬,日军攻占上海,迫近南京,京沪铁路中断,敌机日夜来轰炸,学校奉命被迫宣布遣散,我和几位同事急得无奈,各自背起一小包袱,取道芜湖,匆匆离开了这所"生死以之"的刚刚初具规模的学校,踏上漫漫修远的征程。那时广德机场已失守,到处都听到流亡的歌声。在芜湖火车站,我突然碰见县中初中部一位学生叫贺传教①的,他已全副武装,走上抗日前线。我写的长句《贺生行》就是歌颂他的英勇行为的:

贺生贺生国之特,少年英发气吐虹。眼看山河锦绣裂,负戈投笔去从戎。麒麟门下辞爹娘,戈矶山②边日暮愁。江水滔滔风萧萧,男儿生当报国仇。

---

① 贺传教,江宁县麒麟人。
② 戈矶山位于芜湖长江边。

## 纪念金嵘轩先生

嵘轩先生逝世已经二十周年了。乡人为了纪念先生对教育事业的卓越贡献,并联想到他的诞生也已百岁,特开会追思,用以激励后进,继承前绪,这确是一件极富有时代历史意义的事。

我初次拜见先生是在1924年暑假开学以后,距今已有六十多年。对他的诞生和逝世,我不能无言。在1982年温州中学举行八十周年校庆的时刻,我曾应约写过一篇题为《回忆》的短文,其中有一段文字专门回忆了先生的生平业绩。那是这样写的:

> 我在中学念书时期最使我敬仰的还是金嵘轩先生。他来当中学校长,是我刚入初中的那年。我这一级是他第一次亲手招进来的学生。他当时刚从日本留学归来,八字胡子,双目炯炯,一望使人肃然起敬。他律己甚严,每天要我们做早操,也时常对我们训话。那时穿西装裤的人还比较少,大部分学生还是穿中装大裤脚的,他总是告诫我们不要学时髦,不要穿笔杆裤(指西装的小裤脚)。虽然他自己是东洋留学归来的,却没带一点洋气,对青年确是起了模范的作用。时国内军阀混战,政治极端黑暗,帝国主义者又利用军阀,不断侵凌欺侮我们。教育经费多数发不出来。先生就变卖自己的祖遗田产,垫发教师的工资,使弦歌不绝。我们对他这种公而忘私、毁家办学的精神永志不忘的。他确是我上中学时期的几位校长里一位道德最高尚的人物。我还没有碰到过第二位像他这样言行一致的前辈先生。可惜他惨遭"四人帮"的迫害致死,已永离我们而去。

今天纪念先生,我要说的话,也还没有轶出这篇短文之外。不过有些细节,还可补充些许。

先生办学非常认真,对教师的选聘,极其严格。只要有一艺之长,即使个人有负俗之累,作为一校之长,也必多方延揽,当时如马公愚的书法,马孟容的国画,陈叔平的数学,刘仲琳的博物学,都是学生们所爱戴的,也体现了先生尊敬人才的精神。抗日战争爆发后,应姜伯韩先生之约,先生赴福建师范学校任教。任重道远,一无怨言。后来我也应沈炼之之约,避敌来永安福建省教育厅工作,还时时传闻先生的轶事。

抗战期间与先生音闻几隔绝。直至1947年秋天,我归故乡探亲,时内乱方殷,烽火连天。我赁居在一个地主兼商人的房子,房主人嫌我出不起更高的房租,要撵我出去。我当时又有去浙南解放区参观的机会。先生知我意,坚留我移母校暂住。我遂挈两个孩子搬进温中的一间宿舍。一天,夏瞿禅先生忽来我处长坐,相对无言,苦笑而已。时刘节先生要去广州中山大学,约我同走,我以室家羁牵,却未成行。也以先生待人恳切,感人至深,如坐春风,如沐时雨,故乐于追随先生而不忍去。

先生为人,谦虚谨慎,从无疾言厉色,听者莫不折服。抗日战争起,我与初中同班的同学夏鼐、王栻等各携书卷,先后入蜀。迨抗战胜利,又下三峡,聚首南京,时时记起先生在春草池边告诫我们的往事。现在不仅先生的音容笑貌,渺不可即;即夏、王诸子,也已人琴俱寂,空闻笛悲。

古人说:"经师易遇,人师难遭。"(袁宏《后汉纪》)先生真可说是一代人师。在祖国社会主义四化建设高涨时期,资本主义的两种文明如狂风骇浪,向我们侵蚀袭击。面对此情,我们既必须坚持开放,但又必须严加鉴别,特别在精神文明方面。像先生那样的吸过洋水的学人,不沾染一点资本主义精神文明的糟粕,却能结合我国国情,一心一意为祖国的文化教育事业服务到底,确是当代不易得的人物,值得我们永远纪念。

附录

管嗣昆 / **管雄简谱**

一九一〇年（光绪三十六年） 一岁

生于浙江省温州市永嘉县大茶山。

**一九一七年（民国六年丁巳）至一九二〇年（民国九年庚申） 八岁至十一岁**

在故乡温州市大茶山永嘉县膺符镇第十三国民小学读书（由私塾改造过来的，挂上新牌子而已）。

**一九二一年（民国十年辛酉）至一九二三年（民国十二年癸亥） 十二至十四岁**

在温州梧埏永嘉县立第三高等小学校读书，小学毕业。

**一九二四年（民国十三年甲子）至一九二七年（民国十六年丁卯） 十五至十八岁**

在浙江省立第十中学初中部读书，初中毕业。

**一九二八年（民国十七年戊辰）至一九二九年（民国十八年己巳） 十九至二十岁**

在浙江省立温州中学高中部读书，高中毕业。

一九二九年，遵父命，在温州成婚，妻夏畹兰。

**一九三〇年（民国十九年庚午）至一九三四年（民国二十三年甲戌） 二十一至二十五岁**

南京国立中央大学读书，大学毕业。

**一九三四年（民国二十三年甲戌）至一九三七年（民国二十六年丁丑） 二十五至二十八岁**

任江苏省立江宁中学国文教员，有聘书（创作江宁中学校歌）。

一九三八年(民国二十七年戊寅)至一九三九年(民国二十八年己卯)　二十九至三十岁

任福建沙县福建省立福州高级中学国文教员(创作福州中学校歌)。

一九四〇年(民国二十九年庚辰)至一九四一年(民国三十年辛巳)　三十一至三十二岁

任福建省教育厅国文所视导员、福建省立中等学校师资养成所教员(由赵祥麟、沈炼之介绍)。

一九四一年(民国三十年辛巳)至一九四二年(民国三十一年壬午)　三十二至三十三岁

任福建长汀国立厦门大学中文系讲师(由刘天予、施蛰存介绍)。

一九四二年(民国三十一年壬午)至一九四九(己丑)　三十三至四十岁

任重庆国立中央大学讲师、副教授(由伍叔傥介绍)。

一九四三年(民国三十二年癸未),《洛阳伽蓝记疏证》稿经沈尹默鉴定,由校务委员会通过,提升任为副教授。

一九四九年(己丑)至一九五八年(戊戌)　四十至四十九岁

任南京大学中文系副教授。参加南京市文学艺术联合会,筹备教育工会,推其负责文学院工会。

一九五八年(戊戌)至一九六六年(丙午)　四十九岁至五十七岁

江西大学中文系系副主任、系主任、副教授、江西大学校务委员会常委、中国作协江西省分会理事、江西省文艺学会副会长、江西省人民代表大会代表

一九六四年(甲辰),江西省省长邵式平颁发任命书,任命其为江西大学中文系主任。

一九六六年(丙午)至一九七六年(丙辰)　五十七至六十七岁

任江西井冈山大学中文系副教授。任江西大学瑞金分校中文系副教授、系主任、江西大学中文系副教授、系领导成员。

一九七七年(丁巳)至一九七八年(戊午)　六十八至六十九岁

由南昌调回南京,任南京大学中文系副教授,任外国留学生进修班教师(越南进修生、美国进修访问学者)。

一九七七年,由系校评为先进工作者,并给予奖状。

一九七八年(戊午)至一九八二年(壬戌)　六十九至七十三岁

南京大学中文系副教授,首批获中国文学史硕士学位授予权,并招收攻读硕士学位研究生。先后培养王长发(南京大学海外教育学院教授,《关于鲍照研究中的几

个问题》,1981)、钱南秀[美国莱斯大学(Rice Uni.)东亚系教授,《论〈世说新语〉的审美观》,1981]、张伯伟(南京大学文学院教授,《中国古代文学批评方法研究》,1984)、左健(南京大学出版社社长兼总编辑,《中国古代文学鉴赏自得论》,1987)等研究生。为七七级本科生开设中国古典诗歌理论史略课,造就了一批跨世纪人才。

### 一九八三年(癸亥)　七十四岁

获教育部(国家教育委员会)批准,升任为南京大学中文系教授。

### 一九八七年(丁卯)　七十八岁

左健研究生毕业,为其关门弟子。答辩委员会主席程千帆,答辩委员周勋初、吴新雷、吴枝培。在南京大学中文系正式退休。

### 一九九〇年(庚午)　八十一岁

出版《隋唐诗歌史论》。

### 一九九三年(癸酉)　八十四岁

获国务院颁发政府特殊津贴证书。

### 一九九八年(戊寅)　八十九岁

出版《魏晋南北朝文学史论》。

五月十五日,在南京因脑梗塞去世,终年八十九岁。

## 张伯伟 / 管雄先生小传

管雄先生,别号绕豁、微生。1910年11月生于浙江省温州市永嘉县大茶山。祖父环炳,字温如,为前清监生。父簷,字承俊,以务农为生。母管张氏,永嘉县永强镇白楼下村人。二叔笙,字乐山,浙江省第十中学毕业。故其家族属江南乡间耕读之家。

1916年,先生刚满7岁,即发蒙读书,塾师为前清落第书生,所读亦无非《百家姓》、《千字文》、《千家诗》等。8岁,上永嘉县鹰符镇第十三国民小学校,虽是新式招牌,其实不过由私塾改换而来,读书以《幼学琼林》、《四书》为主,外加几本国民小学教科书和算术之类。受祖父影响,读《三国演义》、《水浒传》等通俗小说,也看《金刚经》等佛教原典。1919年,五四运动爆发,波及江南偏僻乡村。正在上中学的堂叔带一批同学回乡宣传打倒卖国贼,抵制日货,使先生对日本产生了最初印象,滋生抗日思想。12岁,与年长一龄的三叔管箫(字圣泽)同上永嘉县第三高等小学校。其初校长是李骥,后为夏承焘(字瞿禅)、王学羲。二叔亦教员之一。科目有国文、英文、算术、历史、地理、自然、手工、唱歌、图画、体操、修身等,已完全是新式教育。国文教科书也选韩、柳古文,英文则用商务印书馆周越然编《英语模范读本》。1924年小学毕业,距离中考还有半年,跟随二叔仍住梧埏镇,自修国文、英文、算术,国文教员是王起(字季思)。暑假与三叔同时考入浙江省第十中学初中部,校长金嵘轩(字荣征)是日本留学生,律己甚严,道德高尚,绝无洋习气。当时内战频仍,教育经费缺乏,金校长变卖祖遗田产来维持学校教学,使弦歌不绝。同学中有后来成为考古学家的夏鼐和历史学家王栻。1927年初中毕业,8月考入温州中学高中部文科,科目有中国文学史、文学概论、国故概要等。英文有文选和翻译，课本直接从英国买来，即狄更斯《双城记》(*A Tale of Two Cities*)。文科教师初为王耘庄，后为朱方圃，皆清华大学国学研究院毕业，乃王国维、梁启超门人。国文老师则毕业于武昌高等师范，是黄侃（字季刚）先生弟子，他极力鼓励学生毕业后考中央大学跟黄先生学习。1929年秋，年满20岁，遵父命与夏畹兰结褵于温州。正值灾荒，婚礼从简，采用西洋式的"文明结婚"。当时家境日益困难，无力交纳膳宿费，夫人变卖自己仅有的金手镯供先生继续上学。

1930年暑假高中毕业，与同学数人到南京考大学，惟先生一人被中央大学中国文学系录取。当时中大中文系名师汇聚，系主任汪东（字旭初），教授有黄侃，教小学、音韵学，吴梅（字瞿安）教词曲，胡光炜（字小石）教文学史，汪国垣（字辟疆）教目录学和唐人小说，王瀣（字伯沆）教杜诗，王易（字晓湘）教乐府选读。讲师有陈延杰（字仲子）、徐震（字哲东），助教是殷孟伦（字石臞）等。先生尤其钦佩黄季刚先生之学，课堂听讲外，还与少数人课后私下问学，在文字、训诂和《汉书》研究方面，深得黄先生之传，亦深得黄先生之赏。其读书之所，由黄先生篆额四字曰"泉山精舍"，又书联赐赠曰："盖世功名棋一局，藏山文字纸千张。"在学术上寄予厚望。同班同学有沈祖棻（字子苾）、陈瀛（字行素）、钱玄（字小云）等，1934年夏毕业于中央大学中国文学系。毕业后，历任江苏省江宁中学（1934—1937年）、福建省福州高级中学（1938—1939年）国文教员，又任福建省教育所国文科视导员，后转任福建省立中等学校师资养成所国文科教员（1940—1941年），讲授"历代诗选"和"文字学"，科内同事有施蛰存。1941年暑假，经刘天予介绍，转至长汀国立厦门大学中文系任讲师，从此讲学上庠，终其一生。当时萨本栋任校长，刘天予代理文学院院长，余謇为系主任，同事中有施蛰存、戴锡樟、林庚、黄典诚等。先生主讲"大一国文"，自选作品，从唐宋八大家到章太炎、黄季刚文章皆入教材。1942年暑假，得重庆中央大学师范学院国文系主任伍俶（字叔傥）电报，聘先生为讲师。虽然当时已接厦大续聘，但中大是其母校，重庆又是战时首都，遂决然辞厦大赴中大。中大位于重庆柏溪，朱东润、罗根泽（字雨亭）已在校，新到教师有吴组缃、王仲荦、蒋礼鸿、王达津等，后来者又有杨晦、吴世昌。伍俶先生是黄季刚先生早年在北京大学的学生，喜好六朝文学，欣慕名士作风，与先生是同乡，曾指导其大学毕业论文《洛阳伽蓝记疏证》，故关系较密。先生在中大，先后讲授"大一国文"、"《汉书》研究"等课，希望自己能够继承黄季刚先生之学，成为"《汉书》学"专家。讲授之暇，埋头整理《洛阳伽蓝记疏证》，历一年而稿成，约得35万字。1943年经文学院长沈尹默鉴定，由校务委员会通过，晋升为副教授。抗战胜利后，随校复员至南京，继续任中央大学副教授，住文昌桥教职员宿舍南舍。不久，物价飞涨，入不敷出，除在中大任教外，又去建国法商学院和东方中学兼课，以勉强维持全家生活。1949年4月，南京城国共易帜，先生参与接收工作。学校筹备成立教育工会，推举先生筹备文学院中文系工会，又加入南京市文学艺术联合会。1952年院系调整后，先生分配至南京大学中文系，由文昌桥迁至小粉桥宿舍（原金陵大学校舍），开设"现代文学作品选"、"写作实习"、"中国文学史"等课程。1958年7月，奉南京大学党委之命，赴南昌支援江西大学建校工作，历任文学系副主任、中文系主任、江西大学校务委员会常委、中国作家协会江西分会常务理事、江西文艺学会副主任、江西省人民代表大会代表等，讲授"现代文选"、"中国文学批评史"、"中国文学史"等课程。1965年后辗转江西各地，任井冈山大学中文系副教授、江西大学瑞金分校中文系副教授兼系主任、江西大学中文系副教授等职。1966年"文革"爆发，先生备受批判体罚，书籍、讲义、手稿皆毁于一旦，还被迫自我污名，将自己以往之授课著述评为"错误百出，毒草丛生，对党和人民犯下了弥天大罪"（见1969年2月28日所写《自我检查》），夸张中略含反讽。此后腕痹踝痛，病魔缠身，终至身心俱疲。1976年年底，应母校之请重返南京大学，得与家人团聚。其初任外国留学生进修班教师，1978年受聘为中国古代文学专业硕士生导师，为七七级本科生讲授"中国古代诗歌理论史略"课，培养硕士研究生四名，即王长发（南京大学海外教育学院教授，已退休）、钱南秀（美国Rice大学东亚系教授）、张伯伟（南京大学文学院教授）、左健（原南京大学出版社社长兼总编辑）。1983年经教育部批准，晋升教授。1987年退休。1998年5月15日，因脑梗塞在南京去世，享年89岁。其著述生前出版者仅《隋唐诗歌史论》一种，时逾80之龄。《魏晋南北朝文学史论》之印出，则在辞世两周之后。其余手稿及散见各报刊文章，皆未能汇印行世。夫人夏畹兰，一生相夫教子，其性仁爱笃厚，恭俭温良，2006年6月29日去世，得寿93。育四男一女，长子嗣旭，西安西电职工医院副主任医师；次子嗣旦，南京市地产中心副处长、高级农艺师；三子嗣杲，南京市江宁区供销合作总社纪委副书记、经济师；四子嗣昆，南京大学文学院图书馆馆员；女辛夷，南京市第二十二中学教师。

先生在少年、青年时代，本为一慷慨悲歌、放旷率性之士。读小学时，曾带头捣毁附近泥塑菩萨像。初中毕业，曾有投考黄埔军校之愿。上海"五卅"惨案发生，参加抗议游行。高中时，因公开反对校长周祜强调党化教育、以孙中山文章为国文课标准教材而险被开除，后由文科主任卢斐然先生担保，以留校察看处分而终。1928年济南"五三"惨案发生，先生时为校学生会主席，起草《告温州民众书》。1931年，政府委派中央政治学校教育长段锡朋出任中央大学校长，此人为不学无术之党棍，上任之日，同学群情激愤，冲进校长办公室将他拉出，先生上前将段氏推下阶梯，使之未敢再踏进中央大学一步，后以罗家伦临长中央大学而了之。大学毕业典礼时，汪精卫到中大演讲说："前期革命是我们负了责任，后期革命，要你们负了。"先生联想早年所读汪氏诗"慷慨歌燕市，从容作楚囚。引刀成一快，不负少年头"（《被逮口占》之三），热血沸腾。但其后汪氏投附日本，先生又深鄙其为人。先生善吟咏，24岁之前所作，曾编为《泉山诗稿附词钞》一卷，由其叔父代为付印。任教江宁县中时为作校歌，新校舍落成，又撰联为贺："何年得广厦千万间，听寒士书声，秋人颜笑；今日与吾党二三子，看迎门山色，横槛晴岚。"1937年在芜湖火车站偶遇旧日学生贺传教，其时投笔从戎，即将奔赴抗日前线，先生为作《贺生行》以壮之："江水滔滔风萧萧，男儿生当报国仇。"任福州高级中学教员时，又作福中校歌："百千健儿齐起勤勇复公忠，振起中华民族万祀永无穷。"直至今日每周一升旗仪式上，还与国歌先后播放。然而自20世纪60年代后，先生逐渐沉默寡言。拙作《绕豀师的"藏"与"默"》所述即先生晚年特点，但并非其夙性如此。

又先生青壮年时代亦劬学之士，除致力于《洛阳伽蓝记》疏证工作外，还有大量其他著述。如1940年9月28日始编《文字学草稿》，作为福建师资养成所授课讲义；1942年4月撰《补释大》、《世说新语用当时方言钞》；《复华室日札》，起于1942年7月22日，终于1945年9月6日，遍涉四部。虽为传统读书札记体，但"复华"者，恢复中华文脉之谓也，亦寄寓其爱国情感；1942年12月14日起撰《离骚零拾及其他》，除考证《离骚》字义外，还有《楚辞书目》、《汉以后为楚辞之学者》、《西汉为楚辞之学者》、《钱坫异语楚方言钞》等；1948年8月19日撰《汉简与汉书互证》。有些显然步趋黄季刚先生，如《〈史通〉论〈史记〉语抄撮》（载《浙江省立图书馆馆刊》1935年），开篇即云："蕲春黄先生有《〈史通〉论〈汉书〉语抄撮》一卷，今依其例，裁制斯篇。"又有记录黄先生口说之《训诂略论一》（未刊）、《训诂略论二》（即《黄季刚先生论小学十书》，1940年）、《略论〈汉书〉纲领》（1942年）。又有《论黄季刚先生的诗》（1935年），《唐以前诸家〈汉书〉注考》（1944年）、《〈汉书〉古字论例》（1947年），《"转语"理论与〈广雅疏证〉》（撰年不详）。以上所记，只是劫后所存一鳞半爪，但其中显露先生之治学眼光和范围，仍然令人钦佩。又先生早年为文，极有锐气，《读章炳麟〈救学弊论〉》写于1934年，以一大四学生问难文坛耆宿。开篇云："章氏此论，滔滔数千言，于近世学术之衰，学风之陋，思有以振揿之也。章氏负当世能文名，其言论足以震古今，其行止足以集人伦，斯论之出，景响尤巨。今本盍各之义，略抒所怀，以当商榷焉。"以下论章氏文"三失"，字字雄辩，结语更是感慨遥深："呜呼！刘石乱华，清谈流祸；赵宋垂危，党争未已。今关东沦丧，疮痍未抚，诸学士终日嚣呶，不务实学。长此以往，深恐神州遭陆沉之痛，诸夏有偕亡之哀。昔王衍将死，云：'吾曹向若不祖尚虚浮,戮力以匡王室,犹可不至今日。'因读章氏之文,且有感乎夷甫之言,书之如此云尔。"又大学时代撰书评《错误百出之〈人境庐诗草〉的重印本》,对高崇信、尤炳圻点校之《人境庐诗草》直斥其误,不假辞色,并兼及古直(号层冰)。古直为前辈学者,特撰《与管雄论〈人境庐诗草〉重印本诠释之正误》,颇为肯定。其在当年不仅好学不倦,且勇于发表。

惟至60年代后,先生手稿多化为丙丁,心灰意冷,不求闻达,而内心实又不甘。友人言及于此,莫不感慨叹息。如蒋礼鸿(字云从)《自传》特别提及在重庆"和中大的同事——现在北京大学的吴组缃、上海师范学院的魏建猷、山东大学的王仲荦、南京大学的管雄一同在嘉陵江畔的柏溪这个山谷里相得甚欢。……由于管雄的鼓励,写了一部校释《商君书》的书,得到第三等奖,凭此升任为中央大学讲师"(载《蒋礼鸿集》)。王仲荦《谈谈我的治学经过》说:"我的老友管雄,他早年也写了很多著作,后来从南京大学调往江西大学任中文系主任,'文化大革命'开始,红卫兵把他的著作一把火烧了,后来他回到南京大学,人家说他没有著作,其实当年在柏溪,他的著作稿子比我和蒋礼鸿都多。只是我们保存了下来,他却都丢失,火烧咸阳,三月不灭。唉!人真是有幸有不幸。"(载《文史哲》1984年第3期)就某种意义而言,先生真不幸,存世著作太少,当了40年副教授。升上教授,已年逾古稀,不能担任博士生导师。晚年平淡冲和的先生对我说过这样一句感情激烈之语:"我只恨自己无能,不可以把你培养成博士。"究竟谁为为之?孰令致之?

2014年8月20日

(原载《瓯风》第八集,中国文史出版社2014年版)

## 管嗣昆 / 忆父亲二三事

先父管雄,字绕谿。1910年生于浙江温州,1998年逝于南京,生前系南京大学中文系教授。他对自己的往事惜字如金,绝少与家人提及。至甲午清明,我亦将退休,忆起往昔,犹如过电影,有些事,是从父亲在"文革"中的"交代"材料及母亲的口中断续得知的。

### 颠沛流离

父亲一辈子屡别妻子,与家人几分几合。1934年,他从国立中央大学毕业后到位于南京中华门外的省立江宁中学任教,家小均在老家温州,1937年底南京沦陷前夕,只身取道皖南返温。在芜湖火车站,父亲为一身戎装即将奔赴抗日前线的省立江宁中学初中部学生贺教传①送行时赠长句《贺生行》一首,抒发了自己的心绪:"贺生贺生国之特,少年英发气吐虹。眼看山河锦绣裂,负戈投笔去从戎。麒麟门下辞爹娘,弋矶山②边日暮愁。江水滔滔风萧萧,男儿生当报国仇。"次年6月别家至福建,先后在福州高级中学任教、福建省中学师资养成所任督导员、长汀国立厦门大学任讲师;40年代父亲为福建省立福州高级中学撰写的校歌,至今仍作为该校每周升旗、新教师入职或重大节日庆典时的必唱之曲:"闽山苍翠水萦回,美哉伟哉我福中。

---

① 江宁县麒麟门人。
② 在芜湖长江边。

正谊风池托古迹,此邦人物甲南东。李忠定,俞家军,缅怀壮烈挹高风,鸡鸣风雨同舟切,百千健儿齐起勤勇复忠公,振起中华民族万祀永无穷。"1942年7月由福建长汀经江西瑞金、赣州、广东韶关、广西柳州、贵州娄山关抵达重庆沙坪坝后,又溯嘉陵江而上到了国立中央大学柏溪分校,在师范学院国文系任教,这一路前后跋涉长达月余。那段时间母亲带着两个年幼的哥哥在温州家中,屡被日本人、汉奸及土匪洗劫,家中一贫如洗,度日如年,靠亲友接济勉强度日。抗战胜利后,父亲于1946年随国立中央大学迁回南京,全家才得以团聚,这一别就是八年。

1958年,父亲响应党的号召,携全家到南昌支援老区创办江西大学(那时大哥抗美援朝时参军,二哥留南京上学)。其后又到江西大学瑞金及井冈山创办的分校,或在外办学,或劳动改造,全家亦是分多聚少。1968年底家小因"文革"众所周知的原因被扫地出门到江苏,他孑然一身留在江西,直至1976年底应南京大学之邀重返母校,中文系总支书记宣亚静陪同匡亚明校长亲往父亲所居陋室,慰勉鼓励,这一晃又是一个八年。

这一回,父亲借以安身立命的书籍、讲义、手稿等几乎散失殆尽,晚年屡屡折磨他的类风湿病也是因在井冈山"劳改"干重活(修路、扛木头、砍毛竹等)、睡地铺所赐。重回南京与家人聚合他已是66岁的老人,但他仍义无反顾且热情高涨地投入到学校培养外国留学生和研究生及中文系教学、科研的工作中去,直至77岁退休。

## 向红卫兵"致敬"

1966年12月下旬的一天下午约四时许,刚过第一个本命年的我听说久未谋面的父亲将从瑞金沙坪坝分校回来,虽然我知道作为江西大学著名"反动学术权威"的父亲此次归来是凶多吉少,但仍前往江西大学东院校门口引领观望。当时,只见一辆载着约有十几名"牛鬼蛇神"的大卡车徐徐驶来,车停后,第一位被押下车的便是头戴高帽子,颈挂打上红叉木牌的父亲,他被红卫兵摁着且推搡着,几步一个趔趄,押向大操场游行,一行人将操场入口处堵住,红卫兵是有路不让走,非要他们跨过马路与操场之间的一条大水沟,红卫兵连推带搡,父亲无奈又无助地跨过去后"呜"了一声便瘫倒在地,随后又被连拉带拽地继续绕跑道"示众"……现在想想,年近六旬的父亲前几日一直被批斗,是日站在卡车上又经几百公里的颠沛(那时的公路路况极差),再加这一番折磨,身心之伤是何等之巨!当天回家,我没如数将实情告诉母亲,只是轻描淡写地告知说父亲一伙被游斗,也许短期内不能归家云云。此后数日,才从系内教师家属的口中得知父亲是触犯了"龙颜":那日的晚上,瑞金分校的红卫兵召集"牛鬼蛇神劳改队"训话,在批判了一名女教师后,又令父亲出列接受批斗,父亲很同情这位女教师,心生不平,便应声昂首挺胸做军姿正步出列,表现出一副不屑的样子,红卫兵愕然,问为何这般?父答:向红卫兵致敬!红卫兵说:你不老实!父答:我是最老实的!红卫兵眼睛雪亮,未受欺蒙,遂对父亲进行殴打及连续的批斗,并当即决定第二天连同一干人押回南昌学校本部游行示众,这一出在"文革"期间全国高校中是闻所未闻的;"致敬"换来"游斗"?!

## 人在就好

1976年12月,我去南昌接父亲回宁,只到市场上购置了几件简陋的松木家具托运来,父亲为之立命的书籍已寥寥无几,我们临行前到南昌市中心的八一广场照相留念,两人手中拿着各一个《毛主席语录》,每念及此,为之怅然。我又屡屡勾起那痛心的一幕:那是1968年底,中苏关系紧张,随着林彪一号命令下达,父亲作为牛鬼蛇神被疏散到井冈山的拿山(江西大学在此建了拿山分校,又称"井冈山大学"),家属也要从城市里迁出,犹如刘少奇等及其子女一样。二哥把母亲、我和弟弟接到江苏江宁(当时属镇江专区),记得临行之前,做了一辈子家庭妇女又不识字的母亲辗转踌躇了数日,不知该怎么办,弄不清楚今后"运动"会如何发展。为了一家老小的安宁,她决定把大部分书籍处理掉(只留下马列著作及鲁迅全集),大部分手稿焚毁,其中便有父亲于1943年写就的约35万字的《洛阳伽蓝记疏证》(此书人民文学出版社1957年编辑负责人亲自上门调稿,1958年来信确定为该社1959年的必出书目,由于父亲调江西大学无暇修订而搁置下来)。后来母亲忐忑地向父亲提及此事,父亲也是轻描淡写地说了一句"人在就好"!但我可以想见他那时的心何尝不在流血!这可是他一辈子的心血啊!

好在1990年由南京大学出版社出版了父亲1956年写就的《隋唐诗歌史论》,他在后记中写道:"避席畏闻文字狱,著书都为稻粱谋。"(龚自珍《咏史》)"与书"本来是一种极其艰辛而细致的工作,古人就有"不著一字"的想法,如果真能做到这点,那可也就省事多了……我想这可能就是父亲矛盾心愿的真实表露!

甲午清明当日改稿

钱南秀 / 追忆管雄先生

同门伯伟教授嘱写纪念先师管雄先生文字，迟迟未能动笔，总因"愧对"二字。

我于1978年夏，以同等学力投考先生中国古典文学硕士研究生。蒙先生不弃，收入门下。然而学力云何，深浅自知。记得当年秋季甫进校，自告奋勇，为先生抄录论孙绰《天台山赋》旧作，本以为并非难事，却因自身浅陋，几乎每字必问，真正越帮越忙。先生不以为忤，悉心指点。这应是我向先生正式求学的开始。

第一学年先生授《楚辞》，读屈原《离骚》，就文字、声韵、训诂诸方面逐句解读。其时南大中文系古典文学专业承章［太炎］黄［季刚］余绪，重小学，而我因缺乏基本训练，苦不得其门而入。蒙先生以实例启示，遂稍稍得窥治学途径。按《楚辞》前此亦曾通读，因受时论影响，直以现代国族主义诠释，视其旨为忠君报国，不及其余。先生授课，避免主题先行，力求贴近诗人本意，令我对《离骚》有更深层的认识。班固《离骚序》从儒家立场出发，谓屈原"露才扬己"，虽为讥评，却极为精准。屈原具独立人格，以平等关系，视君王为友人，譬之如情侣，希望与之共同努力，让楚国解脱"民生多艰"的困境。他力陈自身才能，是为了表明他有能力为王"导夫先路"。凡此种种，不合儒家规范，却正是《离骚》精华所在。

先生为人，亦具《离骚》精神。历史系有教授去世，是先生故交，先生其时已罹类风湿，运腕不便，仍亲书挽联，奋笔作擘窠大字，引《离骚》典，谓友人一生"侘傺"。时政治气候，乍暖还寒，我"文革"中遭家难，少年失怙，惊恸惨怛，余悸犹存，因在侧侍笔砚，恐先生因言贾祸，遂力谏先生不可，先生黯然搁笔。其后闻先生仍以原作奉上，深感先生之孤介，更愧自身之懦弱。

修课两年后,先生为开论文题目,嘱作《世说》研究。这一课题不仅规划了我当时的研究方向,于我日后学术与人生道路亦有深远影响。《世说》主要人物竹林七贤生当魏晋之交,是其时文化学术的最杰出代表。其独立精神、自由意志、高洁品格,上承《庄子》之至人理想,下开贤媛竹林风气,影响直达清末变法妇女。而我于其中传承关系的发现,乃循先生指教,对《世说》原书及其仿作研究的结果。《世说》以其人物才性情感分类,自成文体,世代均有仿作,影响及于日本。就我所搜集的中日仿作而论,大多包括"贤媛"一门,与正史所含"列女传"互动互补,形成中国乃至东亚妇女史的两大书写传统。平行对比研究这两种传统,对古代妇女生命经验会有更为深刻复杂的了解。即以清末为例,当明清两朝,列女传统渐趋独尊贞节,正史之《列女传》,几成妇女自杀名录,贤媛则一以贯之,崇尚妇女坚强独立,戮力才艺,并以其才学保护家国,作育子女、批评男权。宜乎戊戌妇女直以贤媛自居,在清末变法运动中争取妇女教育与参政的平等权利。故此我后来的研究领域,一在魏晋六朝,一在清末,意在将传统代入近代,探索其在世变之际的作用。清末社会转型,西风激荡仅是诱因,根本还在中国传统内在因素,见机释放,蔚为大观。

此种认识,增进我对中国传统主体性、价值观与生命力的信心。身在异乡,生命因此有所附丽。三年前我喜得孙女,遂取名"林风",期以传承"贤媛"精神之重任。待她稍长,会给她解释此名来源,出自当年大太先生为祖母开题所选典籍。小林风如今已会背诵七八首唐诗,或许真能绍继箕裘,是所望也!

我当年负笈海外,临行辞先生,先生勖曰:"你走的路很对。"我其时惶恐,不知先生何以如此奖掖?盖我出国,实为好奇,想看看外面世界。须得数年后,才能理解先生深意,是盼我能开拓见识,广搜资源,有所建树。惜乎我才力有限,未能充分把握时机。惟冀天假以岁月,或得多做几件实事,庶几不负先生再造之恩。

乙未仲春受业南秀于德州休城无此君斋

## 张伯伟 / 绕豀师的"藏"与"默"

管雄先生,别号绕豀、微生,浙江省温州市人。1910年11月生。1934年毕业于南京国立中央大学中国文学系,历任国立厦门大学中文系讲师,重庆国立中央大学、南京国立中央大学、江西大学、江西井冈山大学中文系副教授,南京大学中文系教授。1987年退休。1998年5月15日在南京逝世,享年89岁。

写下上面一段类似于简介的文字,猛然觉得,自绕豀师邅归道山,已有六年时光悄然流逝。六年来,在与同门见面或与同学交谈之际,在灯下独坐或在国外讲学之余,常常会提到或想起绕豀师。有时,先师的音容笑貌还会在我的梦境或幻觉中浮现,但我却未有一字形于笔端。绕豀师生前最欣赏《二十四诗品》中"不著一字,尽得风流"语,真的,他若是看到了我的这篇文字,大概会用手指着它,眼睛微合做摇头状说:"丰干饶舌。"

绕豀师在20世纪30年代初就读南京中央大学中文系,从学于汪东、黄侃、汪辟疆、吴梅诸先生之门。黄季刚(侃)先生曾书联相赠曰:"盖世功名棋一局,藏山文字纸千张。"功名富贵,乃人所追求者,其实不过如古人所云——"世事如棋局局新",不可凭亦不足求。而"藏之名山"的著述,却能够保证学术文化的薪火相传,具有永恒的价值。古人又云:"百战百胜不如一忍,万言万当不如一默。"时代发展到今天,人多好表曝而不喜自藏,乐多言而不甘自默,回忆绕豀师的"藏"与"默",不禁油然兴起太史公之叹:"有味哉!有味哉!"

绕豀师一生学术,以对《洛阳伽蓝记》和《汉书》的研究最为精深。前者曾是他大学毕业论文的研究课题，40年代初在重庆中央大学授课，课余即埋头整理《洛阳伽蓝记疏证》五卷稿，历时一年多，约得35万字。但当他把稿子写定的时候，却是长叹一声，怅然若有所失，甚至想立即将它烧毁。此稿是在满目昏霾的天地里，为之于举世不为之日，虽不比前线抗敌的战士，毕竟也是透过史实的考证，隐约倾吐其爱国的思绪，所以最终还是让它安稳地躺在书箧里。50年代中，曾有出版社索稿并愿意付印，但绕餮师却漠然置之。而此稿终于在"十年动乱"的初期，绕餮师丧失人身自由的时候，被惊惶失措的师母付诸一炬，化为灰烬了。民国以来治杨书者，最早有周延年万洁斋自刊本（1937），但注释极其简略。现在大陆流行的是范祥雍《校注》本和周祖谟《校释》本，港台地区则通行徐高阮的《重刊》本和杨勇的《校笺》本，成书都在绕餮师此稿之后，而先师此稿几乎无人知晓。禅宗云："雁过长空，影沉寒水。雁无遗踪之意，水无留影之心。"但毕竟还是留下了踪影。绕餮师去世后，嗣昆师兄将先师所藏有关《洛阳伽蓝记》诸书举以畀我，在留有先师校语的明如隐堂本中夹一字条，乃陈延杰对此稿的评语："是编疏证，体例最为完善，材料极富，并根据学理，非凿空者可比。"40年代中期，先师曾以此稿作为晋升副教授的学术成果，沈尹默先生也曾有类似的评论。记得在1982年7月，我完成了硕士阶段的第一篇作业《钟嵘〈诗品〉谢灵运条疏证》，先师的评语是："繁征博引，俱见匠心，非凿空者可比。"并且告诉我，他早年的《洛阳伽蓝记疏证》就曾得到过前辈这样的评语，故转而赠我，令我感动得一时语塞。此外，在明如隐堂本的校语中，常有"见《疏证》"等省略之文。此稿踪影，大概仅限于这些了。前几年，曹虹教授译释《洛阳伽蓝记》，曾特意引用绕餮师的若干校记，实有略存师门学术之用心。

《汉书》是黄季刚先生笃好的九部古书之一，曾先后点读了三遍。但发而为文，不过《略论汉书纲领》和《史通论汉书语抄撮》而已。绕餮师对《汉书》的研究，即本于其师门渊源。1944年他在重庆中央大学时曾讲授《汉书》，并撰写若干论稿。40年代末曾在《学原》发表《汉书古字论例》一文，从古字入手，强调"必须洞明字例，精心考校，而后才得古书之真"。黄季刚先生《文心雕龙札记·章句第三十四》云："一切文辞学术，皆以章句为始基。"绕餮师此作，正得师门之精髓。另外一篇力作，乃《唐以前诸家汉书注考》近三万言，资料丰富，精义纷呈。此文曾作为教材在重庆和南京的国立中央大学油印两次，却并未公开发表。直到1984年，为了纪念黄季刚先生诞辰一百周年、逝世五十周年，需要召开纪念会，出版论文集，乃命我抄录一过，油印传阅。《后记》中回忆数十年来社会学术之变迁云："时易境移，学海翻腾。宿学老生，抱古书而远窜；异才旧士，逃批判而不谈。微言垂绝，大义飘零。……来年值先生诞辰一百周年、逝世五十周年纪念，同门诸子，征稿于予。予卧疴空林，累月不起，腕痹踝痛,握笔踟蹰,爰将旧稿付印,求教于世之贤达君子,亦以存师门学术流别之盛也。"而纪念论文集终因经费不足,未曾出版。此文之问世,是作为先师《魏晋南北朝文学史论》的附录,迟到1998年绕骝师辞世两周后才正式出版。距离最初之写成,已有54年。

绕骝师自少年时便工于吟咏,善作大字。我读硕士研究生的时候,因为就招了一个学生,总是每周到先师家中交谈。一次,绕骝师拿出了一册《泉山诗稿》对我说,此其24岁以前之作品,早年在福州高级中学任教时,有人想要晋升职称,苦于没有成果,就将先师此稿冒充己作,混一头衔。但当我提出想借回细读时,却遭到先师的婉拒。他不仅不愿意出版,甚至都不愿意示人。

先师不仅惜墨如金,而且惜"言"如金,他的话总是不多的。读硕士阶段,每周一次师徒对坐两小时。每次去时,绕骝师就已经坐在那里。我进去后,师母总是再端一杯茶给我,然后把门掩上。我虽然比较喜欢讲话,但在老师面前总应该多听少讲,因而常常是默默地相对无言。先师如老僧入定,沉默无语乃本色当行。我呢,则如三日新妇,在这种情形下难免局促不安。好不容易让我想到一话题,打破了沉默,先师三言两语答毕,又回归沉默。

绕骝师总是这样,即便在非要讲话的时候,他也总是尽量简约,或以动作代言语。一次,我问何以从明代开始钟嵘《诗品》大受欢迎。先师答曰:"与评点有关。"我想了解得更详细一些,乃以目询之,但绕骝师已眼帘微垂,做"予欲无言"状了。后来,自己读书渐广,对于《诗品》与评点的关系有所了悟,更加钦佩先师的提示堪称要言不烦。也是在这样的锻炼下,逐步养成了我凡事多自己钻研的习惯,受益无穷。又一次,先师指着某先生的一篇文章,讲谢灵运《登永嘉绿嶂山》"怀迟上幽室"句中"'怀迟'二字是表示对于绿嶂山久有一份怀慕钦迟的感情",乃做摇头状曰:"望文生义。"因为这是一个联绵词,与逶迤、逶随等词相通。南秀学长曾告诉我,有次她去绕骝师家,桌上正放着两篇学生的作业,先师用手指着一篇说:"这一篇,嗯(平声)……"做点头状。又用手指着另一篇说:"这一篇,嗯(上声)……"做摇头状。即便在改作业的时候,他也只是在有问题处用红笔画线,让学生自己领悟。学生若轻易看过,往往不能领略其中的意味,这是很可惜的。

绕骝师为人淡泊名利,寡言少语,其实,他又是一个感情极为浓烈的人,只是不做轻易的表露。一次,我照例去先师家谈话,进门后发现他的表情很黯然。坐下后,先师对我说,他的老友夏鼐先生去世了,"今天我们不要谈了"。我就陪着绕骝师默默地坐了很长时间。那天他虽然什么话也没有说,但我能够从这沉默中感受到其心潮的起伏。先师与沈祖棻先生是同学,有数十年的友谊。沈先生不幸去世后,闲堂师整理其遗稿,在1980年出版了《宋词赏析》。此书以讲析之精微深受读者欢迎。但某先生在一篇文章中说,晏几道《临江仙》中"落花人独立,微雨燕双飞"出于五代翁宏,是由他最早发现,对《宋词赏析》中谈到这两句时未加说明大为不满。其实,《宋词赏析》只是根据沈先生的备课笔记整理而成,赏析所采用的是"寸铁杀人"的手段,且其文之好处,本不在点明这两句出于翁宏,而在于说明何以在翁作中不出色,而经小晏借用后就成为名句,并有一妙喻云:"就好像临邛的卓文君,只有再嫁司马相如,才能扬名于后世一样。"绕翁师对某先生行文之语气刻薄深不以为然,乃评论道:"他独具只眼。"沉默片刻,又说:"他有一只眼睛是瞎的。"这是我所听到的绕翁师臧否人物最有感情色彩的一次了。先师在"文革"中受到迫害,而表达其愤怒和郁闷的,只是在牛棚里做皮里阳秋、嗤之以鼻状。其感情的表达法,也往往是"藏"与"默"集于一身的。

从前章太炎对其弟子黄季刚说:"人轻著书,妄也;子重著书,吝也。妄不智,吝不仁。"绕翁师是否继承了季刚先生的"吝"呢?看着绕翁师留在诸本《洛阳伽蓝记》上的校语和点读,不难想到,与"吝"于著述发表相联系的,正是勤于读书。"十年磨一剑"的时代一去不复返了,有人说现在是"十年磨十剑",但愿不要"发展"到"一年磨十剑"。此刻重温绕翁师的"藏"与"默",不知能否为今日燥热的学术界提供一帖清凉剂呢?

2004年7月4日写于南京城西龙江寓所

(原载《学林漫录》十六集,中华书局2007年版)

## 左健 / 藏山文字纸千张
### ——记管雄先生

管雄先生字绕谿,浙江温州(今瓯海县)人。1910年出生于大茶山的一个山村里。山村虽小,却很秀丽。"垂塘榆柳碧毿毿,嶂屿山前水一湾。纵有大痴好手笔,争如烟雨认双鬟。"(《二月杪自城中回茶山》)这是管先生奉献给故乡的一首颂歌。故乡的山山水水滋养了他的生命,也滋养了他的艺术气质,使他在青少年时期就文思如泉,工于吟咏。后来有人将他24岁以前的诗作萃于一编,镂版印行,曰《泉山诗稿》。诗名所播,为师友所重,遂有"才子"之称。

管先生13岁入温州中学读书,毕业后,于1930年入南京国立中央大学(即南京大学的前身)中国文学系深造。彼时中文系,荟萃不少一代名家。章太炎先生的四大弟子即有两位在中文系执教,即系主任汪东先生和黄侃先生(另两位是钱玄同和吴承仕),此外,还有讲词曲的吴梅先生,教诗歌史、目录学的汪辟疆先生,等等。管先生作为年轻学子,投诸名师之门,潜心于学术研究,真有如鱼得水之乐。中大毕业后,从1934年到1940年曾在江宁中学、福州高级中学、厦门大学等校任教,1940年应伍叔傥先生邀请,到重庆中央大学师范学院讲授《汉书》等课程。1945年随校返回南京,直至50年代初,他在中文系先后开过中国文学史、《文心雕龙》、《汉书》等课程。1958年,移砚江西大学中文系,历任中文系系主任、江西省文联副主席等职。1976年,重返母校南京大学工作,开设了"中国古代诗歌理论史"、"汉魏六朝专家诗选读"等专题选修课,培养了数届研究生。退休以后,他克服类风湿关节炎带来的腕痹踝痛之苦,仍时时关注学术研究之进展,整理、修改自己的旧稿,指点、提携后进,以人间晚晴的精神发挥余热。

管先生生平治学范围,主要在以下几个方面:

一、以"小学"的根基,进行古籍的考释和研究工作。管先生在中大求学期间,于《尔雅》、《说文》诸书用功颇深,在文字、音韵、训诂方面打下了扎实的基础。当然,这也与师门传授密切相关。如他受汪东先生之影响,曾撰有《文字学》讲稿,其中《文字的功用》一篇在《读书通讯》(重庆)上发表后,伍叔傥先生遂请他开文字学课程。他的大学毕业论文《洛阳伽蓝记疏证》,在广搜博览、融合百家的基础上,于《洛阳伽蓝记》的名物典故、字句义理等方面多所发明,时见精彩,成为较早、较完善的一个注本,得到当时学术界的高度评价。

管先生在这方面的成绩,还体现在对《汉书》的研究上。他治《汉书》,主要从两方面入手:(一) 从古文字学的角度,理清《汉书》古字。自宋代以来,《汉书》诸本谬戾失真处颇多,古字不存,真义难考。有鉴于此,管先生对《汉书》古字详加考证,于40年代作《汉书古字论例》一文,通过大量字例的辨正,说明"必须洞明字例精心考校,而后才得古书之真"。这篇文章以其严谨的论证、新颖的立意赢得了学术界的关注。这种为学的观点和方法,固然是继承了清代的"朴学"余绪,但同时也是得自师门之传。黄季刚先生《文心雕龙札记·章句第三十四》云:"一切文辞学术,皆以章句为始基。"管先生早年对《洛阳伽蓝记》及《汉书》所下的章句功夫,正是这样的实践。(二) 从阐释学与文献学的角度,总结《汉书》的历史价值。如他撰写的《唐以前诸家汉书注考》一文,不仅从微观上看出历代注家对《汉书》的认识,而且从宏观上发现唐以前重《汉书》、唐以后重《史记》的总体趋势,给人以很多的启迪。从写作的角度讲,《史记》主散,《汉书》尚骈,学者各有所钟。黄侃先生喜《汉书》,将之视为生平笃好的九部古籍之一,而黄侃先生的老师章太炎先生亦深受《汉书》文风的影响,管先生治《汉书》,亦可谓一灯所传,本于师门渊源。

二、文学史及作家作品研究。管先生在文学史方面的研究主要致力于魏晋南北朝和隋唐五代时期。他研究这两段文学史,起因是教学的需要。早在1956年,他就撰写了《隋唐五代文学史》教材。后来在此基础上,不断吸收前哲时贤的研究成果,深思明辨,自成面目,于1990年以《隋唐诗歌史论》为题由南京大学出版社出版问世。作为一部分体断代文学史,该书对一般常识问题从简从略,对文学史上重要的又是作者深造有得的问题,则往往不惜笔墨,肆意挥洒。如韩愈"以文为诗"的问题,自宋人指出这一特点后,历代批评家或褒或贬,莫衷一是,而管先生则一针见血地指出:"'以文为诗'这一艺术手法可说是'唐诗'过渡到'宋诗'的一个关键,也是韩诗在诗歌史上起一大变,同他的古文在散文史上起一大变同样是值得我们注意的问题。"并进而深入细致地分析了"以文为诗"的内涵,认为它包括三方面的意思:一是以古文的思想(即儒家的"道")来写诗;二是以古文的艺术手法来写诗;三是以散文的思路与格局来写诗。作者觑准了诗歌史上的一大转捩点之所在,作深入探讨,就较圆满地解答了诗歌史上的这一重大问题。

管先生编写的《魏晋南北朝文学史》,也是50年代国内较早的断代文学史教材之一。他对于这段文学史爬罗剔抉,寻幽钩沉,潜心研究数十年,有不少独到的发明。他研究谢灵运,从"庄老告退而山水方滋"、"兴会标举"、"芙蓉出水与吐言天拔"几个方面着眼,深入地探讨谢灵运的思想特征及其山水诗的美学风格,深化了对谢灵运以及山水诗的研究。再如前人研究南北朝文学,往往看重南朝文学,于北朝文学则常一笔带过,泛泛而谈。但管先生却别具只眼,认为北朝文学自有不可抹杀的可观之处,庾信、郦道元、杨衒之都是十分重要的作家。他指出郦道元的《水经注》语言优美省净,状物生动贴切,是一部杰出的散文作品,对后世如柳宗元的《永州八记》、徐宏祖的《徐霞客游记》等都曾发生一定的影响。而另一作家杨衒之的《洛阳伽蓝记》"描绘人物故事的手法,对后代小说的发展,也起了一定的推动作用。如本书卷三'大统寺'条,有'洛水之神'一则,从思想内容与艺术形式来看,显然是志怪小说过渡到唐宋传奇的标志"。这些见解在当时而言,可谓发前人所未发,捆掌见血,鞭辟入里,即使在今天,对文学史的研究也仍然给人以很大的启发。

三、管先生治学的另一重点是古代文学理论。80年代以来,他在指导"中国文学批评史"方面的研究生的同时,撰就《中国古代诗歌理论史》大纲,此书虽尚未完成,但其思想线索已昭然可见。其要旨在探讨古代文学理论之要点、难点、疑点上用功用力,而非面面俱到、泛泛而谈者。例如钟嵘将陶潜列为中品,谓"其源出于应璩",钟嵘持论根据何在? 历代论者或言"此说不知其所据"(叶梦得《石林诗话》),或认为陶、应之作品都有悼国伤时、讽刺在位的成分(毛晋《诗品跋》);而管先生则认为钟嵘是从语言风格着眼的,因为应诗和陶诗的语言都很朴素自然。以此立论,不仅更加有说服力,而且对钟嵘品第诗人的标准也有更深的认识。

管先生治文学批评还有一个特点,就是善于从一个具体的文学现象或文学观念出发,对之加以推衍宏扬,从而发掘出文学批评史中的普遍规律。例如四声问题,自从陈寅恪提出"四声"乃受佛经转读影响而成的观点以来,在学术界几成定论。管先生则在50年代撰写《魏晋南北朝文学史》时已提出疑问,在80年代,又撰写了专文《声律论的发生和发展及其在中国文学史上的影响》来探讨这一重要问题。在这篇文章中,管先生通过对诗歌声律从产生、发展到成熟,从实践形态到理论形态的考察,指出"声律的日趋严密是诗歌发展本身的要求","而永明声律论的成立,又是文体论上区分文、笔的依据,这对文学发展又是一大进步"。从宏观上点明声律论对于

"文学意识的自觉"所作出的巨大贡献。通过这种追本溯源的考察和见微知著的分析,使人们对声律论在文学批评史和文学史上的价值就有了更明确的认识。

管先生平生治学,受一代大师学风之沾溉,在传统的学问与治学路数上打下了扎实的功底,同时又能敞开门户,兼收并蓄,益以新知,随时代而前进。他出经入史,精于考证,同时他又富于诗才,是文学之"个中人",因而其治学绝无枯槁板滞之弊,而能以兴会葱茏之审美之心体验对象,使科学研究与审美体验达到较完美的统一。

管先生之为人,宽和忠厚,宁静澹泊。尽管在现实中他也会遇到一些不尽如人意之事,但他往往一笑置之。他一生以教书育人为最大乐趣,将名利二字看得很淡。此种风格,大概也是受到黄侃先生的影响。黄侃先生从前有句话:50岁之前不可著书。对此,其师章太炎先生说:"人多著书,妄也;子不著书,吝也。"管先生秉承师风,不仅"吝"于著书,甚至"吝"于发表。如其《洛阳伽蓝记疏证》一书,早在40年代重庆中央大学教书时即已完成,沈尹默先生审定此稿时,曾给予高度评价,但他并不急于发表。早岁,黄侃先生曾亲笔书赠一副对联给他,谓:"盖世功名棋一局,藏山文字纸千张。"看来,这一个"藏"字,很合管先生的性格,亦成了他人格精神与治学精神的一个特征。凭着这种精神,使得他在几十年的风风雨雨中,绝不汲汲于"功名",去作那种趋炎附俗、随波逐流的应景文字,他的文章虽然公开发表的不太多,却能在数年乃至数十年的"藏"的过程中,不断地加以修改润饰,臻于至善至美之境,如陈年老酿,历年愈久,愈加醇厚,从这个意义来说,这种"藏山文字"终究是藏不住的,终究会流传于世、有功于学术的。

(原载《古典文学知识》1992年第2期)

## 张伯伟 / 《隋唐诗歌史论》读后

《隋唐诗歌史论》一书，在绕馦师管雄先生八十诞辰之后，终于由南京大学出版社出版，与广大读者见面了。这是他公开出版的第一部书。绕馦师30年代初就读于南京中央大学中文系，受学于黄季刚、汪辟疆先生之门，长于校雠训诂，其大学毕业论文即为《洛阳伽蓝记疏证》；又精于《汉书》，发表过《〈汉书〉古字论例》、《唐以前诸家汉书注考》等文。新中国成立后，因接任罗根泽先生的魏晋南北朝、隋唐五代文学史课，遂于50年代中期撰成《魏晋南北朝文学史》及《隋唐五代文学史》两部书稿，对六朝文学，尤有精湛独到的心得。"十年动乱"以后，绕馦师又将精力转于古代诗歌理论史的研究，开设了专题选修课，并招收了数届研究生。然而其公开出版的著作，却只有这部《隋唐诗歌史论》。从前章太炎先生对黄季刚先生说："人多著书，妄也；子不著书，吝也。"看来，绕馦师不仅接受了黄季刚先生的学问，似乎也接受了在著述上"吝"的特点。更有甚者，他不仅"吝"于著述，还"吝"于发表。他往往将书稿或文稿写成后，而且已是相当成熟的作品，久久地不愿公之于众。如其《洛阳伽蓝记疏证》一书，30年代在重庆中央大学任教时已修订完成，沈尹默先生审定此稿时，曾予以高度评价。但绕馦师却并不急于出版，甚至在出版社决定出版此书时也是如此。这在今天或许已经有些令人不可理解了，但这正是绕馦师生性淡泊处。他最欣赏司空图"不著一字，尽得风流"二语，从中或许可见其性格之一斑吧。

国人撰写文学史，当以国学扶轮社刊行的黄人之作和上海科学书局刊行的林传甲之作为最早，至今已有八十年的历史了。文学史的写作如何才能有所突破，这是近年来学术界颇为关心并引起热烈讨论的问题之一。有的学者认为，"突破"的关键是写作框架上的突破,应采用新观念、新方法来撰写文学史。这或许不失为一条可以尝试的途径,但它既不是唯一的,更不是绝对的。古人以为修史体例固然重要,但更为重要的还是"史识"。《隋唐诗歌史论》一书,是作者在其旧稿《隋唐五代文学史》的基础上增删修订而成。50年代中期,高等教育部组织编写了《中国文学史教学大纲》,绕豁师在其《后记》中说:"这本书的构架很大一部分是受了《大纲》的影响。"因此,从框架上看,这部书对既有的文学史著作并没有太多的突破。但由于作者具有史识,故往往能够突破流行的拘墟之见,从而有所创获。

首先,在写作方法上,作者对新中国成立四十年来的文学史研究方法作了回顾,大致归纳为三种方法:一是单纯地用阶级出身来判定一个作家的进步或落后,或用题材的取舍来判定作品的精华与糟粕;二是用两条线索来贯穿复杂、丰富的文学史现象,诸如现实主义与浪漫主义、现实主义与反现实主义,甚至儒与法的斗争等;三是强调文学的个性化,用心理学的方法探索文艺学的问题。作者认为,这些方法的运用都或多或少"对我国文学史研究与批评做出了某些实绩与贡献,但都还有不少地方脱离我国诗史的实际,违背我国民族的风习"。因此,他主张"结合时代、作者、作品与读者四方面的因素来论定诗史演进的规律",这也是作者所理解的马克思主义的历史——美学的研究方法。时代、作者、作品、读者是文学在历史发展中构成的不可或缺的四要素,但在历史上,研究者却往往偏于一端,从而形成不同的学派与方法。如偏于时代的是社会历史学派,偏于作者的是心理分析学派,偏于作品的是新批评派,偏于读者的是接受美学学派。而作者提出结合这四个要素研究文学史,是想要涵括这四个学派之所长而去其偏执。应该说,这一设想对于更新、突破文学史研究的现状是有启迪意义的。

文学史是文学的历史,不是社会的历史或灵魂的历史,因此,文学史著作就应该尽可能准确、全面地勾勒出文学史变化、发展的轨迹并总结出文学史的演进规律来。本书在论述作家、作品时,非常注重将他们放在历史发展中作动态的把握。这在两个时期、两种文风的交替时代,点明其变化的征兆和演进的轨迹,尤见作者的史识。例如,在讨论隋唐之际的诗风时,作者分析了卢思道的《听鸣蝉篇》,指出这首诗与初唐四杰中卢照邻的《长安古意》、骆宾王《在狱咏蝉》等作的渊源和联系;又如在分析沈佺期《回波乐》诗时,作者指出:"这种眷怀君国,不甘隐退的积极意念,充分地显示出初唐诗人步入盛唐的过渡气象。"再如分析《箧中集》作者的诗风及元结的文学主张,指出"这种风格与主张,后来在诗歌方面则发展为白居易的新乐府运动,在散文方面则发展为韩柳的古文运动"。凡此种种,都是将诗歌史上分散的点连接成线,使诗歌历史的图卷得以再现。

作为一部分体断代文学史,较之于一般的文学通史,更有利于对某些问题作深入探讨。但能否深入,以及究竟深入到何种程度,还有待作者的学养和史识。绕骰师充分利用了这一有利条件,对诗歌史上的重大问题往往不惜重墨,肆意挥洒,因此,这些篇章也就显得精见叠出,不同凡响。例如,韩愈"以文为诗"的问题,自宋人指出这一特点后,历代批评家或褒或贬,莫衷一是。作者纵观诗歌史的发展,一针见血地指出:"'以文为诗'这一艺术手法可说是'唐诗'过渡到'宋诗'的一个关键,也是韩诗在诗歌史上起一大变,同他的古文在散文史上起一大变同样是值得我们注意的问题。"并进而细致地分析了"以文为诗"的内涵,认为它包括三方面的意思:一是以写古文的思想来写诗,这就是以儒家的"道"作为思想统率。在这方面,韩愈的诗、文是一致的。古人亦有见于此者,如翁方纲《石洲诗话》卷二云:"韩文公约六经之旨而成文,其诗亦每于极琐碎、极质实处,直接六经之脉。"韩诗的以六经为主旨,即以儒家思想为立言之骨,这是他"以文为诗"的第一要义。二是以古文的艺术手法来写诗。对这一点,前人多有议之者。事实上,诗与文尽管属于两种不同的文体,但并非泾渭分明,而往往能相得益彰,以文为诗或以诗为文(这两者在韩愈兼而有之)。赵秉文《与李天英书》云:"少陵知诗之为诗,未知不诗之为诗,及昌黎以古文浑灏溢而为诗,而古今之变尽。"(《滏水文集》卷十九)从文学史的发展来看,后代诗人的推陈出新,从宋人到黄遵宪,其中重要的手法之一就是"以文为诗"。"以文为诗",则"诗犹文也,尽如口语,岂不更胜"?(刘辰翁《赵仲仁诗序》,《须溪集》卷六)从这个意义上看,五四新文学运动在诗歌语言上的要求,也正是自韩愈以下由宋诗发展到白话诗的必然结果。三是以散文思路与格局来写诗,所以一些诗有小品散文的情调。如其《将至韶州先寄张端公使君借图经》诗,绝像一封手札。书信体是韩愈在古文上的一大突出成就,自他以后,书信体乃成为散文中的一大类别,写景、抒情、叙事、寄慨,无施不可。而他进而将这一创造移入诗中,以诗代书。发展到清代,如顾贞观《金缕曲》二首,更是以词代书。总之,文学史上的许多现象,细究起来,都与"以文为诗"有关。而绕骰师觑准了诗歌史上的一大转捩点之所在,作深入探讨,就较为圆满地解决了诗歌史上的这一重大问题。

前面曾提到,绕骰师对古代诗歌理论史有许多独到见解,他发表过的有关《文心雕龙》和声律论等问题的论文,在学术界都有一定影响。因此,本书在讨论隋唐时代诗人的时候也非常注重对这些诗人的文学理论(尤其是诗歌理论)的挖掘和分析。例如对柳宗元诗歌理论的挖掘,对司空图诗歌美学的分析,都不乏深造有得之言。另外,对一些习见的材料,绕骰师也能平心静察,得其旨意。如李白的诗歌理论,一般人根据《本事诗》所载其"兴寄深微,五言不如四言,七言又其靡也"数语,认定李白主张复古。但其真正的意思"并不是说五言诗不如四言诗,七言诗不如五言诗,而是说诗歌反映现实精神以三百篇的四言诗表现得最好"。这样的解释,就更显得平正通达。

综上所述,《隋唐诗歌史论》一书虽然是在50年代旧稿的基础上修改而成,在框架上对既有的文学史著作也并没有多少改变,但由于作者学养深厚,具有史识,因此,有许多意见仍然是值得今人参考玩味的。而作为一部文学史,框架固然重要,但最重要的不是"史识"又是什么呢?当然,就绕豀师的学术特点和学术造诣方面而言,此书并不能完全体现,而能够较多体现其学术特点和造诣的著作,又未能公开出版。历史好与人开玩笑,人生中又有太多的偶然。不过,在生性淡泊的绕豀师看来,一切或许只是应听其自然,"不著一字,尽得风流"。那么,我的这番饶舌也不免尽是多余了。古人有训:"诵其诗,读其书,不知其人可乎?"(《孟子·万章下》)本文读《隋唐诗歌史论》,稍涉绕豀师之为人,其用意亦在于此。

(原载《南京大学学报》1991年第1期)

# 编后记

本书是先师管雄先生的论文集,书名为先师生前所定,且已有大致目次。既云"三思",可见踟躇,所以直到十八年前先师归道山,此书仍未付梓。2014 年,嗣昆学长整理出一包先师遗稿,嘱我一阅,其中多闻所未闻,乃先师早年勤学之印记。遂取其中较为完整者,重新编成本文集。适值文学院百年院庆,又商诸徐兴无院长,得其慨诺,与其他院庆书籍一并呈交出版社。

全书共分六辑,第一辑为先师早年记录的黄季刚先生的论稿,内容有关小学及《汉书》,不见于《黄侃论学杂著》。季刚先生为先师最为服膺钦敬的学者,列于篇首,亦以见其学术渊源所自。第二辑乃先师论文字、《汉书》等文,直承章、黄之学。或亦步亦趋,如《〈史通〉论〈史记〉语抄撮》;或张大师门,如《唐以前诸家〈汉书〉注考》;或自出机杼,如《如隐堂本〈洛阳伽蓝记〉校记》;或别具眼光,如《读章炳麟救学弊论》。第三辑是文学论文,从《离骚》到黄季刚先生的诗,而较为集中的论述在六朝。第四辑为《复华室日札》,乃先师之读书笔记,始于 1942 年 7 月 12 日,讫于 1945 年 9 月 6 日,所涉甚广,间出己见,亦多启人思。第五辑汇集其旧诗词联语,可见先师文学才华之一斑。第六辑为回忆诸作。附录为先师哲嗣嗣昆学长和及门诸弟子的文章,可略见先师之为学与为人。

先师著述本远不止此,但屡经丧乱,劫后仅存者如此而已,真可谓"虬龙片甲,凤凰一毛"。若非嗣昆学长之纯孝、兴无院长之敬老、南大出版社之具眼,此书恐永无面世之缘。卷末缀语,不能不抱怀感激,衷心致谢。

受业张伯伟记于 2016 年 6 月 23 日

**图书在版编目(CIP)数据**

三思斋文丛 / 管雄著;张伯伟编.—南京:南京大学出版社,2017.4
ISBN 978-7-305-18190-0

Ⅰ.①三… Ⅱ.①管… ②张… Ⅲ.①中国文学-文学理论-文集 Ⅳ.①I206-53

中国版本图书馆 CIP 数据核字(2017)第 011413 号

| | |
|---|---|
| 出版发行 | 南京大学出版社 |
| 社　　址 | 南京市汉口路 22 号　　邮　编 210093 |
| 出 版 人 | 金鑫荣 |
| **书　　名** | **三思斋文丛** |
| 著　者 | 管　雄 |
| 编　者 | 张伯伟 |
| 责任编辑 | 荣卫红　　　　编辑热线　025-83685720 |
| 照　　排 | 南京紫藤制版印务中心 |
| 印　　刷 | 南通印刷总厂有限公司 |
| 开　　本 | 718×1000　1/16　印张 19.25　字数 356 千 |
| 版　　次 | 2017 年 4 月第 1 版　2017 年 4 月第 1 次印刷 |
| ISBN | 978-7-305-18190-0 |
| 定　　价 | 54.00 元 |

网址:http://www.njupco.com
官方微博:http://weibo.com/njupco
官方微信号:njupress
销售咨询热线:(025)83594756

\* 版权所有,侵权必究
\* 凡购买南大版图书,如有印装质量问题,请与所购
　图书销售部门联系调换